京極夏彦

書楼弔堂《しょろうとむらいどう》 霜夜《そうや》

集英社

書楼弔堂

しょろうとむらいどう

そうや

霜夜

目次

装幀
菊地信義
＋水戸部功

組版
紺野慎一＋髙野智子

書楼弔堂　霜夜

探書拾玖

活字

かつじ

梅も桜も区別がつかない。

色も形も違うではないかと、そう謂《い》われればそうなのだろうが、そもそもどちらもちゃんと見たことがないのであるから、比べようもないことである。

桜が綺麗《きれい》だなと口にして、違うだろうと嗤《わら》われて、なら梅かと問えば桃だったことがある。

何もかも区別がつかない。

町育ちだということもない。

育った在《ざい》は山の中で、樹木はふんだんに生えていた。見回す限り至る処《ところ》に生えているのだから厭《いや》でも目に入る。だからといって詳しくなるというものでもない。

目には入るが、それが何か識《し》らねば困るということもないのである。

童《こども》の頃は木登りでも何でもしたものだが、それが何の木か識らねば登れぬということもないだろう。幹の伸びようも木肌の質も葉の形状も、何もかも違っているのだろうとは思うし、そういうものだと識ってもいるのだけれど、どう違うのかはどうでも好《い》いのだ。

そうした事柄は何ら木登りの支障となるものではない。摑まり易《やす》く足場さえあれば、それで良いのである。木登りは樹木と慣れ親しむためにするものではない。登るという行為そのものが重要なのであり、何に登るかはどうでもいい。童はただただ高みを目指すのみなのである。況《まし》て到達した高所に如何《いか》なる花が咲いていようが、目に入るものではなかろう。

そう思うのだが、どうもそうでもないらしい。

見ずとも匂いが違うのだと謂う。まあ、それは解らぬでもないけれど、匂いなどというものはいつでも何処《どこ》でも何かしら香《かお》っているものなのだから、気にしていては始まらぬ。不快な臭《にお》いというのであれば、それは厭なものではあるのだが、そうでないのならいちいち気に懸けてなどいられるものかと思う。花の香《か》はいずれも心地好いものであるから、差などなかろう。

季節が違うだろうとも謂われたが、それも能《よ》く解らない。咲く順番があるということらしいが、幾日開いていようが春は春である。梅が春で桜が夏だとかいうのならまだしも、高高半月《たかだか》ずれる程度であれば、然《そ》う違いはなかろう。何かに感《かま》けているうちに月など平気で替わってしまうものだ。

ずっと樹上を見上げて暮らしている訳《わけ》ではないのだ。咲いたか散ったか気にしていなければ知れるものではない。

とはいうものの、そんなものは同じだと言い張るつもりなど毛頭ない。

ただ、鈍《どん》なのだ。

花を愛《め》でるような品格が備わっていないだけなのである。

袖口に付いた花弁《はなびら》を見て、そんなことを考えてしまう。実にどうでも良いことである。

払い落として終《しま》いであろうに。

二度叩《はた》いたが、取れなかった。

糊《のり》でも塗ってあるかのように貼り付いている。仕方がないので指で抓《つま》んで剝がした。別にべたりと付いていた訳でもないから、何かの加減なのである。

多分――桜なのだ。

しかし桜だと断ずるようなことは、しない。

違っているかもしれぬからである。思うだけであれば誰に咎《とが》められることもなかろうに、それでも決め付けてしまうことは自重《じちょう》しようと思う。

桜と桃を取り違えた際、臍《へそ》が宿替えする程に嗤われた苦味が身に沁みているのである。

抓んだ花弁を棄《す》てるべく指を放したが今度は人差指に付いて来る。何度か手を振って見えなくなったので、それで良しとした。

見上げれば同じ色の花が咲いている。

満開なのか七分咲きなのか、それすらも判別が付かぬ。どれだけ植物に興味がないものかと己《おのれ》で呆《あき》れる。

綺麗だとは感じる。でも道行く人を呼び止めて、あれは桜なので御座《ござ》いましょうかと問う訳にも行かぬから、見ぬようにした。

田舎者は桜も知らぬのかと思われる。

否《いや》、場合に依《よ》っては智慧《ちえ》が足りぬと判じられるかもしれぬ。

見知らぬ人に蔑《さげす》まれてもどうということはないし、仮令《たとえ》どれだけ愚か者と判じたのだとしても、面と向かって初対面の者を愚弄するような御仁《ごじん》も居《お》らぬとは思うけれど、それでも己で己を劣等と判じてしまうような気がするのである。

だから花を見ないように努める。

上京の際、東京は生馬《いきうま》の眼を抜く凶《こわ》い処であるから田舎者は重重注意をせねばならぬと、幾度も言われた。

言ったのは東京で暫《しばら》く暮らしていたことがある伯父である。

御天気師だの邯鄲《かんたん》師だのいう詐欺泥棒が掃《は》いて棄てる程に徘徊《うろつ》いているのだからお前の如き椋鳥《むくどり》は余程気を付けていないとただの一日で丸裸にされるぞと、伯父は耳に胼胝《たこ》が出来る程に繰り返した。

邯鄲師というのは小難しい名前であるが、宿屋に泊まったりした際に、寝ている間に持ち物を盗む泥棒のことだそうである。要は枕探しである。そんなものは御一新《ごいっしん》の前からあるし、珍しいものではない。田舎にだって居る。

御天気師というのは道端で寄って来る詐欺師なのだそうだ。今日は良いお天気で——などと気安く話し掛けて騙《だま》すらしい。枕探しは兎《と》も角《かく》も、田舎在所で出合い頭に人を騙すような族《やから》は然《そ》う然《そ》う居《お》るまい。概《おおむ》ね顔見知りなのである。他所《よそ》者が馴れ馴れしく話し掛けて来たならばその段階で警戒しようというものである。人が多い帝都ならではの悪事ではあるのだ。

だが、手口を別にするならば、不心得な者は何処にでも居るのである。どんな田舎にだって居る。十人に一人不心得者が居るのだとして、百人居たら十人、千人居たら百人が不心得だということになる。それだけのことだと思う。

ただ伯父は、東京には悪人しか居ないようなことを言うのである。

そこまで記憶《おもい》を巡らせて、ふと思い出した。

その時、椋鳥とは何のことだと問うたのだ。伯父はそんなことも識らぬのかと答えた。識らぬものは識らぬ。識らぬから尋《き》いているのだと重ねて問うと、田舎者のことだと言う。何故《なにゆえ》田舎者が椋鳥なのかと更に重ねて問うと識らぬと言われた。識らぬのは伯父も一緒なのである。

結局、伯父も東京のことなど識らぬのである。暫く暮らしたというが、それは日露《にちろ》戦争の前のこと、しかも一年に満たぬ期間であるから、当てになるものではないのだ。

ただ、そうして脅《おど》されてばかりいたものだから東京というのはそれはもう大変な処なのかと思っていた。尻込みしつつ用心して上京したのだが、着いて暮らしてみても別に大きく変わりはなかった。

空が赤い訳でも鬼が棲んでいる訳でもない。

まあ、人が多くて建物が立派だというだけなのである。

それに東京といっても色色だ。この辺《あた》りになると人も少なく建物も古いから、郷里と殆《ほとん》ど変わりがない。畑もあるし樹木も多い。百姓家などは故郷よりも貧相である。

違うところといえば、ただ一つ、山がないということに尽きる。

故郷は山村で、そのうえ山に囲まれていた。東西南北に山があるので、何処を向こうが目に入る。山は形も高さも違うから、山並みで方角は直《す》ぐに判る。

関東には山がない。

ない訳ではないのだろうけれど、見えない。

外に出る度《たび》、ああ平野に居るのだと実感する。

何処までも遠くが見える。

富士山まで見える。富士は日本一高い山なのだろうから見えても当然なのだろうけれど、それでもかなり遠いのだ。そんな遠くまで見通せるということは、延延と平らだということである。ならば富士を指標にすれば良いのかといえば、これは無理なのだ。場所に依っては見えはしないし、天候次第でも見えなくなる。

土地勘はまるでないし、建物も何が何だか判らない。

町名も馴染《なじ》みはない。戸惑う一方である。

流石《さすが》に下宿の周りは覚えたが、遠出をすると途端《とたん》に判らなくなる。東に進んでいるつもりがいつの間にか南に向かっていたりする。考えてみれば道は真っ直ぐではないし、東西南北に通じている訳でもないのだから、道なりというのは方角とは無関係だということである。それでも道に沿って歩いていると真っ直ぐ進んでいるような気になるから、不思議なものである。

だからいつまでも到着しないのである。

町名は間違っていない。ただ目印も何もない。無駄に広くて半端《はんぱ》な傾斜の、殺風景な坂道を進み、上《のぼ》り切っても結局何もないのだ。竹垣と庚申塔《こうしんとう》があっただけである。

それでも間違っていないと何故《なぜ》か確信し、既に坂も終わっているというのに先に進んだ。怪しいと思い至ったのは結構経ってからで、見渡せばもう道も下り坂に変わっていたし、町名も変わっていたのである。

間違っていたのだ。

このまま行ったのでは取り返しがつかなくなると、来た道を引き返した。妙に横道に逸《そ》れたりすると元に戻れなくなる気がしたから、また坂を下った。

何もない。畑だの雑木林だの、そんなものしかない。人家さえ疎《まば》らだ。

坂の途中には横道が幾つもあるのだが、どれも細い小石径《みち》である。目指す場所は通り沿いにはないのだ。何処《どこ》かで横道に入らなければならないのだが、どう見てもそれらしい道はない。

当て推量で一度曲がってみた。

片側は腰程もある藪《やぶ》で、片側は閑散とした畑だった。進む度に藪はどんどんと幅を利かせ始め、道幅は狭《せば》まって、大して進まないうちに径は途絶えてなくなってしまった。

行き止まりには奇妙な大輪の花が咲いていて、まるで小莫迦《こばか》にされているように思えたものである。行けないのだから引き返すよりない。

徒労というのはこういうことをいうのだろう。そして坂道まで出て気付く。

径は右側、と聞いて来たのである。

坂を下っていたのであるから、左側に入るべきだったのだ。それなのに、右に入ってしまったことになる。これはもう、田舎者だとか物識らずだとかいう問題ではない。ものを考えていないのである。

坂道まで戻り、今度は左側を気にして下った。路は幾筋《いくすじ》かあったが、どれも似たようなものだった。同じ過《あやま》ちを繰り返すのは癪《しゃく》だったから、路がある度に立ち止まって覗《のぞ》き込むようにしてみたのだけれど、曲がっているのか何なのか、少しも先が見えないのである。

袋小路の疑念はどうしても拭《ぬぐ》えず、気付けばもう坂下に着いてしまっている。

坂下は至って普通の町である。帝都然としている訳ではないが、故郷の村よりはずっと整然としている。家は小振りだが、密集して建っており、行き交《か》う人の数も多い。

しかし目指す場所は町場にある訳ではないのである。踵《きびす》を返して、坂を見上げる。何とも半端な坂である。

迚《とて》も億劫《おっくう》な気分になる。それ程の勾配《こうばい》ではないし、疲れる程の距離でもないのだが、そこがまた上る気を殺《そ》ぐのであった。険しい山道や急な石段の方が余程上る気になる。そうしたものは上り切った処に達成感が待っている。

この坂には何もない。

遣《や》る気なく足を踏み出す。

そもそも、何を為《し》に行くのかを把握していないのである。

十歩程歩いて立ち止まり、坂の先を見据える。店があるとは到底思えぬ寂寞《せきばく》とした景色である。空が白く抜けている所為《せい》かもしれぬ。背後に山並みが見えていたならば、もう少し落ち着くかもしれない。

こういうところは田舎者なのである。

東京は整然としていて、かつ紛乱《ごみごみ》しているものだと思い込んでいる。

田舎は渾沌としていて濃密だけれど、何処かが抜けている。街なのに抜けているのは、何だか落ち着かないのである。

今度は上りであるから、入る径は右手で良いのだ。

右ばかりちらちら見て進むから余計に落ち着かない。

ただ、右側の樹木はややこんもりとしていて、森のようでもある。処処に薄桃色の花が咲いている。いや、薄桃色ではない。あれを桜色と呼ぶのか。

——桜だ。

矢張《やは》り桜に違いない。

梅はもっと紅が強い。

何故だかそう思った。

歩けど歩けど一向《いっこう》にそれらしい横道は現れない。

建物もそれ程ない。しかも納屋のようなものばかりである。凡《およ》そ店舗があるとは思えない。下の町で尋いてみるべきだったかもしれぬとも思うけれども、尋いても無駄だというようなことを言われたようにも思う。人見知りになるのは、伯父の言葉も効いている。

朝早く下宿を出たというのに、既に午《ひる》は過ぎている。町だか村だか判然としない、まるで見覚えのない落ち着かない場所を、上ったり下ったり、ただ漂流している。行き先も曖昧《あいまい》で、目的もあるようなないような、実にうかうかとした気分である。

何が何でも行き着かねばならぬということもなかろう。急いでもいない。そう思えば少し楽になる。ただ、朝餉《あさげ》も摂《と》らずに出て来たし、歩き詰めではあったから、疲れてはいたのだ。

もう一度右に視軸《しじく》を移すと、何やら奇異なものが目に飛び込んで来た。

幟旗《のぼりばた》である。

ただ、その前に男が立っているから何と書いてあるかは読み取れない。地味な旗である。いや、地味というより煤《すす》けているのだ。

舗《みせ》――なのかもしれない。

既に一往復しているというのに、まるで気付かなかった。斯様《かよう》に何もない場所には舗などないという偏見を持っていたからか。東京の店舗はモダンで洒落《しゃれ》ている、そうでなくとも小綺麗なものと思い込んでいる。もう一度凝眸《ぎょうぼう》してみる。

看板などはないが、矢張り店舗のようである。建物は未《ま》だ新しい。小振りだがどう見ても住居ではない。縁台のようなものまで出されている。造りからして休み処かと思ったので、近付いてみた。

何を売る店なのか確かめようとしても男が邪魔で幟の字が読めぬ。

更に近付くと男は振り向いた。同じくらいの齢《とし》であろうか。前掛けを締めているし、まあこの店の者なのだろう。

「おや何か」

「いや、此処《ここ》は――」

「此処は、はあ、茶店、ですかねえ。甘酒汁粉、蒸《む》し芋《いも》にお茶、団子も少少、お望みとあれば握り飯も御座んすよ」

「一服も出来ると」

「一服でも二服でも、幾《いく》らでも出来ましょうね」

男は人を紹介するかのように手で店を示した。

「ご覧の通り閑古鳥《かんこどり》が鳴いてましょう。本日はお客がまるでない。このまんまだと、仕入れた団子と握った飯は、あたしの夕餉《ゆうげ》になりましょうね」

能《よ》く喋《しゃべ》る。

なる程、御天気師なるものはこうして言い寄って来るものかと思ったが、悪い男とも思えぬし、何処か憎めぬ面構えでもあったから、どうぞどうぞお座りくださいと慇懃《いんぎん》に勧められて誘われるまま縁台に座った。

こうして騙されるのかもしれない。

折角《せっかく》なので握り飯を呉《く》れと言った。

親爺《おやじ》――という程の齢ではないと思うのだが――は大袈裟《おおげさ》に喜んで、大きな声でオヨシオヨシと言った。

「止《よ》した方がいいですか」

「いや、お芳《よし》てえのは女房の名です。おいお芳、こちらさん、おむすびね。一つおまけに付けて、お漬物も大盛りで。お茶も忘れず――」

そう大声で言って、親爺はどうしたことか真横に腰を下ろした。

「今日はまあ、お天気が今一つ冴えませんなあ」

「お天気って――」

どうも警戒してしまう。

どんな手口で騙すのか判ったものではない。一度怪しんでしまうと愛想の良さも不信の種となるだけである。

「お客さん、失礼を承知でお尋ねしますがね」

答えずに睨《ね》め付けた。

ここでへらへらと迎合《げいごう》してしまったのではいけなかろう。それは如何《いか》にも田舎者である。

「お気に障《さわ》ったなら謝りますが、あたしはどうにも弥次馬な生まれ付きなもんでしてね。気になって仕様《しよう》がない」

何か、と無愛想に問う。

「お客さん、一度坂上《のぼ》って、でもって下《お》りて、また上って来たでしょう」

「ああ」

見られていたか。

「隣町に行ったのなら下りて来る訳もなし、坂上で何かした様子もなし、ただ下りて、それでもう一度お出《い》でになったでしょう。違いますかね」

違わない。

「迷ってますか」

「道に迷っているというより、判らないんですよ。行き先が」

親爺は妙な顔になった。

「迷うというのは、自分が何処に居るのか判らなくなるということでしょうな」

「そうでしょうなあ」

「己が何処に居るのかはちゃんと判っている訳ですよ。此処から下宿に戻れと言われても、僕は一分《いちぶ》の無駄もなく帰ることが出来ますよ」

「なる程」

「此処が何処なのかは諒 解《りょうかい》している訳です。ですから何一つ迷ってはいない。問題は、何処に行くのかが判らない、ということです」

それは難儀な問題ですなあと言って、親爺はまるで己のことのように腕を組んで思案する風を装った。

「何処に行くか判らぬというのに、お客さんは坂を上ったり下りたりしなさるかね。それはまた、何とも難しい話で御座んすなあ」

「まあそうなのだが、尋かれた序《つい》でに訊《き》き返そう。親爺さんこそ旗の前に立ってまるで旗を隠すようにしていたが、あれはどうしたことだね」

どうもこうもありませんなと親爺は言う。

「仰《おお》せの通り、幟旗を隠すようにして思案していた訳ですよ」

「旗を隠しちゃ何の舗《みせ》だか判らない。ああしたものは、己の舗が何であるかということを天下に誇示するために掲げるものではないのですかね」

誇示出来ないんでと親爺は答えた。

「それはまた面妖な話だ」

行き先も判らず彷徨《ほうこう》しているのも十 分《じゅうぶん》に面妖ではある訳だが。

「まあ、この店は六七年前から営《や》っておりましてね。でも建物の方はもっとずっと先《せん》からあったんですわ。あたしが童《こども》の頃にゃあもうありましたから、建てたな髷《まげ》ェ載っけた大工でしょうな。あたしが店任されて四年から経つんですが、そりゃもうこれが古くって傷《いた》んでおりましてね。修繕しようが何をしようが埒《らち》が明かない。そこで一昨年に建て直したんですなあ」

「まあ建物は新しいですな」

「それを契機に、品書きを増やしてみたという次第で御座んすよ。それまでは甘酒と蒸し芋しか扱ってなかった。あの幟旗はその頃から使ってるものですからね。旗には黒黒と、むしいもやきいも、と書いてあるんですな」

「なる程」

「芋は、まあ売ってはいるんですけどね。もう芋屋じゃあないんです。団子も仕入れて、嬶《かかあ》も貰ったもんで、手伝わせることにしましてね。汁粉も始めて、握り飯もね、出す。まあ実を申せば酒も出しますんで」

親爺は壁を示した。

お品書きが貼ってあるのだ。

「実家が酒屋なもんですからね。こんな小店《こみせ》でも悪い酒じゃあないです。水増しもしてないですからね。どうですね、一杯」

滅相《めっそう》もないと言った。

「始めてみますてえと、芋より汁粉の方が出ますしね。団子もまあ売れる。試しに飯を炊いて握り飯を作ってみると」

そこで盆に載った握り飯を手にした人の良さそうな丸顔のご婦人が奥から出て来て、お待ちどお様と言い乍《なが》ら、盆ごと置いた。

「ご覧の通り何の変哲もない握り飯ですけどもね。こっちの方が能《よ》く出るんですな。だからといってうちは飯屋じゃあない。飲み屋てえのも違いましょ。そのうち麺麭《パン》でも仕入れようかと思ってますしねえ。甘酒は、まあ昔からのお客が居るのですな。それなのに」

芋ですかと言うと芋なんですと返して来る。この男、口は能《よ》く回るけれども弁が立つという訳ではないのである。人柄としては、詐欺を働く方ではなく、詐欺に引っ掛かる類《たぐ》いのようである。

「しかもね、古いんですな。旗ァ作ったのは六七年も前なもので、毎日出してるんですから野《の》晒《ざら》しみたいなもんでしょう。目立つ訳でもないですし、何だか擦《す》り切れてますしねえ。そもそも、この店は近隣の人達からは、甘酒屋と呼ばれておったのです。それなのに」

「芋、ですか」

「芋です。これは考えざるを得ませんでしょう。あの旗を目にして芋好きがやって来たのじゃ気落ちさせっちまう。それ以外のお客は、逃がしますよ。何しろ芋としか書いていない。もう一本、あまざけ、てえ幟もあったんですけども、破れちまってねえ。破れてなくたって、芋と甘酒じゃあ、言葉足らずでしょう」

「しかし、何と書いたものですか」

そこですよと親爺は言う。

「お品書きじゃあないんですからね。何もかも書く訳にはいかない。一番の売りは何かと問われれば、別にないと答えるよりないです。握り飯が能《よ》く出るからといって、おむすび、と幟を立てるのも変でしょうしね」

「舗の屋号などはないのですか」

「屋号って、名前ですかね。ないんですよ。甘酒屋と呼ばれてましたからね」

ご主人お名前はと問うた。

「あたしは鶴田《つるた》」

「なら鶴田屋とか」

「いや、此処はあたしの店じゃあないので。あたしは雇われ者ですよ。まあ主人は別に居るんだが、どうも偏屈だから名前なんぞ要《い》らんと言うでしょう。ですからね、思案していたという寸法です。強《し》いて言うなら茶屋か茶店かなあと。そう思ったところにお客さんが現れた」

慥《たし》かに茶店だというようなことを言っていたが。

「でも、勘案するに茶屋てえのはお茶を売ってる店、ということなのじゃないですかね」

「いや、そんなことはないでしょう。私は山育ちの田舎者ですが、峠にある小店は茶屋と呼んでいましたよ。それから能《よ》くは識りませんが、京都なんかの、あの芸妓が居る高級そうな処もお茶屋さんと謂うのではないですか」

「ここは峠でも京の都でもなくて、況《まし》て高級でもないですからね。言ってみれば低級です。この、縁台、毛氈《もうせん》も敷いてないでしょう」

鶴田は縁台をぱんぱん叩いた。

「飲み喰いするより座りたいのさね。芋も汁粉も、付けたりみたいなもので」

実際そうではあったのだが。

「それなら、お休み處《どころ》と書けばいいのではないですか」

鶴田は鳩が豆鉄砲を喰らったような顔をして、それからぽんと手を打った。

「なる程。いや、あなた、お客さん。あなた中中の智慧者《ちえしゃ》でいらっしゃる。休み処ですよ、此処は。休む処ですからね。それなら爺様《じさま》も文句は言いませんな」

こんなことで智慧者と言われたのでは智慧のある者に申し訳が立たない。だがそうは言わなかった。

言わずに握り飯を喰った。

旨《うま》かった。どういう具合なのか判らないけれど、郷里を思い出した。考えてみれば東京に出て来てから屋外で物を食したことなどない。その所為かもしれぬ。

ただ、見えている景色は如何《いか》にも味気ない。疎らな木立と白く抜けた空。春だというのに寒寒しい。

「時にお客さん」

鶴田は莞爾《にこにこ》としている。

「見たところ自分の行き先も判らんようなお方《かた》とも思えないので、あたしはあたしなりに斟酌《しんしゃく》してみたのですがね」

「何を」

もしかしたら書舗《ほんや》をお捜しなのではないですかいと鶴田は言った。

驚いた。

「鶴田さん、あんたは天眼通《てんげんつう》か八卦見《はっけみ》かそういうものですか」

「そんなものじゃありません」

「いや、僕自身、目指す処が明確に思い描けず、困っていたのですよ。慥《たし》かに其処《そこ》は本屋ではあるらしいのですが、僕は半月前に上京して来たばかりで」

田《でん》カラですなと鶴田は言う。

「何ですか」

「いや、田舎紳士のことをそう呼ぶそうで――こりゃ甚《はなは》だ失敬な物言いでした」

「寧《むし》ろ紳士ではないから、光栄なのかも知れないけれども。僕は、生まれてから半月前まで信《しん》州《しゅう》の山に住んでいた訳ですよ。まあ村というか何というか、田舎です。本屋なんかはない。ここ十年ばかりで近くの町なんかにはぼちぼち出来ましたが、小さいものです。上京して、大きな本屋さんに行って、腰を抜かした」

「抜かしましたか」

「ええ。まあ、田舎と雖《いえど》も、僕も本造りに関わっていたんです。父が版木を彫っていましたから、その手伝いをしていましてね。まあ木版印刷ですが、教科書を作ったりもしていたんですよ」

「おやまあ」

「ええ。でも、父が亡くなって――まあ簡単に言えば僕は家を出ることになったんです。それで、まあ長野《ながの》にも居づらくて、教科書を作っていた時に知り合った文部省のお役人に仕事を周旋して戴きまして、東京に出て来たんですけれども」

それは何ともお幸せですなあと言って鶴田は何度も首肯《うなず》いた。

「し――あわせですか」

「このご時世、どんな職にも就《つ》けるが建前ですがね、どっこい、選《え》り好みもしてないてえのに何の職業にも就けないてえ人は、居ますよ。あたしがそうでしたからね」

そう言われればそうなのかもしれないが、どうにも肚《はら》に落ちない。百姓の子は百姓で、職人の子は職人で、それが厭だという者だけが職を探すのだと、そんな風に思っていたのだ。村で働いていないのは働きたくない者か、働けない者だけである。何らかの事情で働けない者は村中で面倒を見て、働きたくない者は村の鼻抓《はなつま》みになるだけである。

そうした仕組みの中では、働きたくとも職がないという状況はあまり発生しない。尤《もっと》も、何だか判らない会社というようなものが進出して来たり創られたりし始めてからは、多少違って来ているのだろうが。

とはいえ。

思えば、父に習って版木を彫っていただけで、働いているという自覚があった訳ではないのだけれども。

「まあ当然彫師《ほりし》というか、そういう仕事だと思ったんですが――そうではなくてですね、金物の活字を作るんだというんですよ。そんなもの、作ったことがないですからね。まあ文字は沢《たく》山《さん》彫りましたが、活字というのはねえ」

「あたしは見たことがありませんねえ」

「僕もないですよ。それは鋳造《ちゅうぞう》するんだそうで、勿論《もちろん》そんなことを為《し》たことはないですし、出来ない。木なら彫りますがね。そう言ったのですが、先《ま》ずは文字がなければ、彫りも出来ぬし鋳造も出来ぬと、こう言う」

鶴田は解ったような解らないような顔になって、暫く首を傾《かし》げていたが、ああ、まあそうですなと言った。

「いろは四十七文字だけ作れば良《い》いてえものでもないですからなあ」

四十七でも駄目ですよと言った。

「全部仮名《かな》で済ませたとしても、文章ですからね。同じ文字が何度も出て来るでしょう。そこの幟旗だって、印刷しようと思えば、い、と、も、は二つずつ要る訳ですよ」

鶴田は首を旗の方に曲げ、おやそうですねえと言った。

「すると、本だの新聞だのてえのは、そりゃもう、四十七文字が何万組と要るってことになるんですかね」

なるのですと答えた。

「一方で、漢字の方も、一文字でも使われているなら、要るんです。その幟旗を漢字で書いたとして、芋という活字は二つ要る勘定ですよ」

「ああ」

蒸し芋焼き芋二つだねえと感心したように鶴田は言った。

「しかしね、そりゃあ何と言うんですかね、不経済というものじゃあないのかね。あたしは昔の読本《よみほん》なんかも少しは読みましたけどもね、ありゃ、こう一枚――頁《ページ》というのかね、まるごと彫るんでしょう」

「そうです」

　そういう仕事をしていた。

「ありゃ十頁なら十枚、三十頁なら三十枚彫ればいい訳でしょ、版木を。そんな沢山作ることはないですわね。絵も一緒だしねえ」

「まあ、和綴《わとじ》だと折って裏表にしますから、版木の数は頁の数の半分ですよ」

「ならねえ」

「いや、あれはあれで、一文字間違えただけで彫り直しですしね。磨り減れば刷れなくなりますし、割れたりしたらお終いですよ。版木が一点ものですから、彫り直したって同じものは二度と刷れませんし、何より大した数は刷れないですしね。今は、刷る数が桁違《けたちが》いに多いようですから」

「それにしたってねえ」

　鶴田は何かを思い浮かべるかのように上を向く。

「あたしは新聞が好きでしてね、操觚者《そうこしゃ》ァ目指したこともある。文士気取って小説も書きましたよ。しかし、今思えば、あの原稿用紙の枡目《ますめ》一つ一つにその、活字かね。それが要るてえ案配でしょう。ありゃ十九文字の十行だから、びっしり書いたら百と九十か。百枚から書いたらあんた、一万九千か。こりゃ大変だ」

　大変なのだ。

「それに鶴田さん。仮名ばかりあれば済むという訳ではないんです。異国と違ってこの国には漢字というものがある。漢字を使わない文は——あまりないです」

お子の手習いくらいですなあと鶴田は言う。そういうものは作った。

「それで、僕に漢字を書けというんですよ。活字に起こすための元の字を」

書けぬことはない。

ただ何を書けばいいのか判らない。そして、今ある活字と、どう変えればいいのかも判らない。同じ字は同じ形であろう。変えようがないと思う。

桜と梅程の違いもない。

「か、漢字って色色あるでしょうに。何を書くんですか」

「何もかもです」

「はあ。しかし漢字てぇのはどのくらい数があるもんですかね」

「識りません」

本当に識らないのだ。

「何でも、東京《とうきょう》築地活版製造所《つきじかっぱんせいぞうじょ》という処があって、そちらで作っているのだそうですよ、その、活字というのは。でも、どうもそれだけでは気に入らないというお方もいらっしゃるらしくて——文字種だの字の形だの、そういうことに拘泥《こだわ》る人も居るんだとか」

本当に判らない。

勝手に変えてしまったのでは別の字になってしまおう。撥ねだの払いだのも変えられないだろうに。誰が作っても変わらないのだろうし、変わらない方が正しいように思うのだが。

鶴田はまた腕を組んで首を傾げた。

「そうか、鉄《かね》で作ってたんですかね。読むのはあっという間だし、書くのはまあそれなりですけども、刷るためには大変な手間が掛かってるんですなあ。でも漢字全部書くなんてねえ」

気が遠くなりますなと鶴田は言った。

「それをまた一つ一つその——どうするんだか識りませんけどね。鉄だか銅だか鉛だか、そんなもん、加工するのは手間ですよねえ。新聞の字なんて、ありゃ細かいでしょうよ。判子《はんこ》みたいなものなんだから、木を彫った方が未《ま》だ好いように思いますな」

「まあ、木彫の活字というのはあるようですが、何というのですかね、増し刷りがあまり出来ないそうで。それに、手で彫ったのじゃみんな同じにならない」

「なる程、そりゃそうか。何かこう雄型《おがた》だか雌型《めがた》だかを作って、複製を沢山作るんでしょうなあ。木彫じゃそうはいきませんなあ。あたしはもう、四五年甘酒を作ってますけどね、一度として同じ味にならんのですよ。同じにしているつもりなのだけれどもねえ」

そういうものである。

沢《まし》て画数の多い漢字は細工も細かくなる。材となる木を選べば彫れぬということもないのだろうが、それを使って刷るとなるとかなり難しいと思う。

　まあ、頼まれたのは元となる字を書けということなのであって、これは絵を描くのと変わりないのだ。肝心の鋳造活字を作るのは別の職人なのだろうから、そこは心配するところではないのである。問題なのは、何を、どのように、どれだけ書けば良いのかということなのであって、これはもう見当も付かないのである。

　考えたとて判るものではない。

　あまり使用されない漢字もある訳で、そうした文字は作る活字の数こそ少なくて済むのだろうが、一文字しか作らなかったとしても元の字は書かねばならぬ。書く方は一緒なのである。

「だから判らないと言ったんですよ」

　そうしたら。

「書舗に行けと言われたんですかね」

「はい。其処に行けば必ず何かしら判るだろうし、資料も手に入る、本はどれだけ買っても経費で出すからなどと言うんですが――そんなことを言う割に、住所も何も教えてくれない。道順も、この坂までです。所番地は判らない、多分所番地はないと言う。それでも地図くらい描いてくれればいいのに、それも描けないと言うんですから」

「なる程ねえ」

　迷ってはいないが行き先が判らない。

　頼まれた仕事と――同じなのである。

「まあ良いのですよ。担《かつ》がれたのかもしれませんしね。大体僕は、本屋とはどういうものかを知っておこうと、昨日、日本橋《にほんばし》の丸善《まるぜん》まで視察に行って来たのですよ。いや、世の中にはあんなに多くの書物があるものかと驚いた。構えも大きくて、大層《たいそう》立派な舗《みせ》でしたよ。でも、此処には」

何もない。

「あんな大きな建物がこの辺りにあると僕には思えないのですよ。いや、僕を田舎者と見縊《みくび》って、雇い主が法螺《ほら》を吹いたのかもしれませんがね。担がれたのだとしても、それはそれで好いですけど」

当てがあるのだかないのだか判然としないままに、見知らぬ町を逍遥《しょうよう》する。

何とも言えぬ酩酊《めいてい》感がある。

「で、もし嘘でなかった場合、まあ僕は目的地に行き着くことも出来なかった愚か者、役立たずとして査定されるだけです。場合に依っては馘首《くび》になるかもしれませんが——鶴田さんの言う通り、何の苦労もなく就労出来たこと自体が幸福なのでしょうから、ま、そうなればなったで苦労して職を探せば済むことです」

三月《みつき》くらいは蓄《たくわ》えで暮らして行けるだろう。そう思うと更に気鬱《きうつ》は晴れて、幾分《いくぶん》楽な心持ちになった。温《ぬる》くなった茶を飲み干す。

「そういう訳ですから」

「いや、そういう訳とは如何《いか》なる訳ですか。ですからお客さん、あなた書舗を捜している訳でしょうに」

「そうですが」

「ならねえ。何故あたしにお尋きにならないんですかね。あたしは八卦見じゃないと言ってるじゃないですか」

「いや、それは判ったけれど」

「高島呑象《たかしまどんしょう》でもないのに、どうして初見《しょけん》のお方が書舗を捜しているなんてことが判りますかいな。判ったなら判ったでちゃんと理由が御座んしてね」

「何ですか」

皆、尋くんですよと鶴田は言った。

「何をですか」

「その書舗への道順です」

何だろう。矢張り詐欺か何かなのかという疑念が一瞬頭を過《よぎ》った。

「これまた妙なお顔をされますなあ。勿体《もったい》を付けても始まりませんから言いますが、この甘酒屋——否、休み処が此処に出来てからこっち、もう何人何十人てえお方がその書舗への行き方をお尋ねになってるんですなあ。何故なら、近くに尋く場所も尋く人も居らぬからですよ。一方、この店は年がら年中此処におっ建ってる訳でして、あたしだってずっと居ます」

「勿体を付けぬという割に勿体を付けていますよ鶴田さん。そんなに遠回しに言うことはないじゃないですか。では、何ですか。その本屋はこの近くにあるということなんですか」

ありますなと鶴田は言う。

「徳富蘇峰《とくとみそほう》様、泉鏡花《いずみきょうか》先生、岡本綺堂《おかもときどう》先生と、まあ各界の著名なお方が通ってらっしゃるんですから、ない、なんてことはない。宮武外骨《みやたけがいこつ》様もお馴染みだ。外骨様ァその辺に座ったんですから」

鶴田は身を捩《よじ》って背後を示した。

「そりゃ、あれでしょ、お客さん。ええと、書楼弔堂《しょろうとむらいどう》という名前の書舗で御座んしょう」

「それです」

余りに奇態《きたい》な名なので話半分に聞いてしまい、明瞭《はっきり》と覚えていなかったのだ。

「本当にあるのですかその本屋は」

担がれた訳ではなかったか。

「ありますともさ」

「では、道を教えて戴けますか」

それは難しいですなと鶴田は言った。

「そんな意地悪な」

「いえ、説明出来ないというより、あたしは行ったことがないもんで」

「しかし皆、道を尋くと仰《おっしゃ》ったじゃないですか」

「尋きます。それこそ、此処の主《あるじ》の爺様なんかは、何人も案内《あない》してますし、幾度も行ってるでしょうね」

「ならば」

「爺様は、昨年の暮れから郷里に帰ってるんですな。それこそ、昨今流行《はやり》の旅行案内とやらをその弔堂で買って来ましてね、もう三月《みつき》から経とうてのに未《ま》だ戻らない。そこんとこは残念ですが、でも問題はありません。案ずることもない」

「何を根拠に」

「根拠も何も、口じゃあ説明出来ませんし案内も出来ませんけどね、行くのは然《そ》う難しいことじゃないんです。あたしはですね、その弔堂が建っている横道の入り口は知ってる。その道は一本道で、行き当たりには寺がある。寺の門前には花屋だか何だかがあるようですが、道の途中にはその弔堂しかないんですね。他は何もないんです」

「はあ」

「ただ、この弔堂、かなり大きな建物なのに、どうも見逃されがちなんだそうでしてね。大抵《たいてい》は行き過ぎる。でも、でもですよ。行き過ぎても終点には寺しかないんですわ。寺まで行っちまったら、それは見過ごしてるんです。なら戻ればいい。その一本道の途中に」

——必ずある。

「必ずあるんですから案ずることはないんですな。農商務省の官吏《かんり》様だとか帝國大學の先生様だとか、ご存命中はあの勝安房守《かつあわのかみ》様まで足繁く通われたというんですからね、ない訳はない」

「あの」

「何ですね」

「それは、まあ諒解しました。諒解しましたが、聞くだに錚錚《そうそう》たるお歴歴が通われているようではありませんか。其処は僕の如き鄙人《いなかびと》が門を潜っても平気な処なのですか。僕はしがない長野の木版彫師の倅《せがれ》ですよ」

そりゃ何のご心配もないと鶴田は胸を張った。

「うちの爺様は一見読み書きが出来るのか疑わしいと思われるくらいに草臥《くたび》れた年寄りで、しかもその身形《みなり》と来たら、言いたかないがおこもさんと見紛《みまが》うばかりの貧乏装束。それがまあ四五年前にゃ入り浸《びた》ってたと聞きましたからね。なら犬猫でも入れるでしょう」

酷《ひど》い言いようだねェお前さん、と言って女将《おかみ》さん——と呼んでいいのかどうか判らないのだが——が新しい茶を呉れた。

「そんなに汚かないだろに」

「お前はあの人の昔を知らないのさ。あの爺様は着た切り雀で、冬だって御一新前から持ってた襤褸《ぼろ》毛布《ゲット》一枚巻き付けて暮らしてたんだから。それでも出入りが適《かな》ったんだからね。それに比べてこちらはご立派な紳士じゃあないか」

「山出しですよ」

「東京者なんざみんなそうで御座んしょよ。そもそもンところ江戸は諸国の吹《ふ》き溜《だま》り、今、威張って御座るのも、まあ言いたかないが薩摩《さつま》芋やら防長《ぼうちょう》三白《さんぱく》なんですからね。何処に恥ずるところがあるてえんですか」

そう言って、鶴田は立ち上がった。

「まあ、温かいお茶でも飲んでくださいな。飲み終わったら径ン処《とこ》までご案内しますから」

奥に入って行く亭主を横目で見て、女将さんは眉をハの字にする。

「まったく、早合点《はやがてん》なうえに口ばかり達者でねえ。人は悪くないんで、勘弁してやってくださいねえ」

「いや、実に助かりました」

握り飯は三つあって、二つは食べた。

腹は空いていたのだが、立て続けに三つは喰えない。

しかも話をし乍《なが》らのことであるから、余計に喰えない。おまけして握れというようなことを言っていたから残る一つがおまけ分なのだろうが、おまけ分だからといって残してしまうのはどうか。それは余計に非礼なのではなかろうかなどと思っていたところ、察したらしい女将さんがお包みしますよと言ってくれた。

「しかし申し訳ないな」

「何の申し訳ないことがありますか。一度お客さんに出したものは別の客には出せないですしね、妾等《あたしら》が食べるか、棄てるよりないですからねえ」

それは無駄になる。

「ただこれ持ってご用に行くというのも何でしょうからねえ、竹皮で包んで置いておきますので、お帰りになる時に寄ってください」

実に気が利く。宜《よろ》しくお願いしますと言って代金を渡した。おまけのうえにお持ち帰りであるから、少し多めに渡そうとしたが固辞された。

茶を飲んで待っていると鶴田が戻って来た。外出の用意でもして来るのだろうと思っていたのだが、別段変わりはないようだった。

「お客さん、用足しは平気かね。雪隠《せっちん》使うならどうぞ」

なる程、便所に行っていたのか。念のために廁《かわや》を借りた。

行ってみると何のことはない、間違えて進入した行き止まりの小石径の向かい側である。他の横道よりは多少広いようだが、目印など何もない。

看板でも立てれば良いのにと言うと、それはそう思いますなと鶴田は答えた。

「そもそも寺の参道になってるんですからねえ。とはいえ、寺に用のある人は寺を知ってる人なんでしょうし、檀家《だんか》はみんな行き方を知ってる訳で、改めて此処が寺だと示す意味もないんでしょうなあ」

「お寺には法事の他、行く用もないですしね」

　慥《たし》かに、郷里の寺にも案内板のようなものはないのだ。山門に扁額《へんがく》は掛かっているし、石塔だか碑《いしぶみ》のようなものはあるけれど、いずれも其処に導くためのものではない。此処がそうだと示すだけのものである。

「しかし、寺の門前には店があるようなことを仰ってませんでしたか」

　言いましたと鶴田は言う。

「あれね、思うに寺の裏からどっかに抜けてるんですよ。隣町か何かに。そっちの方が近道で便利なのでしょうね。ですから門前の小店はそっちから出入りしてるんでしょうな。店といっても、花屋だの線香屋だのてえことですから、寺あっての商売ですよ。坊さんの子飼いみたいなもんなのじゃありませんか」

　当世何ごとも利便一番と鶴田は言う。

「でも書舗の方はお寺さんとは関係ないですからね。寸暇《ちょいと》失礼とばかりに裏門から這入《はい》って境内抜けて――てな具合にはいかんでしょう。それに、まあ此処から行った方が幾分近い」

「ならば余計にその」

「看板でしょう。ま、その書舗の主人てえのには会ったことがないけれど、住み込みの丁稚《でっち》というか小僧というか、もう子供じゃあないんですが、其処の書舗の者《もん》は偶《たま》にうちの店に寄るんですわ。だから来る度《たび》に言うのだけれど、鼻で嗤われますな」

商売する気がまるでないんだねと鶴田は続けた。

「そんなですからね、あたしはそれを他山の石としましてね、それでまあ自分の処《とこ》の幟旗を何とかしようと思案していたんですなあ。幟を立てて繁盛すれば、ですよ。目印をちゃんと掲げりゃ客の入りもこんなに違うんだてえ証《あか》しになりましょうよ。それを示してやりゃあ、もう鼻で嗤ったりも出来なくなりましょうな」

「まあ、そうかもしれませんが」

「いいですかいお客さん。こっち側。向かって左側ね。こう、木が繁っていて山になってるでしょう」

「山――ですかねえ」

山だと言われればそうなのだが。

「こっち側はね、ほら。畑なんです。道に沿って木は生えてますけども。ご覧の通り見通しが好いでしょう。書舗があるのは左側ですからね。この山の側にあるんですな。それさえ判ってりゃ、絶対に行き着けますから。こりゃもう、太鼓判ですよ」

そう調子良く言うと鶴田は径の横に除《よ》け、どうぞお入りと言わんばかりに、まるで旅籠《はたご》の客引きか、角力《かくりょく》の土俵入りのような素振りで誘うのだった。

言われるままに踏み込んで、二三歩進んで顧みればもう姿がない。

忙《せわ》しのない男なのだ。

先程入った小石径よりも道らしい道である。道は鶴田が山と呼んだ左側に緩《ゆる》やかな弧を描いている。山といってもそれ程隆起している訳ではない。山育ちの目から見るならただの森である。それでも樹木はそれなりに生えていて、しかも進む程に緑は濃くなって行くようだった。

慥《たし》かに山道に近い見映《みば》えではある。

右側は木の隙間から畑が覗いているのだが、左側は木しかない。

何処《どこ》に居るのだか判らなくなる。

生まれた村の、村外れから分け入った山中を歩いているかのような錯覚を切れ切れに覚える。

まあ、慥《たし》かに山だ。

東京の内なのだろうけれど。

空が抜けて見えないからなのかもしれない。勿論、見上げれば樹樹の切れ目に空は覗いているのだけれど、その面積は小さい。

真っ直ぐ前を見ても視界に入ってくるのは草と樹と花だ。関東平野の大きな空が迫ってくることはない。

少しばかり進んで、妙に落ち着いてしまった。異境で暫く暮らし、故郷に戻ったような、そんな気になったのか。何ともない何処も違わぬと思っていたが、東京での半月の暮らしでそれなりに緊張を強《し》いられていたのかもしれぬ。

——ああ。

これがいけないのか。

この道はどうもそういう懐かしさを誘う道のようである。そんな妄想に支配されるから、見損なうのだ。景色を見ず、己を見てしまうのかもしれない。ならばそんな建物は見えよう筈《はず》もない。それは、己《じぶん》の中にはないものである。

そう思い直し、左側に目を遣ると花が満開だった。梅か。桜か。桃か。

否、先程衣服に付いた花弁が桜だとするなら、梅はもう終わっているのだ。桃の開花が桜より早いのか遅いのか知らぬから、その区別は出来ないのであるが。

数歩進むと。

地面も花弁で一杯になった。そのまま足許《あしもと》に視軸を下ろし、そのまま左に向けると――。

人が居た。

白い着物に浅葱色《あさぎいろ》の袴《はかま》である。竹箒《たけぼうき》のようなもので地面を掃いている。

その人の向こうに。

大きな建物が聳《そび》えていた。

火の見櫓《やぐら》よりも高い。形は鐘楼のようだが、郷里の寺の五重塔程もあるだろうか。間口はそれ程ではないが、兎《と》に角《かく》高い。建物の左右背後は。

花である。

見蕩《みと》れてしまった。

寺院の一部なのかと思ったが、肝心の寺はない。それはただぽつんと、樹木の中に紛れるように建っていた。

掃除をしていた青年が顔を上げた。

「あの」

何と声を掛けたものか。

「ここは、その、とむらい――」

「はい」

書楼弔堂で御座います――と、青年は言った。声音《こわね》も見た目も未《ま》だ若い。十七八くらいに見える。剃髪《ていはつ》したものが伸びたのか、短く刈り込んだのか、寺の小僧か、神社の出仕《しゅっし》のように見えなくもない。ただ顔付きは女児のように可愛らしい。

「あの、僕はですね、その」

どうも物怖《ものお》じしてしまう。

「ええと、高遠彬《たかとおあきら》さんの紹介で」

「おや」

青年は眼を一回り程大きくした。

「高遠様の縁故の方で。これはまたお懐かしいお名前をお聞きしました。それでは、お客様で御座いますね」

「はあ」

建物を見上げる。

「まあ、そのつもりでやって来たんですが、あの、こちらは書舗――本屋なんでしょうか」

「はい。本をお売りしております」

青年は横に除けて入り口を示した。

戸口には簾《すだれ》が掛けられており半紙が一枚貼られていた。半紙には文字が一つ墨痕《ぼっこん》鮮やかに記されている。まるで喪中《もちゅう》の家のようである。但《ただ》し記された一文字は忌ではなく――弔である。

弔堂ではあるのだ。

どうぞお入りくださいと言って青年は簾を上げ、戸を開いた。裡《なか》は真っ暗である。凡そ店舗とは思えない。何処《どこ》となく霊廟《れいびょう》のようでもある。

躊躇《ためら》っていると青年は微笑《ほほえ》んで、もう一度さあどうぞと言った。

慎重に建物に近付き、より慎重に穴蔵《あなぐら》のような暗闇に踏み込んだ。

完全な闇ではなかった。

小さな火が幾つも点《とも》っている。蠟燭《ろうそく》だろうか。ただ内部は――広いのだ。

天井もない。いや、ない訳はない。吹き抜けになっているのだ。それにしても高い。

見上げると遥か遠くに天窓のようなものが窺《うかが》えた。そこから差し込む光は到底下までは届かず、下に燈《とも》る蠟燭の炎はまるで螢 火《ほたるび》のようで、空間全体を照らすだけの威力はない。

ただ、暗闇ではないのだ。明るい外との対比で闇のように感じられていただけである。

徐徐に眼は慣れて来る。

棚——だ。

壁面は凡《すべ》て棚だった。棚を形容するに相応《ふさわ》しいものとは思えないけれど、何故か堆《うずたか》く積まれたという言葉が浮かんだ。

目を凝《こ》らすと、棚の中にはびっしりと何かが積まれ、或《あ》るいは並べられているのだ。床には平台のようなものも設《しつら》えられている。その上にも——。

——本だ。

全部書物なのである。

積んであるのは剝《む》き出しの和書、そして帙《ちつ》。洋書や雑誌は立てられ、整然と並んでいる。平台の上には多分刷り物——錦絵や浮世絵、引き札、それから大新聞小新聞《おおしんぶんこしんぶん》等等——と、帳面やノオトのようなものまでが、判型《はんけい》別に整えられ、こちらも整然と積まれている。

夥《おびただ》しい数の——本だ。

夢か幻か目の迷いかと思い、幾度か目を擦《こす》ったのだが、その度に乏《とぼ》しい明かりに照らし出された書物達はその存在を確かなものとし、やがて眼前の現実として定着した。

「これは——言葉がないですね。これが全部」

売り物で御座いますよと言い、青年は椅子を運んで来て座るように勧めた。

「ご自由にご覧戴き、お選び戴くのでも勿論構わないので御座いますが、何処に何があるのか見付け出すのが大変かと存じますので、お探しのご本の概要を主《あるじ》にお話し戴くが早いかと存じます。ただ今喚《よ》んで参りますので、少しばかりお待ちください」

ああと言いかけて手を伸ばしたが青年は奥の方に行ってしまった。

奥には帳場のようなものがあり、その先に階段があるのだった。

改めて見渡してみて思う。これは既に、何冊あるのか量れるような状態ではないだろう。ものは一定量を超えると数えることを拒絶するようになる気がする。無数だとか無量——としてしまった方がしっくりする。

それにしても、その主《あるじ》なる者は、これだけ大量の本があり乍《なが》ら、何処にどの本を収納しているのか記憶しているのだろうか。そんなことが可能なのか。

そして更に思う。

主人がやって来たとして、果たして何と言えば良いのか。己が何を探しているのか、それが解っていないのだ。書名は疎《おろ》か、何のために此処にやって来たのかが不明瞭なのである。途中からは辿り着くことの方が目的になってしまっている。

——矢張り。

迷っているのではなく、解らないのである。さっきまでは何処に行くのか判らなかったのだが、着いてしまえば何故此処に居るのかが判らないのだ。

帰りたくなった。

あのつまらない、味気ない下宿に。

腰を浮かせる。今なら居なくなってもどうということはあるまい。名前を出してしまったから雇い主には迷惑が掛かるかもしれぬけれども、多分このまま戻れば遠からず解雇されるのだろうから、構わないのではないか。

職が見付からなければ長野に戻れば良いのだ。信州は広い。無理をして反りの合わぬ家族と暮らすことはない。考えてみれば、田舎は東京より賃金が低いのだけれども、家賃も、ものの値も同じように廉《やす》いのだ。捜せば版画の仕事くらいあるのではないか。

版木を彫ることなら、出来る。

嗚呼《ああ》その方が好い。何故自分は、大した志もなく東京などに出て来てしまったのであろうか。

田舎者は田舎に――。

「ようこそいらっしゃいました」

能《よ》く通る声がした。

ただ後ろ向きになるだけの愚考はそこで打ち切られた。判断するのが遅かったのである。

半端に腰を上げたまま上目遣いで見れば、白い着流しの男が立っていた。

主人――なのだろう。

言葉に詰まって、ただ見上げた。

「高遠様のご紹介ということですが、もしや巖谷《いわや》小波《さざなみ》様が肝煎《きもいり》となり、博文館《はくぶんかん》様などの協力を得て創られた、印刷造本改良 會《いんさつぞうほんかいりょうかい》のお方《かた》で御座いましょうか」

「あ」

まあそういう名前の会社である。

会社といっても五六人しかいないのである。高遠も社長ということではないらしい。

能《よ》く知らないのである。

ご存じですかと問うと、詳しくは存じませんと主は答えた。

「ただ、会を興す際に相談されたので」

「その、高遠さん——高遠からですか」

「いいえ。巖谷様から高遠様に任せたいがどうかというお話があり、賛同致しました。高遠様とは旧知の間柄で御座いましたから、人品は能《よ》く存じておりましたので」

僕は知らないんですと言った。

「知らぬ——とは。あなた様は高遠様の周旋でいらしたのでは」

「そうなんですが、その会社が何をするところなのか、高遠さんがどんな人なのかまるで知らないのです。おまけに、自分が何をさせられるのか、そのために何が必要なのかも、まるで呑み込んでいないのです。ただ、解らないなら」

弔堂に行けと——。

　主はなる程と言って幾度か首肯《うなず》いた。

「何かお解りですかご主人」

「いえ、察しただけに御座います。高遠様のおやりになっている会は、その名の通り、本を造るための技術を研鑽《けんさん》することを趣旨としておられるものです」

「雇われた僕がお尋きすることではないとは思いますが——その、本を造っている訳ではないのですね」

　造ってはおりませんと主は言った。

「印刷する紙を吟味し、綴《と》じ方を工夫し装幀を勘案し、より読み易く扱い易い書物を造ろうとされているのかと」

「ははあ」

　解らないでもない。

「しかし、それは——」

「商売《あきない》として成り立つものか、とお考えなのでしょうか」

　心を読まれたかのようだったので、少し驚いた。ただ、実は未《ま》だそこまで明確に言葉にしてはいなかったのだ。違和感を持っただけである。

「慥《たし》かに、ものを作って売っている訳では御座いませんから、お金になるお仕事では御座いますまい」

「それではどうやって、その」

「そうですね、技術を売る——ので御座いましょうな」

「技術、ですか」

「材料や作り方が変われば、質も、原価も違って参りましょう。より高い質の商品がより安価に提供出来るなら、これは売る方にも買う方にも良いことでは御座いませぬか」

「商品——ですか」

何か引っ掛かる。

「書物というのは——その、商品なのでしょうか」

はい、と主は答えた。

「ここ二十年ばかりの間にこの国の読書の有様は大きく変わりました。鉄道が敷かれ、逓信《ていしん》事情が改善され、人も、ものも、以前とは比べ物にならぬ程の速さで、しかも大量に移動、運搬が出来るようになったので御座いますよ。新聞、雑誌、書籍が、日を置かずに国中に行き渡るようになりました」

慥《たし》かに、鉄道にしても郵便にしても便利なものだとは思う。

「まあ、そうなのかもしれません。僕も信州からこんなに早く東京に来られるとは思っていませんでした。しかし、それと読書と、関係があるのでしょうか」

大いに、と主は言う。

「それまで——例えば旧幕時代は、書物が地方に届くのに何箇月も、時には何年も掛かっていました。その量も僅《わず》かなものでした。参勤交代の折りに持ち帰るなり、貸本屋が持ち込むなりしなければ手にすることが出来なかったのです」

「そうなんでしょうか」

「ええ。ですから、書物が身近になるにつれ、地方は地方で本を造り始めた。でもそれは他の地方では手に入り難《にく》いものではあったので御座いますよ」

私も集めるのに随分苦労致しました、と主人は言った。

「あなた様には、そうした感覚はあまりないのではありませんか」

「はあ——言われてみれば」

「そうだろうと思います。今は、北から南から、全国各地からあっという間に、書物が東京に集まります。そして東京で造られた書物も、あっという間に全国に届くのです。しかも、本を読む人の数よりも多く」

「読みたい人の数だけ、ではないのですか」

「以前はそうでした。版元の小僧さんがお客様から注文を受けて、別の版元まで買いに行っていたのですからね。現在は、取次《とりつぎ》という仕組みが出来ました。そして、本を造る版元と、小売りの店も分かれた。本屋さんというのは、あなたくらいのお齢《とし》の方の感覚だと、書物を売っているお店のことではないのでしょうか」

「違うのでしょうか」

「以前は違いました。本屋さんというのは、本を造っている版元のことでしたからね」

「出版会社、ということですか」

「ええ。版木を彫って、刷って、綴じて本を造って売っていた。売るといっても貸本屋に卸《おろ》していたといった方が良いでしょうね。今はもう違います。印刷も製本も、それぞれ渡世《とせい》として独立しておりましょう。そうでない処も未《ま》だ残っているようでは御座いますが――」

「慥《たし》かにそうですね」

印刷所というのは長野にもあった。其処は勿論、印刷するだけの処である。当然、製本をする処もあったのだろう。

父は版木を作っていただけなのだけれど、出来上がって来たのは本だった。

「それらはもう、別の渡世、商売なのです。出版社、印刷所、製本所、取次、書店――それぞれが商売をしています。本は商品なのです」

「まあ、そう言われると、そうだという気になりますが――」

主はほんの僅か微笑んだ。

「あなたは陸蒸気《おかじょうき》に乗っている間、何をなさっていらっしゃいましたか」

「え――」

慥《たし》か、伯父から貰った『東京案内』を読んでいた。そう答えた。

「そうなのです。馬や人力《じんりき》では無理がありますけれど、鉄道で移動する場合は本が読めるのですね。乗車している時間も長いですから、読書には向いています。そして鉄道は、読書に大きな転換を齎《もたら》したのです」

「それは長距離の移動が簡便になったということだけではなく、ということですか」

そうです、と主は答える。

「その昔、瓦解《がかい》前には庶民の識字率も低く、長い文章を読むという習慣もそれ程なかったので御座いますよ。でも御一新の後、それは少しずつ変わって参りました。一方で小説などの書かれ方も変わった。言文一致という試行錯誤がなされて、文章は格段に読み易くなったので御座います。それは改良というより変革でした。少し前まで庶民の読書は音読が普通でしたから」

そう言われれば、声に出して本を読んでいる者も多く居たような気がする。

朗朗と読み上げる声が聞こえていたような記憶がある。

「車輛の中は大変だったようです」

「何故――ですか」

「沢山の人が何列にも並んで読むのですよ。同じ車輛の中で。皆、違う本を。しかもそれぞれが声に出して」

「それは――」

読んでいても何が何だか解らなくなるかもしれない。気が散るし、第一煩瑣《うるさ》いだろう。

「互いに迷惑なのです。そこで、徐徐に黙読の習慣が生まれて、広がって行ったのですよ。黙読というのは音読よりも速く読めますし、理解が及ばぬ時は読み直しも容易です。深く、愉《たの》しく読めるのです。場所も、時も選ばない。黙読の定着は、より一層読書人口を増やすことに貢献したのだ――と思います」

考えたこともなかったけれど、音読よりも黙読の方が遥かに自由度が高いのである。速度の調節も反復も、読み飛ばしさえ自在である。

「読書する人は増え、本もまた行き届くようになった。出版会社も、地方で読書会を開くなどして普及に努めました」

「つまり、立派な商材になったということですね」

「そうです。とはいえ、どれだけ流行したからといって出来の悪い商品では売れませんし、売りたくないでしょう。一方で欲しがる人は居るのですから、小売店は良い品を沢山仕入れたくなるでしょうね。需要は増している。供給する仕組みも整った。流通もどんどん便利になっている。それに対応しなければならない。時に、あなたは印刷機というものをご覧になったことは御座いますでしょうか」

ない。機械があることは知っている。しかし、刷り物は一枚一枚手で刷るものだと思い込んでいるのである。勿論そんなことはないのだろうが、そうした作業が自動的に行われる機械なのだろう、くらいの認識でしかない。

十六七年前でしょうかと主は言う。

「大阪《おおさか》の新聞社が最初に導入して急速に広まった輪転印刷機という機械があります。こう、大きな太鼓のようなものを回転させて巻紙に刷るのですが、瞬《またた》く間に何千枚と印刷出来る」

「想像が出来ませんが」

「難しいかもしれませんね。新聞は雑誌や書籍よりも早く取次のような仕組みが出来上がったこともあり、印刷の時間は短縮されなければならず、逆に刷り部数は増えたのです。迚《とて》もそれまでの機械では対応出来なくなったのですね。このように、そうした技術は日日更新されているのです。そうなると、もう問われるのは質——ということになるので御座います。出版社や新聞社は、より面白い小説を、よりためになる記事を、より素晴らしい原稿を求めずにいられなくなったので御座いますよ」

それはそうだろう。どれだけ早く届こうと、どんなに沢山売っていようと、中身が伴わなければ意味はあるまい。

「幸いにも優れた書き手は次次に生まれています。小説家も、操觚者も、学者も、詩人も俳人も、出版するに足るものを生み出す人達は沢山いらっしゃいます。しかし、能《よ》くお考えください。書物は内容だけで出来ているものでは御座いませんでしょう」

「仰ることの意味が僕には能《よ》く解りませんが。素晴らしい原稿があれば、それを本にすればいいだけのことではありませんか」

とんでもない、と主は言う。

「原稿用紙だの奉書紙だのに書かれた文章は、印刷出来ません。版木を彫るなり活字を組むなりしなければならない。印刷だけしたところで綴じなければ本にはなりません。それに、売り物なのですからね、表紙を付けて、製本しなければ」

そうか。それもそうである。

「製本といっても、和装なのか洋装なのか、平綴じなのか中綴じなのか、角背《かくぜ》か丸背《まるぜ》か、表紙は布貼りか革装か、栞紐《スピン》を付けるのか、花布《はなぎれ》はどうするのか、それぞれ選択肢は沢山御座いましょう。その上で、箱に入れるのか――挿画はどうするのか――書物の装いは様様なので御座いますよ。そうしたことも書物の一部ではあるのです。原稿だけでは本になりませぬ。書物は装幀造本あってこそ」

主人は壁面を示す。

壁一面に万巻の書が並んでいる。壮観である。

「当然そうした処にも改良は求められているのです。綴じ方を工夫すればもっと丈夫な、もっと厚い本が造れるかもしれません。紙を吟味すれば同じ頁数でも薄く、軽く造れるかもしれません。また印刷も見易くなるかもしれない。挿画が綺麗に刷れるようになるかもしれないのです。高遠様は、そうしたことを模索していらっしゃるのです。もし、そこで何か新しい技法なり、材料なりが見付かったり創られたりしたならば、それは売ることが出来るでしょう」

「なる程。それでご主人は先程、技術を売るのだと仰ったのですか。しかし、そうなら尚更《なおさら》解りません。僕の如き右も左も判らぬような田舎者は、何の役にも立ちませんよ。僕の父は天神《てんじん》様だの牛若丸《うしわかまる》だのの錦絵の版木を彫って、楮紙《こうぞがみ》に刷っていた職人です。僕も後を継ぐべく木版を学んだのですが、お祝いなどの引き出物にする錦絵や引き札の——その需要ですか、それがどんどん減って」

流行《はや》らなく——なったのか。

「仕方がないので県からの依頼で『小學讀本《しょうがくどくほん》』の翻刻《ほんこく》などをしていたんです。教科書なんですが、版は木彫です。でもその仕事も先細りで——仰るように技術が進歩している所為《せい》でしょう。そんな機《おり》に、まあ父が亡くなって、その——」

色色あって。

「——実家に居づらくなったもので、これを機会に上京しようと思ったという、ただそれだけのことなのですよ。学がある訳でもない、志がある訳でもない、凡そ時代遅れの木版の彫師ですからね。慥《たし》かに本造りの一端は担っていましたが、彫師ですよ。しかも見習いのようなものです」

「なる程。お国はどちらですか」

「信州です。長野です」

「では何故、東京に」

「成り行きのようなものです。教科書を作ったご縁で偶《たまさ》かお知り合いになった文部省のお役人に周旋して戴いて、深く考えることもせずに高遠さんの処にご厄介になることになったのですが、お聞きする限りはそんな当世風の技術の中に僕のような者が入り込む隙はないですよ」

「そうでしょうか」

「そうですよ。今、色色とお聞きしたので漸《ようや》く、しかも朦朧《ぼんやり》と現状認識が出来たような次第ですからね。僕は小説なんか何冊かしか読んだことがないですし、新聞も読みません。実家には書物なんかないです。本屋だって、町まで行かないとない。しかも小さな、雑貨屋のような本屋です。素人《しろうと》も良いところです」

「しかし汽車の中では読書をされていたとか」

「読書といっても昔出た『東京案内』という名所紹介のようなものですよ。何しろ右も左も判らないのですから、迷ったりしてはいけないと思いまして、せめて地名くらいは覚えようとしたのですが、まるで覚えられませんでした。こんな僕を雇ったって、多分何の貢献も出来ません。聞く限り僕の会社は何か作り上げなければ収入が得られないのでしょうから、これは完全な雇い損ですよ。高遠さんも困るのではないですか」

主人は腕を組んだ。

そこに、青年が盆に載せた茶を持って来た。茶は先程二杯も飲んで来たから、喉が渇いていた訳ではないのだが、柄になく能《よ》く喋ったから有《あ》り難《がた》かった。

「それで、高遠様はそんなあなたに何をしろと仰ったのでしょう」

「ああ。版木を彫るというのは細かい作業ですから、手先が器用だと思ったのでしょう。字を書けと」

「字ですか――」

「ええ。僕に、活字の元になる字を書けというのです」

ほう、と主人は感心したように言う。

「高遠様は、王禎《おうてい》を気取られたか」

それは誰かと尋いた。

「元《げん》の時代の――そうですね、農学者でしょうか」

「元って――大陸の、昔の」

「はい。六百年ばかり前の王朝です。王禎は作物の栽培法や農具の使い方を網羅的に記した『農《のう》書《しょ》』という大部《たいぶ》の書物を著《あらわ》した方です。その書物を刊行するに当たって、新しい活字を作ったのです。と、いうより木彫の活字を発明したのは、この人ではないかと思われます」

「発明――って、創ったのですか」

「まあ、活字自体はもっと以前からあったようです。粘土に文字を彫り付けて焼く――膠泥《こうでい》活字と呼ぶようですが、陶製の活字でしょうか。王禎は、木で活字を作ることを考案したのですね。字を彫る際に、筆の立つ者に元になる文字を書かせたのだと謂われています」

「僕は」

能筆家《のうひつか》じゃないですよと言った。

「書道など学んだことがありません。手習いすら真面目にしていない。字は金釘流《かなくぎりゅう》の下手糞《へたくそ》ですよ」

書き初めすらしたことがない。

「それは関係ないでしょう」

「いや――そうですか」

「教科書を翻刻されたのでしょう」

「それは元と同じに彫ったんです。元元刷られていた文字と寸分違《たが》わぬように写し取って彫ったのです」

教科書なら楷書《かいしょ》ですねと主は言った。

「何のことですか」

「書体――文字の形状、書く様式のことですね。楷書というのは、一画一画を続けずに丁寧に筆書きする様式、です」

慥《たし》かにそういう字ではあった。

「或る程度続け書きを許してしまうと行書、続け書きの崩し字は草書、と謂います。草書の場合は省略もされる」

「知ってます。瓦解前に刷られた読本《よみほん》は何冊か家にありましたから。父が絵柄の参考にしたのだと思いますが——文字が全部繋がっていて、僕には読めませんでした」

「慥《たし》かに草書は書き手に依って大いに形が変わります。だからこそ巧《うま》い書と、そうでない書が生まれる。しかし、その崩し字から、平仮名が生まれたのです」

「なる程」

「この国の言葉は輸入した漢字だけでは書き表せませんでした。表音文字としての平仮名は大変に便利だったのですね。一方、漢字の偏《へん》や旁《つくり》を抜き出し、形を整えて、表意文字である漢字の意味を失わせた文字が片仮名ですね。平仮名も片仮名も、成立の過程は違いますが、表音文字です。現在のこの国の表記は、それに漢字を組み合わせることで成り立っています」

「まあご説は理解出来ますが——」

「活字は大昔、大陸で発明されたものです。しかし、大陸の活字は総《すべ》て漢字なので御座いますよ。漢字しかないのですから当然で御座いましょう。大陸には平仮名も片仮名もないので御座いますからね。活版印刷がこの国に浸透して来るに当たって、漢字に関しては借り物でも何とか補えたのでしょうが、平仮名と片仮名の活字は、一から創らなければなりませんでした。こちらをご覧ください」

主人は横の平台を物色し、一枚の紙を抜き出して渡してくれた。

平仮名が刷られている。文章にはなっているが、読み難《にく》かった。

「これは、築地活版製造所という活字を製作している処が二十年ばかり前に刷った『新調《しんちょう》三號《さんごう》和文假名文字體鑑《わぶんかなもじたいかん》』というものです。どうでしょう」

「いや、これは——活字なんですか。どうもその、行書みたいですが。字と字が繫がっていないだけで、草書みたいにも見えますね」

「ええ。そうです。行書の活字というのもあるのです」

「はあ。まあ、一文字ずつ分かれていれば作れないこともないのでしょうけれども——」

綺麗ではある。

「でも、どうですかねえ」

「ええ。これは徳川《とくがわ》幕府が御《お》家流《いえりゅう》とした尊円流《そんえんりゅう》の書風の仮名を、四角い枠の中に収めるように工夫して作字されたものだと推察致します」

——そうか。

四角い枠の中に収めなければ、活字に出来ないのだ。

「現在、この国の漢字活字の標準書体は大陸では宋体《そうたい》、我が国では主に明朝《みんちょう》体《たい》と呼ばれているものです。明朝体というのは、筆で書かれた文字を元にして作られたものではありません。元元木版の活字として考案された書体——四角い枠の中で綺麗に見えるように設計された書体なのです。活字用に設計されていますから読み易いのですが、一方で仮名の明朝体というのはなかった訳ですから、それは新たに作らなければならなかった」

「それが――これですか」

「この文字は、一文字一文字は大変に綺麗な形の文字かと存じます。しかし、仮名だけで組んだ場合は美しいのですが、明朝体と組み合わせた時には、どうしても違和感が生まれてしまうように思います。綺麗ではあるけれど、木に竹を接いだような――まあ、本当にそうなのですから仕方がありません。成立過程の違う異質なものの組み合わせなのですから、どうしてもそうした不調和があることは否めない。ですから改良に改良を重ねているのです」

「今も作り直しているのですか」

「そうです。日日研鑽されている。一方であなたが翻刻された教科書などで使用されている楷書体は、菱《りょうこ》湖流《りゅう》の影響下にあるものと思われます。明治になって宮内省の官用文字に採用された、書家で文字学者でもあった巻菱湖《まき》の書風です。こちらは輸入書体との組み合わせではないので、違和感もなく読み易いですが、字種が少ない。ない文字が出て来る度に作ることになります」

「しかも木版――ですか」

「今は鋳造活字も出来ているかと思われますが、どうでしょう。見出しなどに使用する太さが均一な呉竹体《ごちくたい》と呼ばれる書体も御座いますが、どの程度普及しているものか、字種が揃っているのかは残念乍《なが》ら存じません。扠《さて》――私が勘案するに、高遠様はあなたに」

明朝体の漢字を作る手伝いをして欲しいのではないですかと主は言った。

「待ってください。それは既にあるものではないですか。宋の時代だか明《みん》の時代だかからあるのでしょう。それに、今はその築地活版製造所という処で造っているのでしょう。新聞だって雑誌だって書籍だって、これだけ沢山刷られているのですから」

手を広げる。万巻の書を示す。

「もう十分に足りているのではないですか。今更どうしろというのでしょう」

「もっと読み易く」

「はあ」

「更に美しく――仮名を漢字に合わせて作るのではなく、仮名交じりで綺麗に読める漢字の活字を作る。無駄なことでも出来ないことでもないかと拝察仕《つかまつ》りますが。それを為《す》るのは能筆家ではありますまい。いいえ、これは書家には為《な》し得ないことかと」

「僕は――」

主人は両手の親指と人差指を伸ばして四角い窓を作った。

「この中に収まるように作らなければ活字には出来ません。裏を返せばこの枠の中に収まっていれば、どう作ってもよいのです。縦棒を太く、横棒を細く、留めの部分には、欧文に倣《なら》ってセリフと呼ばれる飾りを付ける――明朝体には様式があります。ただ、太さや大きさに決まりがある訳ではありません。払いや撥ねの処理も同様です。和文に適した新しい書体は」

幾らでも工夫の余地があるかと。

「築地活版製造所も、製文堂《せいぶんどう》として活字の製造販売をしている秀英舎《しゅうえいしゃ》も、多くの人人が日日試行錯誤を繰り返しているので御座いますよ。技術の更新は、書物の在り方も、出版の在り方も変えることでしょう。高遠様はその一翼を担うべく何かを為されようとされている。そしてあなたにそのお手伝いをしてくれと、そう言っているのだと思われますが」

そんなことが。

「そんなことが可能でしょうか」

「勿論、あなたが厭だと仰るのならそれはそこまでで御座いますけれども」

「僕は」

郷里には帰りたくない。

否、帰りたいのだろうか。

手にした子供の手習いのような紙を見て考える。迷ってはいないと強く思っていたが、矢張り迷っていたのだろう。

顔を上げようとしたその時、目の前に己の影が伸びた。

背後から光が差し込んだのだ。戸が開いたのである。

「あ、これは先生」

振り向くと四角く切り取られた明かりの窓の中に、逆光で真っ黒になった人影が見えた。

「先生は止《よ》してくれないか。もう教職は凡て辞したのだからね。おや、お客様ですか」

慌《あわ》てて立ち上がる。先生などと呼ばれる人が訪れたのであるから、これは当然の反応であろうと思う。

その人は戸を閉めて、まあこちらは別に用はないのですよと言った。

「明治《めいじ》大學の方も最後の授業が終わってね、送別の会を開くようなことを言うものだから、辞した。これで高等学校の方も帝國大學もすっかり済んだのだし――」

妙な集まりで煽《おだ》てられたりするとまた胃が痛くなると、その人は言った。

「色色とすっきりしたものだから、何か本でも漁《あさ》ろうかと思ったのです。まあこの間一編書き終えたところだし、今日は木曜でもないから、切りが良いかと思ったのだが、邪魔かな」

「いいえ、とんでもない。あ」

「椅子も茶も遠慮します。こう、立って眺《なが》めるのが良い。ところで、そちらは」

「あ、あの」

「こちらはこの度、印刷造本改良會に入られた――」

「甲野《こうの》といいます」

考えてみれば一度も名乗っていなかったのだ。失礼な話である。

「ああ。博文館さんの。何をされる方ですか」

「活字の考案に携わるよう依頼をされたらしいので御座いますが――」

活字ですかとその人は言った。

「活字は良いなあ」

「良い——ですか」

良いと思うよとその人は繰り返す。

「文字というものは、どうしたって文意に囚われている。文章から切り離された文字というのは、ないからね。原稿用紙の中の文字は、普《あまね》く文の一部でしかないのです。文字は、意味という柵《しがらみ》に捕《とら》まえられて、文章という軛《くびき》に繋がれて在《あ》る。窮屈で仕様がないでしょう。一文の中に同じ文字が出て来たとしても、それはもう同じではない。そうでしょう甲野君」

「はあ」

「人と同じですよ。社会だの国だの土地だのという柵に囲われて、家だの家族だの職業だの地位だのという軛に足を取られて生きている。まあそれは仕方がないことですよ。そうしなければ生きられない。でもね、余《ぼく》は時偶《ときたま》、そういうものから解き放たれたくなる。そうして生きることが重圧になってね、胃が痛くなるんですよ。まあ胃弱なんだが」

その人——大層身綺麗で立派な服装の紳士である——は、そう語り乍《なが》ら近付いて来て、真横で止まった。怖《お》ず怖《お》ずと見上げる。立派な口髭を蓄えた、優しそうな紳士であった。

「活字はね、一文字で、文字としてのみ、其処に在る訳でしょう。文意なんかとは無関係に在る。自らの持つ意味しか持たない。それがね、様様な文章に組み込まれることで別の意味を生む。まさに、活きている字ですね」

紳士は笑った。

「柵も軛もないでしょう。羨ましい限りだね。拾われて、組版となって、意味を作って、刷り終えたらまた、ばらばらになって元の単《ひと》りに戻る。活字は版に組まれるという仕事をしているんだ。ただ書き付けられた文字とは、違うね」

「柵に、軛――ですか」

郷里。父。継母。家業。村。

「活字は、どんな文章にもなれるということです。同じ活字が、別なものになるのだな。馬という活字は、流鏑馬《やぶさめ》にも馬関《ばかん》にも馬鹿にもなれる。仕事を終えればまた棚に帰って、ただの馬という文字になる。何にでもなれる。活きている。あやかりたいものですよ。活きている字だから活字。斯《か》く在りたいと思うな」

「そう――ですね」

紳士は大きな眼を細め、声を立てずに柔和に笑った。

柵から逃れ軛から解き放たれても、また戻れる。何ごとかを成し遂げて、あるいは成し遂げられずとも、戻れるか。

しかし人は中中そうはいかないねと紳士は言った。

「立場に縛られる。性別に縛られる。情に縛られ知に縛られる。人を縛るものは沢山ありますからね。兎角《とかく》この世は生き難《にく》いですよ」

教職という立場からはお離れになったのではないですかと主は言った。

「離れたさ。それなのに君は先生などと呼ぶじゃあないか。そう呼ぶ者ばかりだよ。それに今度は新聞社という錨《いかり》が付いた。小説家という足枷《あしかせ》もある」

紳士はふう、と溜め息を吐《つ》いた。

「そういうものは要らんのです。肩書きも名前も要らないね」

それでは何かに出て来る猫ではありませんかと主は言った。

「猫のように生きたいものさ。でも、もう老いておるからね。今更猫になったとしても子鼠の一匹も獲れぬよ。そうしてみると君は」

紳士はこちらに顔を向ける。

「見たところ未《ま》だ若いようだしね。多分迷っておるのだろうが、大いに迷うといい。迷っているということは、選択肢があるということでしょう。流鏑馬にも馬関にもなれるということです。迷えなくなったら、まあつまらないものだからなあ」

そうなのか。

迷っても良いのか。

坂を上ったり下りたりしても良いのだろう。実際、それ程に悪い気はしていなかった。

「有《あ》り難《がと》う御座います。何か、気鬱《きぶさ》ぎが晴れた気がします。ご主人、僕は活字を創ってみようと思います」

「そうですか」

主は嬉しそうな顔をした。そして。

「それでは」


本日はどのような書物をご所望ですかと——弔堂の主は言った。


「それは判りませんよ。何が参考になるのか全く知らないのです」

選んであげなさいご主人、と紳士は言った。

「仏蘭西《フランス》や伊太利《イタリア》では食事の時に葡萄酒《ぶどうしゅ》を飲むが、出された料理の種類や客の好みに合わせて最適な葡萄酒を選んでくれる特別な給仕人が居るのだな。ソムリエという。これはね、相当の修業と経験が要るのだね。それだけに連中が選んだ葡萄酒は最良の食事の友となる。ただ美味《うま》いだけではなくて、料理の味も良くなるそうだよ」

ご主人は書物のソムリエになるといいと紳士は言った。

「いや、言いたいことは判っているのだよ。書物は他人に勧められて読むものではない、自分で捜して読むものだとでも言うのだろう。それはね、余《ぼく》もそう思うさ。世に書評家文学者は数《あま》多居《た》るけれども、そうした輩《やから》の言うことばかりを真に受けていたのじゃあ面白い読書は出来ない。自分で見付けて好きに読むがいいということは承知している」

主が何か言う前に、紳士は軽く手を翳《かざ》した。

「だからね。ご主人は、余《ぼく》の処に集まって来る彼《あ》れ此《こ》れ弁の立つ連中よりもずっと雄弁なんだから、口を挟まれると言い包《くる》められてしまうじゃあないか。まあご主人に言うのは釈迦に説法というものなんだろうけれど、この国の読書人口は年年増えている。出版点数もうんと増えている。猫も杓子《しゃくし》も本を読む。これは良いことなんだ。各々《おのおの》好きに読めば好いことですよ。けれどもね、こんな、書物の墓場みたいな場所に来る者は」

迷っているでしょうと紳士は言った。

「自分で言っていたじゃないか。此処は書物の墓場だと」

主は苦笑した。

「墓場――ですか」

「墓場なんだそうだよ、此処は。本は墓石で、自分は墓守なんだと。この舗の主がそう公言しているのだから間違いないのだ。いいかね、ご主人。墓場にやって来るような者はね、埋葬に来たのでないのなら、墓参りか、然《さ》もなきゃ迷い込んだか、どちらかなんだ。用もなく墓場なんぞにやって来る者は居ない。そうだろう。墓参りというのなら、それは参る墓が何処にあるのか知っているのだ。つまり欲しい本が判っているのだな。そうでない者は、これは困る一方だろう。何せ――」

こんなに墓石が並んでいると、紳士は呆れたような顔で言った。

「墓場で迷うなんてのはね、洒落《しゃれ》にならないだろう。肝試しじゃあないんだ。この人の身にもなりなさいよ。書物の渦に呑まれて迷っているじゃあないか。そういう時は、あんたのような墓守が案内してやるべきなのじゃないのかね。どうせまた、人生で出会うべき本は一冊で良いとか宣《のたま》うのだろうが、こんなにあるじゃあないか。縦《よ》しんばその一冊でなかろうとも取《と》り敢《あ》えず何か勧めてやるのが墓守の職責、果たすべき職務ではないのかね」

仰せの通りに御座いましょうと言って主は畏《かしこ》まった。そして暫くお待ちくださいと言い、帳場の横の階段を上って行った。

紳士はにや付いて、それから口髭を撫《な》でた。

「平素は遣り込められることが多いのでね。何か言われる前に言ってやったのですよ。だから今日は溜飲が下がった。あれは隠棲している割に世事《せじ》に通じておるし、元は僧籍にあったというのに罰当《ばちあ》たりなことも平気で語る。厄介な男なんだ」

「お坊さんなのですか」

「まあ昔はそうだったようだね。還俗《げんぞく》して随分経つようだから。あの男の言うにはね、墓は石塊《くれ》、埋まっているのはただの骨片だそうだからね。埋葬されている人物を知る者が参らなければ、何の意味もないものだと言う。どうにも不敬な物言いだけれども、まあそうでしょう。真理ではある。一方で埋葬者を知る者にとっては、墓は死者に出会える唯一の場所となるのだという。参った者の心中には、死者が必ず立ち上がるだろうからと」

「それは――道理といえば、道理なのでしょうが」

「道理だね。書物も同じだ、というのだな。関係のない者、興味のない者にとっては、ただの紙の束。中に何が書かれていようとも、どれだけ有り難い文言《もんごん》が記されていようとも、無価値だという。先ず読まないのだろうから、それはそうだろう。しかし、そうでない者にとって書物は掛け替えのないものになるともいうのだね。読めば」

幽霊が出る。

「何ですって」

「読まれなければ本の中身は死んでいる。屍《しかばね》だね。だが、文字と云う呪符《じゅふ》を読み、言葉と云う呪文を誦《よ》むことで、読んだ人の裡《なか》に、読んだ人だけの現世が幽霊として立ち上がるんだ――と言うのだよ、あの男は。それが――書物というものだと言う。ま、それはそうかと思わぬでもないし、この面白くもない世の中で、実に愉快な物言いだとも思いはするんだがね。だから」

あの男は墓守なんだよと紳士は言う。

「無縁仏になった書物に、縁者を引き合わせるのが己の宿世《すくせ》だとか言うのだ。まあその辺は元坊主だけあって抹香臭《まっこうくさ》いこと極まりないが、縁者を見付けて書物を成仏させるなんぞという妙なことを真顔で語るなんて、どうして愉快だとは思わないかね」

私の悪口はそのくらいにしておいて戴けませんかね、先生と階段の上から声がした。

「だから先生は止《よ》してくれ賜《たま》え」

「愉快だとか罰当たりだとか仰せでしたからね。お相子《あいこ》で御座います。扠《さて》、甲野様。本日はこの雑誌を一式、お譲り致しましょう」

主は雑誌を一冊持っていた。

「先程も少しだけお話し致しました、秀英舎を創業した佐久間貞一《さくまていいち》様が明治二十四年に創刊した、『印刷雑誌《いんさつざっし》』です。これは印刷技術の研究、そして啓蒙を旨《むね》とする雑誌です。残念乍《なが》ら佐久間様は九年前にお亡くなりになってしまいましたが、雑誌は続いている」

「それを――」

「これは創刊号ですが、最新号までを揃いで下宿までお送りさせて戴きます。最新の技術なども載っておりましょう。宜しければ下宿の所番地をお教えください」

書き記そうとして立ち上がると、はらりと花弁が落ちた。未《ま》だ何処かに付いていたのか。

「おや。桃の花弁だね」

「桃――ですか、これは」

「桃だね。この建物の周りに咲いているのは全部」

桜だからねと紳士は言った。

「あの坂の途中には大きな桃の木があるし、さっき見たら満開だったから、其処で付いたのでしょう」

紳士はそう言った。

その紳士こそが夏目《なつめ》金之助《きんのすけ》――かの名高き文豪、夏目漱石《そうせき》その人である。

漱石はその数箇月後、『虞美人草《ぐびじんそう》』の連載を開始する。それは、漱石がそれまで勤めていた凡ての教職を辞し、朝日新聞社《あさひしんぶんしゃ》に入社して再出発することとなった、将《まさ》にその日のことであったのだ。

それからの漱石の功績は改めて述べるまでもないことだろう。漱石は職業作家として数数の傑作名作を世に送り出した。のみならず漱石の許にはその人柄や見識、作風に傾倒する門人が多く集っており、彼等《ら》もまた各々の分野で活躍して行くことになるのだが――。

いや、それもまた――。

本の中に記されていることでしょう。

探書廿

複製《ふくせい》

寝転がったまま川という文字の形を工夫していると、突然襖《ふすま》が開いた。

無理な姿勢で振り向くと、尾形《おがた》が突っ立っている。下から見上げると実に見窄《みすぼ》らしい。袴《はかま》は皺《しわ》だらけだし着物は彼方此方《あちこち》解《ほつ》れているし、ぼさぼさの髪の毛は逆立っている。疎《まば》らに生えた無精《ぶしょう》髭《ひげ》がまた汚らしい。

尾形は同じ下宿の向かいの部屋で暮らしている。老《ふ》けて見えるがどうやら齢《とし》は一つ下なのである。

何か用ですかと問うと、用ですと答える。尊大な癖にどうにものらりくらりと捕らえ処のない男なのである。

「這入《はい》っても宜《よろ》しいかな」

そんなことを言うのだけれど、既に足の指先は敷居の上に食《は》み出している。それでも、当人としては敷居を踏んでいるという意識はないのである。重心は足の裏だの踵《かかと》だのの方にあるのであって、指はまた別なのだそうだ。

仕方がないので身を起こし、座り直した。

字を描いていた紙束を、文机《ふづくえ》の上に移す。

「また字を描いておられたか。本日は定休の日ではないのかね。貴君は頗《すこぶ》る仕事熱心であるよなあ」

「仕事が捗《はかど》っていないからですよ。手が遅い。それ以前に落とし処が摑めないんです」

尾形は部屋に入って来るとどっかと胡坐《あぐら》をかき、画板のようなものを横に置くと文机の上を覗《のぞ》き込んだ。

「君、その鉛筆というものは書き易《やす》いものかね。郵便局なんかでは使っているようだがね。木筆《もくひつ》なんぞとも謂《い》うようだし、木炭のようなものかな」

「木炭とは違いますよ。あんなに脆《もろ》くない。まあ鉛筆というくらいだから芯の部分は鉛が使われているのだろうと思うけれども、鉛といっても金属ではないです。炭も練り込んであるのかもしれない。判りませんね」

「スラスラと書けますかな」

「ええまあ。しかし、書き易いというよりも、消せるから試行錯誤には丁度《ちょうど》良いのです」

「消せますか」

「字消しというものがある。護謨《ゴム》で出来ているようだが」

字消しを手に取って見せた。

「これで擦《こす》ると、まあ消えますよ。あまり濃く書くと紙が黒くなるし、強く擦ると紙が擦《す》り切れる。その加減が難しいのだけれどね。鉛筆にしろ字消しにしろ使い慣れぬから手を焼きますが、筆書きだと消せないのでね。紙が無駄にならずに済むのです」

なる程改良ですなあと言って尾形は腕を組み、感心した。

「吾輩《わがはい》は萬年筆なる利器をさる方から戴いて、甚《いた》く重宝しておった訳《わけ》だが、消せぬというのはこれ、致し方なきものと思うておった次第。墨であろうがインキであろうが一度書けば消せはしませんからなあ。インキ消しというのはあるらしいが、そう自在なものではない」

筆書きの場合は二度と消せない。

錦絵の下描きなどは、だから細く薄い線で何度でも描かねばならない。一番良い線を太く描く。それもそのまま使える訳ではない。透かして写すしかない。

尾形は字消しを手に取って矯《た》めつ眇《すが》めつしつつ、意外に持ち重りのするものですなあなどと感心する。

「いずれ、君の仕事のように形《フォルメ》を吟味するような作業には向いているかもしれないなあ。文章を推敲《すいこう》するには、難しいところかもしれない。消しても字数が変わるしなあ。割り込みさせるにも、書き直しになることに違いないし、詰めることも出来んし、余り意味はないかなあ」

「何の用です」

用があると言っていたのだ。

尾形はああ、と言った。

「これでも物書きなので、道具には興味がある。まあ弘法《こうぼう》筆を選ばずと世人《せじん》は謂うが、ペン先をインキ壺《つぼ》に浸けるその一瞬が無駄に思える時もあるものでね。その一瞬の間に、浮かんだ語《ご》彙《い》が飛ぶこともある。だから萬年筆は良い」

「鉛筆の効能を探りに来たのですかね」

迷惑そうだなあと尾形は言う。

「邪魔をしてしまったかなあ。吾輩がインキ壺になってしまったかな」

「そうじゃないんですよ。行き詰まっていたのです。僕は今、川という漢字を工夫していたんですけどね、これが難しいのです」

「カワというのは、三水《さんずい》に可の方ですかね。それとも三本川ですか」

「縦棒三本の川ですよ。画数はたったの三です。これが難しい。画数の多い文字は、枡目《ますめ》に入れ込むにもそれだけで制限があるのだけれど、棒三本だと何と言うのですかね」

自由度が高い、と尾形は言った。

「ああ、そういうことです。三本の線の間を離して描こうが狭《せば》めて描こうが、川は川なんですな。間違ってはいないし読めないこともない。この左側の払いだって、大きく曲げようが少しで済ませようが、まあ読めてしまう。要するにどうでも良いのです」

「そうですなあ。筆跡は人それぞれですからな。同じことでしょう」

「同じことですが、同じではないのですよ。仰《おお》せの通り筆跡というのは百人居れば百通り、千人居れば千通り、皆違います。でも活字というのは、その無数にある筆跡の中から、一番良い形を選ばなくちゃあいけないのですよ」

「良い、という言い方は判り兼ねますな。良いというのは要するに美学的な感覚のことではないのかな。そうであるなら、それも千差《せんさ》万別《ばんべつ》でしょう。万人が美しいと感じることなど、吾輩に言わせれば――ない。違うかね」

違うのですよと答えた。

「それは慥《たし》かに、美しいのに越したことはないのです。しかし美しければ良いという訳ではない。実際、僕が前に彫っていた木彫の文字――楷書体《かいしょたい》というようですが、それは宮内省御用達の能筆家《のうひつか》の文字を真似《まね》たものだったようですがね。仮名《かな》ですからね。それに、僕が描いているのは、明朝《みんちょう》体という、筆書きではない文字ですからね。時に尾形さん、あなたは原稿用紙に文を書くのでしょう」

「書きますぞ」

「一枚の原稿用紙に、同じ文字を何度も書くことになるのでしょうな」

尾形は暫《しば》し考えた。

「まあ、それは当然ですな。文字を重《ちょう》複《ふく》させずに文章を綴《つづ》るのは、難しいというよりほぼ不可能でしょうなあ。いろは歌のようなものしか思い付かんね」

「そうでしょうね。何度も書く。同一人が記すのだから、筆跡は同じになる筈《はず》だが――どうです。全く同じ形の文字を書けますかね」

書ける訳がないねと尾形は即答した。

「まあ、癖は出るのだろうが、そりゃあ違ってしまうさ。全く同じ形の文字なぞ、書ける筈もないね」

「全く同じなんですよ」

活字は――と言った。

「何処《どこ》に配置されても寸分違《たが》わずに同じなんですよ。前後にどんな文字が来ようとも、何回繰り返して使われても全く同じなんですよ。つまり、どんな組み合わせで使われても妙に見えない、浮かない、綺麗《きれい》に見える、そういう形こそが、良い形ということです」

なる程それはその通りだと言って尾形はやけに感心した。

「考えたこともなかったな。いやあ君のお蔭で見識が広がった」

付け焼き刃ですよと答える。

謙遜ではなく、実際にそうなのであるから仕方がない。この仕事を始めてから三月《みつき》半程しか経っていないのである。勉強をしたというには如何《いか》にも期間が短《みじか》過ぎる。だから未《ま》だ未《ま》だ知識が浅い。考えも及んでいない。何といっても、上京するまでは何も識《し》らないただの田舎者でしかなかったのである。いや――。

弔堂《とむらいどう》に行くまでは、自分が何を望まれ、何を為《す》べきかすら解っていなかったのだ。

「文筆というのはね、気が乗れば力が入るものだし、気が殺《そ》げれば、まあ途切れもするものでね。筆が滑《すべ》るなんぞと謂うけれど、それは文意やら内容だけの話ではないのだね。文は書くものだから書くことそのものが表現ですよ。当然文字の形も変わるのだな」

「変わりますか」

大いに変わるねと尾形は言う。

「力が入れば筆圧も強くなろうというものだ。気が荒ぶれば文字も強くなる。迷えば筆致も細るだろうさ。考えてもみ賜《たま》え甲野《こうの》君。太くて力強い筆致で荒荒しく書き付けられた艶書《レトルダムール》というのは、如何《いかが》なものだろうね」

「それ、恋文――のことですか」

縁がない。書いたこともないし読んだこともない。

「そりゃあ熱意のようなものは伝わるかもしれないけれどもね、恋心《ロオマンス》は感じられないのではないかね。一方、ひょろひょろ嫋《なよなよ》とした文字で綴られた抗議文というのは、あまり説得力を持たぬだろう。文字の形はね、文そのものと不可分なものだよ。それも含めて表現なのだな。しかし、活字を使ってしまうと、文字と文章は分離してしまう、ということだねえ」

「はあ」

それは――考えてもみなかった。

「僕の方こそ、そんなところには思いが行っていなかったなあ。慥《たし》かに尾形さんの言う通りですな」

そうだろうと尾形は言う。

「瞋《いか》り心頭に発《はっ》して殴り書きされた文も憾《うら》み骨髄に徹して刻まれた文も、詩情豊かな美文も塀に悪戯《いたずら》書きされた駄文もだね、凡《すべ》て同じ形の文字で表されてしまうということだねえ」

「そういうことです」

これは心して臨《のぞ》まねばならんねえと尾形は言い、腕を組んだ。

「何をですか」

「まあね、吾輩は能筆家ではない。どちらかといえば悪筆の類《たぐ》いだ。でもね、こう、矢張《やは》りただの文《フラアズ》と美しい詩《ポエム》では、筆致というか、文字の形が変わってしまうものなのだ。だが、考えてみれば吾輩の原稿なんぞを直接目にするのは、出版会社の担当くらいだからね。吾輩の書いた文字は普《あまね》く活字に置き換えられてしまう訳で、字形や筆致にどんな想いを籠めようが、無駄ということさ」

つまり、と言って尾形は人差指を立てた。

「ものを書く者は、須《すべか》らく文字の形なんぞに倚《よ》り掛からずとも伝わるような優れた文章を書くべし、書かねばいかん、ということだよ」

なる程。

それは即《すなわ》ち、活字というのはどんな内容の文であっても違和感なく表せる、読める文字形でなくてはならない――ということでもあるだろう。

そういうと、尾形は大きく頷《うなず》き、それこそが君の言うところの良い形という奴なのだろうなあと言った。

そうなのだが。

益々《ますます》解らなくなった。

三本川の線の隙間がどのくらい開いていれば汎用性《はんようせい》のある文字になるものなのか、さっぱり解らない。尾形の言うように美しさなどという基準は人それぞれなのだろうが、もし万人が美しいと思えるような形が創れたのだとしても、それが様様な文意に則した形になるのかといえば、否《いな》だろう。

文机の上の、描いては消し描いては消しした汚い紙に目を遣《や》る。

不可能ですかねえと言った。

「何の不可能なものかね」

「可能ですか」

「可能さ。吾輩はね、石見《いわみ》の産でね。石見は神楽《かぐら》が盛んなのだよ」

「神楽というのは、あのお祭りなどで舞うお神楽のことですかね」

そのお神楽だと尾形は言う。

「あれは面を付ける。面というのは動かんからね、表情はない。だが演者が舞うとね、怒ったり喜んだり色色に見えるものだ。能楽の面の、小面《こおもて》というのがあるだろう。あれは若い娘の面らしいが、観《み》ように依《よ》っちゃ小娘にも年増にも見えるし、泣いたり笑ったり表情が付いて見える。でもね、面は面で動きやしない」

「観たことがないので何とも言えませんけどもね、想像は出来ますよ」

「同じことだね。同じ形の文字であっても、文脈の中に配置されることで様様に表情を変えるのだ。文字が。素晴らしいねえ」

「難しいですよ」

出来ないことじゃあないと言って尾形は袂《たもと》から紙巻きを出すと、一本抜いて咥《くわ》えた。

慌《あわ》てて煙草盆《たばこぼん》を差し出す。

尾形は、何故《なぜ》かわざわざこの部屋にやって来て煙草を喫《の》む。仕方がないので買って来たものだが、ほぼ、尾形専用である。

「文字の形状に頼らずとも意を伝えられる文章、そして如何《いか》なる文意も損なわぬ汎用性のある文字。これからは、表現も当世風に改良して行かねばならんのだよなあ」

尾形は鼻から煙を吹き、お互いに目指す高みは遠いねえと言った。

「まあ、もの書きとしてはね、一層に気を引き締めて掛からなくちゃあいけない訳だが」

この尾形という男は、仏蘭西《フランス》語の翻訳を生業《なりわい》としている。

とはいえ、それ程注文は来ないらしく、いつも懐は寂《さび》しそうである。下宿の賄《まかな》いをしている夫婦の談に拠《よ》れば、下宿代も能《よ》く溜めているのだそうである。ただ仕事が少ない割には遊びにも行かず一日中机に向かっているのだ。極めて熱心なのか、或《ある》いはそれ程優秀でもないからなのかは判らぬが、いずれ真面目な男ではあるのだ。

「で——だ。尾形さん、再度尋ねるが君は何の用で来たのだね」

ああ、と尾形は再び同じような反応をした。大した用ではないのだろう。

この男は翻訳に行き詰まると大抵《たいてい》息抜きにやって来て、小一時間は無駄話をして行くのである。その内容たるやまさに無駄である。本人は無駄とは思っていないのかもしれないが、近所の飯屋の煮付けが辛いとか大蔵卿の素行が気に入らないとか、脈絡がないことこの上ない。

しかし此度《こたび》ばかりはそうでもなかったようで、尾形は忘れておった忘れておったなどと言い乍《なが》ら、煙草を揉み消して持参した画板のようなものを前に引き出した。

開くのかと思って画板を見ていると開かない。

「実は先《せん》だって、大伯父が亡くなったのだ」

尾形はそう言った。

口腔《こうこう》に残っていた煙草の煙が僅《わず》かに溢《こぼ》れて漂った。

「ああ。そう言えば君は暫《しばら》く留守にしていたが、それでは、あれはご葬儀だったのか。いやはや、ご愁傷様《しゅうしょうさま》でした」

「なァに。大伯父だからね、親等も遠いし、大した縁もないのさ。報《しら》せが来たものだから取《と》り敢《あ》えず急いで帰ったが、石見は遠い。着いた時には葬儀も何も終わっていて、線香を上げただけさ。顔も見ちゃあいない。でも形見分けだけは貰ったんだがね、それが」

尾形は画板を示した。

「これなのだ甲野君」

「画板ではなく、その形見とやらはこの中に収めてあるということでしょうね」

勿論《もちろん》だと言って、尾形は漸《ようや》くそれを開いて中を見せた。

古い絵が何枚か入っていた。

「錦絵ですかな」

「さあ。何と呼ぶのかな。浮世絵というのは画題に対する呼称なのかね。それとも技法で仕分けるものなのかな。大伯父の家族は浮世絵浮世絵と言っていたけれども、思うに何ともいい加減なのだな。とはいえ、吾輩も人のことなんぞ言えたものじゃない。浮世絵というのは単なる昔の刷り物のことだと思っていた。違うのかな」

識りませんなあと答えた。

本当に識らないのである。

「そうかね。君は何だ、その——上京するまで刷り物を作っていたと言っていたが、詳しいこともないのかな」

「版木を彫っていただけですからね。道具の鑿《のみ》だの木の材質なんかは、多少なら判りますけれどね。刷っていたのは天神《てんじん》様だとか牛若丸《うしわかまる》だとかいう、縁起物やら引き札の図柄ですよ。一枚お見せしたでしょう」

荷物に一枚紛《まぎ》れていたのだ。

「まあ、最近はそうしたものも石版画で刷るようになってますしね。僕は木版ですから、こうした御一新《ごいっしん》前の——これは瓦解《がかい》前のものですよね」

一向《いっこう》に判らんねと尾形は言った。

「まあ、これも木版だろうと思いますから、僕のやっていたものも此方《こっち》の方に近いんですけどもね」

「そうかね。まあそんな君の前でこんなことを言うのは何だか気が引けてしまうんだがね」

何でも言ってくれと言った。別に何を言われても構わない。

元元彫師《ほりし》としての矜持《きょうじ》をきちんと持てていないのである。

尾形は刷り物を一枚手に取って、眺《なが》めてからひらりと裏返した。

「この、錦絵だか浮世絵だかだが、実はね、大伯父が大事にしていたものではあるのだな。だが、こういうものは我が家では襖の下張りに使っていたのだ。野菜なんぞを包むことすらあった。桜紙よりも丈夫だからね」

「つまり、価値を認めていなかったと受け取れば良いのかな」

すまん、と尾形は頭を下げる。

「何で謝るのだろう。いや、その通りだよ尾形さん。うちでも同じ扱いをしていたからね。いや、自分で作っている分、よりぞんざいに扱っていた。売り物ですから、余った分は売れ残りです。僕も童《こども》の頃は折り紙代わりに兜《かぶと》を折ったりしたものですよ。親もそれこそ畳の下に敷いたり菓子を包んだりしていましたから」

ただの引き札ですよと言った。

「手間こそ掛かっていますが、見世物小屋の客寄せだとか呉服屋の大売り出しなんかの時に撒き散らす、紙片《かみきれ》と同じですよ。あれは大抵捨てられる。捨てられるものなんですよ。多色刷りにすれば直《す》ぐに捨てられないので、多少なり長く手許《てもと》に残る。その僅かな期間、宣伝になるというだけのことです」

そう卑下《ひげ》したものでもないよと尾形は言って、もう一度刷り物を凝視《ぎょうし》した。

「まあ、木版でこんな細かい絵柄を再現出来るというのはね、技術としては大したものだと思うね。素人目《しろうとめ》にも色が綺麗だということぐらいは判る」

「まあ――簡単ではないですがね、職人仕事ですよ。ただ、今となっては無駄な修業だったかもしれませんよ」

「無駄かねえ」

そう言って尾形は絵を画板に戻した。

「いや、大伯父はこういう刷り物だとか掛け軸の類いを――まあ、我が一族はこの手のものは何でもかんでも浮世絵と呼んでいたんだが、その、浮世絵を集めていたらしい」

「蒐集家《しゅうしゅうか》だったのかな」

「そんな大したものじゃあない。蒐集癖はあったようだが、極めて半端《はんぱ》だ。茶碗だの置物だのも集めていたようだが、どれも半端さ。好きではあったのだろうが、価値を解って集めていたのかは甚《はなは》だ怪しいと思うね。浮世絵はね、葛籠《つづら》に何十枚も入っていたそうだ。この十枚は特に大事にしていたもののようでね、桐箱かなんかに入れて、別にされていたのだ。それを吾輩が譲り受けたと、まあそうした次第だ」

「ほう」

「そこは感心するところじゃないよ。これは吾輩に美的な素養があると遺族が考えたとか、吾輩が大伯父に可愛がられていたから譲ったとか、そういうことではないのだな」

しかし大切にしていたものなのだろうと言うと、葛籠の中身の浮世絵は全部捨てたらしいと尾形は言った。

「これは別になっていたものだから捨て損ねたのだね。それで吾輩にお鉢が回って来たというだけだ。それも、遠方に暮らしておるから、単に紙ものは持ち帰り易かろうという、それだけの理由だ。しかしね、君は承知かどうか知らぬが、吾輩は」

この手のものがまるで解らんと言い尾形は絵をぺしゃりと叩いた。

「解らんというより苦手なのだ。いいや苦手というより、好かんのだよ。吾輩の実家は瓦屋《かわらや》でな、大伯父は神社の禰宜《ねぎ》をしておった。徹底的に和だ。別に和が悪いとは言わぬが、何というかな、そこに機智《エスプリ》はないのだな」

能《よ》く解らない。

「西洋風でない、という意味かな」

「平たく言えばそうなんだがね。何と言うかなあ。近代を迎え入れる気風がないとでも言うかなあ。何と言っても草深い僻地、古い土地柄だからね。瓦解から四十《しじゅう》年、いまだ文明開化成らずだ」

「草深いというのなら僕の故郷も一緒ですよ。山しかない。大いなる田舎ですよ。東京が未《ま》だ江戸だった頃から、お江戸の風なぞ吹いちゃ来なかったのだからね。開化どころか、開化前からの大鄙《おおいなか》なのだね。山ですよ」

「そうか。まあ信濃《しなの》といえば石見に比べて帝都に近いだろうくらいに思っていたがな、まあ慥《たし》かに山深いといえばそうなのかもしれない。いずれ、旧弊《きゅうへい》からは逃れられぬということか。いや、吾輩は洋風を好む訳ではない。何もかも当世風が良いとも思わん。ただ、これだけ時代が動いておるというのに、我が身を一切省《かえり》みず、変わろうとせん風潮は好まぬのですよ。こうしたものは」

尾形は絵を指さす。

「どうも、旧弊の足枷《あしかせ》のように思ってしまうのだ。悪いものではないにしろ、今の世に必要なものなのかどうか、疑問だ」

必要か必要でないかというのなら。

必要はないでしょうなあと言った。

「なくて困るものではないでしょうしねえ。絵画などというものは、どれもそういうものではないですか。油彩画であれ水墨画であれ、なければ暮らして行けない、死ぬというようなことはないでしょう」

「そりゃそうだがね。吾輩が言うのはそういう意味ではない。芸術《アール》は人の生活に必要不可欠なものだと吾輩は心得ておる。耶蘇教《やそきょう》の聖典に、人は麵麭《パン》のみにて生くるものに非《あら》ずという言葉が出てくるがね。本義は違うのだけれど、まあそういうことだ。衣食住が足りているか否かというのは重大な問題だが、それだけ足りていれば良いのかと言えばそうではないぞ。それだけで良いのなら凡百意匠《あらゆるデザイン》は要《い》らぬことになる。絵画や彫刻は疎《おろ》か芝居も歌舞音曲も何もかも要らぬということだろう。そりゃあ君、文華《カルチャア》の否定だよ。それを無駄だとか宣《のたま》う族《やから》は、莫迦《ばか》だ」

「それじゃあ何だね。聞くに、矢張り和風がいかんと言っているように思えるが」

和風でも良いのだと尾形は言った。

「和魂洋才《わこんようさい》などと謳《うた》われるようになって久しいし、それは建前だと思わんでもない。だが仮令《たとえ》建前であってもね、掲げてるのと開き直るのじゃ違うだろ」

「能《よ》く解らないなあ」

「和風でも新しいものは創れるだろう。別に洋才なんぞ用いずとも、今の世に見合った和の在り方は示せるだろうさ。古いものを大事にするのはまあ良いが、古い在り方しか認めないというのは、如何《いか》にも偏狭だし、矢張り莫迦の内ではないかな。時流に添って、いいや次なる時流を創り出してこその文華《カルチャア》だろう。こりゃ、いいものなのかもしれんが、古かろ」

「新しくは——ないでしょうねえ」

「だから悪いなんぞと言っている訳ではないぞ。吾輩には価値が量れん類いのものだと言っているのだ。慥《たし》かに——技術は素晴らしいものなのだろうさ。しかし画風や、画題一つ取ってもなあ。今時、こんな女は居なかろう」

尾形が示すので一枚を手に取った。

大奉書《おおぼうしょ》を縦に半分、見慣れた大きさである。紙質も手に馴染《なじ》む。

懐かしい。

女が二人描かれている。

手前の女は煙管《キセル》を手にしている。奥の女の前には反物《たんもの》のようなものが横断している。盥《たらい》のようなものも置いてあるから張物《はりもの》だろう。背景には川があり、橋が架かっている。

着物や布の柄が細かく、かつ美しい。髪の毛の処理なども繊細である。

「巧《うま》いね」

「巧いのだろうさ。それは解るよ。署名も入っているから名のある絵師なんだろうさ。吾輩は聞いたことがないがな。君は識っておるかね」

「いや、昔の絵師は皆同じような名前ですからね」

「識らんかね」

正直一人も識りませんと答えた。

「まあ、今も活躍している人なら、耳にすることもないではないから、判らないでもないけれど、それだって虚覚《うろおぼ》えだからね。北斎《ほくさい》だか暁斎《きょうさい》だか、実は能《よ》く判っていないのだ」

元彫師をしてそうかねと言うので、元田舎の彫師だと返した。

「こういうのは何だ、粋《いき》とかいうのじゃないのかな。僕の場合は野暮《やぼ》なのだ。こんな繊細なものは彫らないから」

「画題——というのかな。何を描くのかは兎《と》も角《かく》、技術としては同じじゃあないのかね」

「まあなあ」

職人として覧《み》れば——。

「いや、かなり巧いよ。木版なんだからこんな細かい線の処理は、簡単には出来るものではない。色版の重ね方も、色の選び方も大した技量だよ。版ずれもないし、実に名人だ」

「名人なのは」

職人じゃないのかと尾形は言った。

「職人ですよ。しかもかなり腕の立つ職人だろうね。昔は、こんな素晴らしい細工が出来る職人が江戸や大阪《おおさか》に何人も居たのだろうな、とは思うね」

尤《もっと》も。

どれだけ優れていようとも、この技術はもう要らないものではなかろうか――とは思うのだけれど。

「だからさ。この絵が凄いのは職人の技あってこそなのだろう。技巧が優れているのさ。だがな、それは――果たして絵師の力なのかと思ってね」

「いや、元絵は大事だよ。元絵がなければ技巧も発揮のしようがないのだよ。元になる絵をどうやって再現するかに心血を注《そそ》ぐのだからね。元の絵が下手糞《へたくそ》だったなら、その下手糞な絵を再現することになるからね。技巧を凝《こ》らして下手を再現するんだ。技が冴えていればいる程に下手が際立つことになるだろう」

そりゃあそうだと言って尾形は大いに笑った。

「まあいいさ。元の絵も上手なんだろうさ。そうだとして、だ。その上手な絵をそんなに優れた技巧で再現するのは何故なのだね」

「何だと」

「君の言うように昔の職人達は心血を注ぎ技の限りを尽くしてその版を彫ったのだろうさ。それは――何故だね」

「だから元の絵の素晴らしさをだな」

「元の絵のままじゃいかんのか」

「絵は一枚しかないだろう。いいかね尾形さん。版というのは刷るために彫るのだ。彫って刷るのだ」

「つまり複製だろう」

「複製さ」

「それは」

偽物《にせもの》じゃないのかと尾形は言った。

「偽物というのは判らないな」

「そうか。判らないかなあ。偽物という表現がいかんのかな。少なくともそれは原画《オリジナル》ではないだろうさ。複製なんだから。そうだな、なら——その、一番下に入っている少しだけ大きさの違う絵を見てみ賜《たま》え」

言われるままに画板を引き寄せ、絵を捲《めく》る。

凡て錦絵のようだった。

が。

「ああ。これは刷り物ではないなあ」

一枚だけ、紙に筆で描き付けられた絵が混じっていた。

「そうなんだ。それはね、大伯父が一番大事にしていたものらしいのさ。紙に直接描かれているだろう。所謂《いわゆる》、絵だ。ただの絵だね。実に美しい。画題は相も変わらず昔の女で、古臭いこと極まりないが、上手だと思うよ。それはまあ、刷り物の原画なのかそれともただの絵なのかは識らぬが、本物だろう」

直《じか》に描いているんだから本物さと尾形は言う。

「いや、まあそういう意味ではそうなんだろうけれどもね、これは多分、錦絵の下絵じゃあないよ。まあ、当時どうしていたのかは識らないけれどもね、下絵の場合は色を指定したりするのじゃないかと思うよ。こんな風には描かないと思うがなあ。だから、これは一点ものの、何というかなあ。普通の絵だよ」

「そう。こりゃ一点ものだよ」

尾形は絵を手に取る。

「本物というのはね甲野君。普通は一点しかないだろう。だからこそ本物というのだ。模写《レプリック》は偽物だ。複写《コピエ》は偽物とは謂わんのだろうがね、それも本物じゃなかろう。このね――」

尾形は九枚の錦絵を一度に掴んで、ゆさゆさと揺らした。

「――刷り物。これはもう、何枚もある訳だろうね」

「刷っているからね。いや、刷るというのはそういうことだからね。百枚か千枚か知らないけれども、あるだろうさ」

「同じものが何枚もあるんだよ」

「それがどうしたというのだろうな。当たり前のことじゃないのかな」

「価値があるのかね」

尾形はばさりと紙束を置く。

「価値があるとするならば、それはこの彫師や摺師《すりし》の技術にこそあるのじゃないのかと考えるのだがね。どうだろう。それはね、構図《コンポジション》だとか、筆致というか形象《フォルム》はね、画家の力量なのだろうね。しかしこれは刷り物だ。彫師摺師なくしては再現出来ないものさ。そして、この刷り物自体は何枚も何枚もあるのだ。そうなると、これ自体に価値はあるのか、とね」

「そう言われればねえ。まあ――」

解らない。

「いや、最初に言っただろう。君だって言っていたじゃないか。こんなものは襖の下張りだろうって。僕もそう思うよ」

「矢張《やは》りなあ」

尾形はそこで溜め息を吐《つ》き、やや萎《しお》れたように見えた。

「何なんだ君。どうも何か、歯に衣《きぬ》を着せたような物言いじゃないか」

「着せているのだ。衣を」

「何故」

「それはな、吾輩にも多少なりとも見栄というか、自尊心《アームアプロウプラ》のようなものはあるのだ。こうして気安く交流してくれている、まあほぼ唯一の朋輩《ほうばい》である貴君の前と雖《いえど》も、それはある訳だ」

まるで解らない。そもそも他人の真情を斟酌《しんしゃく》出来る程、人付き合いに長《た》けてはいないのである。鈍感な田舎者なのだ。

尾形は横を向いたり下を向いたりした後に、言い難《にく》そうに口を開いた。

「この絵だがね。紙物で運搬し易いから呉《く》れた――という訳でもないのだ」

「ほう。まあ慥《たし》かに、仏蘭西文学者には相応《ふさわ》しくないものかもしれんが、郷里の親類はその辺《あた》りのことを理解していなかった、ということかな。和も洋もなく、文学と美学の区別さえ付いていなかったとか」

「当然そんな区別は付いていないさ。郷里の連中にしてみれば仏蘭西と露西亜《ロシア》の区別もないくらいのものだ。それ以前に、親も親戚も吾輩が帝都で何を生業としておるのか識らん。識ろうともしない。尋ねもせん。浮浪無頼《ぶらい》の下等な遊民だくらいにしか思っておらん。だがね、彼等《ら》にも一つだけ判っていることがある」

「何だい」

「吾輩が」

喰うに困っているということさと尾形は言った。

「知っての通り貧乏だ」

「そのようだなあ」

「赤貧《せきひん》と言っても良い。翻訳の仕事など然《そ》う然《そ》うあるものではないし、あったって金になるものではないのだ。原稿料は驚く程に廉《やす》いと来ている。本にしたところで大して売れないのだからこれは仕方がない。仕方がないでは済まされぬがな。そんな訳で日日精進しておるがね、金はない。これぱかりはどうにもならないのだな」

「まあ、僕は存じ上げているよ」

偶《たま》に見兼ねて蕎麦《そば》を奢《おご》るのだ。

「何故だかそこだけはきっちり識られているのだ。親類縁者皆の誰もがね、吾輩の職業も識らんのに貧乏だということだけは熟知しておるのだ。つまり、連中はこれを」

指差す。

「売って金に替えろというのだな」

「ははあ。そういうことか」

「そういうことさ。大伯父がわざわざ別にしておいた十枚だ。さぞや値打ちのあるものだろうと言うのさ。東京で売り捌《さば》けばひと財産築けるような戯言《ざれごと》をほざくのだ。吾輩はといえば、こういうものはそもそも埒外《らちがい》だからね。価値などまるで判らん。だから言われるままにはいはいと貰って来たが、まあ考えるだにこんなものが売れるとは思えんのだ。いっそ破れた襖に貼ってやろうかとも思ったのだがなあ。いざとなるとね」

「もし値が張るものだったなら大層《たいそう》な贅沢《ぜいたく》になるなあ」

「そういうことさ」

それで僕の処に探りを入れに来たのかと問うと、他に当てもないのだと尾形は言って、肩を落として萎れた。現れた時の尊大さは微塵《みじん》もない。

「どうも情けないなあ」

「諒解《りょうかい》している。版元には前借りがあるから顔も出せぬしな。ご存じの通りこの下宿の夫婦はなあ。元浪花節語《なにわぶし》りと元タレ義太《ぎだ》だ。芸道に携わる者を低く見る訳ではないが、引っ繰り返しても絵が判る人品骨柄とは思えぬしなあ。それに比べれば、君は元彫師で、今も出版の業界に携わっておる。謂わば専門じゃないか」

学はないよと言った。

「しかし――」

そして思い出す。

弔堂のことを、である。

弔堂には錦絵も多く置いてある。彼処《あそこ》の主人なら、多分この手のものにも詳しいだろう。価値も、売り捌き方も識っているに違いない。もしかしたら買い取ってくれるのではないかとさえ思う。そもそもあの正体の判らない男は、何でも能《よ》く識っているのだ。

伝手《つて》がない訳でもない、と言った。

「それは心強いね。ま、一般には価値がなくても、どんな分野にでも好事家《こうずか》というのは居るものだからな、大伯父のような趣味の金満家も居ないとは限らないからね。ほら、どうも最近はあの、琳派《りんぱ》というのが人気だと版元の親爺《おやじ》に聞いたがね、あれは屛風なんかだろう。屛風なら茶道具屋なんかで見掛けるが、これは絵だからなあ。売るにしても売り方が判らないのだ。古《ふる》物屋《ものや》でもないのだろうしなあ。価値があったのだとしても、販路がないのでは宝の持ち腐れということになるからな」

未《ま》だ何も判らんよと言った。

「糠喜《ぬかよろこ》びはしないでくれないかね。価値があるのかないのかは判らんし、あったとしても買い取って貰えるかどうかも判らんのだから。期待をされたって肩透かしということはある」

「そうだったとしても誰が君を責めたりするものか。吾輩はそこまで小さい男ではないぞ。見損なって貰っては困る。何の益もなく一肌脱いでくれるというのであれば、労を犒《ねぎら》うことこそすれ、憾《うら》んだりするものか」

「一肌脱げるかどうか確約出来ぬと言っているのだよ。それでね、予《あらかじ》め尋ねておくが、君はこの絵そのものには何の未練もないのだな」

「うん――」

「ま、苦手だとまで言うのだから君には要らんものなのだと思うが、念のために尋《き》くのさ。もし買い手が付いたとしてだね、その後で売りたくないなどと言われたのじゃあ困るから」

「いや、別に」

尾形は少しだけ納得の行かぬような顔をしている。そして手描きの一枚を手に取って、繁繁《しげしげ》と眺めた。

「まあ」

「何だ。惜しくなったか」

「惜しくなどならん。こんなものを後生大事に持っていても何にもならんよ。金に替えて借財を返すなり、腹の足しにした方がどれだけ良いか。ただな、まあ一番価値のありそうなこの手描きの絵だが、これだけは大伯父が莞爾《にこにこ》し乍《なが》ら眺めていたのを幽《かす》かに覚えている。それだけのことだ。何の役にも立たぬ記憶だね」

絵を預かって弔堂に持って行くことにした。尾形は来た時とは正反対に、すまぬすまぬと言い乍《なが》ら、背を丸めて自室に戻った。

翌日は暑かった。

東京の暑さは長野とはまた違う。

湿度が高いのか風の通りが悪いのか、兎《と》に角《かく》蒸す気がする。山の暑さが天日《てんぴ》で焼かれている暑さだとするならば、都会の暑さは蒸し器で蒸される暑さのようである。

春先に訪れて以来、弔堂には四度行った。均《なら》せば月に一度は行っている勘定になる。

下宿を出ると眩《まぶ》しさに目が眩《くら》んだ。

かんかん照りである。

一町《いっちょう》も進まぬうちに汗だくになった。

帽子を被《かぶ》る習慣がないので、脳天が熱い。

郷里では村長だとか学校の先生くらいしか帽子なんぞは被っていなかったと思う。みんな、笠だの手拭《てぬぐ》いだのを被っていたのだ。東京に出た途端《とたん》に偉ぶったり洒落《しゃれ》のめしたと思われるのが厭《いや》だと思ったのだが、考えてみれば誰がそう思うのだという話である。

麦稈帽《むぎわらぼう》くらいは買っておけば良かったと心底思う。先《ま》ず神田《かんだ》の事務所に寄って小使いの小僧に弔堂に行くと告げた。

弔堂までは小一時間は掛かる。

町を抜けて坂下に至るまでに汗だくになった。

途中に流れる小川に架かる橋を渡る時だけ、ほんの一瞬涼しく感じた。

だらだらと坂を上《のぼ》ると流れた汗が眼に染みた。手で拭《ぬぐ》って幾度か眼を屢叩《しばたた》くとやけに見慣れぬものが視界に飛び込んで来た。

——幟旗《のぼりばた》だ。

煤《すす》けて襤褸襤褸《ぼろぼろ》だった幟旗が、真新しいものに替えられている。白地に真っ黒な筆文字で御休み處《どころ》と記されている。白と黒の対比が、どうしてだか涼やかに感じられた。

坂の中程にある茶店である。

別に疲れてはいないのだが、休もうと思った。

見れば縁台には主《あるじ》の鶴田《つるた》がだらしのない恰好で足を広げて座り、団扇《うちわ》でばたばたと自《おの》が顔を煽《あお》いでいる。

「ご亭主」

声を掛けると鶴田は半開きにしていた眼を開けた。

「おや。甲野さん。また弔堂ですかね」

「そういうことだね」

来る度《たび》に寄る。つまり五度目である。

それにしたってこの暑いのはどうにかならんですかねと鶴田は言った。

「気が遠くなるねどうも。何とか涼めるように出来んもんですかねえ」

そう言って鶴田は妙な姿勢になって頸《くび》の辺りを煽いだ。選《よ》りに選《よ》って陽当たりの良い場所に座っているのだから、これは暑くて当たり前である。

一拍置いて鶴田は、こりゃいけないと言って立ち上がり、座るように促した。

奥の方が陽が当たらないから幾分《いくぶん》涼しかろうとも思ったけれど、勧められるままに座った。

暑い。

「どうです、まあこの糞暑い中寄ってくれたんだから、お茶だの何だのはいいでしょう。どうです氷でも」

「氷って、氷かね」

「へえ。ホントなら鉋《かんな》か何かで欠いて出したいところだが、生憎《あいにく》そんな設備はないもんでしてね。今朝早く氷屋から買って来た塊《かたまり》を、まあ砕いて出すだけなんですけどね。もう直《す》ぐ融《と》けっちまうからね。どうぞどうぞ」

もう一度どうぞと言うので顔を上げると、鶴田は笑い乍《なが》ら団扇を差し出している。折角《せっかく》だから受け取って煽いだ。

風が当たったところだけ汗が冷える。

お芳《よし》お芳と女房を呼び乍《なが》ら鶴田は奥に引っ込んだ。何の気なしに来し方に目を遣れば、夏の強い陽射《ひざ》しに照り付けられた真新しい幟の白が痛い程眸《ひとみ》に染みる。

女房が持って来るのだろうと半分呆《ほう》けて団扇を使っていると、鶴田本人が盆に載せた大振りな湯呑みを持ってやって来て、渡してくれた。団扇を置いて受け取る。冷たい。

生き返るような気がした。

どうです旨《うま》いでしょうなどと言って鶴田は横に座る。

「まあ氷水に味はないですから、旨いというのは違いますな」

鶴田は夏のお品書きを考えなくちゃなあなどと独り言を呟《つぶや》いている。

「それはそうと、見れば幟旗が新調されているじゃないか。先月は未《ま》だ古かったように思うがね。いつ替えたのだね」

「あ、気が付きましたか」

「そりゃあ気付くさ。僕が相談に乗ったのじゃないか」

「ええ。然様《さよう》です。いや、しかし休み処というのは実に妙案でしたな。実際、あの字を見るてえと休みたくなるらしくってね、今日の客は甲野さんでもう六人目ですよ。こんなことはいまだ嘗《かつ》てなかったことですからね」

「すると」

氷を一片口に入れる。

「取り替えたのは最近なのかね。先月はまだいい、もと書いてあったろう」

「文言《もんごん》は決めたものの、思案してるうちに日が経っちまって、作るのにも一月《ひとつき》から掛かっちまいましてね」

「何を思案したのだね。もしかしたらあの字の形かね」

文字の形はどうしても気になる。

「形も何も、ありゃ頼んだ業者が書くか書かせるかしたのでしょうな。思案したのは、元元幟は二本あったということでして」

「ほう」

「ご覧なさいな。坂上側と坂下側、二本立ててたんです」

言われるままに坂上に顔を向けると同じように真新しい幟が立っている。

「そういえば一本は折れただか破れただか言っていたなあ」

折れはしませんがね、と鶴田は言って坂下側を指差した。

「あっちはね、こないだまではいもの幟でしたが、元はあまざけ、だった。それがもう三年も前に破れちまって。それまでそっち側にあったいもをこっちに立て替えた訳ですよ。坂下から上《のぼ》って来る人の方が幾分疲れるんじゃないかと、まあそう考えたんですなあ」

「その気持ちは解るがね」

「緩《ゆる》い坂とはいうものの、上りの人の方が草臥《くたび》れましょうからね。それに、此処《ここ》は甘酒屋と呼ばれてたんですなあ、ずっと」

あたしも客だった時分はそう呼んでましたからと鶴田は言う。

「ま、実家が下の町にあるんでそう思ったんでしょうけどね。下から来る人は甘酒の幟しか見えないし、上から来る人はいもの幟しか見えないでしょ」

「まあそう言われればねえ」

左右を見比べる。

「するってえと、もしかしたら隣町の人はみんな此処を芋屋《いもや》だと思ってたのかもしれない訳ですな。で、あたしゃ、そう思い至った訳ですよ」

「なる程。しかし上った者は下《くだ》るだろうし、下ったものは上るのじゃないか。行きっ放しという人は少なかろう。ならば両方から見ることになるだろう」

「それがそうでもない。一度見たものを二度は見ないもんでしてね。見たって能《よ》くは見ないんだね、これが。一度甘酒だと思っちまったら、いいもの字も甘酒に見えるってなもんさね」

そういうものかもしれない。

「ですからね、あたしゃ思案の末に、同じものを二本、作って貰ったんです」

「同じ――」

左右を見比べる。

両方とも書かれている文字は御休み處である。

「文言は変えた方が良いかと豪《えら》く思案したんですがね、おんなじもんを二本にしました。あまざけでもいいもでもない。今は上からも下からも双方、休み処でね。いや、これは同じで良かったんですな」

「そうかい」

「何しろ甘酒の幟が破れちまってからは芋だけでしたからね。汗かいて上って来る人は、読み難《にく》い、汚い、芋の幟が見えるだけだった訳ですし、上から下って来る人は何だか判らなかったんですな、此処は。それじゃあ客は来ませんわねえ。今はねえ、どっちから来ても、一目で判る。だから上ってくる人も下ってくる人も、両方から客が寄ってくれるんですねえ」

この店は今や天下の休み処ですよ、と鶴田は言った。

「いやあ、文言もそうですが、同じものが二つあるってのは中中良いですな」

「そうかね」

「そうですよ。実を言えば、まあその幟旗も、今は新品ですからいいですが、天日に曝《さら》すんですからやがては傷《いた》みましょう。手入れしたってね、いつかは擦り切れる。そこでね、同じものをもう二つ、都合四枚作って貰った訳ですな。纏《まと》めて作れば多少は廉いんです。先を見越した行いですよ」

「まったく同じものかい。複製と――いうことかね」

「複製ってのはどうですかね。こりゃ別に元の何かがある訳じゃないですよ。あるのかもしれないですがね、染めでしょ。版だか何だかはあるんでしょうけど、単に四枚作って貰っただけですよ」

染め物の知識は全くないのだが、まあそうなのだろう。

元になっている文字やら版やらは、ただの材料だ。そして染め付けられた四枚の旗は、四枚凡てが本物なのだ。

錦絵も同じことか。

元絵も版木も、版画を刷るための材料に過ぎない。そうしてみると刷り上がった版画こそが本物、ということになる。

何だか能《よ》く判らなくなってしまった。

「すると、同じ旗を立てたことによって客足は確実に増えた――と、そういうことかね」

そう思いたいですなあと歌でも歌うように鶴田は言った。

「まあ、そう思い至ったのが実は今日のことでしてね。実は立てたのは昨日の午後のことなんですわ。つまり休み処としてのこの店は、殆《ほとん》ど今日が初日なんですねえ。その記念すべき日に発案者である甲野さんが来てくれるってのは幸先《さいさき》が良いような気がするてえもので」

「関係なかろうよ」

「いやいや。今日はお代を戴きません」

そりゃあ悪いよというと、氷は所詮《しょせん》ただの水ですと鶴田は言った。

「商売気がないのは店の持ち主の爺様《じさま》譲りで御座《ござ》んしてね。気にするこたぁないです」

少し雲が出て来た。

「時にご亭主、あの弔堂だがね、ご亭主は行ったことがないようだから識らないかもしれないが、その——買い取りのようなこともするのだろうか」

そう問うと、鶴田は買いましょう買いましょうと言った。

「ほれ、前に言いませんでしたかな。あの『滑稽新聞《こっけいしんぶん》』の宮武外骨《みやたけがいこつ》先生。あの人なんざ山のように雑誌を売りに来てましたからな。聞けば、紙に字が書いてあれば何でも買うんだとか。そりゃ話半分としても、買い取りはしてますよ」

「そうだろうなあ」

そうでなくてはあの分量は保《たも》てまい。

「何か売りに来ましたかね」

「まあ友人に頼まれたんだ。錦絵なんだがね」

それじゃあ喜んで買うのじゃないですかねと鶴田は言った。

「そうかい。じゃあ行ってみよう。帰りにまた寄りますよ。昼時になるだろうから握り飯でも喰おう」

「ご贔屓《ひいき》有《あ》り難《がた》いことで。お待ちしております」

鶴田は汗を垂らしつつも機嫌良さそうにしている。まあ、真新しい幟旗は清潔そうだし、清潔そうなものが立っているのは気分の良いことだろうとも思う。

休み処を後にして、弔堂へと続く径《こみち》に入った。

樹木が陽を遮《さえぎ》るので幾分涼しくも感じるが、暑いものは暑い。

手拭いを持って来るべきだった。もう、全身が汗塗《あせまみ》れである。

葉を透かして強い陽射しが届く。

何だか緑色に射《い》竦《すく》められているかのような気になる。

巨《おお》きな書楼《しょろう》が見えた。

何度見ても威圧される。それでも五度目ともなれば慣れたもので、衒《てら》いもなく弔と記された半紙の貼られた簾《すだれ》を 褰《たくしあ》げて戸を開けた。

——扨《さて》、本日はどのようなご本をご所望でしょうか。

開けるなりに主の声が聞こえた。

驚いて目を凝らしたが暗くて能《よ》く見えない。戸惑っていると弟子だか丁稚《でっち》だかいまだに判然としない若者——撓《しほる》という名であるらしい——が寄って来て、先客ですのでお待ちくださいと言った。

撓が戸を閉めたので一瞬真っ暗になった。声だけが聞こえる。

なあに、しゃあろっくほるむずが欲しいのだと、客は言った。

「随分前のことだがね、あれは。そうだなあ、十年ばかり前のことになるだろうかね。もっと前かなあ。ほら『A Study in Scarlet』と、『The Adventures of Sherlock Holmes』なんかを売って貰ったじゃないか」

「お売りしました。あれは、覺三《かくぞう》様が未《ま》だ東京美術學校に居《お》られた頃ではなかったですか」

また厭なことを思い出させるなあと客は言った。

「あの頃はねえ、もうガタガタしていたからなあ。妙な文書は出回るしね。まあ君も識っての通り、拙《ぼく》はねえ、ま、品行方正とは言わないよ。でもなあ、まあ」

諒解しておりますと弔堂は言った。

「波津子《はつこ》様は昨年、癲狂《てんきょう》院《いん》にお入りになったと耳にしましたが」

容体が良くないのだなあと客は言う。

そうしているうちに目が慣れて来た。

奥の帳場の前に設《しつら》えられた椅子に、羽織袴姿の紳士が座っていた。立派な髭を蓄《たくわ》えている。

弔堂は帳場の中に居るようだった。

「あの人はね、可哀想な人なんだ。だから――いや、拙《ぼく》に罪はないとは言わないが、だが男爵もなあ」

「ですから諒解しております。しかし覺三様、慥《たし》か渡米されていたのではないのですか」

能《よ》く識っておるなあと客は驚いた。

「まあ、この間まで波士頓《ボストン》美術館に居たのだがね、今度、美術審査委員会委員をやれというのだよ」

「叙勲もなされたのでしょう」

お目出度《めでと》う御座いますと弔堂は頭を下げた。

客はかなり偉い人なのだろう。

鶴田の話では、この書舗《しょほ》にはかなりの名士が通っているらしい。

「止《よ》してくれ。いや、そんなことはどうでも良いのだ。実はね、ほるむずの小説はね、読んで面白いというだけでなく良い話の種になったのさ。いや、家庭での、ということだ。筋書きを話すと、家内も息子も喜んでね。まあそれも随分と以前の話なんだがな」

「お話しなさる――のですか」

「そう。読み聞かせるのではない。家人《かじん》は英語が堪能な訳ではないからね。拙《ぼく》が読んで、掻《か》い摘《つま》んで面白可笑《おか》しく話して聞かせるのだな。あれは――下谷《したや》に日本美術院を開いた後くらいのことだったな。その頃丁度ね、息子が『The Adventures of Sherlock Holmes』の一編を読んだというのでね、晩酌の序《つい》でに講釈を垂れてやったのさ。何しろ、拙《ぼく》はその頃、もう何冊も読んでいたからね」

「思い出しました。お売りしたのは矢張《やは》り十年前のことでしたね。『The Sign of Four』と、三冊だったかと」

そうそう、そうだったと、紳士は笑みを浮かべる。

「まああれは、英吉利《イギリス》の大衆小説なんだろうが、実に面白いな。何というか、工夫がある。犯科帳というか、犯罪小説なんだろうが、謎解きになっておるでしょう。その奇《き》っ怪《かい》なる事件をば、だよ。講釈師宜しく語って聞かせてだね、一番好《よ》いところで――話を止《と》めるのだ」

「それは意地悪な」

「そうだ意地悪なんだ拙《ぼく》は。当然、家人は話の先を聞きたがるだろうさ。何せ、下手人が誰なのか、もう少しで判るというところだ。どのような手口なのかも未《ま》だ判らん訳だからね、知りたくもなるだろうさ。そこで、だ」

紳士は口髭を撫《な》でた。身形《みなり》は立派だが髪の毛はぼさぼさである。膏《あぶら》も付けていない。

「先が聞きたければ一本付けろ——とこう言う訳だね、拙《ぼく》は。その頃はね、医者から酒はなるたけ控えるように言われていたから家内が止《と》めるのだ。しかし、真相を知りたいが故《ゆえ》に、一本付けてくれる訳さ」

そういうところは悪智慧《わるぢえ》の働くお方ですねえと弔堂は言った。

「何の。拙《ぼく》に智慧があるのじゃなく、小説が良く出来ておるのだ。亭主の健康にも勝る蠱惑《こわく》的な謎を作るアーサー・コナン・ドイルは大したものさ。家内もな、あれはどうしても下手人が知りたいものだから、引き延ばせば何本でも飲ませてくれるのだ」

「またそういう悪さをなされようというのですか、覺三様は。久し振りにお出《い》でになったというのに、困ったものです」

とんでもないよと紳士は手を振る。

どうにも摑み処のない人物である。

気安いようで気難しそうだし、威厳があるようで何処か軽みがあるようにも見える。

「ただ読みたくなっただけだよ。出ておるのだろう」

「ええ出ております。短編ですと、『The Memoirs of Sherlock Holmes』をご紹介しておりませんね。それから『The Return of Sherlock Holmes』が二年程前に出版されております」

現役とは嬉しいなと紳士は言う。

「だが、リタアンというのは」

「ええ。ホルムズの連作は一度終了しているのですよ。人気があって再開したのだと聞きます」

「そうかい。そりゃあ嬉しいね」

「それから五年前に、『The Hound of the Baskervilles』という長編が出ておりますね」

「長編か」

「ええ。こちらは翻訳翻案が未《ま》だ為《な》されておりませんから、英語が堪能な方《かた》でないと中中ご紹介し難《にく》いのですが、覺三様でしたら原書でお読み戴けましょうから」

「それは楽しみだな。ハウンドというのは――猟犬のことだね。バスカヴィルというのは、地名かな。人名かな」

「この場合は人名ですね。バスカヴィルは書体の名前としても有名ですが、この物語には関係ないですね」

「書体――」

思わず声に出してしまった。

弔堂はこちらに顔を向け、そうです書体ですと言ってから、

「お待たせしております甲野様」

と言った。

紳士は振り向いて、おやいつの間にかお客が来ておるねと言った。

「すまんなあ。久し振りに来たものだから、つい話し込んでしまって」

「甲野様もこちらにいらっしゃいませんか。ご紹介致しましょう。こちらは日本美術院の岡倉《おかくら》覺三様です。あちらは印刷造本改良會《いんさつぞうほんかいりょうかい》の――」

甲野ですと上擦《うわず》った声で名乗って思い切り札をした。相手は勲章を貰うような御仁《ごじん》なのである。格が違い過ぎる。

「別に緊張することはないよ。ほら、撓君、椅子椅子」

岡倉はその腫れぼったい眼を細めて笑い、手招きをした。畏《おそ》る畏《おそ》る近付く。

撓が何処からか持って来た椅子を岡倉の横に置いた。椅子を引き、少し後ろに離して軽く腰掛ける。こんな尻の据わりの悪いことはない。

「ところでその書体というのは何のことだね。文字の形象のことかな」

「ええ。百五十年から前にバスカヴィルという人が考案した文字ですね。今も能《よ》く使われております。日本でいうと明朝体に当たる、セリフという飾りの付いた書体の一種ですよ」

「一種というと――あ、お話に割り込んでしまって申し訳ありません。何とも勉強不足で恥ずかしい限りですが――欧文の活字にも色色と種類があるのですよね、当然」

「ありますよ。欧文の書体の歴史は古いですからね。千年以上前から工夫されています。欧文で使われる文字種はそう多くない。現在も大文字と小文字を合わせても五十二種類しかありませんから、工夫も為易《しやす》いのでしょう」

「い、いえ、その」

「欧文書体って、そんなに沢山《たくさん》あるのですか」

漢字ばかり見続けていたので、欧文には目が行き届いていなかった。

「各時代、各地域で多くの書体が作られています。装飾的なブラックレタア、古代ローマ時代の文字を範としたロオマン体にイタリック体などが広まり、印刷の発展と共に、それらを元にした活字の意匠も工夫されて来たのです。今、目にすることが多いセリフ体が作られたのが九十年ばかり前のこと。バスカヴィルはオールドスタイルと呼ばれる初期の活字から、現行のセリフが作り出されるまでの過渡期に考案されたものです」

面白いなと岡倉は言った。

「拙《ぼく》も文字に関してはそれ程気に懸けて来なかったのだが、こうして聞くと美術史並みに面白いな」

「ええ。実に面白い。文字というのは咒《しゅ》ですからね。下手な文字で書かれた護符は、効き目がないような気がするものです。形は迚《とて》も大事なのです。この、『The Hound of the Baskervilles』に於《お》いても、字形は重要な鍵の一つになります」

「ほほう。興味深いね」

「まあ、お読みになる前に興を殺《そ》ぐようなことを申し上げるのは忍びないのですが、まあ、活字の書体から使用されている媒体を絞り込む——という件《くだり》があるのですね」

「実に面白そうだね。ではその三冊とも戴きましょう。ところで——」

「こ、甲野です」

「甲野君、君はどんな珍本を買いに来ましたか」

「何ですって。いや、その」

言葉に詰まってしまった。

「いや、拙《ぼく》なんかはね、丸善《まるぜん》辺りで捜しゃ見付かるような本ばかりを買いに来る。捜し回るのが面倒でね。此処の親爺は、言えば何でも出して来るもんだから、頗《すこぶ》る便利なのだ。だが、この弔堂は本来、他じゃ手に入らないような稀覯本《きこうぼん》を求めに来る処だろうからね」

そんなことはありませんよ覺三様と弔堂は言った。

「だって、何だってあるじゃないか」

「稀覯本ばかり取り揃えている訳ではありませんよ。部数の多いものも廉価なものも取り扱っておりますから」

「最近は刷り部数も多いからな」

機関誌の方も大変だと岡倉は言う。

「茨城《いばらき》に移してからはねえ、どうも余り面白くないのだ。まあ、これは拙《ぼく》の問題なのだけれどもなあ。世の中というのは儘《まま》ならないものでね。泣いて笑って笑って泣いて、残る涙が命の露《つゆ》だな」

最後の方は節が付いている。

「何を気弱な。都都逸《どどいつ》が唸《うな》れるなら未《ま》だ平気でしょうに。しかし美術審査委員会の委員ということは、秋の文部省美術展覽會にも関わっていらっしゃるということなのでしょう」

「また気が重いことを言う。中澤《なかざわ》さんがやれと言うから下村観山《しもむらかんざん》と横山大観《よこやまたいかん》も一緒ならやると言ったんだ。そしたら東京勢が多いと言うのだ。何だろうな、あの派閥とかいうくだらんものは。慥《たし》かに下村にしても横山にしても拙《ぼく》に付き従っているように見えるのかもしれんが、閥など成しておらんよ。そもそも画風がまるで違うじゃないか。それに、審査といってもなあ」

「琳派の再評価も覺三様のお力では」

「ありゃフェノロサが好きなんだよ」

「困ったお方ですねえ」

「君にそんなことを言われる筋合いはなかろうさ。拙《ぼく》は、まあ好きにしているのだがな」

「しかし世間に対する影響力はあるのですよ覺三様。昨今の浮世絵の――」

「う、浮世絵ですか」

つい声を上げてしまった。

「はて、浮世絵がどうか致しましたか甲野様」

「い、いや、僕は全くの素人で、浮世絵の定義すら知らないのですが――友人がですね、浮世絵を譲り受けまして、何というのでしょうか、その」

「それですかな」

岡倉は、画板を指差した。抱き締めるかのように抱えていたのである。

「あ、そうなんですが、まあ身も蓋もない言い方をするならば、売れるものなら売ってしまいたいというのです。刷り物ですから大した価値などないと思うのですが、好きな方も居るだろうから、と」

「刷り物だから価値がないというのは心得違いですなあ」

「そうなんでしょうか」

「そうだよ。いいかい、波士頓《ボストン》美術館にはね、沢山の浮世絵が納められているのだよ」

「ぼ、波士頓というのは」

「そりゃ亜米利加《アメリカ》国の波士頓だよ。拙《ぼく》は三年ばかり前に波士頓美術館の支那《チャイナ》日本部に招聘《しょうへい》されてね。そこの理事のウイリアム・ビゲローというのが、大層な日本通で、この男が所持してる浮世絵は三万点を超えるのだぞ」

「さ、三万って——」

三万は三万だよと岡倉は言った。

「想像出来るかね、君。まあこの弔堂の書物も何万あるのか知れたものじゃないがね。そりゃもう大変な数さ。ビゲローというのは、亜米利加人なんだが仏教徒でね、本邦の刷り物に魅せられて蒐集しておるのさ」

「外国の方がですか」

「美に国籍はないよ。国柄は当然あるがね。拙《ぼく》は印度《インド》だの清国《しんこく》だの回って、亜細亜《アジア》という大きな枠を見付けたのだが、我が国の浮世絵もその中に位置付けられるべき、重要な美術作品だと思っているよ」

「そう――なのですか」

そこで弔堂の顔を窺《うかが》うと、主《あるじ》は頰を緩ませていた。

「な、何か僕は恥ずかしいことを申し上げたのでしょうか。それとも失礼なことでも――」

何を仰《おっしゃ》いますかと言って、弔堂は更に笑った。

「失礼も何も、甲野様は、実に運が良いお方だと思いましたもので」

「運――ですか。何故です」

「こちらの岡倉覺三様は、多分この国で初めて浮世絵を分類、体系化して、美術史に組み込まれようとなさっている方なのですよ。そこに偶然浮世絵を持ち込まれたのですから、これは正に僥倖《ぎょうこう》では御座いませんか」

「いやいや、待ってください。これは浮世絵なのかどうか――持っていた人がそう呼んでいるだけで、違うのかもしれないのです。錦絵というか、正直襖の下張りにするような刷り物ですから」

「浮世絵というのはね」

岡倉はこちらに向き直った。

「その名の通り、浮き世を描いた絵のことだね。浮き世というのは、これまた字の通り、浮いた世、ということだ。浮き浮きするような世の中ということだろうね。まあ面白くもない世の中で、絵の中ぐらいは浮かれていたいと、そういう意味だね」

「はあ」

そんなに浮かれては見えなかったが。

「拝見」

岡倉は手を差し出す。

画板を帳場の上に置き、開いた。

岡倉は立ち上がり、覗き込んだ。

「良いかな」

「は、はい」

一番上の絵を手に取る。

「おお。鳥居《とりい》清長《きよなが》ではないか」

「有名な方ですか」

「有名といえば有名だろうが、知らん者は知らんさ。知名度の問題ではないよ。天明《てんめい》の頃の名人だね。鳥居派は役者絵が多いのだが、清長は何といっても美人画だ。これは――多分、三枚揃の真ん中だろうなあ」

「三枚というと、足りないのですか。それでは――」

「何を言うのだね。それは揃っているに越したことはないんだろうけれどもね、一枚ずつでも十分《じゅうぶん》に鑑賞に足る設計になっておるんだよ、こういうものは。これは非常に状態も良いし、素晴らしいものじゃないか。見なさい、この美人」

「ええ、まあ。でも、あまり浮かれているようには見えません」

どちらかというと、描かれた女達は淡淡としているのである。

「それは、浮かれの捉え方だね。ほら、このように美人を眺めているだけでも気分が浮かれると――言えんこともないだろう。役者絵なんかもそうだよ。佳《よ》い男が描かれておる。芝居なんてものは当時は大層な娯楽で、しかも贅沢なものだからな。それが」

こうやって自宅で寝たまま見られるのだよと言って岡倉は絵の両端を持って自《おの》が顔の前に掲げた。

「素晴らしいじゃないか。この美人画がね、後の廣重《ひろしげ》やら北斎やらに繋がって行くのだよ。木版、多色刷り。この技術がこの絵を支えておる」

岡倉は絵を戻し、次の一枚を手に取った。

「これは中判だな。おお鈴木《すずき》春信《はるのぶ》だ。ううん、これは素晴らしいよ君。実に大したコレクションじゃないか」

「そう――なんですか」

「浮世絵中期の傑作揃いだ。いや、中期というのはまあ拙《ぼく》の区分なのだがね。元亀《げんき》から元禄《げんろく》くらいまで、徳川《とくがわ》の世の基盤が固まるくらいまでを初期と位置付けてみた。まあ、試論なんだがね。菱川師宣《ひしかわもろのぶ》なんかの時代だね。それから墨摺絵《すみずりえ》や丹絵《たんえ》、紅摺絵《べにずりえ》なんかを経て、この錦絵が生まれる。町人の文化が爛熟《らんじゅく》した時期――文化《ぶんか》初頭くらいまでが中期、これは浮世絵の全盛期だよ。この春信や清長なんかが出て来てだね、喜多川歌麿《きたがわうたまろ》なんかも出て来て、だよ。それ以降はね、画題がうんと広がる。ほら、知らんかね。歌川《うたがわ》廣重の『東海道五十三次《とうかいどうごじゅうさんつぎ》』だとか、葛飾《かつしか》北斎の『冨嶽三十六景《ふがくさんじゅうろっけい》』だとか」

聞いたことがあるような、ないようなものである。

「身分制度がね、徐徐に揺らいで来るのだ。娯楽の幅も広がり、人は旅をするようになる。だから風景画が現れる。画題に幅が出て来るのだな。浮世絵というのはね、時代を映す鏡のようなものだと思うね。ああ、この清長は凄い。ほら観賜《みたま》えよ龍典《りょうてん》さん」

弔堂は龍典という名なのだろうか。

まあ、どう考えても弔堂が名前である訳もないのだが、多少なりとも人としての名があることに驚いてしまったのだ。

「うん。素晴らしい」

「覺三様。この甲野様は、以前彫師をされていた方なのですよ」

「彫師ですか。それは」

田舎者ですよと答えた。

「信州《しんしゅう》の山奥で、引き札やら縁起物の版木を彫っていただけです。その絵のような素晴らしい技巧は持ち合わせていないですよ」

「技巧か」

岡倉は絵を置いて腕を組んだ。

「そこだなあ。技巧というのは作品と共にあるものだからね。その作品に相応《ふさわ》しい技法が選択されるべきなのだ。例えばね、この美人はどれも、線で描かれているだろう」

「はあ、いや、線がなければ絵は描けないのではないですか。線をなくしてしまうと輪郭が判らないですから」

そうかなあと岡倉は言った。

「西洋画はどうだい。油彩は面で表されるだろう。別に、線はない」

「まあ――そうですね」

「と、いうかだね。線などないだろう実際には。輪郭というのは面の際《きわ》なのであって、線じゃないよ。写実というのであれば、線は要るまい。横山大観や菱田《ひしだ》春草《しゅんそう》は、和の技法から線をなくす試みをした。これは中中凄い。凄いのだが、線に凡てを賭けているような連中からは、朦《もう》朧《ろう》だの縹《ひょう》緲《びょう》だのと、散散にこき下ろされた」

「朦朧――ですか」

「ぼんやりしていてはっきりせん、ということだね。まあ輪郭線がないのだから、そりゃ当たり前だ。だが、そういう絵なのだ。技法なのだ」

「はあ」

想像が出来ない。

「まあ横山も菱田も巧いから、最近ではそれは技法なのだ、と認める者も増えて来てはいるがね。しかし、だ甲野君。いいかね、この美人画をね、その朦朧体で描いたらどうなるだろう」

「どうなるって――」

「この絵にはならないだろう」

「まあ、それはそうでしょうけども」

「この技法は、この絵のために研鑚《けんさん》され完成されたものなのだね。この絵はこれで完成だ。彫師も摺師も、絵描きにとっては筆であり絵の具なのだな」

「道具――ということですか」

岡倉は首肯《うなず》く。

「こんな風に言うと、彫師の君は侮辱されたように思うのかもしれないんだが、それは考え違いだ。彫師は立派な仕事だ。高い技術を求められる。そうした職人の優れた技がなければ、この絵は完成していない。少なくともこの刷り物に関しては、彫師や摺師が居なければ、絵師は絵を完成させることが出来ないのだな」

「なる程、そうですね」

「油彩を描く者だって自分で筆を作る者は居ないだろう。絵の具も作らない。本邦の絵描きは岩絵具《いわえのぐ》を練るが、採石に行きはしないだろう。もっと言うなら紙を漉《す》いてくれる者が居なければ、絵は描けない。同じことだろう」

「いや、僕は別に道具と言われて侮辱されたなどとは思いませんよ。寧《むし》ろ」

光栄に思いますと言った。

「それなら良いけれどもね、誤解をする者は多いし、その場合は弁明《いいわけ》が出来ないからなあ。だからこの絵はこれで出来上がっていて、これ以上の技術は要らぬ技術——ということになる。例えばね、葛飾北斎なんかは、もうあれは浮世絵じゃないんだ」

「違うのですか。先程は名前が挙げられていたように思いますが」

「いや——分類としては浮世絵の範疇《はんちゅう》なんだがね。それに技法としては錦絵、刷り物なんだろう。しかし北斎が描こうとした絵は、画題も技法も、もう浮世絵から食《は》み出しているように拙《ぼく》は思うな。それだけに海外での評価も独特で、かなり高い。だが、それは技術に対する評価ではないと思う。勿論、技術自体も評価されているけれども、その高い技術を以《もっ》て為《し》なければ表現し得なかった北斎への評価なのだ。解ってくれるかなあ」

「覺三様」

弔堂は相変わらず笑っている。

「講義の時間では御座いませんよ」

おうそうだったと岡倉は手を打った。

「そもそも覺三様、『浮世繪概説《うきよえがいせつ》』は書き上げられたのですか。波士頓渡航以来お書きになっていると聞きましたが」

「そんなこと誰から聞いたのだね。しかし何でも識っておる男だなあ君は。鬼魅《きみ》が悪いくらいだ。いや、あれは未《ま》だ道半ばでね。草稿も草稿、書きかけなのだよ。完成には程遠い」

「しかし、今のお話を傍《かたわ》らで聞いております限りは、かなり纏まって来ているように拝察仕《つかまつ》りましたが」

とんでもないよと岡倉は言う。

「慥《たし》かにね、それなりに纏まりつつはあるが、半分だ。半分」

「ほう」

「いいかね龍典さん。今話したのはただの縦軸だ」

「縦――とは」

「言わずと識れたことだが、浮世絵というのは本邦のものだ。拙《ぼく》がそう定義したのだから拙《ぼく》の中ではそうだ。画題が同じだからといって異国の絵まで含めてしまったのでは、論が立てられんからな」

「それはそうでしょうね」

「定義をせねば論ずることは適《かな》わないからね。ひと先《ま》ず、何に就《つ》いて論ずるのかを考えたのだね。そして、対象を本邦のものと定めた以上は、本邦の中でどのように生まれ、どのように発展し、どのように衰亡して行ったのかを見たのだ」

「衰亡――しているのですか」

そう問うと、しているじゃないかと岡倉は何故か愉《たの》しそうに言った。

「君は言っていただろう。これは襖の下張りのようなものだと」

「ああ、まあ」

「ただの紙屑《かみくず》ということだろう。しかしこれはね、これが摺られた時代には大人気だったのだよ。そうでなくちゃ」

いいや、こんなには摺られない。

「何枚摺ったのかは判らないが、百年から経ったってこうして残っておる。こんなに綺麗に残されているのだよ。しかもいまだに愛《め》でておる好事家が居た訳だろう。でも、一方で多数には紙屑だとも思われている。多くは捨てられてしまった。これはもう、衰亡じゃないか」

一枚しかなかったら殆どはもう残っておらんよと岡倉は言った。

「まあ、そこでね。考えてみたのだ。拙《ぼく》が浮世絵と定義したものが出来上がって行く時期を初期、それが画題や技法を含めてある程度の完成を見せ、隆盛を見せた時期を中期、同じく画題や技法が定義から外れ始め、拙《ぼく》の定めた浮世絵から逸脱して行く過程を後期――と」

後期には、現在も含まれるのでしょうかと弔堂は問うた。

「含む。まあ便宜的にそう区分したのだ。その、拙《ぼく》の区分で量るなら、君の持って来たこの浮世絵は中期——浮世絵全盛期の傑作、ということになる」

傑作——なのか。

「まあ、これは、あくまで拙《ぼく》の定義だしそれに則《のっと》った拙《ぼく》の区分だ。定義を違えて眺めれば区分も変わるだろうし、区分に異議がある場合は定義も変えなくちゃならんだろうな」

「それは仰せの通りでしょう」

「そこはね、今後、否定されるかもしれないし補強されるかもしれない。それは解らない。後世に研究者が現れた場合には、その者の判断に委《ゆだ》ねるしかない」

「それはそうで御座いましょうが、この明治の世に於て、覺三様程浮世絵を観ていらっしゃる方はいないのでは御座いませんか。三万点を超す作品をご覧になったので御座いましょう」

数を熟《こな》せば良いというものではないよと岡倉は言った。

「尤も、分類し体系化するためには数が大事になるのだがね。ある程度網羅的鳥瞰《ちょうかん》的な視座がなければ、分類や体系化は出来ないからなあ。でも、そう。君は以前に能《よ》く言っていたじゃないか。読書は数ではない、本来、生涯に出会うべき本は一冊で良いのだ——とか。未《ま》だ言っておるかね」

言っていますと弔堂は答えた。

「そういうことさ。本質を見抜くことが適えば数は要らんのだ。逆を言うなら本質を見抜くまでは総当たりしなきゃならんのさ。君だってこんなに」

岡倉は手を広げた。

「本を持っておるじゃないか」

「これは売り物で御座いますよ」

「集まり過ぎて手に負えなくなったから売っているようにも思うがなあ」

「これはまた手厳しい」

「手厳しくなんかあるものか。いずれにしても、だ。拙《ぼく》は今、浮世絵というものを縦に位置付けたに過ぎない。この国の中での浮世絵の変遷、発展と衰亡を、この国の文化やら社会通念なんかの変化に則して、一つの歴史として位置付けただけだ。これじゃあ駄目なのさ」

「駄目ですか」

「駄目駄目。いいかい、こりゃ何だね甲野君」

「は――浮世絵ですか。刷り物の絵ではないのですか」

「そうだ。絵だよ。しかし、じゃあ何故、亜米利加人のビゲローなんかがこんな絵を集めておるんだね。彼は寛政《かんせい》の江戸に生きておる訳ではない。頭に髷《まげ》も載っておらんし、こんな服を着た女など見たこともなかろう。君は日本人だが、見たことがあるかね」

ある訳がない。首を振った。

「だろう。米国人のビゲローに到っては、見たことがないどころか何が何だか判らんのだ。この絵に描かれておるものを、何一つ識らんのだよ。だから東洋人である拙《ぼく》などが駆り出されて何だかんだと説明せねばならなくなる訳でね。そういう拙《ぼく》だって髷などないのだがな。だから調べなきゃならなくなる」

「はあ」

未《ま》だ能《よ》く解らない。

「ビゲローは、この絵が凄いと思ったのだ。フェノロサだってそうだよ。あれは狩野《かのう》派だの琳派だの、仏像だの寺院建築だのまで褒《ほ》めるがね、仏教徒でもない。哲学者だからな、彼は。仏様を見て、南無阿弥陀仏《なむあみだぶつ》などとは言わんのだ。有り難いとも思わん。いや、思っておるかもしれんが、それより先に、美しいと感じておるのだ」

「美しい——ですか」

「美術なのだ。仏像を美術品として見定めるのは不敬という観方もあるかもしれぬけれど、別に信仰を否定しておる訳ではないのだし、褒めておるのだから取り分け怒るようなことはあるまいさ。まあ値踏みするような真似《まね》は不敬だと思うけれどもねえ。そうではない。銭金《ぜにかね》に換算して価値を定めるような下賤《げせん》な行為《おこない》とは違う。寧《むし》ろその逆で、値は付けられんということなのだな。銭金に置き換えられぬ美術品という価値を載せておると言えば解り易いだろうかね」

「美術——ですか」

「そうだなあ。信仰の対象だろうが、その辺の塀に描かれた落書きだろうが、美しいものは美しかろうよ。まあ、美の基準というのは人それぞれだ。時代に依っても文化に依っても変わるだろう。だから、国柄やら歴史やらを縦軸に取って作品を位置付けて行くというのは、ひとまず有効ではあるだろうと思った。でも、それでは何故《なにゆえ》に時代も違う文化も違う外国人がそれを美しいと感じるのかは、解らんだろう」

「ああ」

――なる程。

「巧くは言えないですが、普遍的な美ということでしょうか」

普遍なあ、と岡倉はぼさぼさの頭を掻いた。

「酷《ひど》く簡単に言ってしまえばそういうことなんだがね。普遍などというものは簡単に定義出来るものではないだろうからね。ただ、異なった解釈、異なった基準で眺めた場合でも、共通する美点というのはあるとは思う。そこを探っていかなくちゃならない」

「歴史的位置付けを縦軸とするなら、横軸は文化的な広がり、ということなのでしょうか」

弔堂がそう言うと、岡倉は首肯いた。

「まあ、そういうことさ。拙《ぼく》はね、六年ばかり前に印度を放遊して、東洋文化の源流というかな、そういうものを幻視したのだ。この間は清国にも行って来た。それで気付いたのだよ。我我は、西洋と一括《ひとくく》りにするだろう。西洋といっても様様なんだがね」

「この狭い本邦でさえ、地方地方でまるで違っておりましょう」

「そうだよ。如何《いかん》せん西洋という括りは大き過ぎるし雑過ぎるな。それにねえ。その洋に対して立てる概念は和、だったりするだろ。和と洋を対比させる。和というのは日本だね」

「違いますか」

「違いはしない。日本の文化を日本人が考えて、捉えて、誇りに思うことは間違いじゃあないさ。そのために西洋の文化と比較することは有効だろう。ただこの国はね、島国とはいうものの、亜細亜の一部ではあるのだ。なら先《ま》ず以《もっ》て東洋という枠組みで眺めてみないとならんのではないかな。そういう視点が、随分と欠けてはおらんかね」

「東洋――ですか」

「だって西洋と括るなら東洋だろう。この浮世絵だって、東洋の文化だ。東洋美術だよ。東洋という枠の中で位置付けることをして、その上で西洋と対比させるのでなくちゃあ、何かを見失いやせんかね。拙《ぼく》はね、波士頓美術館も、日本だの支那《チャイナ》だのいう括りは止《よ》して、東洋部という形にした方が宜しかろうと思っておるんだよ。そうした位置付けが、実は未《ま》だ出来ていないのだな」

「横軸が欠けていると」

「欠けておるなあ。そこんところをちゃんと押さえないと、概論と雖《いえど》も完成はしないということだね。だから先は長い」

楽しみですねえと弔堂は言った。

「それはいいのですが覺三様。繰り返し申し上げますが此処は講堂では御座いませんし、甲野様は聴講生では御座いませんよ」

「おうそうだ」

岡倉はぱんと手を叩いた。

「思いも寄らず佳《よ》き絵を観てしまったもので、つい口が滑ってしまったのだ。甲野君」

「はい」

畏《かしこ》まってしまった。

「確認したいのだが、この絵の持ち主はこの名品を売りたがっておるのだな」

「ええ。そこは再三確認しました。手放すことに躊躇《ためら》いはないようです」

「なる程。で、出所は」

「石見の親類が集めていたもののようです。形見分けで貰ったんだとか。他にも沢山あったようなのですが、どうやら捨ててしまったらしく」

「捨てたのかね」

「はあ。そう言っていました」

勿体《もったい》のないことだなあと岡倉は言う。

「そうやって失われて行くのだ」

慥《たし》かに衰亡している——ということになるのだろうか。

「捨てる前に見せてくれ——と此処で言っても始まらないなあ。まあ、これだけでも残って良かった訳だが」

「元の持ち主のお気に入りだったようですね。特にその、刷り物でない絵」

「ああ」

岡倉はその一枚を手に取った。

「肉筆だな」

「それがお気に入りだったとか」

佳《い》い絵だねと岡倉は言った。

「能《よ》く描けている」

「それも浮世絵ということで良いのですよね。美人画——ですよね」

「まあ浮世絵でいいだろうね」

「それは手描きですから、一点しかないですよね」

「当然そうなるね」

「その、そういうところで価値というのは変わるものなのでしょうか。複製が山のようにある刷り物と、手描きの一点もの——」

岡倉は腕を組み、やや口吻《こうふん》を突き出して弔堂をちらと見た。

そして、

「差はないよ」

と言った。

「ないのですか」

「希少価値というのはあるのかもしれないが、それは美的価値とはまったく別の価値基準だろう。少なかろう良かろうなんて理屈はないと思うね。同じ理屈で多かろう悪かろうということもない。考えてもみ賜《たま》え。一円札は何枚刷ったって一円の価値があるね。沢山あるから価値が下がるなんてことはないだろう。一円札は常に一円なのだ。百枚刷ったから五十銭になるなんてことはないでしょう。絵も一緒だよ。札と違うのは、破れたり汚れたりするとそれに応じて価値が下がることがある、ということだな。それは単に、きちんと鑑賞出来なくなるからなんだよ。どうであれ、良いものは良い。悪いものは悪い」

「そう――なのですか」

凡ては出来次第、ということなのか。

「それにね、版画は複製ではないよ甲野君。版画は摺られた数、その凡てが同じ価値を持った作品だからね」

「全部本物――ということでしょうか」

「ほんものォ」

岡倉は奇妙な顔をした。

「いや、まあこの世に本物ならぬものなどなかろう。いや――そうだなあ。例えばだね、この清長の錦絵」

岡倉は最初に覧《み》た一枚を手に取った。

「これはね、百枚摺られたなら百枚全部が本物だ。しかし、これを覧た何者かがだね、後からこの絵とそっくり同じものを作ってしまったなら――だ。まあ、強《し》いて言うなら、それが偽物《にせもの》ということになるかなあ。清長の署名まで模してしまうと――贋作《がんさく》ということになるかもしれないね。まあ、それは後世の作だということに口を拭ってしまった場合だが」

「そこを隠さなかった場合は」

「それこそ複製ということになるのじゃないかね。でも複製は複製で偽物じゃないのだよ」

「違いますか」

「違うさ。そう――油彩なんかは凡て、君が言う一点ものということになるだろ」

「それはそうでしょう、世に二枚とないものでしょう」

「そうなんだが、向こうでは模写が盛んなんだね。画学生なんかが勉強のために名画を模すのだな。巧い者の模写は元絵と区別が付かない出来だったりもするのだが――わざと号数《サイズ》を変えたりするのだな。そうして模写だと示してある分には何の問題もない。だが、その点を隠してしまえば――まあ偽物かな」

「なる程。すると、その、その模写というのは本物と見紛《みまが》うばかりの仕上がりだったりする訳ですよね」

「同じになるよう寄せて描くのだからね」

「同じに見える出来栄えだったとして、ですよ。ではその、その場合の」

美術的な価値というのは――と、尻窄《しりすぼ》みで問うた。

「ない――だろうねえ。そこにあるのは技術的な価値なのではないかな。模した者が原画《オリジナル》と同じ表現を為得《しう》るだけの技量を持っているという、それだけのことだろう。そんな技量を持っているんだったら、一から描けばいいのだし」

「そう――ですね」

「そうなんだ。まあね、でも模写は驚く程に巧いが、自分の絵はからきし――という者も少なからず居るんだよ。高い技術は持っているのだけれど、何かが欠けておるんだな」

「何かとは」

「色色だね。色彩感覚は優れているが構図が取れないとか、細部の処理は得意だが全体が見渡せないとか、技術的には十分な域に達しておるのに動機が見付からないとか、欠けておるものは様様なんだろうと思うよ。己《おのれ》に何が欠けておるか摑むため、そしてそれを埋めるのに模写をするのだな。彼等《ら》は偽物を創ろうとしておる訳ではない。偽物というのは、どうであれ他者を欺くという目途《もくと》が根底にあるものなのではないかね」

そうか。そうだろう。

「本物、偽物という区分けは作る動機によって決まるものなのじゃないかなあ。技術の高い低いは関係ない。大勢を騙《だま》そうと欲するなら、寧《むし》ろ高い技術が必要となるのだろうから」

「そうです――ね」

「そうなのだ。上手下手《じょうずへた》ではないのさ。贋作を売って不当に儲けようとか、剽窃《ひょうせつ》して評価を横取りしようとか、そういうのは以《もっ》ての外《ほか》なんだが、まあ、そりゃ犯罪だからね。偽物は詐欺で、盗作は泥棒だからなあ。でも、そういうことをする奴は」

巧いんだよと岡倉は言う。

「ただね、浮世絵を何万枚も見ていると、同じ構図、同じ画題の別作品が山のようにあることに気付くことになる訳だ。でもそりゃ贋作でも盗作でもないんだな」

「違うのですか。同じ――絵なのでは」

「絵柄はほぼ一緒なんだが、贋作でも盗作でもない。署名はちゃんとしてあるしね。とはいえこれは真似したのでもないし、模写とも違う。同じ構図同じ画題の絵を複数の絵師が描いているというだけだ。要は手本があって、それに倣《なら》っておるのだな」

「それは、何と言いますか、独創性というか、そういうものが」

それはあるのさと岡倉は言った。

「でも同じ絵なんですよね。原画の複製じゃないのですか」

「違うのさ。線が違う、色が違う、ちょっとした処理が違う。同じ絵柄だからこそ、そうした差異があからさまに判る。技量の差、狙いの違いが判る。同じ姿勢、同じ衣装の女でもこっちの方が美人だとかこっちの方が色香があるとか、評価に違いが出る。評価が高いものは」

残る——と言って、岡倉は春信を示した。

「それは淘汰される——ということですか」

「淘汰されるというか、まあ売れるのだ。売れるものは沢山摺られる。浮世絵は美術品である前に売り物だからね。売れれば摺るよ。枚数が多ければこのように後世に残る。浮世絵が時代を映す鏡だというのはそういう意味でね。民意が反映されておるのさ。いいかい甲野君、こうしたものの価値を決めるのは、作り手ではなく受け手なのだよ」

「ああ」

「だからね、価値の基準は様様なのだ。巧ければ良いという訳でもない。同じようにね、個人的な愛着と、作品の世間的な評価というのも、これは無関係なものだろうねえ」

「愛着——ですか」

「執着というかなあ。その人にとっての価値というのかね。例えば、どんなに出来が悪かろうが、初めて描いた絵だから大事に思う——そういうことはあるのじゃないか。下手糞であっても子供が描いてくれた自分の似顔絵は宝物になるだろう。それは、どう思おうとその人の勝手だからね。下手だから価値がないなどと、他人が口を出す謂われはない」

それはそうかもしれない。

「と、いう訳でだ甲野君。この錦絵は拙《ぼく》が引き取ろう」

「え――」

「と、いうか美術館に買わせる。こんなに状態の良いものはそうない。しかしそれにはね、色色と根回しやら手続きが要るのだな。だから」

岡倉は弔堂を指差した。

「先《ま》ず君が買い賜《たま》え龍典さん。然《しか》る後に君から買い取るという運びにしよう。ま、君が買値に法外な上乗せをするような男でないことは能《よ》く知っているし、幾許《いくばく》かの仲介料は出そうじゃないか」

「そんなものは要りませんよ」

主は苦笑した。

「そう言うだろうことも承知の上だ。値踏みは任せるよ。まあ。その段階で法外な値付けをしたなら、君が損をするかもしれないがなあ。それが厭なら適正な値付けを頼むよ。それから拙《ぼく》が連絡を入れるまで、決して他の者に売ってはいけないよ。約束だ」

「お説の通りなら浮世絵は衰亡しているので御座いましょう。簡単に買い手は見付かりませんよ。そもそも確実な買い手が居るというのに、他にお売りしたりは致しませんよ」

よし決まりだと岡倉は言った。

「実に良い出会いだった。甲野君、礼を言いますよ。持ち主のご友人にも宜しく伝えてくれ賜え。それでは拙《ぼく》は、帰ってほるむずを読むとしよう。これで気鬱《きうつ》な審査員の仕事も何とか乗り越えられそうだ」

快活にそう言うと、岡倉は三冊の洋書を抱えて穴蔵《あなぐら》から出て行った。

弔堂は帳場から出て来て、その後ろ姿に向け丁寧に辞儀をした。頭を上げると主人は体ごと此方《こちら》に向き直った。

「中中魅力的な御仁なのですよ。扨《さて》、値段を付けなければなりませんねえ」

「あの――本当に買い取ってくださるのですか」

買わなければ私が責められますと言って、弔堂は難しい顔をして絵の吟味を始めた。

「こうしたものには、現状相場というものがないのです。例えば、書籍の場合はある程度の相場が出来上がりつつあるのですがね。新刊本にはそもそも値段が付いていますし」

「商品――なのでしたか」

「商品です。新刊の場合は、本来の値段を基準にするしかないですね。この場合は古物屋と変わりません。傷んでいればその分は廉くなる。まるで読めなければ売れません」

それはその通りだろう。

「御一新前の本になると値付けはより難しくなりましょう。版本なら良いですが、写本もありますし原本しかないものもある。手で書き記したようなものの場合、値はそもそもない」

「そんなものもありますか」

　本来そういうものなのですと、弔堂は言った。

「古人《こじん》の日記や、地誌、古記録などは売り物ではないのですからね。教典などは写されるものですが、写経というのは売るために書き写している訳では御座いません。そして、それ以外のものは殆ど筆写されません」

「そうでしょうけど。大勢に読ませるために書いたものでもないのでしょうし」

「ええ。しかし、読ませるために書かれた文学作品とて、書き写されなければ残されることはなかったでしょう。あの『源氏《げんじ》物語《ものがたり》』でさえ残っていなかったかと思いまするが」

「そう——ですね」

　複製されるというのは素晴らしいことですと弔堂は言った。

「稀覯本というのは、珍しい本ということです。これは、先程覺三様が言っていた、希少価値が乗る。それに加えて、装幀だとか挿《さ》し絵《え》などの美術的な価値が乗ることもある。これは、茶道具屋が扱う骨董《こっとう》と同じですね。ただ、本は商品ですが、美術品ではない。読まれなければ意味がないのです。だから私は、本を骨董的に扱うことは——致しません」

「為《し》ないのですか。しかし、高価な本もあるのでしょうに」

「ええ。私の判断基準は、その人にとって価値があるかどうか——です。覺三様の仰る個人的な愛着とは少し違うのですがね。読むかどうか、ですよ」

だからこそ甲野様のお仕事は意味があるのですと弔堂は言う。

「同じものを沢山作る——それだけ本と人の出会いの機会が増える。違いますでしょうか」

「違い——ませんね」

「複製されたからこそ、この鳥居清長の絵と覺三様は出会うことが出来たのですよ。摺られた枚数が少なければそれはなかったかもしれない。覺三様が仰せになった通り、同じものが沢山あるからといって、それそのものの価値が下がるなどということはありません。本がその証拠で御座います。部数の多寡《たか》は書物の価値を決めるものでは御座いますまい。ただ、沢山刷られるなら」

「出会う機会が増える——と」

「ええ。そして印刷製本——複製の精度が上がれば、その出会いは、より素晴らしいものとなるでしょう。甲野様のお仕事はその一助となるものか、と」

「そうですね。何となくですが諒解しました。巧くは言えませんが、多少は、いえ、ほんの少しですが、自負のようなものが持てたような気がします」

それは何よりですと弔堂は笑った。

そして、思ったよりもずっと多くの金額を提示してくれた。尾形も飛び上がって喜ぶに違いない。友人の笑顔が目に浮かぶようだった。

「ただ」

しかし弔堂は――。

「お買い上げさせて戴くのは、こちらの九枚です。この一枚は、ご友人にお返しくださいますようお願い申し上げます」

そう言って、あの、肉筆の一枚だけを差し戻した。

「どういう――ことでしょう」

「ええ。これは覺三様にはお買い上げ戴けないでしょうから」

「判りません。取り分け下手には見えませんが」

「ええ。巧いと思います」

「では――いや、買って欲しくて申し上げている訳ではないのですよご主人。理由を知りたいだけです」

「理由ですか」

弔堂は口籠《くちごも》った。

「何か――言えないような不都合なことでもあるのでしょうか」

「当方に不都合は一切御座いません。あるとするなら、そう。甲野様のご友人にあるかも、ということでしょうか」

「お、尾形に――いや、友人は尾形というのですが」

そうか。

「それが尾形にとって、その個人的愛着の品だと、そう判断されたということでしょうか。まあ慥《たし》かにその一枚は、尾形の大伯父という人のお気に入りの絵だったようですし、尾形も見覚えがあるというようなことを言っていましたが」

売って良いのかと確認した際も、少し寂しそうな顔をしたようにも思う。

「まあ、他の刷り物よりは多少なりとも思い入れがあるようにも思わないではないですが、しかし、尾形の執着は僅かなものですよ。それよりはあの、岡倉さんの抱えられているお仕事の方が大事な気がするのですが」

「覺三様のお仕事にその絵は殆ど関わって来ないかと思われます」

「そうなのですか。でも作者は」

「ええ。鳥居清長と書かれております」

「それは、この、こっちの絵の作者と同じじゃないのですか」

弔堂は一度下を向き、それから顔を上げた。どうも、仕方がないというような顔付きに見えた。

「これは――贋作です」

「は」

「私にも判ります。天明四年に開板《かいはん》された『美南見十二候《みなみじゅうにこう》』という連作の、九月漁火《いさりび》という錦絵があるのですが、その人物だけを抜き出して描いたものです」

「それはその、その絵の元絵というか、そういうものでは」

ありませんと主人は言う。

「これは多分、明治になってから描かれたものかと拝察致します。紙が新しいですし、顔料も当時のものとは違います。どう考えても三十年くらいしか経っていません。これで清長の署名がなければ、刷り物の模写として素晴らしい出来なのですが、署名をしている上に落款《らっかん》まで偽造していますから——これはもう贋作と申し上げるしか」

「そう——なんですか」

「でも」

弔堂は絵を画板に挟んで閉じた。

「ご友人、尾形様のご親類にとっては本物で御座いましょうよ。いや、もしかしたら偽物と承知で愛《め》でていらしたのかもしれません。この絵が」

お好きだったのでしょうね、と弔堂は言った。

「これも覺三様が仰せになった通り、好き嫌いと真贋は無関係で御座いますよ。そして想い出と作品の価値も。これは、世界にただ一つの、その方の想い出で御座います」

「それは」

確《しっか》り理解した。

尾形には何も言わずに返そう。

その時、弔堂で浮世絵の講義をしてくれた岡倉覺三とは、雅号を天心《てんしん》、日本美術史研究の嚆《こう》矢《し》として本邦美術界を牽引した——岡倉天心その人である。

天心は、東京美術學校の初代校長を務めた人物だが、不義の醜聞や旧弊《きゅうへい》との対立により非職を命じられている。その後は横山大観等《ら》と日本美術院を創設、精力的に活動を続けた。

天心がその時着手していたらしい、浮世絵を体系化し世界美術史の中に位置付けようという試み——浮世繪概說は、残念乍《なが》ら完成しなかったと聞く。しかしその見識は、後世の研究者や創作者に影響を与え、多くの成果を生んだという。その功績は簡単に要約することは出来ないのだけれど——。

それもまた——本の中に記されていることでしょう。

探書廿壱

蒐集《しゅうしゅう》

下宿の親爺《おやじ》は元浪花節《なにわぶし》語りだそうで、庭仕事だの垣根の修繕だのをし乍《なが》ら時偶《ときたま》何かを唸《うな》っている。田舎者なので浪花節を能《よ》く知らぬから、上手《うま》いのか下手《へた》なのか判らない。

向かいの部屋の尾形《おがた》にその辺《あた》りのことを問うと、上手かったら辞めてなどいるものかと言われた。

それもそうである。

そもそも鄙人《いなかびと》を標榜《ひょうぼう》するなら浪花節を知らぬというのは納得出来んと尾形は言う。尾形に言わせれば、浪花節は都会のものではないらしい。尤《もっと》も、かの翻訳者は洋風に気触《かぶ》れ旧弊《きゅうへい》を軽《かろ》んじる傾向があるから、どこまで真に受けて良いのかは疑問なのである。

少なくとも信州《しんしゅう》の山奥で浪花節を聞くことはなかった。浪花節に限らず、講談も落語も聞いたことがない。先《ま》ず、村には寄席《よせ》がない。

町では巡業公演のようなものもあったのかもしれないけれど、村には来ない。当然日常的なものではない。

だから本当に知らないのである。そういうものは東京や大阪《おおさか》で演《や》っているものなのだ。それを、頭熟《あたまごな》しに田舎のものとされるのは得心が行かぬ。そう言うと、当世紳士はそんなものは聞かぬのだと言われた。

何でも、文人だの知識人だのはその手のものを嫌うのが当世風だというのである。尾形の談に拠《よ》れば、尾崎紅葉《おざきこうよう》も夏目漱石《なつめそうせき》も嫌っているのだそうである。だから今日日《きょうび》そんなものは在所の者しか喜ばぬのだなどと宣《のたま》う。

その理屈は納得出来ない。

誰が好こうと嫌おうと、それは人それぞれである。誰それが嫌っているから悪いものだなどという道理はなかろう。大層《たいそう》な人気だという話も少なからず聞くのである。

そもそも、春先に夏目漱石に会ったということを、友人は全く信用しないのである。どれだけ説明しても、そんなものは偽者だ、騙《だま》されたのだと頑《かたく》なに言い張る。あの夏目漱石がそんない処に居る訳《わけ》がないと言う。

何をしてそんな処などと言うものか。

果たしてそんな処とはどんな処なのかと問うてもまともには答えない。そんな処という言い様《ざま》はどうにも蔑《さげす》んでいるように聞こえるのだけれど、尾形は行ったことなどないのだし、得心は行かぬ。

浮世絵を売る際に骨を折って貰ったことなど、疾《と》うに忘れているのだ。

こちらの説明が悪いことも十分《じゅうぶん》承知している。弔堂《とむらいどう》の在り様《よう》というか佇《たたず》まいというか、兎《と》に角《かく》あの書舗《しょほ》のことを口頭で伝えようとしても、それは難しいだろうと思う。

尾形は多分、何処《どこ》にでもある普通の本屋だと思っているのだ。慥《たし》かにその辺の舗《みせ》で著名な文士に遭遇することなどは少なかろうし、もし遭ったとしても口を利いたりはしないだろう。

でも――弔堂の如き特異な場所であるならば、誰が居ようと別段不可思議ではないと思うのだ。彼処《あそこ》なら、仮令《たとえ》物故した者が居たとしても、そう驚きはすまい。

庭から聞こえて来る親爺の唸《うな》り声を聞き乍《なが》ら、そんなことを思う。

この下宿の親爺は体も大きく顔も武骨だが、おさんどんから大工仕事までなんでも熟《こな》す。愛嬌のある熊のように見える。しかし、女房の方は猫さん猫さんと呼ぶのである。

まあ縁側でだらしなく昼寝をしている姿などを遠目から眺《なが》めるに、猫だと言って言えないこともないように思うが、丸くなろうが伸びようが、矢張《やは》り熊だと思う。

廁《かわや》に行った序《つい》でに縁側まで出てみると親爺は機嫌良く何かを唸り乍《なが》ら生け垣の手入れをしていた。

夏も盛りは過ぎたと思うが未《ま》だ暑い。

いまだ陽射《ひざ》しは容赦ない。親爺は幾分《いくぶん》薄くなった頭に大いに汗を浮かべ、流れたそれを拭《ぬぐ》うこともなく手を動かしている。器用である。

太い指が実に能《よ》く動く。

縁側に突っ立って見蕩《みと》れていると、指の動きが止まった。しかし仕事が一段落した様子ではない。やけに半端《はんぱ》なところで固まっている。

作業の切りが良かったということではなく、唸っている節だか何だかが盛り上がった、ということのようだった。何を言っているのか能《よ》く判らないが、どうも節というより科白《せりふ》のようなことを語っている。独り芝居でもしているのか。

呆《ほう》けていると親爺はちらと此方《こちら》に視軸《しじく》を呉《く》れて、おやこいつは人が悪いなあと言うと、場都合《ばつ》の悪そうな顔をして薄い頭を人差指で掻いた。

「聞いていたかね甲野《こうの》さんは」

「まあ、熱心に聞いていた訳ではないですが、耳には届いていましたよ。僕は田舎者なので浪花節というのは解りませんが良い調子でしたな」

こいつはお恥ずかしいと言って親爺はまた頭を掻いた。鋏《はさみ》だか何だか、道具を手にし乍《なが》ら頭が掻けるのであるから器用なのである。

「どうもねえ。下手《へた》の横好きで。それでも覚えちまったもんは中中抜けない。つい出ちまうんでねえ。女房には未練たらしいと言われるんだけども」

「下手かどうか、僕には解らないですからね。ただ本職だったのでしょう。この間、其処《そこ》の銭湯でどこかの爺様《じさま》が唸ってましたけど、まるで蛙《かえる》を踏ん付けたような声で、何とも閉口しました。それに比べれば流石《さすが》は本職、ずっと上手《じょうず》に聞こえてましたがね」

本職じゃあねえんでと言いつつ、親爺は縁側に座った。

「儂《わし》ゃもう随分前に破門されて、すごすご足ィ洗っちまった半端者なもんだから本職たァ言えねえの。まあ、悶着《もんちゃく》を起こしちまったんだがね。それ以前になァ。下手でねェ」

そう語る、その口調にも節が付いている。

「そう卑下《ひげ》したものでもないと思いますがねえ。まあ、何度も言う通り僕は何も解らんのですが、何と言いますかね、良い調子だなと思って聞いていましたけどもね」

「そりゃどうも」

そう言って親爺は漸《ようや》く汗を拭った。

「ま、浪花節ってのは、簡単に言やあ節と啖呵《たんか》で語るもんでね。普通は啖呵の方が難しいもんだそうでね。ああ」

啖呵ってのは芝居で謂《い》う科白だねと親爺は言った。

さっき語っていたようなものなのだろう。

「まあ一声《いちこえ》二節《にふし》、なんぞと謂う。三が啖呵さね。で、儂ゃどういう訳かこの啖呵が得意で」

いいじゃないですかと言うと全然良かないと親爺は言う。

「まあね、声はそれなりなんだね。自分で言うのもナンだけど、悪くはない。美声とまでは言わんが、浪花節の場合はこう、聞いてて肚《はら》にぐうッと溜《たま》るような声が良いのよ。で、まあ啖呵も出来る。ところがどっこい、節が駄目でね」

「そうですかねえ」

独り語りなら良いのだなあと親爺はまた謳《うた》うように言った。

「浪花節というのは独りで演じるのではないんですか」

「語るな独りさ。でもなあ甲野さん。浪花節には三味線《しゃみせん》が付きもんでね。節ンところにゃ三味が入る。これがな、まあ好《い》い訳だよ。声節に三味線。それで聞かせてさ。そこに啖呵がびしっと決まる。これがたまらん」

「解りますけどね。何の遜色《そんしょく》もない気がするんですけども」

親爺は熊のような顔を向ける。

「あんな、甲野さんよ。浪花節ってのはね、浄瑠璃《じょうるり》たあ違う」

「いや、僕はですね、山出しなんで。浪花節を知らぬというだけでなく、浄瑠璃と義太夫《ぎだゆう》の違いも判らんのです」

「ああ」

親爺はぺろりと頭を撫《な》でた。

「義太夫節ってのは、まあ浄瑠璃の——そうよなあ。流派とでもいうのかね。まあ浄瑠璃の内《うち》だよ。ありゃあね、上方《かみがた》の発祥だと聞くがね。浄瑠璃ってのは、全部が節。最初っから最後まで、まあ謡《うた》うんだな。こりゃあきっちり決まってる。唄なんだから。言ってみりゃ譜面通りにね、謡うのさ」

「なる程。その、科白がないので」

「そこんとこも謡うのさ、浄瑠璃は。全部が曲になっとるんだ。一方で浪花節ってのは――あれ、浪速《なにわ》とは付くけど上方のもんでもないんだな。向こうじゃ浮かれ節てえんだよ。まあ、もしかすると土地土地で呼び方ァ色色なのかもしれんし、最近じゃ何とかいう洒落《しゃれ》た謂い方をする者も居るようだけども、あんまり聞かないな。浪花節さ」

「名前が違ってても同じ――なんですか」

だと思うなあと親爺は言う。

「でも浄瑠璃とは違うの。聞かせ方、聞かせどころが違うからね。だからね、まあ浄瑠璃や義太夫節ってのは、こう、決まってるのさ。きっちりと。譜面があるのよ。で、師匠にみっちり仕込まれて巧《うま》くなる訳さ。だから、流派の違いはあるけどね、みんな同じように演じる。上手《じょうず》も下手も判り易《やす》いのさ。でも浪花節はそうじゃねえんだなあ」

譜面がねえと親爺は言った。

「何もねえの。どんな風に唸ったって好《い》い訳だよ。親方が語るのを聞いて、耳で覚える。それで、自分で工夫すんだ。だから人に拠って皆違う。曲師《きょくし》――こりゃ三味線方な。これもさ、浪花節語りが語るのに合わせて弾《ひ》くんだ。即興で合わせて来る。いィいいところで、かかん、べべん、と来るとさ。まあこれが良いんだなあ」

親爺は眼を細める。

「泣いて、笑って——こう、ばしんと決まるんだよなあ。まあ、こりゃ講談ともまた違うんだね。講談ってのはありゃあこう、パンパン叩いて読むだろ。軍記読みなんざ、もう読み倒すだろうに。あれはあれで凄い。畳み掛ける。聞いてる方も興奮するわ。で、義太夫節なんかは謡うね。泣かす。染みてくるんだなあ、節が。ところが、浪花節はそのどっちとも違うんだ。でもなあ、甲野さんよ。儂ゃ啖呵はいいんだが、啖呵だけじゃ浪花節にゃならんの。節あってこその啖呵なの。で、節はさ、三味線あってのものさ。儂はねえ」

相《あい》三味線と息が合わねえのだなと言って親爺は眉をハの字にした。

「語り方が悪いのかね。曲師との相性なのかね。判らんけど。どうもいけないんだわ。弾く方も厭《いや》になったろう」

下手なんだよねえ儂はと親爺は下を向いた。

「浪花節が好きなんだけどもねえ。こないだ、あの雲入 道《くもにゅうどう》がさ」

「何ですかそれは」

「ああ知らんのか」

何も知らない。

「桃中 軒雲右衛門《とうちゅうけんくもえもん》さ。これが大した人気でなあ。立派なもんだあれは。何たって、筑紫《ちくし》かどっかから上ってさ、神戸《こうべ》から大阪と大評判、それから東海道《とうかいどう》ずっと下って来て——東京の、あの本郷座《ほんごうざ》の大舞台を埋めたんだからさ。あれは独特だ。『義士傳《ぎしでん》』ってな傑作だ」

聞きに行ったんですかと問うと行くさそりゃあと親爺は言う。

「儂は下手だからね、浪花節語りは止《よ》したけども、浪花節は今も大好きだからさ。雲右衛門ってのはね、一昔《ひとむかし》ばかり前《めえ》に、曲師の女房と駆け落ちして都落ちした男だよ。それが凱旋《がいせん》だよ凱旋。しかもね、新しい趣向を凝《こ》らした新作だ。舞台から衣装まで工夫があってね。何もかも新しいや。語り始めからぎょっとしたよ。儂はもう、感心しただけじゃなくて溜飲を下げたね」

「溜飲——ですか」

そらそうだよと言って、親爺はつっかけを脱いで縁側に胡坐《あぐら》をかいた。

「浄瑠璃ってな、御一新《ごいっしん》のずっと前からあらあね。芸としちゃ古いんだろ。講釈師だってそうさ。浪花節ってのはね、そんな昔からあるもんじゃねえんだよ。まあ元になるような芸ってなあったんだろうが、阿呆陀羅経《あほだらきょう》だのでろれんだの、いいい、そういうものよな」

どちらも能《よ》く知らない。

知らんかねと親爺は言う。

「信州にゃねえのかなあ」

「いや、信濃《しなの》は広いです。うちの村にないだけかもしれないし、僕が知らないだけかもしれない。何と言っても世間知らずのもの識《し》らずですからね」

ただでさえ田舎者なのだ。

親爺はああと鴉《からす》のような声を発した。

「ま、そりゃ道理だね。田舎も街も関係ねえなあ。儂ゃこれでも一応江戸ッ子なんだが、東京のことォ何でも知ってるかといえば、これが何にも知らん。大阪のことなんざ何も知らん。向こうじゃちょんがれなんてのがあったそうだが、どんなもんか判らん。知らんが――まあ識ってはおるね」

「何ですかそれは」

「見たことはねえが、話にゃ聞く。ものの本にも書《け》えてある。だから識ってはいるが、実際は知らん。あんた、自分が物知らずみてえなことを言うけども、そんなこたァねえだろ。儂ゃ虎だって実物は見たことねえけども」

でも虎は識ってるぞと親爺は言う。

「田舎住みだろうが帝都暮らしだろうが同じことだあね。目の届く処《とこ》のもの、手で触れるものしか知れねえんだな、人はなあ。そういう意味じゃあ、書物ってなあ凄いもんだね。知りもしねえものまで識った気になる」

話が飛びますなあと言う。

「おっとそうだなあ。ま、浄瑠璃講談、それから噺《はなし》な。近頃は落語と謂うんだろ。そういうのは、高座《こうざ》で演るもんだ。でも浪花節はそうじゃないだろというのよ。でろれんだのちょんがれだの、そういうもんと一緒だろというんだなあ、浪花節も」

「だからそのでろれんを識りません。どんな芸なんですか」

門付《かどづ》けだなと親爺は言う。

「門付けって、家の前に来る」

「ああ。ほれ、今はもう見掛けなくなったが、勉強しねえ書生なんかが小遣い稼ぎに回ってたろ、あの、法界節《ほうかいぶし》とかな。ああいうのよね」

それも識らなかったが、黙っていた。

「後《あた》ぁ辻でする——こりゃ物乞いみてえなものだなあ。それから縁日なんかで演るんだな」

「その、それはかんかんかんのうみたいなものなんですかね。謡うんですか」

「ううん」

親爺は腕を組んだ。

「どっちかというと、でろれんなんてのは、ありゃあ祭文語《さいもんがた》りなんだろうな。お祭りなんかで見たしなぁ。お経だの祝詞《のりと》だのに近《ちけ》えんじゃねえかな。儂も子供の頃に聞いたきりだし、あんまり覚えてねえけどね。どっちにしたってな、屋根も天井もねえ、一段高《たけ》えとこでもねえ、幕もねえ。その辺の露天で語って、銭毟《むし》るもんだな」

「大道芸、ってことですかね」

それそれと親爺は破顔した。

「蝦蟇《がま》の膏《あぶらう》売りとか南京玉簾《なんきんたますだれ》とか、あんだろ。信州にはねえかい」

見た覚えこそないが、それこそ識ってはいる。

「あの手のもんだと、まあ蔑みやがるのだな。浪花節なんざ所詮《しょせん》は大道芸、寄席に出るなァ百年早《はえ》え——なんてね。儂が居た頃ァ、寄席から追い出されたりしてたもんでねえ。ま、人気はあったんだがねえ」

「追い出すって——」

「ま、講釈師と噺家《はなしか》がねえ。嫌がったんだな」

嫌がる意味が解らなかった。

「まあ、僕も上京してから何度か寄席には行きましたけども、あの滑稽噺《こっけいばなし》——落語というんですか。あれしか覧《み》ませんでした。でも、何というか——」

気位が高《たけ》えっていうのかねえと親爺は言う。

「同じ高座に上がるのが嫌だとか言いやがってねえ。いや、講談だってその昔は辻講釈だったじゃねえかとか、まあ思ったもんだけどもさ。さっきも言ったろ。浪花節はね、まあ新参なんだよ。今みてえな形になったのは、瓦解《がかい》の後だから」

「そうなんですか」

若《わけ》え者《もん》はそれこそ識らんだろうさと親爺は笑う。

「ま、それだってこの明治の世も、もう四十年から経つからね。まあ今じゃ浪花節も小屋ァ埋める程になったけどね。これもさ、鉄道だのが通ったお蔭だな」

「はあ」

能《よ》く判らない。

「ナニ。江戸が駄目なら大阪。大阪が駄目なら名古屋《なごや》でも神戸でもね、楽に行けるようになったのさ。旅芝居じゃあねえからね。語る太夫《たゆう》と相三味線、二人居りゃ出来るんだから移動も楽だろさ。北だって、南だって、もっと在《ざい》にだって行けるのよ」

なる程。

先《せん》だって弔堂は読書習慣の普及にも交通流通の改良が寄与しているようなことを言っていたが、世の中というのは何がどう影響するか判らないものである。

「田舎でも――演ってたんですね」

「そうさなあ。まあ、あんたは聞いたことねえのかもしれねえけども、浪花節ってな国中どこへでも行って興行して来たんだな。寄席ありき、小屋ありきってものじゃねえの。それこそ屋根なんざなくたって出来るからな」

「それじゃあ、浪花節というのは東京発で広がったというよりも、地方から人気が出た――ということですか」

そら判らんと親爺は言う。

「彼方此方《あちこち》でやった、つうだけだね」

慥《たし》かに、芸が悪ければ何処で何回演ろうと評判にはなるまい。評判になったのであれば、それは芸が優れていたということなのだろう。

書物と同じだ。

どれだけ美しく、読み易く、手に取り易くなったとしても、中身が伴わなければそれは商品にならない。逆に、どれだけ中身が良かろうと、見た目も悪く読み難《にく》く、そして手に入らないのであれば意味はない。いずれが欠けても難しいのである。外枠と中身の双方が揃ってこそ売れる――読まれるものになるのだ。

その辺のことはこの数箇月の間に概《おおむ》ね理解した。

芸の場合もそこは同じなのだろう。

まあねえ、と親爺は体を反らせた。

毛深いし、どう見たって熊である。

「そんなだから、浪花節には、西も東もねえのだね。落語なんてのはあれ、江戸と上方とで筋から何から違うと聞くけどね。浪花節は呼び方こそ違うけども、土地柄ってのはない。芸は一代。一人一人が作り上げるもんでな」

儂は何にも作れなかったのと親爺は自嘲する。

「語り物ってな、ま、聞き手あってこそだろうさ。芸も聞き手に合わせて出来上がってくもんだろね。だから浪花節ってなあ、少なくともあんたの言う、田舎のさ、しかも色んな田舎の聞き手の気持ちを汲んで出来てるもんなんじゃねえのかと――儂ゃ思う。そら人気も出るさ」

東京は田舎者の吹き溜りだからなあと言い、親爺は引き付けたようにひいひい笑った。

「で、結局な、今ァ東京中の寄席の三割か四割かはね、浪花節さ。もっと多いかな。しかも何処も大入りだからね。みんな、黒紋付《くろもんつ》きに袴《はかま》てぇ立派な身形《みなり》で高座に上がるのよ。惚れ惚れするさ。それで雲入道が凱旋して、本郷座も満員だてェんだからさ。儂が居た頃と比べりゃあ」

溜飲が下がる、ということか。

親爺は莞爾《にこにこ》している。機嫌が良いのである。

「でもな甲野さんよ。儂ゃ雲入道の唸り聞いてさ――」

勿体《もったい》ねえと思ったよと、親爺は突然悩ましげな顔になって言った。

「いや、解りませんね。勿体ないとはどういうことですよ」

「いやあ。ありゃあ残すべき芸さ。勿論《もちろん》他の浪花節語りのもだけどな。あんた、本を造ってるんだろ」

大雑把《おおざっぱ》に言えばそうである。

「ならよ、書き講談ってのは判るよな」

「ああ。知ってますよ」

講談の速記本は、能《よ》く売れていると聞く。その名の通り、講釈師の語る講談を速記して書物にしたものである。

何故《なぜ》売れているのか、理由は様様なのだろうが、もしかすると講談を聞くことが出来ない地方の者が買っているというのも一因なのかもしれない。

「講談は読むってんだ。だから、字と相性が好《い》いんじゃねえかね。落語もその——何だ。速記か。そういうもんはあるようだね」

あると答えた。

「ありゃ噺家って具合だから、話す、ってんだ。これもな、本になる」

「そうですかね」

「ほれ、最近じゃ話し言葉で書くようなのが流行《はや》ってるでしょうや。小説とかいうのがさ。あれと同じでね。筋も判るし読み易い。しかも滑稽噺にゃ、サゲがある。サゲを読みゃ笑えるだろさ」

それはそうかもしれない。

「でさ、浄瑠璃なんかは謡うんだから書物にしたって仕様《しよう》がないさね。言ってみりゃ演歌師のくれる歌詞本みてえなもんにしかならんだろ。そりゃ愉快節みてえに短くて歌い易いならいいが、長《なげ》えからな。字で読んだって駄目だよ。何にも伝わらん。で、浪花節はさ」

唸る。

「筋書きはあるから、講談や落語に近いところもあるがね、啖呵のとこは兎《と》も角《かく》、謡うところはつまらんさ。文にすりゃ三味線もなくなる。だから本にしてもさ、良さが伝わらん。それからな、さっきも言った通り、演者によって全然違うのよ。良さが」

「ああ」

「浄瑠璃なんかより差は大きいね。浪花亭《なにわてい》と春日亭《かすがてい》じゃ、泣かせ処も笑わせ処も違うし、泣かせ方も笑わせ方も違う」

字で書いたって判らねえと親爺は言う。

「みんな違う。不思議なもんでね。同じ話なんだがね、勘所《かんどころ》みてえなもんがまるで違って聞こえるね。筋運びは同じなんだけどもね。ありゃ浪花節語りの思い入れみてえなもんが違うからかね。また、相方が好い具合に三味線入れて来るんだな」

人に拠って違うのかと聞くと、違うと言う。同じ演者でもその時時で違うんだと言う。

「ま、落語なんかも噺家に拠ってかなり違うんだけどもな、ありゃあ上手《うま》い下手《へた》の問題なんだよ。笑わせ処は一緒なんだよな。儂や若《わけ》え時分に圓朝《えんちょう》の怪談聞いたことがあるんだけども、ありゃあ怖かったね。名人だ。でも同じ話をヘボが演るてえとね、これがちいとも怖くない」

「それは筋書きを識ってるからじゃないんですか。この先どうなるか判っていれば怖くないもんじゃないですか」

違う違うと親爺は手を振った。

「識ってたって怖《こ》えよあれは。そういう座というか、場というか、そういうもんを作っちまうんだな、名人は」

「下手な話者は、それが作れないと」

同じ文章でも活字や組版が雑で読み難《にく》ければ伝わり難《にく》い。それと同じか。

「話しが上手いんだよ名人は。講談なんかは、もっと巧拙がはっきりしてるわいな。読みの拙《まず》い講釈ってのは聞いてられねえし、先《ま》ず判らねえ。何を言ってるのか判らねえんだ。軍談にしたって金襖《きんぶすま》物にしたって、昨今流行《はや》りの新聞講談にしたってよ、一字一句をきっちり聞かせねえといけねえからね。間違えたり咬《か》んだりしちゃ、駄目なんだよ」

なる程。

慥《たし》かに――それならば講談が文章化に向いているというのも首肯《うなず》ける。兎《と》に角《かく》名詞だの単語だのがきちんと聞き取れなくては、何も面白くないのである。文字に書き起こしてしまうのなら、そこは確実に伝わる。

「浪花節は違いますか」

「違うね。浪花節はね、もっと判り易いんだよ。いや、判るように語る。落語や講談が悪いてえのじゃないのよ。まるで違うもんだと儂は言うの」

「同じとは思いませんけども――」

「堅《かて》え処は講談のようにパンパンと、浮いた処は浄瑠璃のようにしっとりと、時には落語のように笑わせ泣かせ、芝居みてえに科白で決める。兎《と》に角《かく》、面白く、判り易く語り唸るんだよ浪花節は。いいじゃないのよ」

「いいとこ取りですか」

だからみんなに嫌われたのかいねと親爺は頭を叩く。

風呂上がりのように濡れている。汗なのだ。見ているだけで暑い。

「ま、こう、低いのさ」

「何がです」

「何てえの。この、目の高さ――ってかな。客をね、決して見下《みお》ろさない。見放さない。そういう芸だね。ま、元浪花節語りの欲目かね」

「ま、そうはいっても引退されてますからね、身贔屓《みびいき》とは言わないでしょう。それよりも、勿体ないというのは」

「そうだったそうだった。お前さん、平円盤《へいえんばん》ってのを知ってるかい」

「まあ、名前だけは。レコオドとかいうものでしょう。見たこともありませんけども」

「儂だってないよ。どんなもんなのか思い描けもしないね。何でも煎餅《せんべい》みてえなもんだと聞いたが、そんなもんが鳴るってのが先《ま》ず判らねえからね。それから、それを鳴らす道具な、蓄音《ちくおん》機《き》ってえのかね、あれだって見たこたァねえけどね。舶来物《はくらいもん》なんだろうし、目が飛び出る程に高価《たけ》えんだろうからね。それでもさ、まあ」

いつかは持ちてえねえと親爺は言う。

「蓄音機をですか」

「蓄音機をさ。何でも国産のが出来たとか出来るとか聞いたから、少しは廉《やす》くなんだろうね」

そんなもんは金持ちの道楽でしょうと言うと、そうだがねと親爺は答える。

「その平円盤もさ、今は一円七十銭だか八十銭だかするようだけどね」

「そんなに高価《たか》いんですか」

驚いた。

「そんなにって程高価かないよ。儂やあんたにゃそれこそ高嶺の花だがね。役人の初任の給金は五十円だよ。写真師にフォットグラフ撮って貰ったって、一円は掛かるそうじゃないか」

「まあそうですけども――」

「そりゃあんたの給金が雀の涙だってことは承知してるさね。うちは下宿屋としちゃかなり廉いからな。でも、真面目に働いてりゃあ買えねえもんでもねえだろさ。ま、先《ま》ず蓄音機がねえんだし、縦《よし》んばあったとしてもなあ。今売ってるもんはなあ」

「要《い》りませんか」

「船来の唄だかお囃子《はやし》だか、何だか識らねえけどそんなもんは聞きたかねえし、聞いたって解らねえだろ。大体、そんな値段が付くのだって遠路遥遥《はるばる》海の向こうから持って来るからだろうさ。船賃が載ってんだ」

「そうですね」

「そうさ。まあ、今は無理でもな、そのうち国産が出来るさ。蓄音機作ってんだから。これも聞いたところじゃね、何年か前《めえ》――三四年経つかな。メリケンだかの職人どもが、声を盗《と》る機関《からくり》持ってやって来たんだそうだしな」

「声を盗るって――」

「どうするんだろうなあ。まるで想像が出来ないねえ。こう、一旦袋かなんかに溜めるのかそれをどうやって煎餅に焼き込むのか――矢《や》っ張《ぱ》り電気かねえ」

「電気って――ああ、そういえば――何か吹き込んだんだというような話は何かで読みましたけどもね。唄か何かでしたか」

「落語だよ。噺家の――声を盗ったそうだな」

「落語をその平円盤《レコオド》に吹き込んだ、ということですかね」

「そうよ。落語とな、浪花節も盗ったそうでな。ほれ、去年死んじまった浪花亭愛造《あいぞう》が、一節吹き込んだそうだがね。こりゃ聞きたいね」

「亡くなったんですか」

「そう。あれは瘡病《かさや》みだったんだ。色男だったし、声に艶《つや》があってさあ。大層な人気だったんだけどもなあ。何たって早死にだったからさ。そんでも、盗った声が残ってんなら、また聞ける訳よな」

「え」

死人《しびと》が――浪花節を語るのか。

「良い考えだよな」

「そう――なんですかね」

「そうさ。まあ圓朝なんかはもう先に死んじまった訳だけどね、その、吹き込みだかをしておきゃあ、今だって聞けるのだろうさ」

「死んだ人の——声が」

聞けるのか。

考えてもみなかった。

「そういうこったよ甲野さん。ま、虎は死して皮を留《とど》め、人は死して名を残す、なんて謂うがね。残すっても名前だけじゃなあ。後《あた》ァ文字で残す絵で残すしかなかったろ、今までは。まあフォットグラフみたいなものはあるけどさ。ありゃ絵と変わらんよ。でも、その煎餅は」

語るんだぞと親爺は言う。

語るか。

例えば、亡くなった父の声が平円盤《レコオド》に吹き込まれていたなら——。

語るのか。それは。

嬉しいのか。

それとも——。

判らなかった。

ただ、それが亡き父の声であったのだとしても、どうであれそれが死者からの一方的な発信でしかないということだけは間違いのないことだろう。

幾《いく》ら声が聞けたとしても、それは此方《こちら》の問いに答えてくれるものではないのだ。

それは――。

幽霊のようなものなのだろうか。

浪花節を残すなら平円盤じゃねえかなあと、親爺は眼を細めて言う。

「名人上手が唸ってるのを全部残して欲しいわなあ。それをな、こうずらっと揃えてだな」

「揃える――んですか」

「そらそうさ。一つしかなかったらおんなじのばっかり聞くことにならあ。何十枚も、何百でもいいや。こうずらっと並べてさ。選ぶのな」

「何を――ですか」

「だから、今日は東《あずまや》家樂遊《らくゆう》、明日は桃中軒雲右衛門、朝は清風《せいふう》、夕には二代虎丸《とらまる》と、聞き放題よ。演目も選び放題。こいつァ好《い》いだろうよ」

「まあ――そうですが」

「そのれっこおどってのがどんなもんなのか、無学な儂ゃあ識らないがね、まあ煎餅なら棚に入《へえ》らねえようなもんでもねえだろさ。こう並べてね、何を聞こうかと悩むのさ」

叶わぬ夢かねと親爺は言う。

そんなことはないのかもしれないが。

それは――。

弔堂と同じか。

なる程、弔堂の主人が墓守を自称する意味が漸《ようや》く解った気がする。書物もまた死人《しびと》の残したものなのである。書物は読むことで、平円盤《レコオド》は蓄音機とやらに掛けることで——。

幽霊が出るという仕組みなのだ。

「解りますがね、その、そんなに沢山《たくさん》要りますかねえ」

「要るよ。百でも二百でも要るな」

「そんなに聞けないでしょう」

「聞けるよ。浪花節なんてなァ、一節まあ四半刻《しはんとき》ってなとこだよ。その気になりゃ一日十でも二十でも聞けるさ。一日中聞く」

そりゃあ寝食忘れてますよと言うとそりゃ忘れねえねと親爺は答えた。

「掃除や洗濯は忘れるけどな。まあ、居乍《なが》らにして浪花節聞き放題ってなあ、まあ儂にしてみりゃ極楽さあね」

親爺はありもしない極楽を夢見ているのである。蓄音機も持っていないというのに。

いや、持っていたところで、そもそも浪花節を吹き込んだ平円盤《レコオド》などは未《ま》だないのだ。その何とかいう夭折《ようせつ》した浪花節語りのものくらいなのだろう。

呆《ほう》けている親爺の、その汗の浮いた薄い頭に影が差した。途端《とたん》に親爺は夢から覚めた。

庭には女房が立っている。

「お前さんね、何を油売ってんだい。この糞暑《くそあつ》いのにさ。裏木戸の蝶番《ちょうばん》を直してくれと言ったじゃないか」

おっとそうだったと言って親爺は這うように進み、突掛《つっかけ》を履いて裏の方に駆けて行った。

「全くねえ。いつまで経っても未練たらしく語るんだ。甲野さんも、付き合うこたァないんですよ、あんなのに」

「おかみさんも——聞いていなさったかね」

「聞きたくなくたって声がでかいから聞こえますわね。あれが破門されたな、十五年から前のことだからね」

女房はそう言うと親爺が最初に座った辺りに腰掛けた。

「まあ、妾《あたし》もねえ、多少は責めがあるからね。口煩《くちうるさ》くは言いたかないけどね」

「責めというと」

「何、ありゃ」

妾の所為《せい》で破門されたんだものと女房は言った。

「はあ。ご自分じゃその、三味線と息が合わなかったとか」

「合うも合わないも、あの男の相方は妾だもの。相性が悪いってなら、今もずっと悪いってことさね」

「はあ。おかみさんが三味線を」

「まあねえ。妾《あたし》ゃ若いうちはね、娘義太夫演ってましてね」

ああ。尾形もそんなことを言っていたように思う。

「その頃はさ、まあ大層な人気でしてねえ。どうするどうする、、、、、、掛け声掛ける堂摺連《どうするれん》なんてのが大勢湧いて出て、まあ大変だったんだけどもね。妾はそんなに上手じゃなくてね。贔屓も付かず、そのうち齢《とし》喰ってねえ」

あんなァ所詮若いうちだからと女房は言う。

「それでなくたって娘義太夫はさ、タレ義太なんて蔑まれてね、噺家やら講釈師には嫌われてたんだよ。公序良俗に反するってんで、官憲にも睨《にら》まれてたし」

直《す》ぐ辞めちまったんだよと女房は言った。

「未《ま》だ人気のある太夫は良かったんだけどね。妾は人気がなくてねえ。芸が悪いてえより、見《み》映《ば》が悪かった」

あっはっはと大口を開けて女房は笑った。

「実入りもない人気もない、それで仲間うちからも疎《うと》まれて、その上に寄席の連中からも虐《いじ》められてさ。先がある訳じゃあなし、放っておいても齢《とし》だきゃ喰うからね。無理に続けたって好《い》いこた一つもないだろ。だから辞めて、浪花節の曲師になったんだけどね。ありゃ老《ふ》け具合もご面相も関係ないから。でも、その浪花節もさ。さっき言ってたろ」

「ああ。寄席を追い出されたとか」

「まあ、落語と講談と浪花節とね、三つ並べて客ゥ取ろうとしたのさね。人気だけはあったから。その頃は上方の浮かれ節の連中なんかも出て来てて、客も喜んでたんだけど、まあ要は」

客取られると思ったんだろうねと女房は言った。

「娘義太夫にしても浪花節にしても、後から出て来て人気が出てるだろ。噺家も講釈師も、気が気じゃなかったんだね」

「お客を取られる――と」

「寄席乗っ取られるとでも思ったのかもしれないよ。客商売ってなそういうもんだから。仕方がないさ。ありゃ道樂館《どうらくかん》だったかね。もう能《よ》く覚えちゃないけど、その合同の催しを噺家と講釈師がさ、断固として嫌だと言ってねえ。悶着が起きた。そん時に妾もさあ、タレ義太崩れの淫売《いんばい》呼ばわりされてね。そんであの人、頭《おつむ》に血が上っちまってさ、講釈師を二三人ぶん殴っちまってね。で――破門だよ」

「ははあ」

「だからまあ、下手ってこたァなかったんだよね。あの人はね、上方から下って来た、先代の鼈甲齋《べっこうさい》虎丸ってお方に弟子入りしてさ。まあ妾も一緒に世話になってたんだけどもね。西の方に上りゃあ、まあ何とかなったのかもしれないけども、その辺はさっぱりした男でね。自分が居ちゃ手打ちも出来ねえってんで、さっと身を引いた。それでおじゃんだよ」

「じゃあ破門じゃないじゃないですか」

「破門にしてくれと頼んだんだから破門なんだよ」

「頼んだんですか」

「殴った先方に詫び入れて、師匠にも詫び入れてさ。土下座ァ何度も何度もしてね。このまんまじゃ双方の顔が立たねえから破門にしてくだせえ、浪花節のために破門にしておくんなましと――まあ多分、あれがあの人の一世一代の晴れ舞台だったねえ」

壮絶――な気がする。

「ま、金輪際《こんりんざい》土下座のお蔭じゃあないと思うけどもさ、ちゃんと手打ちにはなったのさ。それ以降は揉めずにね、確執もなくなった――のかどうかは知らないけどもさ、浪花節は大層な人気になったからねえ。こりゃ、あの人が破門になったからじゃ決してない」

女房はまた大笑いした。

「なる程ねえ」

「下宿屋の使えない親爺になる前は、鼈甲齋猫丸《ねこまる》だったのさ。あの宿六は」

それで猫なのか。

「使えないって――いやあ、忠実《まめ》に能《よ》く働いてるじゃないですか、ご主人は。器用だし、感心しますよ」

「あれに感心かいな」

女房は口を尖らせ、片方の頬を攣《つ》らせて、まるでひょっとこの面のような顔になった。

「そりゃ心得違いさ。銭勘定がまるで出来ないからね。算法が大の苦手なのさ。だからおさんどんがどれだけ出来たって、妾が居なきゃ何にも出来やしないんだよ、あの猫はね。油断すると浪花節唸ってるしねえ」

つまらん話聞かせたねえと女房が言ったところで、ひょっこり親爺が戻って来た。

「何だね。もう直したのかい」

「そんなに直《す》ぐに直るものかよ。お前どうせ儂の悪口《あっこう》を垂れていたのだろうが、此奴《こいつ》の言うのを信じちゃいけねえよ甲野さん」

惚気《のろけ》を聞かされていたんですよ僕はと言った。

「冗談も大概《てえげえ》にしとかねえと口が曲がるよ。それより、あんたに客だよ」

「僕にですか」

「裏に突っ立ってるから泥棒かと思ったら甲野さん喚《よ》んでくれとよ。邪魔臭《じゃまくせ》えから玄関回れと言っといたからね」

そう言うと親爺は女房に顔を向け、鼻の上に皺《しわ》を寄せて見せてから、のそのそと去った。

仲は良いのである。

玄関まで出てみると、所在なげに突っ立っていたのは小使いの貞六《さだろく》だった。

「おいおい。何だい。どうして君が此処《ここ》に居るんだ」

そりゃあ用向きがあったから来たんですよと、やや生意気な小僧は言った。

未《ま》だ十七くらいなのである。

丸刈りで円眼鏡《まるめがね》を掛け、書生のような恰好をしているが、学生ではない。会社の雑用係なのである。

「用向きって何だね。僕は君に用などないぞ。今日は公休日だ。お休みだよ」

「知ってます。私だって休んでたんですから。寝てました。叩き起こされたんですよ」

誰にと問うと社長ですと答える。

「社長――ああ、高遠《たかとお》さんが。あの人は代表で社長じゃないよ。で、何がどうしたって」

「明日、朝一番で使う資料がどうしても欲しいから。買って来てくれと」

「買ってくればいいじゃないか」

買えませんよと言って貞六は懐から畳んだ紙を出し、差し出した。受け取って開くと、何やら読めるような読めないような漢字の連なりが書き記してあった。

高遠の字ではある。

「何だいこりゃあ」

「さあ。解りませんけどね。全然読めないですからね。多分ご本だと思いますが、そんなもの何処にも売ってないでしょうに。売ってても多分、物凄く値が張るんでしょうよ」

「そうかもしれないけども」

「ですからね、その葬式堂だか――」

弔堂かと言うとそうですよと言って貞六は苦笑した。

「判ってるなら行けばいいじゃないか」

「行けませんよ。場所が判りませんからね」

「高遠さんに尋《き》けばいいだろう。それ以前に、そんなお遣いを頼むくらいなら道順を教えるだろう。教えてくれないのかい、あの人は」

「教えたってお前なんかには行けないだろうと」

「何だいそれは」

まあ、教え難《にく》く行き難《にく》い処ではあるのだが。

「何だいと言いたいのは私ですよ。代表も代表ではないですか。お前なんかという物言いは幾ら給仕に対してだって失礼ですよ。そもそも此処に来て直接甲野さんに言い付ければ良いことなのに、私の住《す》み処《か》の方が家から近いものだから私を使者に仕立てたんですからね」

「使者って」

「つまり、私は甲野さんにこの紙を届けるのが役目なんですよ。で、これから先は甲野さんのお役目ですな」

じゃあと言って一礼し、貞六は回れ右をした。

「おい待てよ。慥《たし》かに弔堂なら会社の付けが利くから懐の心配はせずに済むけれども、弔堂にだってこんなものあるかどうか判らないだろう。なかったらどうするんだよ」

「それは甲野さんが弁明《いいわけ》することなのであって、私の与《あずか》り知るところではありませんよ。私はこれから地元の鎮守の秋祭りの準備なのです。忙しいのです」

貞六は跳ねるようにして駆け去った。

勝手なものである。

だがこうなってしまった以上は行くよりなかろう。

目を覚ましてからずっと漢字の工夫を為《し》よう為ようと思っていたのだが、下宿の夫婦の話を聞いているうちに何だかその気も失せてしまったようである。

午飯《ひるめし》に近所の蕎麦《そば》屋で笊《ざる》蕎麦でも喰って、その後に銭湯で汗を流し、午後のことはそれから考えようと思い始めていたのだった。

弔堂まで行くのであれば銭湯など行くだけ無駄になるだろう。行って帰れば汗塗《あせまみ》れになる。

取《と》り敢《あ》えず蕎麦は喰った。

着替えるのも面倒だったから尻端折《しりはしょ》りをし、買って間もない麦稈帽《むぎわらぼう》を被《かぶ》って首に手拭《てぬぐ》いを掛けて出掛けた。

裏手から親爺の唸り声が聞こえる。

本当に今日は機嫌が良いのだ。

案《あん》の定《じょう》、坂下に至った段階で汗だくになっていた。

とはいえ、午後になって多少は陽が翳《かげ》り、風も出て来たので過ごし易くはなっているのだ。

別に寄らねばならぬ決まりはないのだが、来る度《たび》に顔を出しているから鶴田《つるた》の休み処に寄ってみた。

鶴田は例に依《よ》って陽当たりの良い場所でうだっている。それで、顔を見るなりいらっしゃいでも毎度有《あ》り難《がと》うでもなく暑いですなあなどと言うのである。

「あのなあ。尋くけれども、どうしてご亭主は暑い日に限って一番暑そうな処に陣取っておるのかな。あまり言いたくはないけれど、それじゃあ客の方は除《よ》けて通るのじゃないかね。あまりにも暑そうだよ」

「おや」

鶴田は右と左を順に見た。

それから顔を上に向け、眩《まぶ》しそうに眼を細めた。

「ああまあ。そうですなあ」

「いや、この店が避暑になるとは思いませんがね。この坂は陽除けになるようなものも何もないし、奥に行けば多少は涼しく感じませんかね。それが——ですよ。こんな目立つ処でご亭主が汗かいていたのじゃ、まあねえ」

そうですなあ、と鶴田は言った。

「ま、暑い日に限ってたあ思いませんでしたがね。平素は奥に居ますよ。そうでなきゃ立ってますからな」

「僕が来る日に限って、なのかい」

いついらっしゃるか判りませんからそれもないですと鶴田は言う。それは尤《もっと》もである。今日も来る気はなかったのだ。

「まあ、言わせて貰えばあたしが此処に座ってる日を目掛けて甲野さんがいらっしゃるってな具合ですよ。ま、あたしの方も好きこのんで此処に座ってる訳じゃないですし」

「理由があるかい」

「まあ。先だっての際はどうだったか覚えてませんけどもね。今日はまあ——お恥ずかしい話ですが女房とやっちまいましてね」

「喧嘩《けんか》したのかね」

「喧嘩っていうかね。あのね甲野さん」

鶴田はこちらに向き直った。

「あたしゃ自慢じゃあないがこの店任せて貰うまでは職に溢《あぶ》れてたんですな。しかも、こう見えても小説家に弟子入りしようとか新聞社に勤めようとか、まあそういう、叶わぬ夢を見ていた男です」

「何となく聞いてましたよ」

鶴田は縁台をぽんぽん叩いた。座れということだろう。

顔を出すだけのつもりだったのだが、取り敢えず座った。

「人に言わせりゃ、普通はそんな大望は抱かんのだそうですよ。あたしはね、まあ学はないけれど、何たって雑誌読むのが大好きで。小説でも記事でも、読み込んでたからこそ、そんな気にもなった訳ですな。そんな訳で家にゃあたんまりと古雑誌があった訳です」

「ほう」

「百じゃ利かないね。押し入れ半分占領してましたからね。あたしは捨てずに大事にしてたんですよ。それをあんた、女房がそっくり」

屑屋《くずや》に出しちまってと言うと、鶴田はまた縁台を叩いた。

「いや、布団が入らないとか柳行李《やなぎごうり》が入らないとか、黴《か》びるだの何だのと言うんですけどもね、そりゃまあ——判らないじゃあない。我が家は狭いですから。実家に置いておく訳にもいくまいと、持って出たものの借家はもっと狭い」

「それなら仕方がないでしょう」

「仕方がないですよ。一冊一冊大事なもんだったんだから。あんた、屑屋ってのはね、貫《かん》目《め》幾価《いくら》で買うんですよ。中身なんざどうでもいいんです」

「まあそうだろうね」

「同じ売るにしたって、弔堂なら一冊一冊中身を吟味しましょ。中にゃ珍しいのもあるかもしれないし、欲しがる人が居るもんだってあるかもしれない」

「屑屋より高価に売れただろう、ということかな。額面の話かね」

断固違いますと鶴田は言った。

「こりゃ、銭金《ぜにかね》の問題じゃないんですよ甲野さん。雑誌ってな、そりゃほぼ読み捨てでしょうや。でもね、一冊一冊ちゃんと読んでるんですからね。そりゃ嵩《かさ》ァ張るし邪魔だし、暮らしの役にゃ立たないけどねえ」

「一冊一冊に思い入れがあるということなのかな。想い出というか」

「それもありますけど。いや、雑誌にはね、字が書いてあんです。文が記されてましょうよ」

「そりゃそうだろうけど」

「ただの紙屑じゃないんですよ。とある御仁《ごじん》が言ってましたけどね、雑誌ってのは、ありゃあ世相を映す鏡みたいなものなんだ、とね」

「はあ」

浮世絵もそうだと、先日聞かされた。

「その時代でなきゃ作れないもんなんですよ雑誌てえもんは。出された時に売れるように工夫して作るんですからね。もう二度と同じもんは作れないんですなあ。作る意味もない。でもですよ。捨てずに取っておきゃあね、後になって読んでない人が――甲野さんだって読むこたぁ出来るし、そしたらあたしとは別の何かを、こう、読み取るかもしれない訳でしょう」

「うん」

それはそうであるが。

「屑屋の親爺にしてみれば貫目何銭ですよ。読まないだろうしね。でもね、一冊一冊、一頁《ページ》一頁、一文一文、一文字一文字にですな、何て言いますかね。ああこういうことを上手に言い表せないからあたしは物書きになれなかったんだね。甲野さんは活字作ってるてぇんだから解るでしょうに」

「はあ」

解るような気もするが、慥《たし》かに上手く言い表せはしない。毎日文字を工夫してはいるのだけれど――。

いまだに出版に関わっているという自覚も持てていないのだ。

「いや、解るかと問われれば、解るけれどもさ、ご亭主。そんなに沢山持っていたって、読まないのじゃないか」

「どうしてそう言い切れますか」

「いや、せめて、何というかな。選別して数を減らすとかしておけば」

「要らんと思って捨てた途端にそれが読みたくなるってことがあるんです。暖かくなったから縕袍《どてら》を奥に仕舞った途端に寒くなるようなもんですよ」

「ああ」

そう言われればそういうことはあるかもしれない。だが、その理屈を通すなら鶴田の家の雑誌は無限に増え続けることになる。それは無理というものだ。

そう言おうとすると、奥の方から鶴田の女房が出て来た。

「あんた、未《ま》ァだ未練たらしくそんなことを言ってるのかい。しかもお客さん相手に。もう屑で出しちまったんだから諦めておくれよ。謝っただろ」

「謝って済むかいな」

「だって償いようがないからさ。取り返せったって無理さ。真逆《まさか》そんなに大事なもんだと思わないじゃないか」

「大事じゃないなら取っておかないだろうさ。解るだろうよ」

「いや、妾《あたし》だってね、童《わらべ》の時分に千代紙だの色紙《いろがみ》だの集めてたねえ。箱一杯に溜まったのを親に捨てられた時は、家出しようかと思ったよ。だからあんたの気持ちは解るけどもさ」

そんなもんと一緒にしないでおくれと鶴田は言った。

「何だい。どう違うってのさ。雑誌は高等で千代紙は下等だとか言うんじゃないだろうね」

そんな訳あるかいと鶴田は言う。

「あのなお芳《よし》。千代紙だろうが桜紙だろうが雑誌だろうが、そこに差なんてないんだよ。あのね、お前は集めてたんだろうに」

「集めてたさ」

「あたしは集めてないよ。ありゃ自然に溜まったんだよ。集めようと思って買い揃えたのじゃなく、集まったのさ」

同じじゃないかと女房は言う。

いや――そこはどうなのだろう。

違うようにも思ったのだが、口を挟むのは憚《はばか》られたから立ち上がった。

「おや。お客さん――」

「いや、いいんですよ。先に用を済ませて帰りに寄りますから。それまでに諍《いさか》いは収めておいてくださいよ」

収まるものなのかどうかは判らないけれど、見たところこの夫婦も至極《しごく》仲は良いのである。

径《こみち》に入ると矢張り涼しい。

多分、花だの葉だの草だのも季節に合わせて生え変わったり咲いたり散ったりしているのだろうけれど、その辺の違いはどうしても能《よ》く判らない。

桜が散ったことだけは判ったが、初めて訪れた時は咲いていて、二度目に来た際はもう散ってしまっていたのだ。

途中を見ていないので、実を言えば殆《ほとん》ど気付かなかったのである。

観察する能力が劣っているのか、興味がないから見ないだけなのかは判然としない。

大廈《たいか》を見上げ、弔の簾《すだれ》を上げて戸を開けると、目の前が白い。いつもは真っ暗な穴に見えるというのにどうしたことかと思って見直せば、それは白い衣を着た撓《しほる》の背中なのであった。

開けるなり腕を摑まれて引き入れられた。

撓は慌《あわ》てて戸を閉める。そして隅に追い遣《や》られる。

「今は、その、少し」

「何だね。先客かい」

問うと撓は何とも言えない表情になった——ように思えた。目が慣れぬから能《よ》く見えないのであった。ただ、どうやら普段と違う何かが起きていることだけは諒《りょう》解《かい》した。


残念ですがご所望のご本をお売りすることは出来ません——。


主《あるじ》の声が聞こえた。

「いや、それはないだろう弔堂さん」

「そうだよ。いいかい、値踏みなんかしてないし勉強しろとも言ってない。あんたの言い値で買うと言ってるんだよ」

「それで売らぬという道理はないだろうさ。此処は書舗《ほんや》じゃないのかね」

客は二人居るようだった。

「勿論、此処は書舗で御座《ござ》います」

「なら何だい。客を選ぶというのかい」

「いいえ」

「何処かの蒐集家《しゅうしゅうか》みたいに、業者には売らないというのかね。そりゃ怪訝《おか》しいだろうさ。あの人達は集めてる。だから出さない。それはいいさ。あんたは売ってるんだろ」

「はい。売っております」

「なら客に依って売る売らないを分けるというのは商道《しょうどう》に悖《もと》りゃしないかね。しかもね、こっちは大口だよ。唸る程に金を用意して来てるんだ。空振りはないだろうさ」

目が慣れて来た。

ハンチングを被った小男と、もう一人は洋装の大男だった。

「お二人がご所望される本であるならば、勿論お売り致しますよ」

「だから所望してるんだ。此処に積んだものを全部引き取ると言っている」

目を遣ると台の上に堆《うずたか》く書物が積んである。百や二百では利かない冊数である。

弔堂は如何《いか》にも困ったという顔をしている。

「ではお伺い致しますが、小山《こやま》様と高岩《たかいわ》様は、お買いになったこの書物を、一体どうなさるのでしょうか」

「どうって」

「市会《いちかい》――に出されるのではないのですか」

「そ」

そりゃ当然だろうと小男は言った。

「市で値を付けるんだからな。そうして相場が決まるのじゃないか。大体、あんたの処は勝手が過ぎると思うぞ」

「ほう」

「まあ長く営《や》ってるんだろうが、書林には書林の遣り方がある。あんた、徳富《とくとみ》先生には大量に売ってるね」

「はい。ここ五年ばかり、随分と和漢籍をお買い上げ戴いております。徳富猪一郎《いいちろう》様は――上得意で御座いましょう」

「何で売る」

「欲されていらっしゃる故《ゆえ》」

「欲しているのは此方《こっち》も同じだ」

「そうでしょうか」

「そうだろうさ。あんたな、徳富先生だけじゃない、狩野亨吉《かのうこうきち》先生だとか、内藤湖南《ないとうこなん》先生だとか、大野洒竹《おおのしゃちく》先生だとか、その道じゃあ有名な学者先生やら蒐集家にも沢山売ってるね」

「はい。お三方とも徳富猪一郎様のご紹介で御座います。何方《どなた》様も、猪一郎様に古書蒐集のご指南をされた御仁であると伺っておりますが」

「そうだよ。その道ってなあ古書蒐集の道だよ。あのな弔堂さん。聞けばあんたもこの道は長いようだけどもな」

素人《とうしろう》だなあんたとハンチングの小男が凄んだ。

「扠《さて》。素人《しろうと》も玄人《くろうと》もなかろうかと存じますけれども」

「市会にも一切出ねえ。組合にも入らねえってのは、そもそももぐりっていうのじゃねえのかね。迷惑なんだよ。あんたの値付けは、相場も何もないじゃねえか」

そんなことは御座いませんよと弔堂は答えた。物怖《ものお》じも何もしない。

「本の価値はそれを手にされる方次第で御座いますから」

「そんな訳《わき》ゃねえじゃねえかい。数が少ないものは高価になるんだよ。状態が良けりゃもっと値は上がるのさ。古いもんだって当然値は張るよ。そうしなくちゃ商売にならないだろう。あんたなあ、箱付きの『胡曾詩註《こそうしちゅう》』だの『禪林類聚《ぜんりんるいじゅう》』の揃いだのを二束三文で売る莫迦《ばか》は居ねえだろうよ」

「おや」

二束三文でお売りしてはいませんと弔堂は答えた。声音《こわね》も態度も普段と寸分変わりがない。

「お売りしたのは猪一郎様でしたが、あの方は五山《ござん》の系統本をお集めになっていらっしゃいますのでね。それに、記憶では『禪林類聚』は僅《わず》かに虫喰いがありましたし、『胡曾詩註』には蔵書印が捺《お》してありました。適正な値付けをしたつもりでおりますが」

「覧たよ。でも値引きに当たるようなものじゃなかったと思うがね」

「値引き――というのは解りません」

「もっと高価なんだよ相場はさ。廉く売られたのじゃこっちの商売が」

「お待ちください。値引きというからには先《ま》ず高額の値が設定されていて、そこから瑕疵《かし》に応じて値を引く、ということでしょうか」

「まあ、そうだな」

「その元値というのは何方《どなた》がお決めになるのです」

「だからよ。だからこそ市があるんだよ。競《せ》るだろ。買いたい者、売る算段のある者が値を乗せて行く。需要がありゃどんどん上がる。当たり前じゃないか。どんなに珍しかろうが誰も買わないなら一文にもならんのだよ」

「そんなことはありません」

主は毅然として言った。

「価値のない書物などこの世には御座いませんよ。手にされた方が価値を見付けられなかったというだけのこと。価値を見出《みいだ》せる人に、その価値に見合った額面でお譲りする、それが私の仕事——いいえ、宿痾《しゅくあ》で御座います故」

「そうだとしたって」

あんたの好き勝手に値を付けられたんじゃ迷惑するんだよと怒鳴って、小男は平置きの台を叩いた。

「廉く売られたのじゃこっちの商売が上がったりだと言ってんだッ」

「貴方達《あなた》が決めた額よりは低かったのかもしれませんが、不適切な額ではありませんし、同じ本であっても、他の方にお売りする時はまた値が変わるかと思いますけれども。世に同じ状態の本は二つとありませんからね」

「そうだとしてもだ。あんたが徳富蘇峰《そほう》に幾価《いくら》で売ったてえ話が流れりゃ、それより高くはし難《にく》いだろう。好事家《こうずか》なんてのは横の繋がりがあるんだ」

「それは御座いますでしょうね」

「おいッ」

洋装の男は台の脚を蹴った。

「折角《せっかく》な、大枚叩《はた》いてくれる客が居るんだぞ。その脚引っ張ってどうする」

「まあ慥《たし》かに、蒐集家の方は欲しいものを目にしたなら目が曇りましょう。その方が素封家《そほうか》であるならば、それこそ無尽蔵に代金を払うと——言い出し兼ねませんね」

「そうだよ。金を出すんだよ。欲しい奴はさ。だから」

「だからこそ——それは為《し》てはいけないことなのではないのですか。それをして適正と呼ぶのは如何《いかが》なものでしょう。凡《およ》そ適正とは思えませんが。ものには限度というものがある」

わからない男だなと小男は言う。

「いいよ。あんたが廉く売るというならさ、廉く売ってくれ。俺達に」

これ全部——と、小男は台の上の書物を抱えるような仕草をした。

「学者やら好事家やらには廉く出すんだろ。その値でいいよ」

「ですから」

貴方達にはお売り出来ないと再三申し上げておりますと弔堂は言う。

「お二人にはこの書物を弔う資格がないかと」

「何でだよ。何なんだよその資格ってのは。俺たちはな、ちゃんとその本が欲しいって奴に売るのだぜ」

「欲しがる方が二人居たなら」

「だからよ。あんたもものの解らない男だな。二人三人四人と居るから値が上がるの。高値が付くんだよ。沢山金を出してくれる方に売る。決まってるだろうが。何だよ。そりゃ違法じゃねえだろ」

「勿論違法ではありませんよ」

「ならよ。何だってそうじゃないか。幾ら欲しがったところでな、金を持ってなきゃ何一つ手には入れられないもんだろうよ。そりゃ本だろうが何だろうが一緒だよ。違うかよ」

「違いませんね」

「あんた、ここに無一文の物乞いがやって来てだよ、この本が死ぬほど欲しいと言ったら無料《ただ》でくれてやるのか」

「そんなことは致しません」

「だろう。俺達はね、当たり前のことをしようとしてるんだって。此処で仕入れて、手間賃を乗せて、更に欲しいという奴に、そいつが出すという額面で売る。何処も間違ってねえよ。それがどんなに法外な額でもお互いに納得ずくなんだから何の問題もねえ。いいかい、こんな本を欲しがるような奴はな、廉く手に入ったと喜ぶような素直な玉じゃないんだ。廉いと逆に文句を言う。偽物だろうと疑う。法外な値段は保証書のようなものなんだ。奴等《ら》は金を沢山出すことで満足するんだ。そういう連中なんだよ」

「だからお売り出来ないと私は言っています」

弔堂は一歩踏み出した。

「宜《よろ》しいですか。此処は書物を弔う霊廟《れいびょう》なので御座いますよ。私は墓守のようなもの」

「墓守だぁ」

「はい。私はこの書物を弔っておるので御座います。私の仕事は、この無数にある墓石の中から、お客様と縁で結ばれている霊位《れいい》を見付け出すこと。もしご縁があったなら、お持ち帰り戴き、弔い直しても戴きましょう。しかし」

弔堂は更に前に出た。

「墓石を持ち帰り庭石にするようなことをされては困るのです。仮令《たとえ》どれだけお金を積まれても――」

墓石を庭石にしてはなりませんと弔堂は言った。

「愛《め》でるだけの石が欲しいなら、何処か他の山を捜して戴きたい。況《まし》て、墓石を漬物石にされたりしては――敵《かな》いませんからね」

「つ、漬物石だと」

「価値を計り違えば墓石も重石《おもし》になりましょう。十分――使えます」

「ば、莫迦にするなよ。そんな」

「莫迦になどしておりませんよ。ただ世の中には、太古《いにしえ》の偉人の墓石を苦労して見付け、高値を出して買い求め、それで漬物樽の上に置きたがるような御仁もまた、多くいらっしゃるのですよ。金額の多寡《たか》のみで量るならば、そうした方も良いお客様になるので御座いましょう」

二人の男は顔を見合わせた。

「勿論、身銭を切ってお買い求めになったのですから、買った後にどうなさろうとも、それはお買いになった方の勝手に御座います。破こうが燃《も》そうが文句を言えた筋合いでは御座いますまい」

違いますかと主は詰め寄る。

「まあ――そうだが」

「私はそうしたことが看過出来ない。それだけのことです。少なくとも、この霊廟に一度祀《まつ》った書物は」

漬物石にはさせませんよと弔堂は強い口調で言った。

「この世に無駄な本などは御座いませんが、本を無駄にする御仁は――往往《おうおう》にしていらっしゃいますからね」

「お」

俺達がそうだというのかと洋装の男は言った。

「ですから、そんな失礼なことは申し上げておりませんよ。でも貴方達にとっては、そういうお方も良いお客様になってしまうのではありませんか。それがどんな人であったとしても、沢山お金を払って買い取ってくださる人は、優良な顧客になるので御座いましょう。違いましょうか」

「違わないよ。悪いか」

弔堂は首を横に振る。

「何の悪いことが御座いましょう。お二人はそういうご商売をされていらっしゃるのでしょうし、どのような形であれ、人と書物が繋がるのであれば、それは善きことに御座いましょうからね。それに依って貴方達の業界が繁盛するというのであれば、それは益々《ますます》善いことでは御座いませんか。ただ――」

弔堂は台と二人の間に立つ。

「私の舗《みせ》には関わりのないことかと」

「関わりないって――何だよ」

「私が幾価《いくら》で本を売ろうと、皆さんの作り出す相場には何の影響も御座いますまい。欲しい方はそれこそ貴方達の値付けした値でお買いになるでしょうし、更に欲しいという方は、値を乗せて来ることでしょうからね。何しろ、それが希少なものであるならば、手に入れる方法は他にないということになるのですから」

「でも、此処で買えば」

「それはどうでしょう」

「どうでしょうって、あんた、相場より廉く売るんだろうよ」

それは判りませんと主は言う。

「私は一度も廉く売るなどと申し上げてはいないのですがね。ただ、他の方の付けた値に左右されることなく、適正に値を付けると申し上げているだけです」

「それが廉いのじゃねえのかよ」

「おや――」

主は乗り出す。

「その仰《おつしや》りようですと、貴方達がお付けになる値段が不当に高価《たか》い――というように聞こえてしまいますけれども。そんなことはないので御座いましょう」

「ないさ。値ってのは勝手に上がるんだよ。誰かが好き勝手に上げ下げ出来るもんじゃないいんだって。だからこそ相場っていうんだからな。あんたはそれを無視する訳だろう」

「無視は致しませんよ。逆に、相場より上の値付けをすることもあるかと」

小男は顔を顰《しか》めた。

「先程のお話ですと、需要が少なく品数が多ければ自然に値も下がる――ということになるのではないのですか」

「当然だろう」

「私の処は一人しか需要がないということを前提にお売りしているのです。流石《さすが》に法外な値付けは致しませんが、必ずしも世間的な相場より廉くなるとは限りませんよ」

「そ、そうかもしれないが――廉いと思い込んで此処に来る奴だって居るだろうよ。現に、名の通った蒐集家があんたの処から廉く買ってるんだ。徳富だって狩野だって買ってる。そういう噂は直《す》ぐに流れるもんだよ。蒐集家なら耳にするだろう。駆け出しは金もない」

ならう来るだろうと男が言うと、弔堂は不敵に笑った。

「残念ですが、そうした方方《かたがた》は此処にはお出《い》でになりません」

「どうして」

「扨《さて》――何故でしょうね。此処は見付け難《にく》いのでしょう。中中」

辿り着けない。

その通りである。

「紹介されれば来るだろ。物欲に駆られた奴は――執念深いもんだぞ」

「つまり、競りに負けるかして入手出来なかった時、ということでしょうか。ならばその時に都合良く此処にお目当ての本の在庫があるとは限りませんし、縦《よし》んばあったとしても状態がどうであるかは判りません。お望み通りの結果が得られるかどうかは計り知れぬことに御座います。それ以前に、お売りしないことも御座いますし」

「売らないのか」

「その人に必要ないものでしたなら」

「必要ないって——欲しがっていてもかよ。そりゃ変だろう」

「変ではありませんよ。お売りする際にはその方が何故そのご本を所望されるのかを、詳しくお尋きすることにしております」

「欲しいから欲しいのだろ」

「いいえ。当人が気付いていなかったとしても、欲しいなら欲しいだけの理由が必ずある筈《はず》なのです。その理由に沿って見直すならば、本当に必要なのが別の書物であったりすることも少なくは御座いませんよ」

私の仕事はそうしたものなのですと弔堂は言う。

「この霊廟にある本は、一冊残らず凡《すべ》て私が買ったもの。私が弔っているものです。きちんと供養してくれる方だけにお譲りするので御座いますよ。こんな」

弔堂は背後に積まれた書籍の山を指し示す。

「一山幾価《いくら》で遣り取りするような、そんなものではないのです。どれだけ高値を付けられたとしても、それでは意味がない。貴方達にお売りしても貴方達はまた誰かに転売なさるのでしょう。貴方達の処に残るのはお金ですね。つまり貴方達はこの本が欲しいのではなく――」

「そうだよ。俺達は金が欲しいんだ。何だよ。何だよ。蔑むのか。金のために働くのは卑しいとでも言いたいのかよ。お高く留まりやがって。何だよ。そうだよ。値が張るってだけで、俺のやってることは屑屋と一緒だよ。だから一山幾価で買ってやるって言ってんだよ」

小男は拳を握り締めて顔の横まで上げた。主は動じない。

「屑屋さんを貶《おとし》めるようなことを仰るのは感心致しませんね。職に一切の貴賤は御座いませんよ。屑屋さんは立派な渡世《とせい》に御座いましょう。居なければ困りましょうよ。そして」

貴方のお仕事も同様に尊いもので御座いましょうと言い、弔堂は小男の鼻先を指差した。

「蔑むなど、とんでもないことに御座います。渡世は普《あまね》く生きるため、暮らして行くためにするもの。即《すなわ》ちお金のためと言い換えられましょうね。ならばそれをして卑しいなどと言えるような者は、この世には居《お》りますまい。しかし――」

「しかし何だ」

「屑屋さんは喚んでもいないのに家に上がり込み、家裡《いえうち》を物色して家財を選び出し、これが屑だと決め付けて買い取ったりは致しませんでしょう」

弔堂は本の山に目を向けた。

「何度でも申し上げます。この書物を貴方達にお売りすることは出来ません。ここに積まれている一冊一冊が、何方《どなた》かとの縁を待っているので御座います」

お引き取りくださいと、弔堂は静かに言った。

ハンチングの小男も洋装の大男も、気圧《けお》されるように後ずさり、そのまま入り口まで下がって、後ろ手で戸を開けた。

外の陽光が差し込み、二人は一気に影法師になった。影は一度舌打ちをして、光の中に出て行った。撓がそそくさと戸を閉めた。

「お塩でも撒きましょうか」

「莫迦なことを言うものではありませんよ撓。それよりも甲野様。お待たせしてしまって真《まこと》に申し訳ありません」

主は丁寧に頭を下げた。

「い、いや、僕こそお取り込み中に」

「別に取り込んでいた訳ではないのですが、中中お聞き入れ戴けなくて少少辟易《へきえき》しておりました。あの方達も必死なのでしょうね。お力になれれば良かったのですが、これでは――」

弔堂は振り返り、少し哀しそうに本の山を眺めた。見ればあまりきちんと積まれていない。弔堂でも和本は積まれているが、かなり丁寧に重ねられている。もしかするとこのぞんざいな扱いが主の神経を逆撫でしてしまったのかもしれない。

「扨《さて》――これをそれぞれ元の場所に戻さなければなりませんねえ。撓」

「私一人で戻すのですか」

「他に誰も居ないでしょう。私は甲野さんのお相手をしなければいけません。きちんと戻すのですよ」

「いや、僕はその、そんなに急ぎませんから――お手伝いしたい処ですが、それはどうも高価な――いや、金額ではなくて、大切なものなのでしょうし」

「私が手伝いましょうか」

二階から声がした。

「やっと帰ったようですね。しかしまあこともあろうに弔堂主人を捉《つか》まえて素人《しろうと》だのもぐりだのと、能《よ》くもまあ言ったものだね。どちらが素人か、どちらがもぐりかという話でしょう」

そう言い乍《なが》ら、上着を手に掛けた品の良い紳士が階段を下りて来た。

「あれは新参なんだろうが」

困ったものだねえと紳士は言った。

「いいえ。それだけ古書業界が発展してきたということでしょう。彼等《ら》は競取《せど》りです。新参の競取りがこうして商売出来るくらいに栄えたと思えば――」

「競取りというのは中間搾取《さくしゅ》をする転売屋のことではないのかね。それならあまり喜ばれないように思いますがな」

そうでもないのですよ先生、と弔堂は言った。

「古書店は仕入れが難しい業種ですからね。あの方達のような在り方も一概に良くないとは申せませんよ。あまり悪質な場合は感心しませんけれども、業界の発展に寄与する側面もまたあろうかと存じますが」

「そうかな。まああなたが言うならそうなのかもしれないが」

紳士は帳場の横に立ってそう言うと、積まれた本の山を見た。

「さっきの連中は少少態度が宜しくなかったように思えたがねえ」

「仕方がありません。今は亡き福澤諭吉《ふくざわゆきち》様や丸善《まるぜん》の早矢仕《はやし》様達のご尽力のお蔭で書籍を巡る業態も整理され、同時に近代化の道を歩み始めることとなった訳ですが――出版、取次《とりつぎ》、印刷製本辺りは兎《と》も角《かく》、古書回りだけはまた別でしたから。未《ま》だ道半ばといったところです」

「まあねえ。古書だけは新しく作れないからね」

「そうです。捜し出して買い取るよりありません。しかも価格が決め難《にく》い。そうですねえ。明治二十年くらいまでは、商売として成り立つような値付けは出来なかったのですよ」

「そうか。まあ業態としても不確かだったからね。僕が東京《とうきょう》　圖書館《としょかん》に関わるようになったのは明治十九年かそこらだったが、慥《たし》かにその頃は未《ま》だ旧幕時代を引き摺《ず》っていたと思うよ。その後勉強のために米英を回って――そうだなあ。帰国した頃にはかなり新規参入店が出来ておったなあ。君も尽力したのだろう」

私など何を為たとしても微力で御座いますと弔堂は言う。

「何を言うんだね。此処は御一新《ごいっしん》前からあったのだろうに。出版の業態が分離して整理されるずっと前から、君の処は所謂《いわゆる》古本屋だったろう」

「まあ、古本屋という言葉が世間に通用する前から私の処は今と同じに営《や》らせて戴いておりますから。少しばかり成り立ちが違いましょうけれど」

「これは僕の所感だが、海外では新刊書と古書の区別というのは意外と曖昧《あいまい》だからね。本邦はすっぱりと分かれてしまったが」

「それは、法令が出来たからでもありましょう。明治九年に八品商取締規則が布《し》かれて、古物売買人は営業するに当たって地方官庁の鑑札が必要になった。明細帳に売却者の住所氏名を明記しなければならなくなりましたしね。古着屋も屑屋も、勿論古書店も同じ扱いです。しかし書店はこれに反発したんですよ」

「何故かな」

「くだらない話にも聞こえますが、屑屋や古着屋と同じ扱いになるのは厭だったのかもしれませんね。明治十六年には古物商取締条例が布告されて、取り締まりはより一層に厳しくなりました。私の処などは謂わば最初から古書店だった訳ですから何ひとつ抵抗はありませんでしたが――他の舗《みせ》は元元は版元だったのです。一緒にされたくないという向きも、まあ少なからずいらっしゃったかと存じますが」

講談と浪花節のようなものかと、ふと思った。違うのかもしれないが。

「ですから、現在の古書店という業種は明治十六年以降に生まれたのだと言っても過言ではないくらいです」

「そうか。しかしそうすると随分と急に発展したものだね」

「ええ。丁度《ちょうど》その頃、海外の好事家や研究者が本邦の古典籍に目を付けた。高額で買い取り出したのです。程なくして漢籍が売れ始めた。これらは、当然新刊として版元が扱えるものではありませんからね。商売になると判断した者が古書を買い取って売るという業態を選んだんです。そこで――道は分かれたんです」

同じ書物を扱うにしても道は幾つもあるものだねえと紳士は言った。

「そうだとしても、競取りがそう悪いものではないというのは判らないがね」

「いえ。まあ――彼等は廉い店から買い付けて高い店に売って利鞘を稼ぐ訳ですが、売れる本だけを抜き取って転売するから嫌がられるのです。ただ、彼等のように大量に買い取る場合は、売れない本まで買ってくれますからね」

「なる程」

「いずれ、高価な古典籍や漢籍ばかりを扱う舗だけでなく、廉価な書籍を大量に扱う舗などが出来て、古書店の業態が多様になったからこそ、彼等の渡世も成り立っている訳です。それに加えて、そもそも競取りをするには目利きである必要があります。彼等が選んだこの本も」

中中の目利きでなければ選べないものばかりですよと主は言った。

「まあ買い占めて価格を吊り上げたりする転売屋は言語道断ですが、競取り自体は悪いものではないのですよ」

「なる程。此処が書楼《しょろう》弔堂ではなく、在野の蒐集家の屋敷であったとしたら、寧《むし》ろこの本の山を買い取ることは業界のためになっていた——ということかな。大変な仕入れということになる」

「まあ、そういうことですね」

「するとあの二人の何よりの失敗は、弔堂の主人がどういう人物なのか知らずに突撃して来たこと——ということになる訳だなあ。まあ神保町《じんぼうちょう》辺りで同業者に話したら赤恥をかくことになるだろうなあ。気の毒なことだ」

そういうと紳士は上着を帳場に置いて腕捲《うでまく》りをした。

「さあ片付けてしまおうじゃないか」

「先生、止《よ》してください。お客様にそんなことはさせられませんよ」

「何を言っているのかね。僕はね、本の整理は本職だよ。まあ君には敵わないだろうがね、こう見えても修業をしておるからね」

紳士は本を手に取る。

「あの」

到着してからこれまで、ただ戸口の横に黙って突っ立っていただけである。言葉も一言ばかりしか喋《しゃべ》っていない。

「僕は」

「いや、甲野さんは」

「手伝いますよ。運ぶくらいしか出来ませんが」

そう言うと弔堂は一度腕を組み、そうですねえと言った。それから台の上の本を手際良く二つの山に選《よ》り分けた。

「こちらは二階にあった分ですね。こちらは一階。三階の分は殆どありませんから――」

「私、二階の分を上げます」

そう言って撓が数冊を手にした。

書物の扱いだけは丁寧なようである。

「それでは君、君と僕でこの一階の分を格納しようじゃないか。龍《りょう》さん、何か特別な区分をしている訳ではないね。どうせきっちり入っていたのだろうから、空いた処に入れることになるのだろう」

「仰《おお》せの通りですが――しかし先生」

「いいじゃないか。昨日今日の付き合いじゃなし。客といっても、買いに来た訳じゃないんだからね。謂わば相談に来ていたんだから。君も、いいだろう」

「あ、ええ。勿論」

とは言ったものの。

この紳士が誰なのか——知らないのである。紹介された訳ではない。しかし身嗜《みだしな》みといい物腰といい、それなりに偉い人なのではあるまいか。

「見たところ二階の分の方が少し多いようだし、ご主人は撓君と二階三階を片付けてしまい賜え。何、四人で掛かれば直《す》ぐに終わるよ」

さあやろう、と紳士は言った。

主人は仕方がないなという顔をしてから、ではお言葉に甘えてと言い、矢張り丁寧に数冊を持って二階に上がった。紳士は棚を眺め、ああ彼処《あそこ》だなと言って空いている棚に近付き、書名だか題簽《だいせん》だかを確認して戻った。

「ああ。彼処はこれですね。君、悪いけれども此処から——此処までを彼処まで運んでください。棚には僕が収めよう」

「あ——はい」

酷《ひど》く緊張した。

落としたり、破いたりしてしまわないかと想像してしまったのである。大した距離ではないし、重いものでもないのだから、そんなことが起きるとは到底思えないのだが、どうしても悪いことを考えてしまう。

その気になれば一度に持てる量ではあったが、念のために二度か三度に分けて運ぶことにした。全く以《もっ》て気が小さい。

紳士はすたすたと棚の前に進み、こちらに顔を向けている。怖《お》ず怖《お》ずと手渡すと、紳士は意外にぞんざいに受け取って棚に並べた。

並べる時は慎重だった。

そうした作業を五六度繰り返した。

一階の分はそれでなくなった。紳士は帳場の後ろから勝手に丸椅子を出して来て、座るように促《うなが》した。

「いやいや、勝手に手伝わせてしまった訳だけれども、済まなかったですね。私は田中《たなか》と言います。此処に通うようになってもう十年か、もっとかな。君は——」

客ですかなと問われて、客というか何というかと答えた。

「僕はこの春から通っているのですが、買うといっても会社が買っているので、正確にはただのお遣いです」

「そうですか。しかし——どうですかこの壮観な眺めは」

田中は書物の霊廟を見上げ、ぐるりと眺め回した。

「はあ。僕ももう五度六度訪れていますが、いまだに腰を抜かしそうになります。僕は信州の山育ち、家には書物など数える程しかありませんでしたから」

「信州ですか。僕は岩国《いわくに》です」

「岩国ですか」

尤《もっと》も、大体の位置しか知らない。

「僕も日日書物に囲まれ、本と格闘して毎日を過ごしているんだけれどもね。まあ、ここまで量があって、これだけ整然としているというのは矢張り壮観だなあ」

「ええ、壮観だとは思いますが、正直能《よ》く判らないのですよ。僕は印刷造本改良會《いんさつぞうほんかいりょうかい》という会社で活字の書体の工夫をしているんですが――毎日毎日、朝から晩までたった一文字と睨み合っているんですよ。一冊の本の中に何万の文字があるのか知りませんけれども、その本が――」

此処には何冊の本があるのでしょうねと問うと、数えられないなあと田中は答えた。

「その、先程のお話を横で聞いていたんですが、蒐集家という方はいらっしゃるんでしょうか」

「居るだろうなあ。さっきあの競取り師が言っていた徳富先生というのは、徳富蘇峰さんのことだ。君も識っているだろう。色色とあったからね、徳富先生も」

「はあ。お名前を聞いたことがあるくらいですが」

「操觚者《そうこしゃ》から政界に進まれて――まあ平民主義から変節し、国権論者になったと非難され、その後売国奴と詰《なじ》られて、まあ毀誉褒貶《きよほうへん》ある方ですがな――今は古典籍の蒐集を始められたようで、かなり集められているようですねえ。まあ元よりお好きなのだろうけれど、それ以前に古典籍に文化的な価値を見出されているのだろうなあ」

「その徳富さんのような方が他にも」

「そうだねえ。まあ在野の好事家がどの程度居るのかは知らないが、和漢籍を蒐集している藩だとか、それから寺院だとか、そういうのは昔からある。寺の場合は仏典が殆どなんだろうがね――そうさねえ。有名なのは、北條 實時《ほうじょうさねとき》が鎌倉《かまくら》時代に興したと謂われる金澤 文庫《かねさわのふみくら》だとかだろうね。かなり散逸したらしいからどのくらいの冊数があるのかは判らないけれど。民間だと靜嘉堂文庫《せいかどうぶんこ》かな。彼処はかなり集めていると思うね。個人の蒐集家だと、そうだな。古典籍ではないが、學習 院《がくしゅういん》に居た松井簡治《まついかんじ》さんの蔵書は二万冊だとか――」

「に、二万冊ですか」

気が遠くなる。

「驚くけどね、君。君は今、僕と一緒に百冊は片付けた。つまり片付ける前は百冊分棚は空いていたことになる」

「なります――が」

「百冊分も隙間があったように見えたかね。と、いうよりもだね、君には隙間が見えていただろうか」

「はあ」

全く気付かなかった。

棚はいつものように満杯に見えていた。

「いいかな。ここにね、千冊しか本がなかったら、百冊は十分の一。流石《さすが》に十分の一も欠けておったら気が付くね。一万冊あったら百分の一だ。十万冊あったら千分の一さ。そうなれば気が付かないかもしれないな。十万飛んで百冊も、九万九千九百冊も、総体としちゃそう変わりはなかろうね。数えることは無意味だけれども、まあ——そういうことでね」

「そういうこと、といいますと」

「本というのはね、ある一定数を超えると、もう何冊というのはどうでもよくなるように思う」

「そうですか」

「そうだねえ。寧《むし》ろきちんと並んでいるか、正しく分類されているのか、手に取り易く置かれているのか——数や量よりも、そちらの方が大切に思えて来る気がしますなあ。甲野君だったかな」

はいと答えた。

「君は活字を工夫しているそうだが、それは極めて大事な仕事だと思います。だが活字というのは、一文字では意味を成さないですね。沢山並べられて、組版になって、そうして活字は文章となる。それで初めて活きるんだね。文章も同じで、一文だけ切り取って出したってこれは駄目で、あれは前後の文脈あってこそ活きる訳だ。だがそれもね、頁に配してだな、そいつを束ねて、本の形にしないとね」

読めないねと田中は言った。

「本というのは、何というかな。概念《がいねん》が編集されているものさ。編集というのはね、これも大切な仕事だと思うよ。しかも、素晴らしく愉《たの》しい作業だ。それでねえ、甲野君。その編集された本をだね」

田中は手を広げた。

「編集している」

「何ですって――」

「書架というのはね、編集された概念である本を素《ユニット》として編集した、大きな本だよ。どんな本が、どれだけ、どのように並んでいるか――それでね、より複雑な概念編集がなされているんだな。これはね、世界なんだな」

「世界――ですか」

「まあ、でもねえ。例えば活字に喩《たと》えるならね、無秩序に並んでいれば、別にどんな活字がどれだけあったって、気にはならんだろう。そういうものだと思うよりない。だがね――そうだな、いろは四十七文字の活字が、縦《よし》んば四十六個しかなくてもだな、バラバラに並んでおれば判らないでしょう」

そうかもしれない。

「でも、い、ろ、は――と、順番に並べて行けば、例えば、の、が足りないだとか、ほ、が足りないだとか、判るね」

同じことさと田中は言った。

「渾沌《カオス》として受け取れば、これはただの書物の壁に過ぎないけどもね」

田中は壁面の棚を示す。

「秩序《コスモス》を以《もっ》て覧るならば別です。さっき並べていて判ったが、『三體詩素隠鈔《さんたいしそいんしょう》』が十一冊しかなかった。僕は何冊で揃いか識らないのだけれど、少なくとも二冊目がなかったと思うね」

「欠けているのですか」

「売ったんだろうね。此処の主は蒐集家ではないから欠けても一向《いっこう》に構わんのでしょうが、僕が蒐集家であれば、一冊欠けているのは厭だなあ」

それは――判らないでもない。

「それで揃ったところでね、まあ例えば同じ作者の別の本だとか、同じ種《ジャンル》の別の本だとか、そういうものが読みたくなるじゃないか。そうやって」

世界を補完したくなる。

「まあ、そういうものだとは思うんだけれどもね、これは一般の人には無理なことだなあ。夢だろう」

そうか。

下宿の親爺も同じような気持ちなのだろうか。

何だろう、想い出というか、生きた証《あか》しを留めて置きたいとでもいうか。

「この国にはね、何何尽くし、という概念の遊びがある。世界を何かで尽くしてしまおうというね。野菜尽くしだとか化け物尽くしだとか。もう一方で、何何揃えというのもあってね。何かに托し、それを揃えることで世界を補完しようという、まあ遊びなんだが」

浪花節尽くし。浪花節揃え。その夢は叶うのだろうか。

「まあね。夢は夢、叶わないだろうけれどもねえ。その、叶わぬ夢のために」

僕が居るのさと田中は言った。

「それはどういうことですか」

「僕はね——」

「その方は帝國圖書館の館長をなさっているのですよ」

階段の上から主の声がした。

「と、図書館——ですか」

「お蔭様であっという間に片付けを終えることが出来ました。先生、甲野様、感謝致します」

「いや、もしかしたら分類や順序に難があるかもしれないからね。後でちゃんと確認してくれ賜えよ」

「本邦図書館学の泰山北斗《たいざんほくと》の分類に難があるとは思えませんよ。それより田中先生、昨年竣工した上野《うえの》の新館庁舎は如何《いかが》ですか」

未《ま》だ駄目ですよと田中は言った。

「やっと出来上がったという感はあるけれどもね。数が足りませんな」

「そうですか」

「甲野君」

　田中は何故か此方を向いた。

「蔵書家の一番の敵は何か御存じか」

「そんな——僕は蔵書家じゃないですから判りませんよ」

「うん。一番の敵はね、戦争だな」

「戦争ですか」

「この間の戦争ね。あれは——もう最悪だった。勝っても負けても同じことなのだ。予算が削られる。みんな軍隊が持って行く。言論も統制される。本が出なくなるし内容も細る。最悪だよ。もし君、この本土で戦《いくさ》が起きたらどうなるね。本は焼けてしまうだろう」

　矢張り予算は下りませんかと言い乍《なが》ら弔堂は帳場に収まった。

「まるで下りないよ。国立の図書館なんだから国民に広く門戸を開かなきゃいけないのだろうに、結局閲覧は有料だよ。庁舎だって君、当初の予定よりずっと狭いのだから、目も当てられない」

「計画の四分の一、とお聞きしました」

「そうなんだよ。甲野君、それじゃあ蔵書家の二番目の敵は何か判るかい」

「いや——何でしょう」

　場所だよ場所と田中は言った。

「書物は高価だ。だから蒐集家は大学だの自治体だのという金主があるか、然《さ》もなくば素封家や金満家だ。でもそれは購入する資金があるというだけではないのさ。蔵書家の前には保管する場所が確保出来るかどうかという実に深刻な問題が立ち塞がっているのだよ。いいかね、甲野君。さっきも言ったように、本は持っていれば良いというものではない」

「読まなければいかん、ということですか」

　違うよと田中は言う。

「読まなくたって好いんだ。積んでおこうが並べておこうが、読めるようになっているならそれで好いのさ。読みたい時に読みたいものが読める——それが何より大事なことだ」

　そういうことか。

「だからこそ、きちんと分類整理されていて、しかも捜し易く手に取り易く綺麗《きれい》に並べてあることが大事なのだよ。それこそが概念の整理——書架の編集ではないかね。だがね」

　場所がなくちゃそんなことは出来ないと田中は言った。

「国立図書館は国民凡《すべ》ての書架なのだから、国書も洋書も、和書漢籍も、網羅的に揃っているべきだろうし、分類整理されているべきなんだ」

　全然足りないと田中は肩を窄《すぼ》めた。

「君達が精進すれば、この国の本ももっと読み易くなる。価格も下がるだろうし内容も豊富になるだろう。そうなれば国民は皆、本を読むようになる。出版点数も増えるだろう。これは良いことだ。だがね、価格が下がったって家に置けないのじゃ買わないだろう。場所を取る。邪魔になるだけだよ。押し入れに詰め込んでおくのじゃ、読めないし、読めないのじゃ場所取るだけの紙屑だよ」

鶴田の雑誌は文字通り紙屑になってしまったのだ。

「それに廉いといってもね」

家計は圧迫されるよと田中は言う。

「この国の民は決して裕福ではないのだ。本を買う余裕も、それを置く場所の余裕もないんだな。その上に戦争なんかされたら――堪《たま》ったものではないよ」

「だからこその図書館――と仰っていたではないですか」

「そうなんだがね。どれだけ良い本が出版されても、受け皿である図書館がそれに追い着けないのじゃ、話にならんよ」

田中は眼鏡の奥の眼を細める。

「結局、この国は文化に辛《つら》く当たるんだよ。文明開化が聞いて呆《あき》れる。戦争なんかする金があるならね、先《ま》ずは国民に読書する余裕を与えなきゃ。それくらいの生活を保障して欲しいものだよ」

田中は大きく溜め息を吐《つ》いた。

この人物こそ、帝國圖書館初代館長であり、後に図書館の父と呼ばれた、田中稲城《いなぎ》その人である。田中はその後も理想の図書館造りに奔走するのだが——。

それもまた——本の中に記されていることでしょう。

探書廿弐

永世《えいせい》

同僚の田川《たがわ》さんの項《うなじ》の辺《あた》りを見ると、何故《なぜ》か父のことを思い出すのである。同僚といっても田川は既に五十を越している。己《おのれ》の倍は生きているのだから同僚と呼ぶのは憚《はばか》られるのであるが、同じ職場で働いているという以外には接点もないので、他に呼びようもないのだ。

とはいうものの、父は六十を前にして亡くなったのであるから、田川の年齢は父の方に近いのである。尤《もっと》も、顔も背格好も物腰も、田川はまるで父とは似ていない。ただ背を丸めたその姿勢と、襟首から覗《のぞ》く項だけが何故か父を彷彿《ほうふつ》とさせるのである。

そう思って眺《なが》めるのだが、果たして何処《どこ》がどう似ているのか判らない。そう感じる、というだけで共通点は一つもないのである。

慥《たし》かに父は今の田川のようにいつも背を丸めて版木を彫っていた訳《わけ》だが、背広など着てはいなかったし椅子にも座っていなかった。作業場に胡坐《あぐら》をかいて横に煙草盆《たばこぼん》を置き、短い煙管《キセル》を咥《くわ》えて無心で版木を彫っていた。

ただ、煙管は咥えているだけで火は点《つ》いていなかった。雁首《がんくび》にも煙草は詰められていなかったのだ。父が煙管を咥えるのは、ただの癖なのであった。仕事が一段落した時にうんと伸びをして一服点けるのが常であったのだ。

物心付く頃からずっと父の、その背中を見て育った。

丸くなった背が伸びるのと煙草の煙が漂う様やその香りは記憶の中で連動している。田川も煙草は喫《の》むけれど、紙巻きだし、匂いはまるで違う。それに、紙類を扱うことが多いので自分の席では吸わない。今も煙草は咥えていない。

矢張《やは》り姿勢なのかなと思う。

田川は背を向けて熱心に商談をしている。

相手は大木紙類商《おおきしるいしょうかい》會という新興の紙問屋の社長である。かなり体格が良くてそのうえ能《よ》く笑うので、一度会えば二度と忘れない。

他の者は皆出払っている。

今、事務所内に居るのは小使いの貞六《さだろく》を入れても四人だけである。

貞六は隅に置いた椅子に座って、にやつき乍《なが》ら雑誌を読んでいる。人が少ない時こそ掃除でもすれば良いと思うのだが、代表が留守にすると直《す》ぐに怠けるのである。高遠《たかとお》は外出しがちであるし、今週などは殆《ほとん》ど席に居ないから、この小使いは怠け放題である。用事を言い付ければ為《す》るのだけれど、何も言わねば何も為《し》ない。

小言《こごと》の一つもくれてやろうかと思ったのであるが、そういう己の手も先程からずっと止まっているのである。同僚の項を眺めて昔のことを反芻《はんすう》していただけなのであるから、これはもう業務に就《つ》いているといえる状態ではない。

怠けているのと変わりはあるまい。ならば小言を垂れる資格などない。

卓上に目を戻すと、半端《はんぱ》に消された何とも不細工な文字がある。汚らしい。

どうも〝永〟という文字の均衡が悪いのである。描いても描いても、何ともみっともない形に思える。上の〝一〟と下の〝水〟が咬《か》み合わない。

同じく〝氶〟も巧《うま》く描けない。

一方、〝丞〟はそれなりである。構成要素はほぼ同じなのに、配置が変わるだけでこうも様子が変わるものだろうか。

果たして何がいけないのか、理屈が見えない。紙を手にして矯《た》めつ眇《すが》めつ眺め回し、睨《にら》み付けたりもしてみたのだけれど、何が悪いのか一向《いっこう》に判らない。観れば観る程判らなくなる。

結局丸めて捨てた。何度も描き消ししているので紙が薄黒く汚れてしまっているし、汚らしくて使い物にならないのである。消した線も残っているから、清書しようにも何が何だか判らない。

溜め息とも唸《うな》り声ともつかぬ吐息《といき》を漏《も》らして顔を上げると、優雅に茶を飲んでいる貞六が目に入る。客に出してもいないのに雑用係が茶を喫《たの》しむというのはどうか。

眼差《まなざ》しを向けられていることに気付いたのだろう。貞六が此方《こちら》を見て頰《ほほ》を攣《つ》らせた。笑っている。

生意気な上に小憎らしいことこの上ない。どうせ此方も怠けているに違いないと見定めているのだろう。

貞六は気の好《い》い若者ではあるのだけれど、何というか、敬意のようなものがまるで感じられないのである。いや、不遜《ふそん》だとか驕慢《きょうまん》だとかいう訳ではない。貞六は代表の高遠を始め、あからさまな年長者に対しては礼を尽くすし恭順《きょうじゅん》も示す。茶も出す。でも。

そうした気遣いは――されない。

慥《たし》かに社内では貞六に次ぐ若輩《じゃくはい》ではあるのだけれど、七つ八つは齢上《としうえ》なのだから一応目上ではあるのだ。ならば多少の配慮くらいはすべきではないかとも思う。

いや、田舎者だし、仕方がないとも思うのだけれど。貞六の方はこの近くに住む、江戸っ子なのである。

否《いな》、この場合出身地は関係なかろう。

田舎者だから蔑《さげす》まれて当然などということはないのだ。

勿論《もちろん》、同じように小使いだからといって見下《みくだ》すようなことは為《し》てはならない訳だし、為《す》るつもりもないのだけれど、お茶汲みは彼の受け持つべき仕事なのだから詮方《せんかた》ない。貞六はそのために雇われている男なのだ。彼の職分なのである。

若輩の社員には出さずとも良かろうが、せめて客に茶は出すべきではないのか。

――いや。

そこで、もしかしたら視界に入っていなかっただけで既に茶は出しているのかもしれぬと思い至り、応接の方にもう一度目を向けてみたのだが――そうすると再び田川の背が目の端《はし》に入り、同時に父の記憶の滓《かす》のようなものが蘇《よみがえ》った。

――何なのだ。

視軸《しじく》を机上に移す。田川の背に隠れて能《よ》く見えなかったのだが、矢張り茶が供された様子はない。怠けているのだ。貞六を呼び付けて茶を出せと命じようか、それとも無理にでも別の用事を言い付けてやろうかと思案しているうちに、甲《こう》さん甲さんという声が聞こえた。

応接の方からである。

田川は何故かそう呼ぶのだ。

呼んでますよ甲野《こうの》さんと貞六がにやついて言う。

そんなに広い事務所ではないのだから、ちゃんと聞こえている。

見れば田川が顔を向けている。

「甲さん、今、忙しいかなあ。もし手が塞がっていないのなら、寸暇《ちょいと》ばかり見て貰えないだろうかな。君の意見を聞いてみたいんだけどなあ」

「僕のですか――」

「まあ君しか居《お》らんよね。この場合」

「ええ。今は僕しか居ませんが」

そういう意味ではないのだなあと田川は言った。

「君でなくては、ということなんだけれどもね」

「はあ」

立ち上がって田川のところまで進み大木に会釈《えしゃく》をした。打ち合わせをする机の上には山のように紙が広げられていた。

「ああ。うちの甲野です」

田川がそう言うと大木は相好《そうごう》を崩して存じ上げてますよと応えた。

「春先に高遠さんから紹介されましたしね。それからこっち、何度もお見掛けしてますからねえ。作業されてる背中ばかりですけども。あたしは、しがない紙問屋の大木で御座《ござ》います」

台所の布袋《ほてい》像のように恰幅《かっぷく》が良い。ただ禿頭《とくとう》ではなく、矢鱈《やたら》に毛が強《こわ》い。髷《まげ》こそないが、まるで山賊か自來也《じらいや》のむしり頭のように毛が逆立っている。それなのに顔の方は莞爾《にこにこ》と大層《たいそう》愛想が良い。

一方の田川は皺《しわ》が多く痩《や》せている。髪は黒いが、薄い。父は白髪が多かった。

人相も父とは似ても似つかない。

それでいて何故《なぜ》に父を想起してしまうものか、まるで解らない。

座れと言われたので田川の横の椅子に座った。机の上には山のように紙が置かれている。積まれているだけではなく並べてあるから、茶を置く隙間もない。貞六は怠けていたのではなく、出せなかったのか。

卓上の紙にはいずれも文字が印刷されている。一枚渡されたので受け取った。

文章――ではない。

「これは」

ただの文字の羅列である。

「そりゃ君が描いた文字だ」

「ああ」

これまでに描いて来た文字がずらずらと並んでいる。但《ただ》し順不同である。意味を成してはいない。

「まあ活字自体はね、未《ま》だ完成ではないようだがね。職人が中中納得しないのだねえ。どうも横棒の細さが再現出来ないとか愚痴《ぐち》を垂れていた。それはそれとして、だ。どうだね」

「どうだねと言いますと」

「まあ完成途中の活字を適当に組んだものだから意味不明だが――」

こうして覧《み》ると一文字一文字何処かしら思い入れがある。

手探りで始めたことであるし、苦労はしているのである。

言偏《ごんべん》の横棒の間隔はかなり試行錯誤したのだ。

「横の線、それ程気にはならないですけどもね。これ以上細くすると掠《かす》れてしまうのじゃないですかね」

いやいやと田川は言う。

「こっちで覧ておくれ」

別の紙を寄越《よこ》す。

「ああ。太いですね、でも全体に太ってないですか」

二枚並べて覧た。

「随分違いますね。こっちは黒黒として見える。これだと画数の多い漢字は潰れてしまうかもしれないですね。それで細くしようとされているんですかね。それならこっちの方が――」

田川は口角を上げて、好好爺然《こうこうやぜん》とした顔になった。

「どうしたのですか」

「それはね、同じ活字で刷ったものなんだなあ」

「はあ。しかし、まるで違いますよ。その――刷り方の問題なんでしょうか。僕は印刷機のことは能《よ》く知りませんが、圧を掛ければ線は太くなるでしょう」

手摺《てず》りの木版だと馬楝《ばれん》にかける力の加減で線の太さはかなり変わる。摺り次第で仕上がりにも雲泥《うんでい》の差が出る。彫るよりも摺る方が難しいのではないかと思う程である。

均等に注意深く、力強く繊細に圧を掛けなければならない。色斑《いろむら》が出てはいけないし、特に主線《おもせん》となる墨版は紙に擦り込むように丁寧に摺らねばならない。究めるのは大変である。

だから、彫師と摺師は別に居る。

ただ、父は両方を熟《こな》していた。息の合う相棒が居なかったのか、腕の立つ職人に巡り合えなかったのか、はたまた人を雇えなかったのか、それは判らない。もしかしたら、草深い田舎の職人であるから、それは両方するのが当たり前のことだったのかもしれない。

随分とやらされた。

彫りで文句を言われたことは少ないのだが、摺りでは何度も叱咤《しった》された。

これで良しと言われるまで三十枚以上無駄にしていたと思う。良しと言われた後も、必ずしも同じに摺れるとは限らない。しかも、版木が替わる度《たび》に勘所《かんどころ》も変わるのである。紙も廉《やす》くはないから絵柄が新しくなる毎《ごと》にそんなに失敗していたのでは話にならない。

まともに摺れるようになるまで、かなりの時が掛かった。

摺り損ねた錦絵と、手にした二枚の印刷は能《よ》く似ていた。

力の抜き過ぎと、力の入れ過ぎ――そんな感じであった。

そう感想を述べると、二人とも感心したようにほうほう、と言った。

だが、考えてみれば機械で刷る場合は手加減も何もないのだろう。皆同じように刷れるものではないのか。

「そうじゃないんだよ。この大きな男はね、甲さん。紙屋だ。紙問屋だよ」

手摺りの方が安定している。

「同じって――違いますよね。機械の印刷というのはこんなに斑《むら》があるものなんですか」

田川はそう言った。

「これはね甲さん。全く同じ条件で印刷してみたものなんだよ」

「何です」

「そういう話でもあるんですけどもね」

「そういう話じゃあないのですか」

インキの加減もあるのだろうねと田川は言う。

「粘度《ねんど》やら配合やらで変わるようだがねえ。そちらは私の担当ではないから」

「変わるでしょうなあ。まあ石版《せきばん》なんかはねえ。綺麗《きれい》に刷れますけども、この凸版の場合はねえ。圧の加減はあるなあ」

「まあ、印刷機の具合てえのもね、そうやって試し刷りし乍《なが》ら調整しますからねえ。ま、一度決めてしまえば後は同じなんで、その辺は安心ですが」

外れちゃないですなと大木が笑い乍《なが》ら言う。

「何か怪訝《おか》しなことを言いましたか。的外れですか」

そうすると。

「はあ」

「これは全部種類が違う紙なんだなあ」

「あ――」

大量にある。

「これ、全部」

紙質が違うんですねえと言って大木は笑った。

「まあ、うちは新興なもんで、これ全部扱ってる訳じゃあないんですけどね。というか、扱えませんなあ。何たって新興ですからね。紙問屋とは名ばかりで、商いは小さいのです。こりゃあ、ほぼ輸入、舶来《はくらい》の紙ですからねえ」

「全部違うんですか」

「違いましょうねえ」

「そ――それでこんなに印刷の具合が違うんですか。はあ」

慌《あわ》てて指の腹で紙に触れてみる。

慥《たし》かに、違う気がする。

「こっちは目が詰まってると言いますかね。目が細かいと言いますか。そっちはまあ、やや目が粗《あら》い」

「なる程。目が粗いと――」

「こう、インキが散るんですかな。でも詰まってりゃ良いってもんでもない。つるつるざらざらと違いましょう」

大木は太い指で器用に紙を選《よ》り出してくれた。

「まあ、紙っつっても色色で御座んしてねえ。これなんか、目は細かくて指触りも好いんですが、ほら。インキがね、ちゃんと付かない感じでしょ。掠れるというより何だか弾《はじ》くような感じじゃないですかねえ。まあ凸版なんで、弾く訳じゃないし押し付けますからね、読めないことはないですけどもね」

まあ、文字の細部の見え方は、かなり違っている。

「インキののりってのがね、あるんですわ。でものりが良けりゃ好いってもんでもないんですわなあ。これなんか、黒くくっきりのりますがね」

滲んでましょ、と言って大木は一枚差し出し、それから天眼鏡をくれた。

拡大して覧る。

こんなに紙を拡大して観たことなど今までなかったから、何だか奇妙な気になる。真っ直ぐな線に見えているものも拡大するならまるで真っ直ぐではないのだ。紙の凹凸《おうとつ》に沿ってぐにゃぐにゃとしているし、髭のようなものが出ている。

「インキが散ってるんですなあ。目に染みちゃうんですかね。暈《ぼ》け暈《ぼ》けしてますでしょう」

一番好いのを選んでおるのだけどねと田川が言った。

「どうも決められない。まあ、洋紙から選ぶことになるんだけどもねえ。試しに和紙にも刷って貰ったんだが」

「洋紙——というのは、その船来の紙ということでしょうか」

違いますなと大木が応える。

「国産の洋紙もね、あるんですわ」

「それは——どういうことですか」

「はあ。聞くに三十年くらい前かららしいですがね、国内でも洋紙を造るようになったんですなあ。あ、知ったような口利いてますが、あたしゃ未《ま》だ生まれてもいないですけどもね。田川さんは生まれてますな」

残念だがもう働いていたなあと田川は答えた。

「初めは難航したようだが、慥《たし》か大阪《おおさか》の——蓬萊社《ほうらいしゃ》だったかな。金融だの海運だのやってる会社が英吉利《イギリス》かどっかの機械を使って商売始めたんだったと思うよ。上方《かみがた》の商人は目敏いから」

「抄紙機《しょうしき》を輸入したんですかな」

それは何だと問うと、紙を漉《す》く機械だと言われた。

紙も機械で漉けるのか。まあ、そうなのだろうが。

「そうだったと思うよ。その頃私は、丁度《ちょうど》貞さんくらいの齢《とし》だなあ。明治七八年くらいだろう。あれは、維新の時の、大政奉還の——さ。何といったかな、あの土佐《とさ》のさ」

「坂本龍馬《さかもとりょうま》ですかい」

「違う違う。そりゃ御一新《ごいっしん》前に殺されてるじゃないか。あ、そうそう後藤《ごとう》、後藤象二郎《しょうじろう》だ。あの人が肝煎《きもいり》で作った会社なんじゃなかったかなあ」

「そんな人が紙漉きの会社を」

「いや、違うよ。だから色色やってたんだよ。色色の中で製紙業も始めたってこと。実際、その頃もう製紙会社はあったんだよね。東京にも有恒社《ゆうこうしゃ》なんかがあったし、今の王子《おうじ》製紙も既にあったと思うし。三田《みた》製紙所の開業もその頃だったかな。最初に機械を調達したのは蓬莱だけども、最初に洋紙を販売したのはその辺なんだよ、多分。私は本屋の丁稚《でっち》みたいなもんだったから、やけに丈夫な紙が出来たもんだなあと思ったからね」

丈夫なんですよ、洋紙はねえと大木は言った。

「でもね、直《す》ぐ破けます。その点、和紙は腰が強くって嫋《しなや》かだ。破け難《にく》いですしね。和紙ってのは実に良い紙で」

和紙以外扱ったことがない。

「いや、待ってくださいよ。国産で洋紙というのは、変じゃないですか。洋紙というのは舶来の紙、西洋から輸入した紙のことじゃないのですか」

「そうじゃないんですな」

こりゃ材料で分けるんですなあと大木は言った。

「日本人が作ったって、カツレツは洋食じゃあないですか。印度《インド》人が作ろうとも亜米利加《アメリカ》人が作ろうとも、芋《いも》の煮ッ転がしは和食なんですわ。聞くところに依《よ》れば甲野さんは木版のお仕事をされていたとかいないとか」

為《し》ていたと答えた。

「ありゃ、和紙に摺りましょ」

「まあそうですね。楮紙《こうぞがみ》です。知ったような口を利いていますが、これ、楮という植物があるんですよね。考えたこともないんですが。まあ原料なんか気にしたことは一度としてありませんでしたけども。紙は紙だと」

そらそうだねえと田川は体をのけ反らせて言った。

「紙は紙なんです。大体、これを和紙と呼ぶようになったのは、洋紙と区別するためですからなあ。ずっと、こりゃただの紙だった。こういうのしかなかったからね。区別する必要がなけりゃ和だの何だの付けやしませんよ。紙でいいんですね。これ――日本の紙ね。原料は、元元は麻《あさ》だったんでしょうな」

「麻は――布じゃないんですか」

「糸にして織れば布ですよ。潰して溶かして漉けば麻紙《あさがみ》ですね。こりゃ大昔に大陸から伝わったんだと思うけどもね。どうだい大木君。今もあるんだろ」

麻紙《まし》はこの中にはないですねと大木は言って、紙束を太い指で撫《な》でた。

「作れる人も居ないでしょうな。居たとしたって、こういうものにゃ向かないでしょ。そもそも印刷ちゅうのは大量に複製するための技術ですからなあ。大量も大量、往時《おうじ》たあ規模が違いますよ、田川さん。幾《いく》ら良い紙でも、こんなのが十枚二十枚あったって、それじゃ話にならんでしょう」

「そうだねえ。ま、その麻紙を元にしてこの国で開発されたのが、今で謂《い》う和紙ですよ。これは、甲さんの言うような楮か、後《あと》は三椏《みつまた》やら雁皮《がんぴ》か何かが原料なんでしょう」

何も判らない。

「僕は山育ちだというのに植物の区別がつかないんですよ。名前を聞いてもさっぱりです。その、楮というのは、木なんですかね」

その辺に生えているものなのか。

「ありゃ梶《かじ》の木なんだろうかね。まあ梶にも種類があるだろうからなあ。まあ木ですよ。木の皮を剝《む》いて、何というのかな、皮の内側か何かから、繊維を取るのじゃなかったかなあ。それを原料に作るんだな」

「それが、和紙ですか」

「今はね。和紙。和紙はね、大木君が言うように破け難《にく》いし、まあ腰もあるしねえ。手触りも良いし、美しい、好《い》い紙なんだが」

「表面が平滑《へいかつ》じゃないんですな」

大木が一枚、紙を抜き出す。

「あたしゃ紙屋で、印刷は玄人《くろうと》じゃないですから、本当のところは判りませんがね。平版《へいはん》の印刷なんかにゃあ向かないんじゃないですかね。凸凹《でこぼこ》しとるんですなあ」

渡されたのは手に馴染《なじ》んだ紙だった。

「の、のりは良いんですけどね」

「なる程」

だから摺りの仕事は難しかったのだろう。この紙に黒い線をくっきりと擦り込まなければならないのだ。

指の腹で撫でると、感触がまるで違っていた。

「紙としちゃ素晴らしいもんなんですけどもねえ。まあ、漉く職人も修業が必要なんでしょうしね、繊細ですからなあ。ざくざく作れやしないですよ。一方で洋紙はですね」

「その、ざくざく作れるんですか」

「まあ作れます。ありゃざくざく作るために改良されてんですからね。そりゃあもうでかい紙が、巻物で、あたしの腹より太く作れますな」

大木は自分の腹を叩いた。

「それは、その」

原料は木材ですよと田川が言う。

「松だの樅《もみ》だの——橅《ぶな》だのね。まあ色色なんでしょうけども、その木材を粉粉にするんでしょうなあ」

「します。薬を使ったりもするようですがね。あたしゃ紙問屋であって製紙業じゃないですからね。原料の作り方までは熟知してませんな。でも粉砕はします。パルプといいますね。どうであれ、そのパルプを煮て、溶かして、漉くんです」

「それを全部、機械で」

逆に人の手じゃ出来ないでしょうなあと大木は言った。

「パルプ工場ってのはあるんですわ。田川さんの言うように、色んな木から作ります。それをこう、巧い具合に調合してですね、それをさっきも言った抄紙機で漉く訳ですねえ。機械ですからね、幅広の紙がどんどん出来ます」

そういうのを洋紙と呼んでるんですよと田川が言った。

「原材料が違うんですよ。いやあ、今回はね、まあ活字の出方を吟味したいということで、和紙と洋紙と取り揃えて、そこで凸版で刷って貰ったんですがね。これねえ。和紙の方も綺麗に出てるんですけども、ただねえ。その、矢張り大量に刷るとなると、これ、無理なんでしょうなあ。今のところは機械で漉けない訳ですしねえ。現状、本文なんかの用紙には使えませんなあ。大きさだって、まあ輪転機に掛けるようなのは難しいでしょうしねえ。これが洋紙のように作れるようになれば——」

そこで大木は、大きな顔を細かく左右に振った。

「や、それでも駄目で御座んしょうね」

「駄目ですか」

「それ、まあ甲野さんが使ってた楮紙ですけどね。厚いでしょ」

「ええ、まあ大体はこんなものだったと思いますが、厚いんですかね」

指で挟んで、先に渡された紙と比べてみたが、まあ厚いといえば厚かった。

「いいですかな。ここに刷られてる字、活字ってのは、書物やら新聞やらを刷るためのもんですな。で、本ってのは、まあ百頁《ページ》二百頁ある。もっと厚いのもありましょ。千頁なんてのもあるのかもしらん。いいですか。まあ紙ってのは薄っぺらいですがな。どんだけ薄くたって」

厚みはありましょと大木は紙の束を示す。

「厚みがない訳じゃないのです。ここに重ねてる紙だって、大した枚数じゃないけれどご覧の如く山になってますな。一毛《もう》だって十枚で一厘《りん》、千枚重ねりゃ一寸《すん》ですよ。紙が厚けりゃ本も厚くなりましょう。そうなると今度は」

製本がねえと田川が継いだ。

「そうだねえ。昔みたいに一冊一冊手で綴《と》じるなら兎《と》も角《かく》、今の部数だと機械でやるしかないからねえ。巧く行かないのでしょう」

「機械でも無理なんですか」

「それも、今のところということですけどもね。綴じ方にも色色あるんだけれども、巧く綴じられないとね、こう、ばらけちゃったりしちゃどうにもならないしねえ。これはね、まあ製本の技術を改良するということになるんだけれども、それで、綴じられたとしたって」

田川は手で何かを開くようにした。

「紙が固けりゃ開かない。読めませんよね。腰が強けりゃまあ丈夫なんだが、強過ぎると開かない」

なる程、それはそうである。

「折角《せっかく》綺麗に印刷出来ても、開かないのじゃ読めないでしょう。甲さんは教科書をやっていたようだけれども」

あれは薄いですよと答えた。

「しかもその、紐で綴じた」

「和綴《わとじ》ですね。すると、薄い和紙を使ってるんだろうなあ」

「薄い――ですね」

「あれはこう、表に摺って二つ折りにして綴じるんだよねえ」

そうだった。

田川は腕を組み、ううんと唸った。

「その、ああいう薄い和紙なら綴じられるんじゃないですか」

「いやいや。そういうことじゃない。洋紙にだって薄いのはありますよ。字引《じびき》やなんかの紙はね、薄いです。でも、高価《たか》いんですよ、紙が」

「値段――ですか」

「そう。和紙だともっと値が張るだろうしねえ。縦《よし》んば機械で大量に刷れるようになったとしても――向き不向きで言えば、不向きでしょうなあ」

「少なくとも書籍の本文用紙には向かないでしょうね。向いていれば高価でも押し付けますがね。あたしも商売ですからねえ。でも、難しかないですか」

大木は薄い和紙らしき紙を一枚抜き出して、ひらひら揺すった。

「これね、多分、昔の読本《よみほん》なんかに使ってたような紙ですがねえ。薄いし、ま、綺麗に刷れますがね。ほら」

大木は紙を裏返した。

「ああ。透けてしまうんですか」

「裏に写るんですわ。和綴のように、こう折りゃいいですがね。そうすると」

「はあ。厚みは倍ですか」

「ええ。一工程増えて、束《つか》も倍です。そうなれば、まあ倍の厚さの紙を使ったって同じことでして」

「なる程。難しいですね。基本は紙の裏表に印刷するんですよね」

「そうだね。でもなあ、和紙ってのは軽いんだよねえ」

田川は大木から薄めの和紙を受け取って、同じように揺すった。

「軽いですな。洋紙は目が詰まってて表面も均等ですが――重いです」

本は重さも大事だからと田川は言う。

「重たいと手が疲れるでしょう。造本にも拠《よ》るんだけれど、立派な本は重たいですよ」

「寝転がっては読めませんな」

寝転がって読むのかと問うと、読みますねと大木は答えた。

「田川さんの言う立派な本は読みませんがね。紙を替えると当然重さも変わりましょうよ。重くなっちゃあ、まあ読書もし辛《づら》いと」

それも一理あるだろう。

文机《ふづくえ》に置いて読むようにしているから重さまでは考えていなかった。

「愈々《いよいよ》難しいですね。インキののりが良くて、滲んだり掠れたりしないで、薄くて丈夫で、しかも軽い――そんな都合の良い紙があるんですか」

それを捜してますと大木は言う。

「なきゃ創る。そういうね、お話で。それがこちら様のご要望ですな。まあ紙を作るのはあたしん処じゃないですが、兎《と》に角《かく》今ある紙がどんなもんなのか見極めようてえお話で」

慥《たし》かに、そのためにある会ではあるのだが。

「するとこの中から先《ま》ずは選ぼうということですかね――」

膨大にある。

「いや、それはね、選んでみたんだよ私達で。それね」

田川は最初に渡された紙を示す。

「これは、やや掠れているように見えますけれどもね、まあ合格のように思いますけども。それを甲さんに覧《み》て貰おうと思ったんです」

「なる程」

手に取る。

「別に気になる程に掠れてはいないですよ。もう一枚が黒黒としていたので対比でそう見えただけですよ」

遜色《そんしょく》はない――と思う。

「まあね。それは私もそう思う。でもそれだけじゃないんだよなあ。これを覧てください、甲さん」

田川は別の一枚を差し出した。

「どうでしょうなあ。その、天眼鏡で覧てみてくださいよ」

刷られているのは同じ文字である。

「その、線がちりちりしてますね。枝のようなものがやや多いような」

「そうでしょう。でもこれねえ、最初にお渡しした、甲さんが合格と言ったのと、同じ紙なんですよ」

「は。と、すると――」

手許《てもと》の紙を選《よ》る。

「これですね。ああ、矢《や》っ張《ぱ》りこっちの方がずっと綺麗ですよ。まあ天眼鏡で見なきゃそこまで差はないように思いますけども。でも――待ってください」

同じ紙なんですかと問うと、大木が大きな体を前傾させて覗き込み、ああ同じですなあ、と言った。

紙の端に鉛筆で何か記号のようなものが書いてあるのだ。

紙の種類などを示しているのだろう。

「すると――何ですか。これは刷り方の方式やら加減を変えた、ということですかね」

それじゃあ比較にならないよと田川が言う。

「刷りは全部同じ条件で刷って貰ったんですよ。紙は色色違《たが》えてますけども」

「そうだとすると、同じように印刷してもこんなに差が出てしまう、ということですか。さっき大木さん、調整するようなことを仰《おっしゃ》ってましたが」

「調整はするんでしょうけども、今回に限っちゃ田川さんのご要望があったもんで、印刷屋さんには出来るだけ同じにしてくれと依頼しましたね」

「でも、違ってますよね」

「ええ」

裏なんですわと大木が言った。

「ウラ、というのは、裏ですか」

我乍《なが》ら頭の悪そうな言い分である。

「裏といえば裏ですな。ま、どんなもんにも裏と表はあるんです。そら、同じ紙の裏表です」

「はあ」

はあ、ばかり言っている。

指先で撫でてみた。そう言われればそんな風にも思えるのだが。

「一寸《ちょっと》、判らないですね。気にしなければ同じように思えますが」

「気にすりゃ気になりますよ。普段は殆ど気にしませんけどね。あたしゃ紙屋なもんですからね。でも、手触りは兎《と》も角《かく》ですな、印刷してみるてえとそんなに違うんですわ。とはいうものの、誰しもがそんな天眼鏡で確認するようなこたないんですけどもねえ。でも違うといえば」

違いましょう、と大木は大きな顔を寄せた。珍無類《ちんむるい》な表情になっている。

「洋紙はですね、和紙よりは裏表の判別が難しいのですけれどもね。でも。同じじゃあないんですね。これ、なるたけ差がない感じのを選んでるんですがね」

それでも差は出るなあと言って田川は首を捻《ひね》った。

「これくらいなら気にはならないかもしれないがね。実際、今はこれで良しとされている訳だけどもねえ。どうだな、甲さんよ。あんたの描いた字だよ」

「いや——」

考えが纏《まと》まらない。

慥《たし》かに差はあるのだけれど。

「今は知ってしまいましたからね。違うこと前提で覧てしまうんですが、何も言われなければねえ。そういう色眼鏡もない訳だから——どうでしょうね」

二枚を両手で抓《つま》み、並べて、手を伸ばし少し顔から離して覧てみる。

同じといえば同じである。

しかしそんなことを言うのであれば他のものも同じだと言えなくはない。どれも読めぬ程に掠れてもいないし潰れてもいないのである。雑に覧るならば、全部同じである。

ただ、これまで手に取って覧た他の紙よりは、差異が少ないと思う。

「同じ——ようにも見えますけどね」

田川は笑った。

「そうなんだ。そんなことは些細《ささい》なことなんだよなあ。でもね、その些細なことの積み重ねが大事なんだろうとも思うんだよなあ。そりゃまあ見本だからね、いいんだが。見本は一枚だけれど、本になるとねえ」

「何百回も比較することになりますな。右頁が裏、左頁が表の見開きになりましょ。まあ版面は左右で違いましょうからね、厳密な比較は出来ないでしょうがな。仮名《かな》なんぞは必ず同じ文字がありましょうからねえ」

もう一度見本を手に取る、この無意味な文字の羅列は、要は模様のようなものだ。

だが、文章として組まれてしまえば、そこに意味が生まれる。

意味が勝つのじゃないですかと、言った。

「どういうことですか」

「文を読んでしまえば、気にならないような気がします。事実、今もそうなっているのでしょうが、気にしたことがないですし」

そうだねえと田川は難しそうな顔をする。

「でもねえ甲さん。一度気が付いて気にしてしまえば、もう、それからは気になるのじゃないかねえ。甲さんが工夫している文字の形だって、そういう意味じゃどれ程気になるものか。読めるというなら読める訳でねえ」

「まあ——」

今以《もっ》て無駄なことを為《し》ていると思ってしまう時もない訳ではないのだ。

横棒が多少長かろうが短かろうが、読めないことはないのである。字が間違ってさえいなければ、大きな問題ではないのだし、それが文意を損ねることはあるまい。

とは思うのだが。

それでも、当然乍《なが》ら綺麗な方が良いとは思う。

問題なのは、今使用されている活字が綺麗でないことも、ないということなのである。それは十分《じゅうぶん》に綺麗なのである。そちらはそちらで改良をしているのだろうし、今のままでも何の問題もないだろう。

ならば己の携わっている仕事は矢張り無意味――という受け取り方も出来るだろうに。

そんなことをむにゃむにゃと歯切れ悪く言った。

「僕の描く文字はさて置き、紙の裏表のインキののりは、そんなに読書の妨《さまた》げにはならないのじゃないですか」

事実、なっていないのである。

「うん。いや、それはどうだろう」

田川は首を傾《かし》げた。

「いや、田川さん。僕も此処《ここ》にお世話になるようになってから、努めて読書をしようと心掛けているんですが――まあ読書家というには程遠い有様《ありさま》の、俄《にわか》の本読みには違いないんですけれども、それでも面白く読みます。小説は頗《すこぶ》る面白いし、雑誌や、何というのですか、実用の書物なんかもためになる。感心します。賢くなったような気にもなる」

良い読書ですと田川は言った。

「でも、一応、仕事柄、活字の形なんかを気にし乍《なが》ら読み始めるんですよ。ああこれはもう少し小振りにした方が良いとか、並んだ横棒の間隔が詰まりすぎだよなとか、そういうのを気に懸けているんです。でも、気が付けば筋書きを追っていたり、真剣に考え込んでいたりするんですよ。もう、内容に没頭してしまうんですね。そうなってしまえばもう、書体も何もないですよ。況《まし》てそんな、紙の裏表なんかは」

言われるまで考えたこともなかったのであるから、気にする気にしない以前の話ではある。

「能《よ》く解りますよ。そういうものですからねえ。でもね、甲さん。そうなるまでが大切なんですよ。私はそう思うなあ」

「そうなるまで、というのは」

「要は読書にのめり込むまで——と、いうことですよ。一刻も早く没入出来るような仕掛けがね、もっと要《い》る。今はね、誰もがこんなものだろうと思っているから、別に文句も出ませんけどもねえ。じゃあ最初から、扉《とびら》頁を開いたその時から、作品に入り込んでいるかといえば、そりゃ違いますよ。読んで行くに連れ、徐徐に引き込まれて行く訳ですな」

「まあ、そうですなあ」

「表紙なんてのはね、これはお店で言えば玄関ですよ。こりゃ、綺麗であるに越したことはない。看板が出ていて、中に何があるのか、料理屋さんならどんな料理があるのか、判った方が良い。もっと言うならね、美味《おい》しそうに見えた方が好いでしょうねえ」

そりゃそうですなと大木が言う。

「あたしゃ大食漢ですからね。見た目通りです。腹が減ってりゃ何でも喰うし、減ってなくても旨《うま》そうなもんなら喰いますよ。そういう店がありゃ、満腹でも入店しますな」

「そうでしょうなあ。年寄りには羨ましい程の食欲ですけども――でもね、大木さん。入り口なんかも汚くって、看板も出てないような小店もあるでしょう。どうにもうらぶれているんだけれども、でも、料理は大変に美味《おい》しいというような処も――」

ありますありますと大木は破顔した。

「向島《むこうじま》に驚く程に旨い牛鍋屋がありましてね。これ、表通りからは判らない。裏道ですからね、知ってる者しか行きませんけどもね。これがまあ、路地は狭いし入り口は狭いし、看板なんかもう、掠れて読めない。其処《そこ》の肉がねえ」

肉の話はいいですよと田川が制する。

「そういうお店はね、まあ好きでそうしてるんでしょうけれども、美味しいお肉が食べたいと思っている人には判らないんだし、判っても入り難《にく》いでしょう」

普通は入りませんと大木は言う。

「小汚いんですわ」

「それ、入り口を綺麗にして看板を掛け替えれば、皆さん美味しいお肉が食べられるようになる訳ですよね」

「まあ肉が喰いたい人は皆行きます」

「本も同じでしてね、表紙なんてのは玄関ですしね。題名は看板ですよね。料理人の名まで記されてます。著者名ですな。これで、まあお客さんを呼び込む訳ですけれどもね。小売りの平台には、そういうお店が軒を並べていることになる。だからこそ選び易《やす》く、目に留《と》まって、手に取って貰えるような、そういう綺麗な表紙、判り易い題字がね――」

「ああそうですな」

「でも大木さん。当然、逆もある訳ですよ。入り口は綺麗なんだけれども、料理は不味《まず》いという。これはね、入ってみるまでは判らない。で、取《と》り敢《あ》えず入ったとして、です」

不味けりゃ諦めるよりないのじゃないですかと大木が言った。

「注文して、お料理が出て来てですな、それを口に入れるまでは旨いか旨くないかも判らないでしょ。喰って不味いからって代金払わない訳にはいかんでしょうからね。こりゃ二度と行かないってだけで」

「いやいやいや」

田川は片手で拝むような手付をし、その掌《てのひら》を左右に振った。

「食べる前の話ですよ。お品書きが見難《みにく》かったり、椅子が少し座り難《にく》かったり、給仕の態度が悪かったり、そういうことはある訳ですよ。実際、お料理はとびきり美味しいのに、お料理を口に入れる前に気が殺《そ》がれてしまうでしょう」

「ああ」

「一口食べて――でも、そういう状況ですとね、味わう前に、その、色眼鏡が嵌《は》まってる訳です。偏見というんですかねえ。ほら、嫌嫌口《いやいやくち》にするのとそうでないのじゃ、味も変わるでしょうに。本当は美味しいんだけど、その美味しい味に気付く前に、何だかがっかりしている訳だから」

大木は太い腕を組んで、そうですなあと言って顎《あご》を二重にした。

「手触りが良い、活字が綺麗だ、頁が捲《めく》り易い、重さも丁度良くて持ち易い、これみんな、読書のうちですよ。我我はそれこそを改良しようとしている訳です。本の中身は書き手や編集子にお任せするよりないです。そこにはまあ、全幅の信頼を置くよりない。我我は料理はしないのですよ。職分が違うから。でも、折角料理人が美味しい洋食を作っても看板が寿司屋のようでは洋食が食べたい人には選んで貰えない。汚れた欠け茶碗に盛り付けたのじゃ食べる気が殺《そ》がれる。そういうところを整えて、美味しく味わって戴こうとしているんですからねえ」

本を開いたその時にもう中身に没入出来るようなのがいいねえと田川は言う。

「余計な引っ掛かりをなくすのが仕事だと、私は思うとるんですよ。まあ始めたばかりですからねえ。先は長いし、それぞれの専門家に改良をお願いする立場ですからね。思うようには行きませんけどもねえ」

「なる程。そうしてみると」

裏表の問題というのも等閑《なおざり》には出来ないことなのか。

まあそこは何とかなるでしょうと大木は言う。

「あたしは紙問屋ですから、今あるものをご用意することしか出来んのですけどね。紙ってのは、まあこれから大量に使われるようになるでしょうからねえ。製紙会社も日夜改良に励んでいると思いますけどね。そうしないと」

儲かりませんと大木は言った。

「いや、儲かりゃいいなんて、そんな話じゃあないです。そういう話ならあたしはこんな、出版なんて小さな業種に咬みやしません」

大木は胸を張った。

「あたしが守銭奴なら、塵紙《ちりがみ》の改良でも何でも製紙屋に進言しますよ。塵紙だって楮紙にゃ違いない。京 花紙《きょうはながみ》だって和紙にゃ違いない。浅草紙《あさくさがみ》なんてのも、原料は和紙でしょう。質は悪くても和紙なんですわ。なら、パルプ使って、もっと廉くて薄くて柔らかい洋紙の塵紙を作りゃあ、売れますよ。舶来品にはあるんですよ、柔らかいのがね。だって本を読まない人は大勢居ますがね、落とし紙を使わない人《ひた》ァただの一人も居ませんからね。でも」

あたしはこの会に関わりたいですなあと、巨漢の紙問屋は言った。

「こう見えても三度の飯の次に本が好きなもんでしてねえ」

飯が先かねと田川は笑う。

「ま、印刷の具合もそうなんだがね、重さだ手触りだ丈夫さだというのも大事ではあるんだけれども——後は色だよね」

「色ってインキのですか」

「紙の色ですよ甲さん。ええと」

田川は紙の山を探る。

一枚引き出す。

「ああこれだな」

「これは、まあ現在、多く雑誌なんかに使われてる紙なんですけどもね。どうだい。燻《くす》んじゃないかね」

「え。これ——なんですか」

灰色というか、薄茶色というか、そんな色だった。普段眺めている雑誌の紙はこんな色なのか。白いと思い込んでいた。

「本当にこれなんですか。違ってませんか」

「違わないね。ここにある他の紙が白いから余計にそう見えるんだろう。それだけ覧《み》てればあまり感じないだろうけども、そんな色さ」

「紙にも——色があるんですね」

それもまた、思い至っていないところだった。考えたこともない。

「インキが黒いからね。地色は白く感じるのだなあ。それはそれでいいんだけれども、どうかなあ。印刷の具合は」

「そうですねえ」

これまでに覧たどの紙よりも暈けて見えた。滲みも掠れも両方ある。

「あまり綺麗ではないですかねえ」

「そうだろう」

田川は乗り出して紙を覗く。

「甲さんの描いた字も、現状のまま使うならそのようになる。でも、そっちの紙なんかは、値段的にも、斤量《きんりょう》——厚さや重さだな。斤量的にも雑誌には使えないからねえ。でも、これ、漂白することは出来ないのかね」

「出来るでしょうけどねえ。強度の問題もあるでしょうしね。それに、白けりゃいいってものでもないと言ってませんでしたかね」

「そうなんだ。紙が白過ぎると目が疲れてしまう。私はね、雪国の生まれなんだけれども、昼日中、真っ白な雪景色の中に居ると目をやられる。勝手に雪目と謂っていたけどね、白というのは、あれ陽の光を反射するのだろうかねえ。それと同じで、多少は色があった方が目に優しい。白過ぎるとちかちかして目が疲れますよ」

いずれも加減の問題でしょうねえと大木は言う。

「何であれ、どんどん改良して行かにゃあなりません。甲野さんのご意見も伺ってですな、製紙屋に話してみます。出来ることもあるでしょう」

「僕の意見――ですか」

役に立つとは思えない。

紙に色があることも、裏表があることすら気にしていなかったのだし。

だが。

「紙や印刷のことは本当に無知なので解らないんですが――こうして覧てみると僕の描いた平仮名は、弱いですね」

漢字に負けている。

「仮名があまり前に出ちゃいけないだろうという思い込みがあったんですが、こうして並べて覧ると、仮名が続くところは痩せて見えますね。これ、却《かえ》って読み悪《にく》いですよねえ。掠れているのも主に平仮名だし、平仮名をくっきりさせようとすると、多分漢字が潰れますね」

田川は微笑《ほほえ》んでいる。

「それも重要なご意見ですよ。もしかしたら活字の方を改良すれば済むことなのかもしれないし、印刷の調整で解消するかもしれんでしょう。紙を選ぶ参考にもなりますよ」

「そうでしょうか」

どうも自信が持てない。

田舎者ですからと言った。

「甲さんは直《す》ぐにそう言うけれどね、私は加賀《かが》ですよ。大木君は江戸っ子なんだろう」

あたしは在《ざい》の産ですと大木は答えた。

「これで江戸っ子なんて言ったら江戸の人に殴られましょうね。八王子《はちおうじ》の方ですよ。元は養蚕《ようさん》農家で、親爺《おやじ》は絹織物《きぬおりもの》やってましたが、あたしは紙。良くなったんだか悪くなったんだか」

良いも悪いもないでしょうにと田川は言う。矢張り父とは似ても似付かない。

でも、何故か懐かしい気になる。

「その齢で起業したのだからたいしたものじゃないか」

「何の何の。あたしはね、親と反りが良くなくって。十七で家をおん出ちまったんですな。その親爺も先般亡くなりましたからね。あたしがこんな職に就いているとは露《つゆ》とも知らんのですよ。ま、それ程孝行を為《し》たいとも思わんのですが、為ようとしても親はなしという、親不孝でしてねえ」

「お父さん、お亡くなりになったんですか」

三年も前ですがと大木は言った。

「まあ、母親も死んでますけどね、幸い兄が居るもんで、葬式だの何だのはみんな任せきりでねえ。ま、法事に帰るくらいですわ」

——法事か。

遠からず一周忌がある。報《しら》せは来るだろう。帰らなければならないだろうか。余り気乗りはしない。法要に出席しなければ父は怒るだろうか。否、死人は怒りはしないのだ。怒るとしたら義母だろうか。

——あの人は。

怒るだろうか。

何も言わぬかもしれない。一周忌が過ぎるまでは再婚はしないと言っていたけれど、義母が再婚してしまったら三回忌以降の法要はどうなるのか。

あまり考えたくはなかった。

考えて答えが出るものでもないのだろう。

全然父に似ていないのに、何故か父を想起させる年長の同僚の横顔を眺めた。

当然、考えたくないことの回答などは得られなかった。

暫《しばら》くは大量の紙を覧《み》乍《なが》ら、あれやこれやと吟味をした。

結論が出るような会議ではなかったのだが、多くの知見を得た。

午《ひる》には一旦切り上げた。

大木は昼食をご一緒にと誘って来たのだが、遠慮した。

ではそのうち一杯などと言う。

甲さんは真面目なんだから悪所に誘ったりは為《し》ないでお呉《く》れよ、と田川が言った。

「十二《じゅうに》階下《かいした》の銘酒屋《めいしや》なんかに連れて行ったりしたなら、高遠が怒って出入りが禁止になりますよ。あの男はあれで堅物だから、前途ある若人《わこうど》を誑《たぶら》かすなとか言うでしょう」

大木は木彫りの布袋のように口を開けて笑い、見損なわないでくださいと言った。

「あたしは喰う方専門ですからそんな処にゃ行きませんよ。飲む打つ買うじゃなく、喰う読む飲む、ですわ。取引先が近いから偶《たま》に十二階にゃ乗りますが、あたしが昇ると傾きそうな気がして気が気じゃないんでね。じゃ」

また来週にでも来ますと言って大木は辞した。立ち上がると益々《ますます》大きい。

「扨《さて》、お仕事の邪魔をしてしまいましたね、甲さん」

「いや」

行き詰まっていたのだから邪魔などということはない。何しろそれまでは田川の背中を見ていたのである。寧《むし》ろ息抜きになったし、勉強にもなったと思う。

応接の机の上を片付け乍《なが》ら、田川は貞さん貞さんと貞六を呼んだ。

「思い出した。そういえば昨日の帰りがけに、高遠がね、弔堂《とむらいどう》に注文していた本が何冊か届いているから、今日の午後に取って来てくれとか言っていたけどね。聞いているかい」

聞いていませんですと貞六は答えた。

一応、直立不動になっている。

「そうかい。じゃあ――」

「僕は行けません」

貞六は何故か決然《きっぱり》とそう答えた。

「おや。忙しそうにも見えないけどね」

「まるで忙しくないですが、行くことは出来ませんです。場所が判りません。いいえ、まあその点に就いては」

貞六は此方《こちら》をちらりと見た。

「何度も社長さんにお伺いしたんですが、教えられないと」

「高遠なら社長じゃなくて代表ですよ」

「失礼。代表は」

僕を信用されておらんのでしょうねと言って貞六は下を向いた。

「最寄り駅までは教えてくださいましたが、後は教えられないと——」

「そりゃあ」

ほんとに教えることが出来ないんだよと言った。

「信用されてないからでしょう。甲野さんは教えて貰ったのでしょうに」

そんな風に思っていたか。

教えて貰ってなどいないよと言った。

「でも」

「でもじゃないよ。信州《しんしゅう》から出て来たばかりで右も左も判らんというのに、何も教えずに行けと言われたんだから。僕は町の名前こそ聞いたけれど、駅名すら聞かされてない。自分で捜したんだよ」

「信じられませんよ」

「信じなさいよ。迷って、足を棒にして半日近くうろついて、やっと辿り着いたんだよ。辿り着けなきゃ馘首《くび》になるだろうと思って、必死で捜したんだ」

それは誇張である。解雇されても仕方がないか、ぐらいに思っていたのだから。

「僕のような田舎者が行けたのだから、君でも行けるだろう。行けぬ道理はないと思うけれどもな」

「そうなんですか」

貞六は不満そうに口吻《こうふん》を突き出した。

そして、矢張り無理ですよと言った。

「何故だい」

「僕はただの小使いですよ。甲野さんとは違います。掃除したりお茶汲んだりしか出来ないですよ。お客さんがお帰りになったので、弁当使った後に掃除をします」

おい貞さんと田川が言う。

「君なあ」

「いいですよ。彼処《あそこ》は本当に説明し難《にく》い場所ですし、知っていても行き着けぬという人が居《い》るようですから。今日のところは僕が行って来ましょう。用向きは行けば判るのでしょう」

「そうらしいけれども――」

「次は貞六君と一緒に行こう。まあ一度行けば次からは何とかなるだろう」

そう言い残して、事務所を出た。

巧く言えぬが、貞六は嫉妬しているのかもしれないと思ったのである。

勿論《もちろん》そんな気がしたというだけなのだが。こんな田舎者に江戸っ子が嫉妬するというのは怪訝《おか》しな話だとも思うのであるが。

高遠は贔屓《ひいき》をするような人柄ではないと思うから、多分貞六にも同じように告げたのに違いない。しかし、下手《へた》に東京の地理を識っている貞六は不安を抱いて喰い下がり、それでも上手《うま》く説明が出来ない高遠は、已《や》むなく最寄り駅までを教えた――。

そんなところではないか。

しかし、最初に弔堂に行かされた時には、矢張り見捨てられたような、不安な気持ちになったのだ。だから、あの若者がそういう気持ちになったとしても、まあ判るような――気がするのである。

気がするだけなのだが。ただ本当にそうであるのなら、少しはその不安を汲んでやるべきかもしれぬと、歩き乍《なが》ら思った。

もうすっかり秋である。

この間までの暑さが嘘のように涼しい。樹樹の葉の色も抜け、また色付いて来ている。故郷よりも紅葉は遅いのだろうと思う。いや、もしかしたら早いのだろうか。

どうにも、植物には疎《うと》いのだ。

坂の両脇の雑木も黄色くなりかけている。矢張り東京の方が早く秋になるのかもしれない。

午飯《ひるめし》を摂《と》っていなかったから、鶴田《つるた》の店で握り飯を喰うことにした。だらだら坂を上りつつ顔を上げて見通すと、店の前の縁台には小柄な老人が腰掛けて煙管を吹かしていた。

夏場、鶴田が陽に当たって茹《う》だっていた場所である。今はもう暑くはない。

休み処の幟《のぼり》を過ぎて、老人の横に立つと、老人は顔を上げておや客かいと愛想なく言った。

「はあ」

髪を短く刈り、葡萄茶《えびちゃ》色の袢纏《はんてん》を着ている。顔付きは柔和そうだが、目付きは鋭かった。

老人はお芳《よし》さんお芳さん客だと嗄《しわが》れた声で言った。お芳というのは鶴田の女房であるし、その言い方だとこの老人は客ではない、ということになるか。

お芳は直《す》ぐに出て来た。

「おやまあ甲野さん」

今回はお早いですねとお芳は言った。つい五日前にも来たのだ。それまでは月に一度程度しか来ていない。早いというのはそういう意味だろう。

「あんたが甲野さんかい」

老人は眼を細めてそう言った。

「ええと」

「俺は――この店の居候《いそうろう》だ。利吉《りきち》が世話んなってると聞いたぜ」

「鶴田さんのことですか。せ、世話だなんて、とんでもない。僕は」

「あんたに世話したつもりがなくってもな、世話ってな知らねえうちに為《し》てるもんでな。世話されたつもりがなくっても、されてることもあらァ。人は持ちつ持たれつ、そんなもんだよ」

「はあ」

それより居候だなんて厭《いや》ですよう、とお芳が言う。

「この店はそもそも弥蔵《やぞう》さんの店じゃないかね。あれも妾《あたし》も雇われ者《もん》さ」

「俺は地べた持ってるだけだ。上物《うわもの》建て替えたな利吉だし、店ェ営《や》ってるなお前さん方《がた》じゃねえか。地代の代わりに喰わせて貰ってるんだ」

居候だよと老人は言った。

「こういう人でねえ。うちの人もあんなですけどもね。甲野さん、あまり真《ま》に受けずに、気にしないでくださいな」

「気になどなりませんよ。それより昼に」

ああお握りですね直《す》ぐお持ちしますと言ってお芳は奥に引っ込んだ。

「利吉にゃ過ぎた嬶《かか》ァだよ」

「鶴田さんは」

「舶来の何とかいう喰いものを仕入れるんだとか言って出掛けた。ありゃ全く腰の軽い野郎でなあ。まあ厄介になってる身だから文句ァ言わねえが。あんたは」

弔堂かと尋《き》かれた。

「ええそうです。あ、僕は甲野という田舎者です」

頭を下げると、あんた信州だそうじゃねえかと弥蔵は言った。

「そうですが」

「俺は会津《あいづ》だ。俺の方が田舎者《もん》だよ。大体な、この東京にゃ田舎者しか居ねえんだから、遜《へりくだ》るだけ損だぜ」

「いや、遜ってる訳じゃ」

そう聞こえるよと弥蔵は言う。

「あんた、田舎ァ盾《たて》にして身を護《まも》ってるんだろうがな、それじゃあ信州が可哀想だぞ。信州は別に悪くねえ。何処の出だろうが、そんなもんは何の理由にもなってねえよ」

そう――なのかもしれない。

「俺ァな、国に棄《す》てられ故郷に見限られ家族に嫌われて、まあ一度は世の中と縁を切ったつもりだったんだがなあ。そうも行かねえのよ」

「そうも行かないというのは」

「まあな。国は兎《と》も角《かく》な、結局故郷や家族を棄てたなあ、俺だったのよ。てめえで棄てておいてよ、棄てられたような気になってたんだよ。何十年もそうやって生きたがな、まあ」

俺が間違ってたと弥蔵は言った。

「鯔《とど》の詰まりはな、独りで意気がってただけでな、他人の手ェ借りねえと、目の前のもんも見えねえって具合だよ。盾ってなあな、敵から身は護るかもしれねえがよ、前も見えなくなるもんよな」

「はあ」

故郷に何かあんのかと弥蔵は言った。

「何かとは」

「蟠《わだかま》りだよ。嫌ってるって感じじゃあねえが、思い入れが何もねえって訳でもなさそうだ。思い入れのねえ奴は何も語らねえし、嫌ってる奴は悪《あ》し様《ざま》に言うからな。あんた、自分を貶《おとし》めるようにして、結局は故郷を下げてるぜ」

蟠りか。

それは、あるのだ。

まあどうでも好いけどなと弥蔵は言った。そこにお芳が握り飯を持って来てくれた。

「郷里に孫が居てな」

老人は天に顔を向けて、独り言のように言った。

「お孫さんですか」

「知らなかったんだ。利吉が要らねえお節介焼いてくれたお蔭でな、今年の正月に会うことが出来てよ。ま」

どんなことでも何とかなるもんだぜと老人は言って、初めて笑った。

——何とかなる、か。

落とし処が判らない。

でも、幾分《いくぶん》気持ちが楽になった。

握り飯を頬張っていると、突然目の前に小綺麗な身態《みなり》の紳士が現れた。

「相すまんことですがな」

「は、はい」

「あなたはお客さんですな。このお店の方は居《お》られんですか」

俺だよと弥蔵が答えた。

「ああ。実は、僕は東京《とうきょう》帝國大學《ていこくだいがく》理科《りか》大學《だいがく》の寺田《てらだ》さんから聞いて来た、東京《とうきょう》帝室《ていしつ》博物館《はくぶつかん》の牧《まき》野《の》という者ですがの」

長《なげ》ェ肩書き言われても俺には判らねえよと言って、弥蔵は顔を上げた。

紳士は笑っている。

「寺田ってのは、あの寺田だな。ならあんたも学者か」

「学者――なんですかねえ。僕は物理の方は能《よ》く判らないんですが、まあ寺田さんとは大分専門が違ってますけど、学者といえば学者ですかのう」

「ふん。なら、弔堂だな」

「能《よ》くお解りじゃねえ。本を捜しに来たんですが」

「どうせあの寺田が、判り難《にく》い場所だから此処で尋けとでも言ったんだろう。悪いが、俺はもう案内は――」

そこで弥蔵は此方《こちら》を向いた。

「丁度良《い》いな。あのな」

「牧野です」

「牧野さんよ。この男は握り飯喰ったら弔堂に行く。一緒に行きな」

「僕――ですか」

弥蔵に肩を叩かれた。老人は口をへの字に歪《ゆが》めて後は頼むぜと言って立ち上がり、そのまま奥に入ってしまった。

丁度握り飯を頬張ったところだったので巧く返事が出来なかった。

牧野と名乗った紳士は、それではお世話になりましょうと柔らかい口調で言った後、縁台の端に遠慮がちに座った。

表情は若若しいし、所作《しょさ》にも品が感じられる。浅く腰掛け両手を膝の上に置いた姿勢などは可愛らしくも感じるのだけれど、然《そ》う若い訳ではない。

不惑《しじゅう》は過ぎているだろう。

牧野は円《まる》い眼鏡《めがね》を出して掛けると、何故か上体を傾け、身を低くして乗り出すような姿勢になった。

どうやら道の向こうの草か何かを観ているようである。

そこで待たせていることに気付く。

「ああ、申し訳ない。直《す》ぐに――」

「いえいえ。急ぎませんき。お手間をお掛けするのは僕だから。ごゆっくり召し上がってくださいな」

「はあ」

そう言われても気が急《せ》く。

茶で流し込もうとすると、牧野はいやあ好いですねえと謡《うた》うように言った。

「この辺りだと藪枯《やぶがらし》は実を付けないんだなあ。千萱《ちがや》も浜菅《はますげ》も、元気が良いね」

何のことを言っているのかまるで解らない。道の向こうに生えている雑草のことを言っているのだろうか。

と、いうか。

雑草にもそれぞれ名前があるのか。

「草──ですか」

「は」

牧野は顔を上げ首を曲げた。

「何ですか」

「いや、それは草の名前──なんでしょうか」

「草──ああ、まあ草ですねえ。草という大きな括《くく》りで纏《まと》めて考えたことが余りないもので」

「そ、そうですか」

「ええ。草なんて植物はありませんからね。あれは葉ですね。そして茎です。花も咲くし実も結ぶ。西の方だと、藪枯も実を付けますからのう」

「そういうものですか」

そういうものですねえと言い、牧野はまた草──植物に目を向けた。

「この辺りは殆ど来たことがないですから興味深いですねえ。実に面白いなあ」

「面白いですか」

草が生えているだけである。

牧野が愉《たの》しそうにしているので気にしないことにした。漬物を齧《かじ》り、ゆっくりと握り飯を平らげてお茶を飲んだ。

お代を払うべくお芳を呼ぶと、奥の方から弔堂に宜《よろ》しくなという弥蔵の声が聞こえた。

さあ参りましょうと言うと牧野は直《す》ぐに立ち上がり、お世話になりますわと明朗に言った。

機嫌の良い男である。

牧野は、上を見上げたり地べたに目を遣《や》ったりし乍《なが》ら歩く。

時に立ち止まり、屈《かが》んだりもする。

余程草が好きなのだろう。聞いても何だか判らぬ名を口にまでする。そもそも桜と梅の区別もつかぬのであるから、何を聞いても珍紛漢《ちんぷんかん》ではある。

横道に入ると、牧野は益々嬉しそうになった。

「素晴らしいですねえ。高尾《たかお》の辺りなどはね、随分昔から保護されちょったから実に植生が豊かで、多様なんじゃやね。けれども、この辺りも手付かずの感じじゃねえ。東京にも未《ま》だこんなところがあるんですなあ」

宵宮《よいみや》の縁日に連れて来られた児童《こども》のような具合である。眼鏡同様、眼まで円くなっている。

「山萩《やまはぎ》が咲いていますよ」

そういう名の花なのか。いや、花だとすら思っていなかった。慥《たし》かに花は咲いている。それなりに綺麗だが、矢張りただの草だと思っていたからか、まるで気付いていない。五日前には咲いていただろうか。

「おや夾竹桃《きょうちくとう》ですのう」

牧野は立ち止まり、身を屈めた。

「何と立派な」

流石《さすが》にこれは目に付くだろう。鮮やかな色の大きな花が元気良く咲いている。

「淡紅《たんこう》というより紅色じゃねえ。誰かが植えた訳でもなかろうにねえ。花を付ける季節も過ぎちょるというのになあ。大輪ですなあ。これは」

どのくらい前から此処にありますかと問われたので判らないと答えた。こんなに目立つというのに、気にしたことはただの一度もないのである。花が咲いていても気付かぬのだから咲いていなければ何が生えていようとないに等しい。

牧野は喰い入るように観ている。

まあ、花は綺麗なのだが。

「牧野さん。その」

「何でしょう」

「いや、その花も良いのでしょうが、少しばかり後ろを見てくださいませんか」

「何か咲いていますかね」

咲いてはいない。

聳《そび》えているのである。

「ん——おやまあ」

異形《いぎょう》の、樓《たかどの》。

「これは何ですか」

「これが目的地——書楼《しょろう》弔堂です」

「こりゃまた何と奇態《きたい》な——もんじゃろうか。魂消《たまげ》た。気付かんかったぞね」

「ええ、普通に歩いていても気付かない人は多いようですけども——牧野さんのように花だの草だのばかり観ていたなら遣り過ごしてしまうでしょうね」

「お恥ずかしい限りですが、能《よ》くやるんじゃねえ。通り過ごしてしまいます。それにしてもこりゃあ大きなもんですなあ。何と立派な」

つい笑ってしまった。

花を見付けた時の感想と同じだったからである。

弔の簾《すだれ》を潜って戸を開ける。

采払《はたき》を手にした撓《しほる》が振り返り、おやいらっしゃいませと言った。

「高遠様のご注文の品で御座いましょうか。揃っておりますので、今——」

そこで撓は牧野に気付いた。

「そちら様は」

「ああ。ご案内をしました。ええと」

「東京帝室博物館の牧野といいます」

「牧野——牧野先生ですか」

「まあ、牧野ですが」

少少お待ちをと言って撓は二階に駆け上がった。牧野はといえば、戸を閉めるのも忘れて壁の書架を見上げている。

やがて主《あるじ》が降りて来た。

撓は階段途中で主を追い越し、小走りに奥に進むと、椅子を持って来て帳場の前に置いた。

「ど、どうぞこちらにお掛けください」

そう言ってから此方《こちら》に顔を向け、若者ははっと気付いたような顔をしてもう一脚椅子を出して来た。

「こ、甲野さんもどうぞ」

「いやいや、僕は受け取るだけだ」

「そんな。決して忘れていた訳では」

「何の」

忘れていたでしょうと軽口を叩き、牧野に先に座るよう勧めた後、戸を閉めて横に座った。

弔堂は紙で包んだ箱のようなものを手に持っていた。高遠が注文した本なのだろう。

「ようこそいらっしゃいました」

主は頭を下げる。

「甲野様、こちらがご注文の品になりますが——この頃、高遠様は中中難儀なものをご所望で御座いましてね。少しばかり苦労致しました」

「ご主人でも苦労されることがあるのですか」

当然ですよと主は笑った。

撓はその後ろで畏《かしこ》まっている。

「いや、この撓は『植物學雜誌《しょくぶつがくざっし》』の愛読者なのですよ。牧野先生」

おやおやと牧野は言った。

「植物がお好きなのですか」

撓はもごもごと口籠《くちごも》って、はい、と小声で答えた。牧野は好《い》いですねえと答えた。植物好きが良いことなのか、植物が良いという意味なのかは判別出来なかった。

「いや、この書物の数は大したものじゃが、実はですな、探書がありまして。物理の寺田さんが良い店を知っているというものですからねえ」

「寺田寅彦《とらひこ》様ですか」

立派な人だなあと牧野は言った。

「ああいう人を学究の徒というのでしょうねえ。まあ分野が違いますから、それ程親しくさせて戴いている訳ではないのですがのう。敬服することも多いき」

「慥《たし》か郷里がご一緒だとか」

「はあ。そうなんですわ。それで、此処を教えて貰ったんですがな、まあ行き方は説明出来んちゅうことで。偶然出会ったこちらの――」

甲野ですと言った。

「甲野さんに案内して貰ったのです」

「そうでしたか。お手数をお掛け致しました」

主は再び低頭した。

「それで」

本日はどのようなご本をご所望でしょうか――。

弔堂はそう言った。

牧野は満面に笑みを浮かべた。

「はいはい。実はですのう、飯沼慾斎《いいぬまよくさい》先生がお出しンなられた『草木圖說《そうもくずせつ》』草部二十巻。これ揃わんですかな」

「おや」

主は珍しく怪訝《けげん》そうな顔になった。

「難しいですかなあ」

「いえ――しかし牧野様。牧野様は『草木圖說』を『增訂草木圖說』として復刊なさるのではないのですか。来月には刊行されると聞き及んでおりますが」

その通りです、と牧野は答えた。

「しかし、能《よ》くご存じですなあ。仰る通りですわ。来月というかね、今月のうちに本になりますよ」

「それでは――」

「いや、『草木圖說』は所持しておりますよ当然。何しろ増訂したのですから。ただ、底本にしたのは明治八年に学名を補《ほ》して復刊した『新訂草木圖說』の方なのですな。ま、勿論その元である安政《あんせい》三年刊の元版『草木圖說』も持ってはおります。ただ高高《たかだか》五十年前の本だというのにね、これがそこそこ傷《いた》んでおるんじゃね」

「傷んでいる、と申しますと」

「いいや、虫が喰っておる訳ではないのですがね。退色しているようだし、どうも、紙が」

紙――か。

「ところどころ、まあ巧く言えないですがね。汚れたり破れかけたり、擦れたように薄くなっていたり――いや、普通に古い和本なんだけれども」

「文字が読めぬとか、図柄が欠けているとかいうことでしょうか」

それは平気です、と牧野は言った。

「まあ新訂の方を底本にしていますからね。こちらも、まあ出版されて三十年から経つのだけれども、新訂の方はまあ綺麗なのですよ。でねえ。元版のほうも綺麗なものが——欲しいのですよ」

「それは」

単に手持ちの本が汚いので美本が欲しい——というだけの理由では御座いませんねと弔堂は言った。

「勿論」

「なる程」

弔堂は撓に茶を淹《い》れて来るように言い付けた。

「先生の真意をお聞かせください」

弔堂はそう言って帳場に収まった。

「何故に状態の良い『草木圖說』がお要りようなのでしょう」

牧野は、上を向いた。

「ご主人。此処には沢山《たくさん》、いや無量に書物があるように思いますが、この中で一番古いものはどれでしょうかなあ」

「何ですと——」

弔堂は眉根《まゆね》を寄せた。

「僕もねえ。まあ、此処の有様に比すれば未《ま》だ大したことはないのだけれど、標本をね、沢山持っています」

標本というと草や花のですかと問うと樹木は標本にし難《にく》いですからねと牧野は答えた。

「植物は——枯れるんですよ、必ず。勿論、種は次代に繋がります。しかし凡《すべ》ての種が必ず次の世に繋がるとは限りませんね。滅ぶ種もある。変化して行くものもある。細かく、細かく種の性質や形状を見極めて、分類して、系統立てていくためには、どうしたって現物が要るのですねえ。雑に括れば草ですけども」

牧野は一度此方《こちら》を見て、笑った。

「一本一本ちゃんと名前がある。その土地の気候やら土壌の質やらに合わせて変化していますよ。みんな」

主は首肯《うなず》いた。

「でもですなあ。標本は、まあ標本なんですな。言うなれば死骸です。生きている姿ではないんじゃね。だから、絵にしてみた」

「存じております」

「絵は——好《い》いですね。出来るだけ正確に、細密にね。生前の姿を写し取る。絵の中じゃあ植物は枯れない。これはですね、僕、自分で描きましたけども、他にも描ける者は居ます。ですから、絵に封じることは出来ますよ」

「写真《フォトグラフ》などはどうなんですか」

つまらないことを尋いてしまった。

あれは、あるものをあるがままに写し取るものなのではないのか。正確というなら絵よりも正確であるように思う。

「写真もいいのですが、上手に撮れませんよ。実際に生えている姿を残すのでしたらいいのでしょうけども、葉の形、葉脈、花弁に葯《やく》、花柱《かちゅう》――そうしたものが今の技術では正確には写せませんからなあ、それに」

牧野は左手の一本指を立てた。

「僕はね」

それから右手の人差指と親指でその指を抓《つま》んだ。

「この花を描くのではない」

中指を立てて抓む。

「この花を描くのでもない。これらの、い、い、これらの花を描くんじゃゃね」

牧野は左手の五本の指を開いた。

「これらを一つの花として描く。判りますかなあ。花にも茎にも葉にも、それぞれ一つ一つ個性がありますからなあ。この世に一つとして同じものはないんじゃのう。みんな違う」

でも――と言って牧野は指を閉じた。

「同じだといえば、同じなのですよ。共通している処はある。と、いうよりも、個個は違っていても、同じ種《しゅ》であれば概《おおむ》ねは共通しておりますよ。それを精査して、種としての標準というのを見付け出さんといかん。それがその種の特性ということになるのですなあ。そこんとこを見定めないと種の特定は出来んですからな。他種との比較も出来ない。比較して、差異が見付かったとしても、特性に合致した上での逸脱であれば、そりゃただの変異種か、或《ある》いは個体の変異ちゅうことになりますし、どんなに似ていても、基本となる特性が合わなければね、それがどれ程小さな差異であっても」

新種ですと牧野は言う。

「ですからね、描くという行為はそうしたものを見定めるための行為でもあるんですねえ。写真だとそうはいかんのです。どれだけ個体を正確に写せたとしても、それだけのことですからな。特に今の技術じゃあ難しい。色も判らんですしねえ。だから、絵にするんですけども、でも——絵は一枚しかない」

「まあ、そうでしょうが」

「それでは共有出来ないでしょう。研究というのはですなあ、個人で出来るもんじゃない。何人もで為《す》るもんですからね。何処か遠方で誰かが新種を見付けたとしても、それが新種かどうか判らないのじゃ、困るでしょう。ですから僕は、石版印刷を勉強したんです」

「ご、ご自分で印刷をされたのですか」

「はい、まあ一通り勉強もしましたし、自分でも刷りましたがね、今は職人さんにお願いしていますよ。腕の良い銅版職人が居るものですからね。腕を奮《ふる》って戴いてますよ。『大日本《だいにほん》植物志《しょくぶつし》』は、東京《とうきょう》築地活版製造所《つきじかっぱんせいぞうじょ》で刷って貰っています」

「はあ」

そこは――。

標準的な明朝体活字《みんちょうたい》を作っている会社である。

「ただ、まあねえ。理屈を知らんでおっては指示も出来んですからね。無理なお願いをしても出来ないものは出来ないでしょう。自分で刷ってみて初めて解ることもありますからのう。いや、今は納得の行く仕上がりには――なっています。が」

牧野はもう一度上を見た。

そして。

「紙というのは、どのくらい保《も》つものでしょうなあ」

と、嘆くように言った。

「そういうことですか」

弔堂は腕を組んだ。

「扠《さて》、それは難問です」

「そう――ですかな」

「いや、弔堂さん。それは僕も知りたいですよ。丁度今日も、本造りに適した紙を捜すなり創るなりしなければという話し合いをして来たところで――」

興味深いですなあと牧野は言う。

「甲野さんはそういうお仕事ですか」

「いや、僕は――まあ」

雑用係のようなものでと言ってしまった。何の貢献もしていない。

弔堂は何故か苦笑し、それから顎を撫《な》でて、そうですねえ、と言った。

「此処にある書物の中で一番古いものは二百数十年前――といったところでしょうかねえ」

「二百年以上保つんですか」

環境に拠りますと弔堂は言う。

「屋外に曝《さら》しておけば何日と保ちませんよ。濡れてもいけないですし、乾き過ぎてもいけません。高温も良くないと思いますね。燃やせば一瞬で燃え尽きてしまいますし」

恐ろしいことじゃのう――と、牧野は言った。

「火事はいかん。火は駄目です。何もかもが灰燼《かいじん》に帰してしまいますからな。しかし、まあそうしたことを抜きにして、です。常温で、極《ご》く普通の部屋に置いておいたとして、その場合は二百年以上保ちますか」

弔堂は腕組みをした。

「極く普通——というのがどういう状態なのかが問題になりますでしょうね。日光というのは意外に強力なものなので御座います。陽当たりの良い部屋と暗室では、かなり違って来ることで御座いましょうね。私の経験上、インキは陽の光に当てると変質致します。種類にも拠りますでしょうが。それから紙——ですよね」

「紙です、紙。『草木圖說』と『新訂草木圖說』は、たった二十年しか違わないのに、まるで傷み具合が違うのです」

「なる程」

「ご主人の仰る通りで、僕が所持している『草木圖說』の保存の仕方が悪かったのかもしれんと思いましてね。他の本も見てみたのじゃけど、まあ似たり寄ったりだった。そうすると、怖くなりましてねえ」

「怖い、ですか」

「怖いでしょう。いいですか。折角心血注いで綺麗に印刷しても、一定の期間を過ぎると、それが消えてしまう。紙が駄目になってしまう。読むことも覧《み》ることも出来なくなってしまうのですよ」

「ああ——」

掠れず。潰れず。美しく。読み易く。

どんなに素晴らしい成果を出したところで——。

紙が保たなければ。

無意味――なのか。

「どうなんです、弔堂さん」

「そうですねえ。和紙と呼ばれる本邦の紙は――千年近く保つのではないかと私は想像しています」

「せ、千年」

「ええ。大和《やまと》時代や飛鳥《あすか》時代の紙類がどれ程残っているのか、残っていたとしてそれがどの程度の状態なのか、私は存じません。ただ奈良《なら》時代、平安《へいあん》時代であれば――勿論此処には御座いませんが、残ってはいるでしょう。仏典などはかなり古いものが御座いますし」

「お経ですか」

「ええ。大陸では、墳墓《ふんぼ》などから太古《いにしえ》の紙が出土することもあるようで御座いますからね。まあ、紙というものがいつ発明されたのか特定するのは難しかろうと思いますが、それまでは布や、革や、木片や、石や土に記していたのです。そうしたものと比するに、紙は著《いちじる》しく便利です。薄く、書き易く使い易い。しかも、作れる」

なる程。石も土も革も、作り出せるものではないのだ。あるもの、、、、、、、なのだ。

人の手で作り出せるのは布くらいであるが、布は――能《よ》くは知らないが――何かを書き記すのに向いているとは思えない。

「これは——使うでしょうね。一気に広がった。耶蘇教《やそきょう》の聖典なども、かなり古いものが残っていると聞きます」

「そうなのですか。いやいや、しかし千年とはまた——そんな永い時間になると、却って考えが及びませんが」

「いえ。それは保つだろう、というだけのことです」

「どういうことですかな」

「紙の体裁は保てていても、触れただけで崩れてしまうようなものではどうしようもありませんでしょう。変色したり腐蝕《ふしょく》したりしていても戴けない。それが果たして読める状態なのかどうかは、未知としか言いようがありませんね」

残っていないのですかと問うと、どうでしょうねえと主は首を傾げた。

「この国に紙漉きの技法が伝わったのは千数百年ばかり前のことかと思われますが——その頃のものが残っている訳ではありませんからねえ。天平《てんぴょう》くらいにはもう紙漉きの職人が居たものと思われますが、生産量は低かったでしょう。それでも質は良かったようです。唐紙《からかみ》よりも優れていたと『源氏物語《げんじものがたり》』にも書かれていますと弔堂は言った。

「そうか。その時代のものがこの明治の世でも読めているということは、まあ千年近くは保つだろう、ということでしょうなあ」

「それは違いましょうよ」

弔堂は手を翳《かざ》す。

「平安の古《むかし》に漉かれた紙が全部残っている訳では御座いませんよ。それに『源氏物語』が今も読めまするのは、写本版本が沢山残っているからに御座いますよ。原本は御座いません」

「ああ」

そうなんですかと牧野は悲しそうな顔になった。

「それに、現在生産されている、所謂《いわゆる》洋紙と呼ばれている紙類がどの程度保《も》つのかということになると、これはまた別の話で御座いますよ牧野先生」

「違いましょうかな」

「違うでしょうね。西洋では活版印刷の普及と共に紙の消費も増え、質よりも大量に作ることを目途《もくと》とした改良が加えられて来たのだと考えます。洋紙は機械で大量に作れる」

大木もそう言っていた。

「木材を材料に紙を作ろうという試みは二百年くらい前からあったようですが、製法が完成し広く使われ始めたのは、高高五十年ばかり前のことに御座いますよ。つまり洋紙と呼ばれている紙は、古いものでもそれくらい――ということです」

「五十年ですか」

「ええ。更に材料の加工法も漉き方も変わっているかと。技術は日日改良されております」

「改良されているのなら良いのではありませんか」

「より廉く、より大量に、そしてより見映《みば》え良く——そうした改良です。永く保《も》たせるという視座は、最初から欠けているかと」

「いや、より怖いことを仰いますな、ご主人は。それはもしかすると、そうしたことに特化した紙は、そんなに保《も》たぬかもしれんということですかな」

「ええ。これは単なる私個人の感触に過ぎないので御座いますが——まあ書物を取り扱って幾《いく》星霜《せいそう》、最近の洋紙は劣化が早いように感じております。それこそ、二十年三十年で襤褸襤褸《ぼろぼろ》になるものもある」

「何と」

　牧野は腰を浮かせた。

「いいえ、何もかもという訳ではありませんよ牧野先生。洋紙にも質の善し悪しはあるので御座いますから。加えて先程申し上げた通り、保存状況にも拠るでしょう。しかし、御一新前の書物の方が——劣化は少ないように思いますけれどもね」

「そうですか」

　ご所望の本は二十冊揃いでご用意出来ますよと弔堂は言う。

「しかも美品です」

「そうですか」

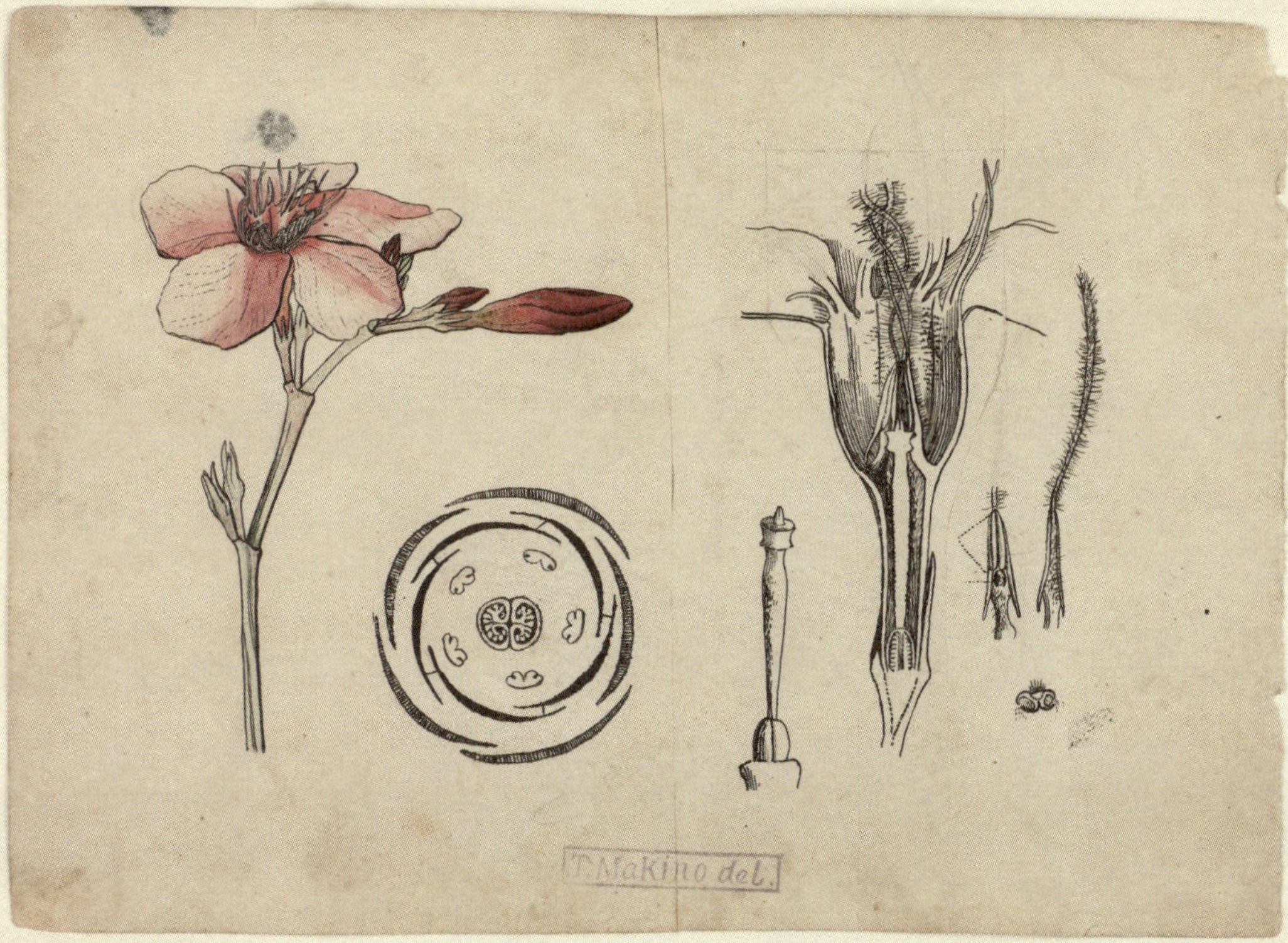

夾竹桃

明治十~~四~~五年頃、土佐高岡郡佐川町の郷里にて寫生す

牧野富太郎

「殆ど傷んでおりません。後程《のちほど》ご覧に入れましょう。安政三年の開板《かいはん》ですと——洋紙の歴史と同じ五十年ばかり前の版本ということになりますが、明治の古雑誌などとは比較にならぬ程に綺麗《きれい》で御座います」

牧野は何とも微妙な顔になった。

「それは——まあ、嬉しいことですがなあ、ご主人。それはつまり、少なくとも何十年単位で量るのであれば、必ず傷んで駄目になるということもない、ということではありますな。しかし、これまでのお話を勘案しますとね、これから先に出版するものの方は、その限りではないということになりましょうかなあ」

「繰り返しますが」

未知としか言いようが御座いませんと主は答えた。

「そうですなあ。いや、元本も新訂も和書だったのですが、今度出す増訂は、洋装の仕立てなのです。紙も十分に吟味したのですけどもね——絵柄の再現にこそ気は遣いましたが、耐久性に関してはねえ。はて、どうだろう」

牧野は悩ましげに首を捻《ひね》り、眼鏡を直した。

「出版というのは、広く世に知らしめるためであり、また永く世に残すためにするものなのでしょうなあ」

「そう心得ます」

「しかしですぞ、ご主人。和紙に丁寧に摺ったとしてですね、それはまあ綺麗に印刷も出来るのでしょうし、千年でも保つのかもしれない。でも、それでは大した部数は摺れないのでしょうな。一方で、最近の洋紙を使えば、大量に、しかもそれなりに綺麗に刷れるのだろうけれども、例えばそれが五十年しか保たぬ紙であれば――ですよ。五十年後には読めなくなってしまう、ということになりましょうなあ」

「そうなるかもしれない、というだけです。これも私個人の感覚でしかありませんが、劣悪な紙さえ選ばなければ、百年以上は保つのではないかと」

それでも百年ですか、と牧野は言った。

「実はですな、ご主人。『草木圖説』には刊行されていない続きがあるのですよ」

「ほう」

今度は弔堂が眼を円くした。

「飯沼先生は四十年以上も前にお亡くなりになっておりますが、その数年後、明治五年にですね、文部省の博物局が要請しまして、飯沼先生のご遺族にご遺稿を献納させておるのです」

「そうでしたか」

「ええ。その三年後に『新訂』が刊行された。それも、その献納があったお蔭なのですな。それで、実は『草木圖説』は、その名の通り、草部だけではなくて、木部もあったのですな。遺稿が残っていたのです」

「そう――でしたか」

弔堂は更に表情を変えた。

「それはまた、素晴らしい発見では御座いませぬか」

「ええ。『新訂』が刊行された機に、続けて出版する予定もあったらしいが、どうも頓挫《とんざ》してしまったようですなあ。この度《たび》の『増訂』は刊行されている草部二十冊を五冊ずつ洋装にして出すつもりでおるのですが、出来ればその木部も出したいところです。まあ、そちらは未《ま》だ詳細も不明で、これから精査せねばならんのですけれどもね」

「それは、是非とも実現して戴きたいもので御座いますが――」

時間が掛かりますよと牧野は言った。

「適当には出来ませんきに。一冊纏めるのに何年か掛かります。五冊ずつ合本《がっぽん》といっても全部で四冊、何年掛かるか判りませんなあ。木部が出せるとして、その後ですよ。一体何年掛かることやら」

もし、と牧野は言う。

「もし五十年掛かったとして、です。僕はもう四十五だから、五十年後は生きておらんでしょうが、もし五十年掛かって完結したとしたら、です。その時既に今月出る予定の最初の一冊は読めなくなっている可能性がある、ということになるでしょう」

それは厭だなあと言って、牧野は顔を顰《しか》めた。

「飯沼先生の『草木圖說』は、本草《ほんぞう》を基本に、分類学の父である大リンネの分類法を本邦で初めて取り入れた植物図鑑ですき、これは画期的なものですよ。生前に全巻開板されなかったことが残念でなりませんな。後続の者としては、何としてでも世に出したい。挿画も美しいのですよ。しかしねえ――」

あれだけ上機嫌だった牧野が、迚《とて》も哀しそうな顔になった。

永遠に残すことは不可能なのですかねえ、と牧野は言った。

「まあ諸行《しょぎょう》は無常《むじょう》という理《ことわり》とは解りますがの。凡百《あらゆる》ものは常ならむとしてですね、それでもねえ。人は死ぬが、この世は続きますでしょう。個は滅びるが、種は続く。時代を超えて永世に何かを残し伝える術《すべ》というのは、ないもんですかなあ。無理ですか。不可能ですかな」

「不可能ではありません」

弔堂はそう答えた。

「扠《さて》、それは――どういう」

「仰せの通り、人は必ず死ぬ。いいえ、生き物は必ず死にます。植物も枯れるでしょう。人の寿命は――高高数十年。百年も生きる人はそう居ません」

「まあ――そうですがな」

「しかし我我人は、もう何千年と生を繋いでおりましょう。仰せの通り、個は滅しても種は続くのです。それと同じことに御座いますよ、牧野先生」

牧野は先程とは反対側に首を傾げた。

「申し訳ないです。僕には少少理解し難《がた》い喩《たと》えのように思いますが」

弔堂は笑った。

「紙が既にあったとしても、印刷が出来なかった時代、印刷が出来ても一般的でなかった時代は長くあったので御座います。そうした時代、書物は凡て、筆写したもので御座いますよ。一文字一文字書き写したのです」

「そうでしょうな」

「紙が劣化してしまう程に古い時代の文献も、または直《す》ぐに駄目になってしまうような質の悪い紙に書かれた文献も、とてつもなく酷《ひど》い環境にあった文書も、どれも皆、書き写されることに依って、今に残っているので御座います」

「そうなのでしょうが――」

「ええ。複製されるのです。まるで、生き物が種を次代に継ぐように――です」

「おお」

「この店にある書物の凡《およ》そ三割は手書きの筆写本なので御座いますよ。それ以外に複製する術《すべ》がなかったからです。それが、印刷という素晴らしい技術が生まれたことに拠って、同じものが一度に沢山作れるようになった。一つしかなかったものが十、百、千と増えた。それだけ先に残る可能性は増えました。千部摺って九百九十九滅んでも、一つは残る」

「まあ、それもそうなのですが」

「しかし、木版というのは、そう大量に摺れるものでもない。版木が擦り切れる程に摺って何枚摺れるものなのかは存じませんが、旧幕時代の版本の部数などは高が知れております。桁が一つ二つ違う。ところが現在は、更にその百倍、千倍、万倍の数が刷れるようになっておりましょうね。現在の新聞の部数も私は存じ上げませんが、全国に行き渡らせようとしているのですから、それは大量に刷るので御座いましょうな」

「母数が増えると、残る数も増えるという理屈ですか」

そう問うと、主人はそれだけではありませんと答えた。

「木版は磨り減りますし、そう長く保つものでもないのでしょう。しかし、例えば銅版は木版よりもずっと丈夫ですよ。そして、活字は」

そこで主人は此方《こちら》に視軸を投じた。

「活字は、一度ばらしてしまっても、同じように組みさえすれば同じものが刷れるので御座いますよ。木版は磨り減ればもう一度一から彫らねばなりませんし、それはどれだけ原本に寄せようとも矢張り別物。しかし活字の場合は同じに出来ます。いいですか。これから造られる書物は、出版から時が経っていようとも」

増し刷りが出来るのですよ。

「増し刷りですか」

「もし紙が五十年しか保たないのだとしても、です。そうであるなら、また刷ればいいのですよ。大事なものなら何度でも刷れば良い。勿論、この先もっと長持ちする良い紙が作られるようになるのかもしれませんし、今の紙だってもっと保つものなのかもしれないのですがね。ですから」

ご心配は要りませんと弔堂は言った。

「ただ一つ、心配なのは、やがて出版に携わる者が功利に走るような時代が訪れるかもしれない――ということです。そうなったなら、売れ行きの悪い書籍の版は廃棄され、二度と活字も組まないなどという時代が――やって来るやもしれません。私にはその方が恐ろしい」

弔堂は壁面の本を観る。

「碑《いしぶみ》に彫られた文字は、それこそ何千年と保つことでしょう。とはいえ、それもいずれは風化し、摩滅《まめつ》し、割れて崩れてなくなりましょう。仰せの通り、諸行は無常、永久に形を留めるものなど、この世には御座いません。しかし、書物だけは別。この墓石は古くなれば建て替えることが出来るのです。書物は人が生きている限り、永世、受け継がれるのです」

それが文化というもので御座いましょうと弔堂は結んだ。

「扠《さて》、『草木圖説』二十冊揃いで御座いますが――如何《いかが》致しましょうや」

「綺麗なのでしょう。戴きますよ」

牧野は再び上機嫌になり、そう言った。

改めて言うまでもなく、彼は本邦植物学の父、牧野富太郎《とみたろう》である。

牧野富太郎は生涯を懸けて全国各地を隈なく廻り、新種の植物を多数発見した人である。その功績は、簡潔に要約出来るようなものではないだろう。牧野が命名した植物は千五百種を優に超えるという。のみならず牧野が蒐集《しゅうしゅう》した莫大な標本と詳細な観察記録は、植物分類学の発展に大いに寄与したのであった。

件《くだん》の『増訂草木圖說』全四巻が完結したのは六年後の大正二年のことであった。

しかし牧野は、残念乍《なが》ら刊行されていなかったその続刊を世に出すことは叶わなかったようなのであるが、その意志は後続へと引き継がれ――。

いや。

それもまた、本の中に記されていることでしょう。

探書廿参

黎明《れいめい》

どうも、気分が優《すぐ》れないのである。

外気はそこそこ冷えて来ている。古着屋で廉《やす》い外套《がいとう》を買ったものの、どうにも冷える。子供の頃から寒いのは嫌いなのである。幸い、東京は信州《しんしゅう》よりもずっと雪が少ない。雪がないことは好ましいけれど、反面どうにも建物が心細い。

下宿の部屋は正直、寒いのだった。外よりはましというだけで、まるで暖かくはない。仕事から戻ると深深《しんしん》と冷えている。火鉢に火を入れてみたところで簡単に暖まるものでもない。勿論《もちろん》、暖かいことは暖かいのだが、部屋全体が暖まる訳《わけ》ではないのである。それに、窓を開ければ一気に部屋は冷気に満たされる。

とはいうものの、換気をしない訳にはいかぬ。

幾《いく》ら隙間風が横行する安普請と雖《いえど》も、締め切った部屋で炭を熾《おこ》すのは具合が悪かろう。

十一月でこの有り様なのだから、師走《しわす》になればもっと寒いだろう。そうしてみると、これで年が越せるのかどうか心配になる。

外套を羽織ったまま火鉢に当たっていると、甲野《こうの》君居《お》るかなという声が聞こえた。

肩越しに見ると尾形《おがた》が立っている。

「寒いから這入《はい》って襖《ふすま》を閉めてくれないかね」

寒いかなあなどと言い乍《なが》ら尾形はのっそりと入室し、火鉢を挟んで向かいに座った。

「信濃《しなの》という処は、東京なんぞよりもずっと寒い土地なのではないのかね」

「どれだけ気候が違っていようと、寒く感じるのだから仕方がない。寒いものは寒いのだ。奥《おう》州《しゅう》育ちだからといって寒さに強いとは限るまい。豪雪地で育ったからといって雪中で何刻も過ごせるような者は居《い》なかろうよ。同じことさ。僕は気温の低いのを好まないのだ」

理屈が通っておるのかおらぬのか判らぬなあと尾形は真顔で言った。

「どのような環境も、必ずしもその環境に対する耐性を育《はぐく》む訳ではないということかな」

何であっても人それぞれということですよと答えた。

「君は寒いと思わないのか。石見《いわみ》の人は皆そうなのかい。取り分け寒冷な気候という印象はないけれど」

「そんな訳はなかろう」

普通だ普通と尾形は言った。

「あのなあ甲野君。誰だって自分が暮らしている処は普通だと思うておるだろうさ。他と比べぬ限り、違いは判らんし違いが判らなきゃ変だとも思うまい」

「それはそうだろうが――」

「魚《うお》はな、甲野君。己《おのれ》が水中に居《お》るとは思っておらんよ。水の中で生まれて、水の中で死ぬのだ。人も同じさ。ただなあ」

尾形は紙巻きを咥《くわ》えた。

透《す》かさず煙草盆《たばこぼん》を差し出し、少しだけ躊躇《ためら》ったが、窓も開けた。

未《ま》だまるで暖まっていないのだから同じことである。

「喫煙は迷惑かね」

「まるで構わないよ。寒いのが嫌いだというだけのことさ。それよりも、ただ何だというのかな。気になるよ」

「まあな。あのな、甲野君。世の中はまあ広くてだな、この狭い日本も、広いといえば広いのだ。隣町に行くような気軽さで国中を廻るのは、まあ無理だな」

この友人は何を言い出すのか。

一向《いっこう》に真意が汲めぬ。

「で――だな。まあ君の居た村と、隣村は大きく違っていたかね」

「いや、質問の趣旨が全く解らん。まあ、違うというなら違うさ。でもまあ、大きく違うようなことはないよ。何といっても小さな村同士、村境に住んでる者は隣村というよりもただの隣だからね。気候だって同じだ」

「そうだろう。村境を越えた途端《とたん》に雪が積もってるなんてことはないのだ。行政の区分というのは天然の理《ことわり》に則して引かれたものではないのだからな。ありゃ人の都合で線引きしておるだけだ。山の一つも越えればそういうことも多少はあるかもしれんけれども、まあ隣村だけ梅雨《つゆ》が明けてるなんてえことは、先《ま》ずなかろう」

「ないだろうさ。それがどうした」

「だが離れていれば別だな。蝦夷地《えぞち》はもう雪が降っておるかもしらんね」

「まあ信州だって初雪が早い年はありますよ。山の方ならもう降っているかもしれない。村は狭いが、信濃の国自体は広いからね」

そうだろうと尾形は言う。

「離れていれば離れている程、環境は変わるのだ。同じように、そこで醸成《じょうせい》された習俗も変わるのだな」

「そりゃ道理だが」

「まあ、その昔は今のように鉄道なんかなかったから、遠くに行くのは大変だったのだ。つまり余所《よそ》と比べる機会が少なかったのだ。だからまあ、何であれ異なっていると驚く。自分達が普通だと思っている訳だから、まあ異なっている方が異常だと、そう思うだろう」

「ああ。まあ」

そうかもしれない。

「しかし、だ。出先でどれだけ変だ異常だと主張したところで、其処《そこ》ではそれが普通なのだから、こりゃまあ四面楚歌《しめんそか》になるだけのことだな。一方で、地元に戻ってから言えば、まあ其奴《そやつ》等《ら》は異常だろうということになる。互いに疎通がない」

「ないかい」

ないというよりなかっただろうと尾形は言う。

「君んとこには巡回してこなかったかもしれんがね、あの見世物小屋という奴はだな、陸奥《みちのく》で獲れた大鼬《おおいたち》だの、肥後《ひご》で生まれた熊女だのと、妙なものの産地は大抵《たいてい》中央から離れた遠隔の地なんだよ。ありゃ確かめようがないからさ」

「嘘なのかい」

「そもそも一から十まで嘘なんだがな。隣村で生まれた蛇女じゃ直《す》ぐに嘘と知れてしまうだろう。誰も見ないよ。瓦版《かわらばん》なんかでも、妙な怪物が獲れたとか化け物が出たとかいうのは、大概《たいがい》僻処《へきしょ》だったそうだ。瓦版なんぞは江戸か大阪辺《おおさかあた》りで摺ったんだろうからな。当然、そこを中心に読まれるのだろうさ。そんなものいちいち確かめに行く酔狂《すいきょう》者《もの》は居《お》らん。書き放題さ」

「いや」

地元の者には判ってしまうのじゃないかと言った。

「だから、そんな遠方には届かんのだ瓦版なんてものは。届いたとしたって時間が掛かるだろうさ。地元の者が読む頃にはもう昔の話さ」

「なる程」

今は違うぞと尾形は言う。

「昔の小新聞《こしんぶん》でもあるまいに、下世話な新聞記事なんぞを眺《なが》めてみるに、今でも幽霊が出たの大蛇《おろち》が出たのという胡乱《うろん》な報告が載っているけどもね、あれだって、まあ嘘だろう」

「いや、下世話だろうが何だろうが新聞は新聞だ。流石《さすが》に出鱈目《でたらめ》は書かないだろう」

出鱈目だったんだと尾形は言った。

「昔と違ってね、今日日《きょうび》新聞というのはな、ほぼ一斉に、ほぼ全国津津浦浦《つづうらうら》に行き渡るのだよ甲野君。現地に届かなくとも近くには届く。近所だったら、読めば判るさ。そんな山はないとかそんな家はないとか、幽霊のゆの字も聞いたことがないとか――」

「なかったのかね」

そうなのだと尾形は言った。

「村を揺るがす幽霊騒動とかいう記事のね、その町というのがこの間死んだ吾輩《わがはい》の大伯父が禰宜《ねぎ》を務めていた神社がある村さ。こりゃ大変だろうと葉書で問い質《ただ》してみたら露《つゆ》程も知らんという返事が来た。近隣でも聞かぬ話だという。全部捏造《ねつぞう》だったのだな。まあ、それは極端な例で、まる切り嘘の記事というのも少ないとは思うがね。まともに取材をしていないことだけは明白だな。誇張もあれば誤認もある。地元民にしてみれば噴飯物《ふんぱんもの》だったりもするのだな。流石《さすが》に現在じゃ、そういういい加減な記事など、直《す》ぐにお里が知れるのだがね」

それなのに書く者も居るし読んで喜ぶ者も居るのだと尾形は言う。

「真実かどうかなど、もう関係ないのだろうなあ。兎《と》に角《かく》自分と違うものを見《み》付けて、まあ見下《くだ》したり持ち上げたりしたいのかもしれないな」

そんなものかなあと答える。

「まあ、そうなのだろう。貴君の言うように、まあどんなもんでも、実のところは人それぞれなのだろうさ。十人十色と謂《い》うからな。しかし環境というのは、それでもそこそこ人を縛るものでもあるぞ」

「そうかもしれないがなあ、尾形君。僕は東京に出て来て未《ま》だ日が浅いが、そんなに大きな違いを感じておらんのだがなあ。ま、僕が鈍感なだけなのかもしれないが」

そりゃあんまり変わりがないからだと尾形は言った。

「信濃と関東は、まあ気候風土も、喰いものも気質も、違うと言えば大いに違うものなのだろうがな、それでいてそう大きく違っていないのだ。先《ま》ず、言葉が余り変わらんだろう」

「どうかなあ」

「石見は遠いし、言葉も違うがね。それでもそんなに疎外感は持たなかったけれどもね」

「僕は」

上京するまでは懸念《けねん》しかなかった。

こんな田舎者の言葉が通じるのか。

都会の人は洒落《しゃれ》た言葉を使うのだろうし、立ち居振る舞いも粋《いき》なものなのだろうと思っていた。それ以前に、都会の人は皆賢いのだろうと思い込んでいたようにも思う。

伯父に東京は怖い処だから呉呉《くれぐれ》も気を付けなければならぬと、散散威《おど》された所為《せい》もあるのだろうとは思うが、それだけではない。根拠のない劣等感は持って生まれたものであるような気もする。

「思い込みなのだろうが、駅に降りた時は周りの人が何を喋《しゃべ》っているのかまるで判らなかったよ。雑踏の中で立ち竦《すく》んでしまったものさ」

猿の群れに飛び込んだようなものだったかねと尾形が言うので、猿は此方《こちら》だと答えた。

「人の群れの中の猿だよ」

君のそういうところは筋金入りだなあと言って尾形は笑う。

「で、どうだった」

「どうもこうもない。まあ当然、ちゃんと聞けば判ったさ。でも、今度はもしかしたら自分の言葉が通じないのではないかと怖くなって、暫《しばら》くはちゃんと口が利けなかった」

君らしいなあと尾形は言う。

尾形は何故《なぜ》か両手を広げた。

「いかい」

「何だって」

「判るまい。いかいというのは、吾輩の郷里辺りでは大きい、でかいという意味だな」

「そうなのかい」

「これはこっちじゃ通じない。方言というのは時に通じないものだね。名詞も動詞も、形容詞なんかも独特だったりするから。吾輩は御存じの通り仏蘭西《フランス》語の翻訳を生業《なりわい》としておるんだがね、邦訳に当たって困るのは、それが通じるのかどうか迷う単語があるということでね。どの程度汎用性《はんようせい》のある言葉なのか、能《よ》く判らんのがある」

「ああ、なる程」

それは常に考えることだ。

「僕もね、この下宿を借りる際に、下の茶の間の襖はこもっつるしでいいのかと聞いて恥をかいた」

「ううむ」

それは判らんと尾形は言った。

「開け放し、ということですよ」

「そうか。まあ、そうなんだよ。文語は良いのだがね。言文一致の流行以降、そこんところが頭を悩ませる。ここ十数年偉い学者が標準語なるものを定めようと吟味し続けているがね、どうかなあ」

「どうかというのは」

「まあねえ。東京の言葉を元にしようとしているようだが、大昔、都は京《きょう》だの奈良《なら》だのにあった訳だろう。つまり、京の言葉が本来だという意見もあるようだ。それに古語というのもある訳でね。古語の凡《すべ》てがもう使われていないのかといえば、それは否《いな》な訳だな。意外に残っている。方言だと思っていたら古語だったなんてこともあるのだ」

「書く方も大変だなあ」

大変なのだと尾形は言って、煙草を揉み消すと、ふうと煙を吐《は》いてから立ち上がって窓を閉めた。

「気にせんで良いよ」

「いや、吾輩も少し寒い」

尾形は座り直し、火鉢に手を翳《かざ》した。

「そもそもだな、甲野君。標準という考え方がなあ」

「いかんか」

「いけなくはない。基準のようなものは要《い》ると思うよ。特に異国に向けて体裁を整えておくことは必要なんだろうと思うがね。結局、多種多様な言葉から選び取る――ということだろう」

「それは仕方がないでしょうよ」

「仕方がないんだが、選び取るということはだな、一方で切り捨てるということでもあるのだよ。いいかい、いい、は確実に捨てられる。君の、その」

「こもっつるしか」

「そのつるしも捨てられる。通じないのだから已《や》むを得ないが、そうなるとそれが通じている地域が変だ、間違ってると思われるようになりやせんかね」

「なるかもしれないなあ」

何ともなあと尾形は腕を組む。

「世話になっている出版会社に津軽《つがる》出身の男が居てね」

「津軽といえば東北だね」

「うんと北、本州の北端だ。その男は経理課なんだが、これがまあ、無口だ。最初は口が利けないのかと思ったぐらいに何も喋らんのだな。しかし聞けば、訛《なま》りが酷《ひど》いからだという」

「僕と同じだな」

「いや、だから君は訛っていないじゃないか。いるのかもしれないが、精精《せいぜい》がところ抑揚が少し異なっておるとか、発音が違うとか、その程度だろう。まあ——しかしだな、津軽弁というのは、慥《たし》かに判らんのだ。どうも、まるで仏蘭西語を聞いているような具合でね」

「そんなに違うのかい」

「いや、違いやしないんだ。ただ、聞き取りが出来んだけだ。判らん言葉ばかりがあるのではなくて、聞きとれない。しかし文章に記せば何のこともない、判る」

文法は一緒だと尾形は言う。

「東北弁やら九州弁やらは、まあ判り難《にく》いよ。上方《かみがた》言葉というのも、あれはまた随分と違うんだけれども、いずれも文法は同じなのだな。単語やら表現やらには判らんものも多くあるのだが、訛りというところに絞り込むならな、能《よ》く聞けば理解出来るものだ」

「そうかな。まあそうかもしれない」

「そうなのだよ。間違っちゃいないし変でもないのだ。津軽ではそれで通じるのだし、津軽に行けば吾輩の話す言葉の方が妙なものに聞こえることだろうよ。いや、理解されぬのかもしれんよ」

「郷に入らば郷に従えと謂うしなあ」

そういうことだなあと尾形は言う。

「ま、君がさっき言った通り、人は皆違うからね。当然、人それぞれではあるんだが、そうだとしても環境に左右されることというのは多い訳だよ。言葉なんかは最たる例だろう。それに寒冷地と温暖な場所じゃあ、自《おの》ずと暮らし振りが違うだろうさ。言葉のみならず、色色と違うであろうよ。習わしも違えば喰いものも違うのだ。人それぞれとはいうものの、少なからず影響はあるさ」

「そうかもしれないけどもね。信州は山ばかりだが、寒冷地という程に寒くはないだろう。ただ、まあ——田舎だというだけだ」

またそれを言う、と尾形は顔を顰《しか》めた。

「君はそうやって、ことあるごとに田舎者と自己を卑下《ひげ》するがね、都が京にあった頃はこの辺は坂東《ばんどう》の辺境、大田舎だろう。いいや、縦《よし》んば信州が都になったりしたならば、東京も京都も田舎だよ」

中心を何処《どこ》に定めるかで何処が辺境になるかは決まるのだと尾形は言う。

「今、政治の中心は東京だがね、生活の中心は常に――」

自分だよと言って尾形は胸を叩いた。

「自分、なのか」

「だから何処で暮らしていようと、君のように卑下することなんざないのだ」

「まあ、それは解らんでもないよ」

いつだったか、鶴田《つるた》の店の持ち主であるという老人にも言われた。以来、余り田舎者だということを弁明に用いぬよう心掛けてはいるのだが、根が卑屈に出来ている所為か癖になっているのか、中中抜けない。

「みんな普通で、普通でない処などはないということだな。ただ、まあ距離が離れればその普通が徐徐に変わって行くものなのだろうな。甲州《こうしゅう》だの信州だのは、まあ関東に近いのだ。だから差異も小さい。総州《そうしゅう》も常　州《じょうしゅう》もまあ関東だが言葉は違うよ。でも判らんことはない」

「まあ、多少田舎訛りだというだけなんだろうがね」

東京弁だって訛りのうちだと尾形は言う。

「何度も言うがね。吾輩の郷里では大きいというのはいかいが普通だ。君の郷里では開け放しはその、何とかつるしなんだろう。それは別に、間違っている訳でも変な訳でもないのだ。そうだろうに」

「まあ、違うというだけだね」

「そうさ。ただな、離れれば離れる程に違いは大きくなるのだな。極端に遠いとな、まあ、言葉自体判り難《にく》くなるくらいだからな。お互いに奇異に感じてしまうものだろう。そうは言ってもどちらが正しいとか間違ってるとか、優れている劣っているという話じゃあないがな」

「いや解った」

殊更《ことさら》田舎者と主張するのは、その土地の諸々《もろもろ》を貶《おと》めることにもなり兼ねないということなのか。

「お国自慢というのは、まあ悪いとも思わんが、己の国を上げるために相手を下げるようなことを宣《のたま》うのは喧嘩《けんか》の胤《たね》にしかならん。そんなのは自慢ではない。同じようにな、己の国を下げるのもどうかと思うよ甲野君。吾輩の郷里だとて大概田舎だしね、吾輩は郷里が正直嫌いなんだが、それは吾輩自身の在り方とは関係ない。吾輩が故郷を嫌うのは悪いところが沢山《たくさん》あるからだがね、その悪いところも含めて、郷里が吾輩を育んだことは間違いないからな。だから駄目なものは駄目と言うけれども——」

吾輩は郷里を貶めるようなことは言わんのだと尾形は言った。

慥《たし》かに尾形は明らかに郷里を嫌っているようなのだが、あからさまな悪口はあまり言わぬように思う。

「ま、そこそこ広いといってもこの国は狭いものだよ。藩だの県だので区切って比べてみてもな、意味はないさ」

「ないかね」

「ないな。吾輩はな、翻訳が生業《なりわい》だ。仏蘭西語は学んでおるが、他の国の言葉は学んでおらんのだ。だがね、仏蘭西語と、英語や独逸《ドイツ》語なんぞというのは、まあ違うと言えば大いに違うのだが、それでも近しいものなのさ。綴《つづ》りや発音は違うが、まあ解らんこともない」

「そうなのかい。まあ」

知らないのだが。

「細かいところは違うのだが、言葉としちゃ従兄弟《いとこ》のようなものだろうなあ。しかし、日本語と仏蘭西語はまるで違うのだ。赤の他人だよ。欧羅巴《ヨーロッパ》は、まあ地図で見ても固まっておるからな。どこも隣国のようなものだろう。元になる言葉が発祥したのが何処なのか、或《あ》るいは一斉に出来たのか、そんなこと吾輩は知らんが、俯瞰《ふかん》して見るならば、だ。同じような言葉が、まあ地域によって少しずつ変わっているということなんだろうな。露西亜《ロシア》語のことなんぞはまるで判らぬのだが、地続きではあるからなあ。似ているのかもしれんな」

何を聞いても区別は付かない。凡《すべ》てただの異国語だ。

「僕には露西亜語も独逸語も、皆同じように聞こえますがねえ。まあ聞いたこと自体がないのだけれどね。それじゃあ、日本語だけが違っているというのかい」

それはないと尾形は言う。

「思った以上に世界は広いのだ。大陸は一つじゃあない。それに、地続きであっても、亜細亜《アジア》やら回回教《フイフイきょう》圏はまた別なのだろうと思うがね」

何処が何処やら颯然《さっぱり》判らないよと答えた。

知らないのである。無知なのだ。

「吾輩も詳しくは知らんよ。外遊したことなんぞないからな。全部机上《きじょう》の空論だよ。いずれにしても、仏蘭西語とこの国の言葉はまるで文法が違うのだ。この国は四方が海だからな。近いとはいえ隣国とも海を隔てておる。文字なんかは唐国《からくに》からの借り物なんだろうが、文法は独特だ。その文法の方も、標準語と同じく偉い学者が色色と決まりごとを定めているようだが、まあ外から見ればかなり変梃《へんてこ》なもんだろうと思うね」

「変梃なのかい」

「訳してみりゃ判るが、語順から単語から皆違うからなあ」

「朝鮮語《ちょうせんご》はどうなのだい。一番近い隣国じゃないか」

知らないなと尾形は即答した。

「吾輩は仏文専門なのだ。ただ支那《チャイナ》辺りの言葉は、文法で言えば英語に近しいらしいな」

そうなのかと問うとだから専門外だと言われた。

専門外というのなら此方《こちら》の方が明らかに専門外なのであるから、出鱈目を言われたとしても判る訳もないのであるが。

「まあ、そういう細かいことは良いのだ甲野君。いずれ、初対面でも白耳義人《ベルギー》と仏蘭西人は会話出来るが、日本人とは無理だ。互いに変梃な言葉だと首を傾《かし》げる一方だろう」

「そう――だろうなあ」

つまり、だと尾形は胸を張った。

「中央の常識が正しくて辺境の習俗が間違っているとか、東京が優れていて田舎が劣っているとかいう考え方は、能《よ》く解らんから外国は劣っておるという考え方と、構造としては変わらんということなのだよ。そんな訳ないじゃあないか」

「いやいや――そんな訳はないさ。僕は一度として異国がこの国より劣っているなどと思ったことはないよ。皆そうなのじゃないのかい」

「自国が劣等だと思うのも同じことだろうよ。そりゃ、君が田舎者だと卑下するのと変わらんことだよ。上も下もないさ。そりゃあどこの国だって良いところも悪いところもあるのだろうが、それで普通だ。何処も普通なのだ。いいや」

普通なんぞないのだ。

「ああ、そうか」

「そうやって比べて競うから戦争なんぞをするのだよ。列強に追い付け追い越せだの脱亜入欧だの、どうでも良いと思うがなあ。親和的なら交流をすれば良いのだし、相容れないなら放っておけばいいじゃないか」

「そうも行かないのかな」

「さあなあ。まあ、鎖国時代に異国《とつくに》のことは判らんだろうさ。だから普通は自分たちだけだと思っておったんだ、この国はな。だから、異国人は野蛮だ、下等だと考えていたのだろうよ」

「そうなのか」

「瓦解《がかい》前に描かれた異人の浮世絵なんざまるで化け物だからな。当人が覧《み》たら怒るだろう。西洋人の描いた日本人も同じようなものだろうけどなあ。外から見れば我我は未開の蛮族に過ぎんのだ。ただ、まあ互いに知らなかったからな。だから大きな諍《いさか》いは起きなかったのだ」

「戦争はしたじゃないか」

知ってしまったからだろと尾形は言う。

「ずっと自分達だけが普通で、他が異常なのだと思っていたところ、蓋を開けてみたら違っていた訳だよ。黒船がやって来たりして、技術力も国力も向こうの方が上なんじゃないかと気付いた、だからまあ、小莫迦《こばか》にする絵なんかを描いて誤魔化《ごまか》していた訳さ。でも誤魔化し切れなくなったんだろう」

「小莫迦にされて先方が怒ったのかな」

「いやいや、別に、酷《ひど》く謂われたり描かれたりしたから肚《はら》を立てるなんてことはないのさ。考えてもみ賜《たま》え。日本人が描いた南蛮人の絵を、彼《か》の国の人が目にするなんてことはなかった訳でね。こっちも同じことだ」

じゃあ何だいと問うた。

「相手が強そうに見えるから、単に見返してやりたくなったのじゃないかね。能《よ》くは知らんがね。まあ、そうした偏見や差別の感情というのは根底にあるのだろうと思うが、見下《みくだ》すことはあっても、見下されたと怒るようなことは――過去には然《そ》うなかったのだよ」

「何故だね」

「だから知りようがないからだ」

知らなきゃ肚も立たないだろうと尾形は言った。

「国を閉ざしていたんだからな。相手のことは大した根拠もなく見下している癖に、自分が相手に見下されているということには思い至らんのだ。何故思い至らんかといえば、知りようがないからであるな」

「そうだろうなあ」

「そうさ。それでいて、互いに自分が普通だこっちが基準だと思っておるのだからな。相手のことが判らなければ揉めようもなかろうさ。でもな、今は違うからなあ」

「違う――のだろうな」

亜米利加《アメリカ》の何処だかの美術館には山のように浮世絵があるのだと岡倉天心《おかくらてんしん》が言っていた。それが現実なのであるから、その気になりさえすればどんなことでも簡単に知ることが出来てしまうのかもしれない。陰口も軽口も聞こえてしまうのだろう。

何しろ人も、物も、大量に行き来しているのである。そうでなければ異国で戦争など出来はしないだろう。僅《わず》かな間に二度もしているのだ、この国は。戦争を。

瓦解前とは違うのだろう。

国内も一緒だと尾形は言った。

「以前とは違ってるな」

「国の中もかい」

慥《たし》かに様様な局面で変わってはいるのである。

だが、こと国内に目を向けてみると、どうなのだろう。御一新《ごいっしん》の頃のことなど識《し》りはしないが、少なくとも郷里の村は二十数年全く同じだ。多少なりとも違っているようにも思わないでもないけれど、そう変わっていないようにも思う。景色も、暮らしも、人も、十年一日の如く凪いでいるように感じていたのだが。

しかし尾形は大いに違うと言った。

「だってな。知れるだろう」

「交通の利便性が高くなったからということかね」

「それもそうだな。全く馴染《なじ》みのない土地であっても、昔の何倍も早く行けるからなあ。のみならず、だ。甲野君。実際にその土地に行かずとも情報《インフォルメーション》だけがほいほいと届く訳だよ。実際見聞もしていないのに彼処《あそこ》は変だ彼処はおかしいという。で、その悪口も届くのだ」

届く――のだろう。海の向こうにも届くのだ。

「言ったじゃないか。適当な新聞のいい加減な記事など、一瞬のうちに嘘だと知れてしまうのだ。御一新の前とは違うさ。言いっ放し書きっ放しには出来ないんだよ。悪口も届かなきゃそれまでだろうが、届きゃ喧嘩にもなるだろ」

「まあ――そうだなあ」

「だから君だって田舎者を恥じるし津軽の男は口を噤《つぐ》むようなことになる。それもこれも、東京のことをそれなりに識《し》っていたからこそ、そんな態度を取ることになるのだろうに」

「いや」

まあ、そうなのか。

「出版会社の津軽の男はね、別に世間が広い訳じゃあない。縁故採用でね、上京して直《す》ぐに勤めているのさ。でも、最初から口を利かなかったらしい。自分の言葉が違うこと、それが恥ずかしいことだと思い込んでいたのだ。一度も上京したことなどなかったというのにさ。言葉を莫迦にされた訳でもないんだ」

口を利かんのだからと尾形は言う。

「君だってそうなのじゃないか。上京する前から構えていただろう。つまりこの帝都がどんな処か、それなりに識っていたのではないのかな」

「そうだなあ」

身の回りに東京のことを知っている者など居なかった筈《はず》だ。物見遊山《ものみゆさん》程度の旅行をした者なら幾人か居たと思うが、その程度では知っているとはいい難《がた》いのだろうし、実際具体的なことは何一つ聞いていない。僅かばかり東京暮らしをした伯父が怖い怖いと言ってくれただけであり、それを聞かされた時点で――。

もう某《なにがし》かの東京観というか、都会の印象は醸成されていたように思う。

「慥《たし》かに、一度も来たことがないというのに思い込みのようなものはあったように思うねえ」

そうだろうと尾形は見透かしたように言った。

「君は、その何とかつるしという言葉をうっかり口にしてしまった訳だな」

「まあ、うっかりというか、それが通じない言葉、方言だと思っていなかったのだね」

「つまり、君は、それ以外の、方言方言した方言は、極力使わないようにしていた――ということなんじゃないか。信州独自の言葉はもっと沢山、幾らでもあるだろう」

「それは――」

いや、尾形の言う通りだ。山出しの鄙人《ひなびと》だということを気取《けど》られないよう一挙手一投足、極めて慎重になっていたと思う。恰好も付けていたのだろうし装ってもいただろう。

流石《さすが》に口を利かないという選択まではしなかったのだけれど、元元多くない口数を更に減らし、口調も何かを真似《まね》ていた。何を真似ていたのかは定かではないが、要するに平素の自分と変えようとしていたことは間違いない。己の本性を隠そうとしていたということだ。

つまり。

「君のご指摘通り、僕は都会と田舎は異なったものだと識っていたし、その上で田舎が一段も二段も低いものだと、そう認識していたのだろうね。そうでなくては出自を隠蔽《いんぺい》しようとする筈もない」

何故識っていたと尾形は問う。

「何故と言われてもなあ」

教わった覚えも学んだ覚えもないのであるが。

「ま、そういうものだろう。ただな、甲野君。昔はそんなことはなかったのだと思うぞ。都と頻繁に交流のある場所なら兎《と》も角《かく》、そうではない遠方の村が、我とわが身を恥に思うようなことはなかった筈だ。比べようがないからだ。まあ、都の殿上人《てんじょうびと》は下下《しもじも》を見下《みくだ》していたのだろうが、見下されている方は見下されているということを識りようもないのだからな。まあ土地柄というよりも、身分の差の方が大きかったろうしな」

「そうだなあ。ま、住む場所が即《すなわ》ち身分の上下を表していたというようなことはないのだろうか。それが、そのまま代代引き継がれて――」

「劣等の記憶として継承されたというのかね。まあ、まるでないこととは言わんがね、そもそも身分には階層がある。天辺《てっぺん》が下層と接触することはまあ、ないだろうよ。それに下層同士で優劣を競う意味はないし、下が上を見下すかね」

「そうか。互いに、というところを踏まえれば、それはまた別の話ですな」

別なのだと尾形は言った。

「支配階級と被支配階級の軋轢《あつれき》とかいうような話ではないのだ甲野君。階級闘争であるとか自由民権という類《たぐ》いの話でもない。体験《エクスペリエンス》を凌駕《りょうが》する情報《インフォルメーション》が齎《もたら》す、妄想やら偏見やらのことを言っておるのさ。こりゃ無根拠な連携や分断を生むのだなあ。だから時に戦争なんぞに発展することもある。だが吾輩が案じておるのは、その言葉の問題でね」

「解らない」

「そうかなあ。君や、あの津軽の男のように、確たる理由もなしに特定の言葉を話さなくなるんだぞ」

「僕やその人が話さなくとも、言葉がなくなってしまう訳じゃないだろう。地元じゃあ使い放題だ」

どうかなと尾形は口をへの字に結んで珍妙な顔になった。

「これは昨日のことだがな、personne perverse という言葉を、吾輩はねじけ者と訳した」

どちらも判らないと答えた。

「まあ普通に訳せば、変人とか変わり者とか、怪訝《おか》しな奴とか、そういうことになるのだろうがな。どうも、前後の文脈から鑑《かんが》みるに微妙に意味合い《ニュアンス》が異なっているのだなあ。ただ変わっているというのではなくて、臍曲《へそま》がりというか捻《ひね》くれているというか、旋毛《つむじ》が曲がっているとかだな、そんな感じなのだ。ねじけ者というのは、まあ郷里で使う言葉でな。何を隠そう」

吾輩がそう呼ばれていたのだと尾形は威張った。

「訳としてはぴったりなのだ。ところがこれが通じないから変えろと言う」

「まあ——通じないかなあ」

「いや、慥《たし》かに耳慣れぬ言葉かもしれぬけれども、判らないということもなかろう。いや、寧《むし》ろ世の中には識らぬ言葉も山程あるのだからな。文学博士とて凡《すべ》ては識るまい。ならば多少通じ難《にく》いからといって消してしまうのはどうなのだろうと、まあこう思った訳だよ」

「まあ」

ねじけ、というのは捩《ねじ》れたということなのだろうから、まるで伝わらないということもないかもしれない。

「この間、三田綱町《みたつなまち》の運動広場で、亜米利加人と慶應義塾《けいおうぎじゅく》の連中がベエスボールをやったのを知っておるかね」

「その町が何処にあるのかも識らないし、その何とかボールというものが何なのかも、僕は知らないよ」

世間知らずの物知らずだという自信だけはある。

勿論田舎者だからそうだというのではなく、そういう性質なのである。

「そうか。ベエスボールというのは、亜米利加の遊戯だな。球遊びというべきかな。いや、吾輩はあんなものは面白いとも思わぬし、眉《まゆ》を顰《ひそ》める識者も多いようだが、好きな者も居《お》るようでな。これは本邦にはなかったものだから、当然該当する言葉、名称がない」

「なる程」

「ベエスというのは、まあ、砦《とりで》というような意味なんだが、こう板のようなものを陣地として敷くのだな。それを塁《るい》と呼ぶようだがね。なら、これは直訳すれは塁球だ」

「一層に聞き慣れないね」

「当たり前さ。誰一人としてそう呼ばないからな。どうも、打球鬼ごっこと呼んでいたらしいのだ」

「鬼ごっこ――なのかい」

「まあこう、球を投げてだな、敵が棒っきれで打ち返して、飛んだ球を取るまでの間に、隙を狙って陣地を踏んで取って行くという、まあそういう遊びだ。くだらん。いや、くだらんからいかんとは思わぬが、それにしたって童《わらべ》の遊びという訳でもなし、大の大人が興じる競技に鬼ごっこはなかろうさ。ずっとそう思っていたのだが、昨今《さっこん》はこの遊びを野球と呼ぶようになったようでね」

「ヤキュウ、か。それは」

聞いたことがあるように思う。

「野原の野に球と書く」

「ああ」

野球か。字面《じづら》にも見覚えはある。

「そんな言葉はない。誰が考案したのか吾輩は識らぬが、造語だな」

「誰かが造った言葉――ということですか」

「造ったんだよ」

尾形は煙草盆を手にして窓際まで移動し、窓を薄く開けて紙巻きを咥えた。

「造られた言葉なんだから、それこそ誰も知らんだろうよ。なかったんだぞ」

「まあ――命名した、ということではないのかね」

命名したのだろうさと尾形は憎憎しげに言った。

「打球鬼ごっこよりは好《い》いだろう。短いしな。だがな甲野君。この造語は何も言い表しておらんぞ。野というのは、まあ競技をする場所、フィールドのことなんだろう。だがね、野は野だよ、君。下野《げや》の野、野生の野、野卑《やひ》の野。野犬《やけん》の野じゃないか。野原とするのなら多少は判るが、ただの野じゃ、そんなに良い意味じゃない」

「まあそうかもなあ」

「その野にね、球を付けて名とするというのは納得がいかん。人の行為やら競技の特性が、ただの一つも反映されておらんじゃないか。野っ原に丸いものがあるだけなら、蹴鞠《けまり》だって玉転がしだって野球じゃないのか」

尾形は鼻から煙を噴き出す。

「球を打ち返して追い掛け合うのだから打球鬼ごっこの方がまだ正しかろう。勿論そりゃ好い名じゃないが、野球というのはどうにも納得が行かんよ。いかんのだが、他に良い名が考案されない。その所為で広がりつつある。このまま定着する畏《おそ》れすらある」

「いいじゃないか。君はその遊戯に興味はないのだろうに」

良かあないと尾形は言った。

「喰い逸《はぐ》れている末端の売れない翻訳家風情ではあるが、吾輩も言葉を扱う渡世《とせい》ではあるのだよ。蹴鞠というのは鞠を蹴るという行為の本質が語られている。鬼ごっこは鬼の真似をして追い掛け合って遊ぶという遊戯の本質が表されておる。野球には何もないじゃないか。到底赦されんと吾輩は思うぞ。そんな、誰も聞いたことのない造語が罷《まか》り通るなら、地方で培《つちか》われて来た方言だって使って良いとは思わんか」

「ああ——」

そこか。

「しかしなあ」

「通じないというなら、新しく作られた造語だって通じやしないのだぞ。いいかね、野球なんぞというこの国の言葉としちゃあ空疎な、意味を成さんような言葉がだな、何だか判らんうちに大衆に浸透してしまう。一方で、それぞれがそれぞれの場所で当たり前に使って来た言葉がだな、標準的でないという、実に基準の曖昧《あいまい》な難癖を付けられて退けられてしまうのだ。標準とは何だね」

「僕に突っ掛かられても困るよ。その偉い学者だかが標準語とやらを吟味しているのじゃないのか」

「標準は標準だよ。規格外だからといって省く、消すのは納得がいかん。いいかね甲野君。文語、書き言葉というものに地域性などないのだ。あれは何処《どこ》でも一緒だよ。勝手に変えちゃいかんのだし、書式から外れれば間違いだ。公文書というのはそういうものだ。それはいい」

尾形は煙草を揉み消す。

「言文一致というのは、まあ話し言葉のように文を書こうという運動で、これもいいさ。かなり定着して来たね」

「まあ慣れれば格段に読み易《やす》いよ」

「そうだ。これは好いことだと吾輩も思うよ。実際、翻訳の仕方にも幅が出来たしなあ。表現の工夫にも選択肢が増えたからね。しかし」

尾形は、そこで尊大に踏ん反《ぞ》り返って此方《こちら》に指を突き付けた。

「ここで、話し言葉自体に標準が設けられ、それが徹底したとする。そうなればどうなる。本来、口で話すように書き記そうという運動だったものが、書かれたように話すという形に変容してしまいやせんか」

「ん――」

それは。

「いいかね。君が活字を工夫するのは書物や新聞を読み易くするためだろう。これはね、実に大事な仕事だと吾輩も思うよ。版面が読み易くなればもっと大勢が読むだろう。印刷や製本も改良されて書物は大量に生産される。運搬だの交通事情だのも改良されて、地方にもいち早く届くようになるだろうな。全国津津浦浦の者がそれを読む」

そのために働いているよと言った。

「そうなれば、だよ。国中の者が、これが正しいと思うようになり兼ねん。いいかね、普段話をするように書き記そうという運動がだよ。書き記してあるように話そう、に変わってしまうかもしれないのだ。こりゃあ」

本末転倒だと尾形は言った。

「勿論、直《す》ぐにどうなるものじゃあないだろうがね。それでも、だ。その正しかろうと思われる文書から削除され抹消された言葉はどうなるだろうな」

「どうなるって」

「段段と使われなくなって行くのじゃないか。使われなくなればなくなってしまうだろう。生活の中からも、それぞれの普通の中からも消えてしまうのだ。吾輩が呼ばれたねじけ者も、通じ難《にく》い方言ではなくて、全く通じない言葉になるだろう。否、この世から消えてなくなってしまうんだぞ」

それは――。

「それでもな、困りはしないというところが問題なのだ。多少ニュアンスに差はあれど、標準語に言い換えられるものではあるのだからな。でも」

違うだろうよと尾形は言う。

「吾輩はねじけ者だという自覚はあるのだがな。変人だの臍曲がりだのという自覚は全くないのだ。そうなのかもしれないが、少し違うのだ。吾輩の臍は曲がってない」

尾形は腹を叩いた。

「臍なんざ曲がってはいないよ。我が臍殿は腹の真ん中に鎮座ましましておるのだ。性根は捩れてはいるかもしれないがな。いいや、それも少し違うのだなあ。性根が捩れているのとねじけ者は、同じではなかろう。矢張《やは》り、ねじけているのだ吾輩は」

「まあ、解らないでもないですがね。その細かい差というのは、その言葉に馴染んだ者でないと伝わらないなあ。でも、言い換えが出来ない何か、というのはある気がする」

大いにあると尾形は言った。

「翻訳で一番悩み、且《か》つ困るのはそこなのだ。吾輩は仏蘭西語は解るが仏蘭西で暮らしたことなどない。語意は判るが文意は違っておるかもしれん。そのまま訳すと妙ちきりんな具合になることもあるのだ。間違っているのではなく、何かがずれておるのだ。微妙なずれが、文意を曲げる。だから言葉を選ばねばならんのだが、丁度《ちょうど》良い言葉があるとは限らんのだな」

「向こうにあって此方《こちら》にないものもあるだろうしなあ」

「ベエスボールなどは本邦にはなかったのだな。だから鬼ごっこのような妙ちきりんな言葉を当てるか、造語するよりない。ないのだけれどもなあ」

「野球はないと言いたいのかな」

ないと尾形は大声で言った。

「一方でねじけ者は最適の選択だったのだ。それが腹立たしくてなあ——と」

ここまでは愚痴だと尾形は言った。

「こういうのをだな、石見では大話《おおばなし》というのだ。話の本筋とは関係ない、愚にも付かない世間話を大袈裟《おおげさ》に、大いに盛って、しかも延延とすることだな。大話は甚《はなは》だ迷惑なものである。迷惑であったろう」

「寸暇待て《ちょいと》」

「何だ」

「尾形君。本筋とは関係ないということは、だ。別に本筋があるということか」

「ある」

「すると、僕は外套を羽織ったままで本筋とは関係ないその大話とやらを延延聞かされていたと、こういうことになるな」

「なる」

なら本筋を言って呉れ賜えと言って外套を脱ごうとすると脱ぐなと言われた。

「何故だ」

「また着ることになるからだ。本来、貴君に話すべき本筋たる事柄は二つあってな。先《ま》ず一つ目はだな、ここの親爺《おやじ》が――屋根から堕《お》ちた」

「何だって」

「いや、死んだ訳じゃない。骨も折れてないし、捻挫《ねんざ》もしてない。ただ、強《したた》かに腰を打ったのだな。当面は動けまい。なあに、そこの廊下の奥で雨漏りがしてただろ。山の神に床が傷《いた》むからさっさと直せと命じられて屋根に上《のぼ》ったのだ。しかしだな、あの親爺、高い処で妙に浮かれて、例の浪花節《なにわぶし》を唸《うな》り出してね。吾輩は興を殺《そ》がれて大いに迷惑したんだが、おがおが唸って盛り上がったところでぴたりと止《や》んだ」

「堕ちたのか」

「転げ落ちたというか滑り落ちたというかな。で、御存じの通り此処《ここ》のおかみさんは、おさんどんが出来ん」

「そうだった」

飯も粥《かゆ》かお焦げしか炊けぬと言っていた。

「此処は一応、賄《まかな》い付きだが今日に限っては晩飯がないのだ。従って君と吾輩は外食をせねばならん。丁度良い刻限だからこのままその辺の一膳飯屋にでも行こう」

「それで外套を脱ぐなと言ったのか」

「そうさ。最前の大話には刻限を調節するという意味合いもあったのだな。君の帰宅は思ったより早かったのだ」

さあ行こうと立ち上がった尾形を引き止めた。

「話は二つじゃなかったのか」

「道道で良いと思ったのだがな。まあ急ぐことでもないし難しいことでもないからな」

なら言って呉れと言った。

「君宛《あ》てにな、客が来たのだ」

「客だと」

それを一番に言うべきじゃないのかと言うと、そうも思ったのだがなあと尾形は間の抜けたことを言う。

「順序正しく編年の態《てい》で伝えようと思ったものだからな」

「何故だい。編年の態というのはどういうことだ」

「野球に肚を立てたのが一昨昨日《さきおととい》、吾輩の原稿が駄目を出されたのが昨日だ。親爺が堕ちたのは君が出社した直《す》ぐ後のことで、客が来たのは一刻《いっとき》ばかり前のことだからな。その順だ」

愚痴が長過ぎると言った。

「石見の辺りじゃどうなのか知りませんがね、信州でも、多分この辺りでも、物ごとは起きた順ではなく、大事な順で話すものだと心得ているけれどもね」

「石見でも大体はそうだな。その辺がだな、吾輩がねじけ者である所以《ゆえん》だ」

そんなことより客とは誰なのですかと問うた。

「ええとな、書いておいたのだ。そうそう北――北村弁造《きたむらべんぞう》さんという御仁《ごじん》だが、君は御存じのお人かな」

北村――。

「ああ、弁造さんか。郷里の村の人ですね。実家の向かいに住んでいる、曲げもの細工師ですよ。小太りの、少しばかり禿《は》げ上がった人でしょう」

「その通りの容貌ではあったが――曲げものというのは何だね。そりゃ果たしてどんな細工なのかね」

「薄く削《そ》いだ檜《ひのき》を曲げて、食籠《じきろう》なんかを作っているのですな」

判るような気もすると尾形は言った。

「その人がだね、姪だか甥だかの婚礼で東京に出て来たらしい。その序《つい》でに寄ったのだな」

「はあ。顔を見に寄ったとでもいうのですかね――」

生まれた時から向かいに住んでいるのだから顔馴染みであることは間違いないが、わざわざ寄ったりするものだろうか。大層《たいそう》親切な人ではあったけれども。

言伝《ことづて》があるのだなと尾形は言った。

「言伝ですって」

胸騒ぎがした。

「そうだ。暮れだか正月だか、帰省するかどうかを家の者が案じているそうだ。もし帰って来ないのであれば、相談ごとがあるから一度東京に行くと言っているらしい。就《つ》いては面倒でも帰省するか、しないか、しないのであれば都合の良い日取りを葉書か何かで教えてくれと」

「相談ごと――ですか」

突然に気分が暗澹《あんたん》としたものになる。

「慥《たし》か父上がお亡くなりになったのだと言っていたな。すると家の者というのは母上か」

義理の母ですよと言った。

「余計なお世話だろうが、何だか遠回しな感じがするなあ。吾輩の処ならいついつ用があるから帰れと連絡が来る。ほぼ命令だ。そうでなくとも、まあ相談ごとがあるというなら、直接手紙が届くだろうな。使者を立てて、君の方の都合を聞いて来るというのは、他人行儀と言うか何と言うか」

他人ですからねと言った。

「まあ――そういうものかな」

兎《と》に角《かく》飯を喰いに行こう吾輩は空腹なのだと尾形は急《せ》かす。腹は空いていたのだが、何だか突然胸に澱《おり》のようなものが溜まって、食欲がなくなってしまった。かといって食事を断る明確な理由がある訳でもなく、誘《いざな》われるままに諾諾《だくだく》と従って、喰いたくもない蕎麦《そば》を喰った。

尾形はその間もずっと何かを語っていたが、殆《ほとん》ど耳に入らなかった。

右から左に抜けたというべきか。蕎麦の味も覚えていない。

屋根から堕ちた親爺を見舞うべきかとも思ったが、気の利いた言葉を思い付かず、悶悶《もんもん》と思案しているうちに遅くなってしまったので、止《よ》した。

夜も寝付けなかった。

別に何がどうしたということもないのだが。

義母との間に深刻な確執があるという訳でもない。

ただ――。

明け方少し眠り、あまりの寒さに直《す》ぐ目覚め、飯も喰わずに事務所に向かった。

どうせ朝飯も出ないのだ。

珍しく代表の高遠《たかとお》が居た。

高遠はこれまた珍しく、何だか慌《あわ》てたような顔をしていた。

「ああ、甲野君――」

「どうしたのですか」

様子が変である。

同僚の田川《たがわ》の話に依《よ》ると、高遠は娘の嫁入りが決まってからこっち、どうも落ち着きがないらしい。高遠は彼方此方《あちこち》飛び回っていてあまり席に居ないので、まるで気付いていなかったのだが。

高遠は応接の方に目を遣る。

見知らぬ客が二人、並んで座って茶を飲んでいた。

「どうしようかなあ。まあ、折角《せっかく》お出《い》で戴いているんだし、先に紹介だけでもしておこうかなあ」

高遠はそう言うと席を立ち、応接の方に進んで、客に会釈《えしゃく》をしてから手招きをした。自分の横に並べというような動作だったからそのまま高遠の横に立ち、並んで客と対峙《たいじ》した。

「ええ、これがうちの甲野です」

「ああ」

二人は同時に立ち上がった。

一人は開襟《かいきん》を着た三十くらいの痩《や》せた男性で、もう一人は色の浅黒い、体格の良い男性だった。こちらは和装で、見たところ四十は越している。

「こちらの方は小畠《こはた》さんといってね、君が描いた文字を、活字に起こすために清書してくれている——所謂《いわゆる》、種字を描く人」

「はあ」

「で、こちらがその種字を元に、活字を彫ってくれる職人さんの、牛尾《うしお》さん。名人ですね」

止《よ》してくれよと牛尾は言った。

「ふりがな用の活字なんかはね、私はもう老眼なものだから、虫眼鏡で見ないと判らん程に小さいのだけれども、実に精巧に彫る。驚くばかりの技だがね」

「ご同業はもっと巧《うま》いですよ。儂《わし》なんぞは未《ま》だ未《ま》だ。どうも宜《よろ》しくないよ」

鉛を彫るのかと問うと、彫ると言う。

想像が出来ない。

「まあ、今日は甲野君にそういう工程を見学して貰おうと思っていたんだが、少少面倒なことが起きていてねえ」

「はあ」

そこで戸が叩かれた。貞六《さだろく》が透かさずに出る。

この小使いの青年は高遠が居る時だけは忠実《まめ》に働くのである。

はあはあと頷《うなず》いて畏《かしこ》まり、貞六は小走りになって高遠に近寄ると、手で口を隠して耳打ちをした。高遠は額に皺《しわ》を寄せて眉を八の字にし、眉間《みけん》に皺を寄せた。

「そうか。いやいや、参ったなあ」

どうかしたのですかと小畠が問うた。

「いや、どうやら老母の容体が良くないというのですよ。先《せん》だってより病み付いていたんだけれども――」

「そりゃいかんですな」

「はあ。当人は孫の嫁入りまでは何としても頑張ると気強く言うていたのですがね、もう七十三だから――どうもいけないな」

直《す》ぐに戻られた方が良いな、と牛尾が言った。

「まあ、こんなことを言うなぁ縁起でもないことかもしれんがな、もしものことがあった場合は後生《ごしょう》が悪いよ、高遠さん」

「まあねえ。どうしてこう、面倒ごとというのは重なりますかなあ」

高遠は額を掻いた。

「甲野君、実はねえ、私は今日、君と一緒にお二人の工房にお邪魔しようと思っておったのだよ。ところが」

「いや、それどころではないでしょう高遠さん。僕のことは気にしないでください。ご迷惑でないなら僕が一人で――」

「いやいや」

高遠は手を翳した。

「そうではないのさ。そもそも母の件とは関わりなく、私は今日君と一緒には行けなくなったのだな。別の用が出来てしまってね、だから今日は、君一人で行って貰おうと——今の今までそう思っていたのだがねえ」

「そうなのですか」

「そうなのだ。だからね、取《と》り敢《あ》えず君を紹介だけしておこうと、お二人にわざわざ来て戴いて、君が来るのを待っていたという次第なのだが——扨《さて》、どうしたものかな」

高遠は口を固く結んで顎《あご》を擦《さす》った。

「困ったなあ」

「いや、僕の方は一人で平気です。勿論お二人が宜しければという話ですが」

「それは勿論そうするつもりだった訳だけれども、問題は私の別の用事の方でね。そちらの方が——そうだなあ、代わって貰うとしたら」

君しか居《お》らんのだよなあ、と、高遠は此方《こちら》に掌《てのひら》を向けて言った。

「どういう——ことでしょうか」

「それがねえ。用事というのは」

弔堂《とむらいどう》なのだと高遠は言う。

「ああ。しかしお遣いなら貞六君にお願いしたらどうですか。道は——」

慥《たし》かに道順は教え難《にく》いのだが、考えて見れば鶴田《つるた》の店を目印にすれば良いのである。みんなそうしているのだ。彼処《あそこ》まで行けたなら、後は鶴田が教えてくれるだろう。

「弔堂には度度《たびたび》行くのですから貞六君にも覚えて貰った方が」

貞六は高遠の後ろで所在なげにしている。この小僧は高遠が弔堂への行き方を教えてくれないものだから拗《す》ねているのである。

高遠は振り返った。

「いや、お遣いなら貞六に頼むが」

「お遣いじゃないんですか」

「お遣いではないのだよ。その、何と言うかな。お見舞いというか――」

「お見舞いって、ご主人がご病気にでもなられたのですか」

「違う違う。いや、見舞いというのも変だなあ。様子伺《うかが》いというかねえ。何とも瞭然《はっきり》とせんのだが――いずれにしろ本を受け取りに行くというようなただの用事ではないのだな」

何だというのだろう。

「どうもね、火事があったらしいのだ」

「か、火事というと」

「火事は火事だよ」

「何処《どこ》の火事ですか」

「だから弔堂さ」

「と、弔堂が、か、火事になったというのですか」

——あの大廈《たいか》が。

「どうもそうらしいんだな。そうらしいのだが、判らんのだよ。いや、昨日の夜に、ある人から聞かされたのだけれど、その人からして又聞きでね。真偽の程は知れないのだよ。ただあの辺りで火事があったらしいことは間違いないようでね。だからどうにも——」

「焼けてしまったのですか。あの」

本の霊廟《れいびょう》が。

そんなことがあるか。

口を閉め忘れていると高遠は泣き笑いのような顔になった。

「いやいや、本当だったとしても、万が一にも全焼というようなことはなかろうと思うよ。あれだけの建物だからね。しかも中身は全部本、燃え易いことこの上ない。あんなものが丸ごと燃えたりしたら、そりゃあ大変だよ。大火災じゃないか。しかも周りは森だ。全焼したんだとしたらかなり遠方からでも判るだろうし、それならもっと騒ぎになるだろう。新聞にも載るのじゃないか」

それはそうかもしれない。

周囲の樹木に燃え移ったりしたら、それこそ山火事である。

「だから、まあ全部焼けたというような話ではないようなのだがね、火事はあったらしいのだよ。ただ、伝聞の伝聞だし、如何《いか》にも怪しい。全焼でなくたって本当なら大ごとだし、大損失だ。そうなら呑気《のんき》にしてはいられない――とは思ったものの、先《ま》ずは確かめてみなければ何も始まらないだろう。だから今日行ってみようと思っていた訳だが――」

母が危篤じゃなあと高遠はいっそう険しい顔になった。

牛尾が額に皺を寄せた。

「あんたなあ、高遠さん。何をぼやぼやしておる。ほら、待っておるぞ」

牛尾が指差す。

牛尾の指は何だか迚《とて》も精悍《せいかん》な形状をしていた。その指が示す方向に目を遣ると入り口の扉が半分程開いており、下男《げなん》らしい男が泣きそうな顔で所在なげに立っていた。

「あのな、儂は毎日彫っておるし、小畠君も毎日描いておる。そんなものはいつだって見られるわな。火事ってなあ日が経ってから様子見に行ったたって、こりゃあまり意味はないが、もう消えとるのなら一刻を争うこともなかろう。それより何より、ご母堂の身が心配だろうに。あんたは直《す》ぐに帰りなさい」

「いや、そうなんですが」

「で、この人はその本屋に行くのがいいだろうさ。心配なのだろ。儂等《ら》の方は日を改めれば済むこったろうに」

申し訳ないと高遠は頭を下げた。

「では――甲野君、すまないが、弔堂まで行って様子を見て来て呉れ賜え」

「それは構いませんが――」

「いや、どうなっているか見て来てくれればいいよ」

どうなっているのだ。

「状況次第ではそのままお手伝いに残って宜しいですか」

「ああ、そうして呉れ賜え。弔堂との付き合いはもう十五年にもなるから、私も気が気じゃあないのだよ。何か出来ることがあるようなら、私は何でもするからとご主人に伝えてくれないかな」

「承知しました。代表は早く」

「そうだな。それでは申し訳ない」

高遠は立ち上がり、二人の客に何度も頭を下げた。

「僕はお言葉に甘えて紀尾井町《きおいちょう》まで帰らせて貰います。改めてご連絡差し上げますから」

貞六が外套と帽子を渡す。その辺はそつがないのである。

事務所を出る高遠の背中を眺め、何ごともないと良いがなあと牛尾が言った。

「身内の生き死には心を削るよ。娘さんの婚礼も控えておるのだろうに、高《たか》さんも気が休まらんだろうなあ」

「ええ」

肚《はら》の底で嫌なものが蠢《うごめ》いた。

「儂の息子は海軍でね。戦死した。こないだの戦争でさ、あの日本海海戦で、まあ露《ろ》軍全滅だ大勝利だと皆喜んでおったがね、息子は死んだんだね」

あれが間抜けだったのだろうさと牛尾は言った。

「儂は職人で戦争のことは判らんし知りたくもねえがね、豪《えれ》え大戦《おおいくさ》だったようだけども、向こうが何千人と死んだのに、こっちは八十人くらいしか死んでねえと謂《い》うのよ。その八十人の中に入《へえ》ってたんだな。どうもなあ」

あんたくらいの齢《とし》だったよ、と牛尾は言った。

「あんた、ご両親は」

「はあ。母はもう先《せん》に亡くなって、父も去年――逝きました」

「淋しいなあ」

牛尾はそう言った。

母の顔は余り覚えていない。

脳裏に浮かぶのは死んだ父の顔と、そして――義母の顔だ。

この気怠《けだる》い感覚は何なのだろう。取り分け大きな確執があるという訳でもないのに、郷里のことを思い起こすと、途端に無根拠な蟠《わだかま》りだけが湧き出る。

別に何か面倒ごとが起きた訳でもない。

用があるから連絡を寄越せという至極当たり前の伝言が、何故こんなに重いのか。何がここまで面倒な気分にさせるのか。自分でも解らない。解らないけれど、義母もまた、同じように感じているように思えてならない。

「それよりも」

心配ですねと、それまで黙っていた小畠が言った。

「あ、ああ、ええと」

「高遠さんのお母様も心配ですが、その、弔堂の方もどうなっているのか」

「いや、そう——ですね」

貞六に目を遣る。

盆に新しい茶を載せている。

「貞六君。君は」

僕は何処《どこ》にも行けませんよと貞六はつまらなそうに言う。

「良い機会のように思うがね。行き方を覚えて貰うと、僕も助かる」

「そう言われましても、本日は皆さん外回りですし、甲野さん出ちゃったら留守番になるじゃないですか」

「そうだが——」

「それに、火事見物なら走ってでも行きますけどね、消えてるなら見物になりませんよ。燃えさし見てもねえ」

「燃えさしってね、君」

見物に行くのじゃないよと言った。

解ってますよと貞六は言う。

どうやらこの青年も尾形と同じくねじけ者のようである。

「いえ、いずれにしろ僕は其処とは縁がないんですよ。それに、こうしてお客様がいらっしゃるんですから」

「そう——だなあ」

儂等《ら》は適当に引き上げますよと牛尾が言う。

わざわざ御足労戴いたのに申し訳ないと言うと、気にされても困りますわと返された。

「折角小僧さんが淹《い》れ直してくれたからな、この茶を飲んだら帰ります」

「そうですか。それでも何だか申し訳ないような感じがしますが」

「それよりも早く行った方が良いですよ甲野さん。もしかしたらただの風聞《ふうぶん》かもしれないのですし——」

それはそうなのだ。

尾形の言う通り、識ることと知ることは違うのだ。

一時間も掛からずに行ける場所の出来ごとであっても、実際に見聞きしてみるまでは嘘か真実《まこと》か判りはしないのである。

肚の底に溜まった澱を何かで覆い隠すようにして立ち上がる。

義母のことなど考えている暇はない。

そもそも心配というなら弔堂の方が心配なのだ。大いに心配なのである。

その不安こそが、余計な蟠りまで掻き立てているのだろう。

「行って来ます」

「その方がいいですね。私は行ったことがないけれど、そのお店のことを語る人は多い。どなたも、実に愉《たの》しそうにお話しになる。高遠さんもそうでした。あの人にとっても、其処は大切な場所なのかもしれませんね」

「そうなのでしょうか」

貞六が外套を持って来てくれた。

多分、初めてのことである。

有《あ》り難《がと》うと言うとお気を付けてと言われた。

外套を羽織って踏み出そうとすると小畠が名を呼んだ。

「甲野さん。私、あなたの描く文字は、結構好きなんですよ」

「え――」

「あなた——あなた自身が意識されているのかどうかは判りませんが、ご自分が前に出ないようにされていますよね」

「はあ。前に出るとは」

「ものを作る人は、多くご自分の作であるという主張をされるものです。必ず癖が出る。そして、それをして署名とするかのように他と区別しようとしたりするものです。でも甲野さんの描く字は、まるで作者がいないかのように描かれていますよね」

「いや、それは——」

主張するような自己がないからだと言いかけて、止《や》めた。

「そこが好いと思うんですよ、活字の場合は」

「何故——でしょう」

「活字は、文字としての主張が強過ぎると、組んだ時に文章に余計な圧が掛かるように思うんです。僅かなり文意が歪《ゆが》められてしまう気がする。寧《むし》ろ、文字として意識されないくらいの形が好ましいように考えていましてね。もう、文字なんかない、意味だけがある、活字は、そういう意匠が好ましいように——僕は思っていて。勿論それは、僕の感想というか、嗜好のようなものなんですけれどもね」

「そう——ですかね。いや」

田舎者と言うのは止《よ》そう。

「あなたの文字は、個性をなくそうとする形での個性があるように思うのですよ。主張などしないという主張というか、作者が見えない文字というかな。だからあなたの描く文字は、あなたの文字ではなくて、大勢が読むための文字になる」

そんな気がしますと小畠は言った。

「出掛けに引き止めてしまってすいません。一言言いたかったもので。今度、組版の現場にも行ってみてください。活字を拾う職人の技も中中凄いですよ」

「ええ。是非——」

横棒はもう少し太くしてみてくれと牛尾が笑って言った。

「儂も若くねえからな。失敗《しくじり》が多くてなあ。鼻息で飛んじまうようなのは、正直気が保《も》たねえのだよ」

牛尾はそう言うと精悍な指で湯呑みを摑んで一口飲み、笑った。

外は思ったより寒かった。

陽射《ひざ》しは弱く、風が強い。襟巻《えりま》きも買わねばなるまい。外套の前を合わせ首を竦《すく》めて歩く。

昨日から耳に入って来る諸々の事柄が余りにも煩雑で、その上多過ぎて、何だか整理が付かない。混乱こそしていないが収拾《しゅうしゅう》が付かない。考えが纏《まと》まらないのである。

考えを纏めなければならない事情も理由もないし、尾形の寝言など聞き流してしまえば済むようなことなのだろうとは思うのであるが。どうにも彼《あ》れ此《こ》れ考えてしまう。

しかし考えるまでもないのだ。為《し》なければいけないことといえば、ただ実家に葉書を一枚出すことだけである。躊躇うことなど何もない。だが。

先《ま》ずは弔堂である。

気が逸《はや》って、自然に足早になる。

坂に近付く頃にはほぼ駆け足になっていた。

しかし、坂下に到って身体が萎《な》えてしまった。気持ちだけは焦っているのだけれど、この緩《ゆる》い勾配《こうばい》を駆け上がることが出来ない。

朝食を抜いているし、昨晩も喰うには喰ったものの、どうにも食べた気がしないという状況だったからか、矢鱈《やたら》に空腹を感じた。

それでものろのろと上る気分ではなくて、結局、平素よりは早足なのだが速度はいつもより遅いという、酷《ひど》く半端《はんぱ》な具合になってしまった。

鶴田の店の幟《のぼり》の文字が読めるくらいの場所で、息が切れてしまった。

膝に手を突いて顔を上げると、夏場と大して変わらない恰好の鶴田が店の前に突っ立って呆《ほう》けているのが見えた。

呆けている訳ではないのだろうが、そう見えたのだから仕方がない。何か為ているようには見受けられない。

「鶴田さん」

声を掛けると、鶴田は機敏に振り向いた。

「矢《や》っ張《ぱ》り来ましたね」

そんなことを言っている。

「どうしたんですか」

「どうもこうも、甲野さん、弔堂でしょうに」

「そうだが――」

今日は駄目ですよと鶴田は言った。

「駄目って――じゃあ」

「何か御存じですかね」

「それを確かめに来たのですよ。何でも火事――だとか」

「火事も火事。火付けですよ」

「火付けって――放火ですか」

「放火というか、まあ賊がね」

「賊って何です。泥棒ですか」

「まあそうなんでしょうな。一昨日の夜中ですよ、夜中。もう草木も眠るてぇ時刻のことらしい。いや、あたしは此処に寝泊まりしてる訳じゃないですからね、昨日聞いて腰抜かしたんですがね」

「聞いたって」

「うちの年寄りですよ」

　鶴田は店の方を一度見た。

「ありゃ此処が住まいですからね。もう随分な齢だてえのに、これが中中目敏《めざと》くて耳聡《みみざと》いんですなあ、うちの爺様《じさま》は。夜中に何だか怪しげなのがこの坂を通ったらしくて、それで目が覚めた。暫《しばら》くするてえと、どうも妙な気配がする」

「気配ですか」

「あれで元お侍ですからね。命の遣り取りしてたんですよ、四五十年前は。近所で何かありゃ察しちまう。でもって起き出して、裏に回って見てみると」

　鶴田は指差す。

　弔堂の方角である。

「こう、明るい。すわ、火事だと。お寺はもっとこう、そっちでしょ。その辺にあるのは弔堂だけ。そこで爺様ァ着替えもしないで向かったんだが――」

　逃げて来たそうでしてねえ、と鶴田は言った。

「何がですか」

「まあ、火付けの犯人でしょうな。二人組だったそうですよ」

「捕まえたんですか」

いやいや、と鶴田は手を振った。

「未《ま》だ何が起きたのか判らないですからね。幾らうちの爺様でも、何でもかんでも捕まえやしませんよ。擦れ違ったってだけですな。で、あの径《こみち》の入り口まで行くってえとやっぱり焦げ臭い。鼻も利くんだねえ、侍は。走って行ってみたらあんた」

「燃えてたんですか」

「入り口が燃えてて、主《あるじ》が一人で消そうとしてたそうでね。彼処《あそこ》には小僧が居ますでしょ」

「小僧って――撓《しほる》君かな」

「あのつるっとした。あれは地べたで伸びてたそうです。だから主一人さね。つったってあんた、横手に川がある訳じゃなし、裏に井戸があるようですがね。水汲んで掛けたってねえ」

「ねえって」

「いや、うちの爺様と、それから寺から坊さんが来て、それで何とか消し止めたらしいですから、大事《だいじ》には至らなかったようですけどもね。今日は、行っても駄目でしょうなあ」

「駄目って――そんなに酷《ひど》いのですか」

知りませんねと鶴田は言った。

「知らないって」

「あたしゃ行ってないですからね。爺様から話を聞いただけ。爺様は夜《よ》っぴて火消しして、その後官憲に色色と訊《き》かれてですな」

「警察ですか」

「当然ですわ。盗人が火付けしたんですからね。世が世なら、火付け盗賊改メの出番じゃないですかね。怪我人も出てましょ」

「し、撓君、怪我したんですか」

「たん瘤《こぶ》出したくらいですよ。でも怪我は怪我ですわ。爺様ァ犯人らしき二人組を見てますからね。証人ですわ。まあ無理が祟《たた》って今日は寝込んでますがね。そのね、甲野さん。あの弔堂の主人てえのも、元は武士なんですかね」

「元僧侶と聞きましたけどね」

「ああ。そう言えば、爺様もそんなこと言ってましたねえ。いや、坊主であっても強いんだそうですわ。坊さんにも弁慶《べんけい》みたいなのが居るんでしょうし、弱いたァ限らないね。小僧は弱いけど主人は強い。それでまあ、尻に帆掛けて逃げたんでしょうなあ」

状況が能《よ》く解らない。

兎《と》に角《かく》、賊が入ったことと火事があったことだけは事実のようである。

「では行って来ますよ」

「ですから入れないですよ。大工が三人ばかり入ってますからね、修繕してるんでしょうけどもね。さっきも一人、客が行ったんだけれども追い返されて来ましたからね」

「そうなんですか」

「あたしもどうなってるか知りませんからね、一応道を教えましたけど、半刻もしないで戻って来て、今店で握り飯喰ってますよ」

鶴田は店の方に顔を向けた。

「その人は行ったんですね」

「ですから戻って来ましたから。だからあたしは、何となく今日辺り甲野さんでもお出でになるんじゃないかと察したんでね、今日は駄目ですよとお止めするためにですな」

「其処に立ってたんですか。この寒いのに」

寒いですかねえと鶴田は言った。

「その、客というのは未《ま》だお店に居るんですね」

「居ますよ。ついさっき握ったばかりですからね、飯。未《ま》だ昼には早いし」

「僕も」

握り飯を喰いますと言った。腹は空いているのだ。

合点承知ですなと鶴田は言った。

「折角此処まで来て、このまま帰るようなお方じゃあないと思ってましたよ。まあ無駄足は無駄足ですが、うちで何か喰えばねえ。それもまあ」

「ええ。喰いますよ」

そう言って店の方に進み、裡《なか》を覗《のぞ》き込んだ。

土間の奥の席にひょろりとした男が座って、握り飯を矯《た》めつ眇《すが》めつ眺《なが》めていた。随分と耳の大きな男だった。同じくらいの齢《とし》だろうか。

見ていると男は突然、ぱくりと握り飯にかぶり付いた。

どう話しかけたものか。

考えていても仕様《しよう》がないので、宜しいですかと言って向かいに腰掛けた。他にも席は空いているのだが。

男はもごもごと返事か何か判らぬ声を発した。飯を頬張っている。

茶を一口飲んで、それからどうぞと男は答えた。

「寒い——ですな」

入り口の方は寒いから出来るだけ奥の方に座りたかったのだ——という、一種の弁明《いいわけ》のつもりだったのだが、考えるまでもなく聞く方にはただの社交辞令にしか聞こえないのである。

しかし男は真顔になって、

「そうですか」

と答えた。妙な返答である。

男は一度外に目を遣り、

「私は少し暖かく感じていたくらいですが——いや、それはきっと、私がついこの間まで樺太《からふと》に居たからなのでしょう。この時期、暖かい訳はない。寒いですね」

「か、樺太というのは、あの、蝦夷地の先にある島のことですか」

「ええ。彼方《あちら》は関東なぞよりずっと寒いのです。尤《もっと》も私自身、盛岡《もりおか》の出身ですから、元元寒さには強いのかもしれませんけれどねえ」

「はあ――」

矢張りそういうものなのか。

「あの、僕はこれから弔堂に行くつもりだったんですが――あなたはもう行かれたとか」

「行きました」

男は漬物を喰った。

「用向きは果たせませんでしたが」

「何でも追い返されたとか」

「そんだことはねえです」

「は」

「失礼。そんなことはないです。出入り口の処に大工が入って作業しているので、入店することが出来ないのですよ。足場まで組まれていました。そんな様子なので本は見られない。ご主人が外で丁寧に応対してくれましたが、何度も詫びられましてね、却って恐縮しました。暫くお話をさせて戴いて、それで戻ったのです。追い返されたなど、とんでもないことです」

「なる程。入れないのですね」

「ええ。何でも賊が入ったとか。まったく間《ま》の悪いことでした。まあ、私は思うところがありましてね、この機会に予《かね》てより人に聞かされておりました書楼《しょろう》弔堂に行ってみようと、意を決してやって来た訳ですが」

「それは何とも」

あの壮観な書棚を見られなかったというのは、多少気の毒ではある。

そういうと男は苦笑した。

「と、いうことは、あなたはもう常連さんでいらっしゃるのでしょうかね」

「常連というか、まあ春先から月に一二度は通っていますが、自分の懐からお金を出して書物を買ったことはないのですよ。仕事で来ているだけです」

「お仕事ですか。そうですか」

「ええ。まあ、焼けたというから心配して来てみたのですが、その程度でしたら蔵書の方は無事なのでしょうね」

それは存じませんなと男は言った。

「簡単に焼けてしまう量ではないですからね。修繕が完《おわ》れば再開するのでしょうから、機《おり》を見てまたお行きになるのがいいでしょう。弔堂はもう何十年もあの場所で営《や》っているようですから、なくなりはしませんでしょう」

「いや」

もう行かないでしょうねえ——と、男は言う。

「それは何故です」

「実は、まあ、欲しい本がなかった訳でもないのですが、いいえ、本は幾らでも欲しいのですけどもね。あの舗《みせ》にはあるのでしょうし、手にしたなら欲しくなる。欲しくなっても、どうせ買えんのです。買えないのなら、見ない方が良いようにも思いましてね。私はほぼ、無一文なもので」

鶴田がそれこそ耳聡く聞き付けて此方《こちら》を見た。

「ああ。お握り代はありますからご心配は要りませんです。喰うに困る程に困窮しておる訳ではないのです。ただ、本を買い揃えたりする余裕はないのですよ。樺太に渡る資金も、皆借金のようなものです。指導戴いている先生やら伯父やらから借りたりして、何だかんだと掻き集め都合二百円で費用を賄ったのですからね。借りた分は返さねばなりませんし——」

「二百円ですか」

ひゃあと鶴田が声を上げた。

「あたしん家《ち》の家賃が月二円ですわ。百箇月分ですよあなた」

「はあ。昨年も北海道に渡っておりまして、その時も七八十円借りています。返す当てがあるかといえば、まあ余りない訳で」

それはそうだろう。

「いや、そりゃ大金ですよ。下の鰻屋で鰻喰ったって三十五銭、天井喰ったって十五銭。何杯喰えるか――」

「おいおい鶴田さん」

立ち聞きは好くないなと言った。

「いや、まあその、お銭《あし》がないとか仰《おっしゃ》るから、つい」

「そのお銭がないというのを立ち聞きしていたのでしょうに。客商売なのだから耳に入っても聞かぬ振りが礼儀ですよ」

鶴田は失敬、と言った。

男は笑った。

「いいのですよ、隠している訳じゃあないですから。まあ、深刻な状況ではあるのですが、ここで止《や》めてしまっては何のためにそんな大金を都合して戴いたのか解らなくなる。而《しこう》して、このまま進めてもお金が儲かるという算段はない。いやはや進退谷《きわ》まり、熟慮の末に決心し、それでまあ」

「弔堂ですかい。そういう決意表明のようなのは、神社なんかに行くのじゃないですかね」

鶴田は、結局話に咬《か》んで来るのだ。

「いや――まあ、ご主人のご意見をお伺いしようと思ったんですよ。神様は答えてはくださいませんからね」

「弔堂は答えますかね」

「まあ」

そういう人だなあと言った。

「ええ。学内でもそうした評判を多く耳にしますし、それからお世話になった出版会社の方やら、先生方なども」

「学内って、お客さんは学生さんで」

「いや、もう卒業しました。樺太滞在を終えて本土に戻り、学校に帰り着く前に卒業式が済んでしまったんです。それまでは東京帝國大學の文科大學に籍を置いておりました」

「はあ」

鶴田は此方を見た。

「そういう賢い方が能《よ》く来ますなあ、この店は」

「弔堂に行き掛けに寄るだけじゃないかね。それより、立ち入ったことをお尋《き》きしますが、あなたは何を決意されたのですか」

アイヌ語研究に専念することを決心したのですと男は答えた。

「アイヌ——語ですか」

「ええ。アイヌの人人は、文字を持たないのですよ」

「そうなのですか」

「ええ。ですから文献がない。まあ旧幕時代にも松前藩《まつまえ》には蝦夷語通事が居たようですし、名物手引き書——今で謂う辞書なども作られていたのですが、しかし結局、瓦解後にアイヌ語の辞書を編纂《へんさん》したのは英国人の宣教師です。日本人ではないのです。アイヌの多くはこの国に暮らしているというのに、ですよ」

「言葉は——通じないのですか」

「いいえ。日本語を学ばれるアイヌの方は沢山いらっしゃいますから、まるで通じないということはありませんが、一方アイヌ語を学ぶ者は少ないです。それ以前に、誰もアイヌ語を研究していないんですよ」

「あ——アイヌねえ」

御存じありませんかご亭主と男が問うた。鶴田は識ってはいますが考えたことがありませんでしたなあと答えた。

「それでは、あなたはその、樺太だの北海道に渡られたのは」

「はあ、現地に赴《おもむ》き、直《じか》にアイヌの皆さんとお目に掛かって、言葉を学ぼうとしたのです。大いに成果があったと、まあ私は思っています」

「それは——まあ、その」

尾形が言っていた。言葉は——話す者が居なくなれば、消えると。

「アイヌ語を話す人が減っているのですかね」

ESO
Iapan ins.

「アイヌ自体が減っています。というか、和人《わじん》――日本人が増えているだけで、全体の人数が減っているという訳ではないのかもしれないのですが。すると相対的な問題なのかもしれませんけれど――居住区域は減少しているような感触はありますね。以前は本州でも暮らしていた筈ですが、今はどうなのでしょう。私は言葉が専門なので判り兼ねますが――」

「蝦夷には」

居ますよと男は答えた。

「函館《はこだて》だの小樽《おたる》だの松前だのは日本人の町があるけれども、北海道は広いですからね。未《ま》だ未《ま》だ開拓中です。手の入っていない処には沢山アイヌの村がある。いや、樺太から露西亜の方まで、ずっと暮らしていますす」

「それは――」

ただ、アイヌの国がある訳じゃないのですよと男は言った。

「国がないと――どうなりますか」

「そこは難しいところですよ。此処は日本なんですよ」

「そう――ですが」

「私は言葉が専門で、政治やら何やらのことは能《よ》く解らないのですがね。アイヌ民族は、尊敬すべき立派な民族だと思っています。でも、アイヌの国というのはないのです。アイヌも、日本という国に住んでいる、ということになる」

「なるんでしょうね。僕も、このご亭主じゃないけれど、これまであまり考えたことさえありませんでした。だから能《よ》く識りません。でも、その人達は——ずっと昔からこの国に暮らしているのではないのですか」

「ええ。それは場所にも依るのでしょうけれど、太古《いにしえ》からずっと住んでいますね。場所に拠《よ》っては和人よりも歴史は古いでしょう」

「その——では」

「ええ。まあ、他のことは詳しく判らないのですけれども。私は言語学を志しているので。ただ、この言葉というのはですね、何と謂うのでしょう。昨今は文化と謂うようになったようですが、その文化そのものですよ」

「文化、ですか」

「ええ。考え方やものの捉《とら》え方、習わしやら信仰、毎日の暮らし、そういうものですか。言葉が違えば違いますよ」

「そういうものですかね」

尾形の話を思い出す。そうした差異は住環境や地勢だけが齎すものではないのだ。

「ええ。そう思います。北海道にもこの先どんどん日本語を話す者が流入して行くのでしょうね。彼処《あそこ》も——」

日本です。

「これは、彼等《ら》にしてみれば、一種の侵略ですよ。国の中のことですからそうは呼ばれませんが、住む場所を奪われ、どんどんと追い遣られる。さもなくば同化を強いられる。日本語を学ぶのは、そうしないと暮らして行けなくなるからなんですが、そうすると、文化も」

言葉もなくなってしまいます。

「なくなりますか」

「なくなるのじゃないでしょうか。それはどうなのでしょう。そうなってからでは研究は出来ません。記録もないのですから、識りようがない。ならば今しかないし、やるなら日本人が為《す》べきかと、私はそう考えたのですね」

「研究——ですか」

何か引っ掛かりを覚えた。

立派だなあと鶴田は言った。

「それで、借金してまでねえ」

「うん——」

この男は、生真面目《きまじめ》なのだろう。しかも悪心《あくしん》はないのである。それで身を立てようとか一家を成そうとか、そうした功名心やら名誉慾やらもないのだろうと思う。だから慥《たし》かに、学究の徒としての情熱は強く感じるのだけれども——。

何かが引っ掛かるのだった。

「と、いう決心です。他国の宣教師が辞書を作れるのですから、私に出来ないということはない。ただ、まあ風当たりは強いのですね」

「風当たりというと」

「蛮族の言葉を調べて何になる——などという、どうにも遣り切れないことを宣《のたま》う人も少なからず居るのですよ。しかし、彼等は決して蛮族などではありませんよ。尊敬すべき、立派な民族です。私は、まあ北海道と樺太と合わせても数箇月という迚《とて》も短い間ではあるのですが、直接交流を持って、その思いを一層強くしました。ただ、我我とは違うというだけです」

違う——のだろう。

信州と東京はあれこれと違うのだけれども、決定的に違う訳ではない。しかも信州と東京の間にも大勢人は住んでいるのだ。途中があるということである。断絶がある訳ではなく、徐徐に変わって行くのだ。その変化は緩やかなものなのである。

しかし民族が違っている場合はどうなのだろう。その人達の言葉は、仏蘭西語と日本語のようにまるで異なったものなのだろうか。言葉が通じなければ、同じ環境、同じ土地に暮らしていても、それは相容れないものとなるのだろうか。

判らない。考えたことがない。

「勿論——」

それでお金が儲かるなんてことはないのですよとその人は言った。

「しかし、国語学の上田萬年《うえだかずとし》先生なども後押しをしてくれますしね。熟慮を重ねた上で、矢張りこの道を進もうと、まあそう決心した訳ですが」

決意を新たにして尚《なお》――この男は未《ま》だ揺れているのだろうか。

巧く言葉には出来ないが、慥《たし》かに何かが引っ掛かるのである。

その辺りのことを、弔堂に聞いて欲しかったのではないのか。

そう思っていると――。

「まあ、そういうことを弔堂のご主人にお話ししたかったんですが」

男はそう言った。

「ただ、立ち話ではどうにも宜しくない気もしましてね」

「ご主人は何と」

「いえ、場違いな感じだったものですから、それ程言葉は交わしていないのですよ。何と言っても此方《こちら》には端《はな》から買う気がない――いや、本など買えない身なのですから、冷やかしのようなものですしね。ご災難に遭われた直後ということもあり、これは時機が悪かったのだと思いを改め、早早《そうそう》に退散したという次第です。とはいえ物言わぬは腹膨《ふく》るるが如し、ついつい、初対面のあなたに語ってしまいました」

お恥ずかしいことですと言い、男は立ち上がって代金を払い、頭を下げて去って行った。名も聞かなかったし名乗りもしなかった。

鶴田は男の跡を目で追って、ありゃあ立派な学者になるねえと言った。それはそうかもしれないけれど。

いつのまにか出ていた握り飯を急いで喰って、茶で流し込んだ。

「僕は矢張り弔堂に行きますよ」

「おやおや。甲野さんも物好きですなあ」

「帰りにも寄って芋《いも》も喰いますから、お代はその時に一緒でいいですね」

そう言って返事も聞かず後ろも見ずに店を出た。

何だか知らぬがもやもやとするのである。昨夕よりずっとそうなのだ。

坂を駆け上がり径に入って、更に走った。平素は見逃しがちになるのだが、何も考えずに進むと迷いなく行き着ける。

大工が二人、板を張っていた。

思いの外に大層な普請である。

焦げ跡は二階にまで及んでいたし、煤《すす》はもっと上にまで到達していた。

見上げていると声を掛けられた。

「甲野様」

「ああ――ご主人、この度《たび》はご災難でした。高遠が心配しておりまして、先《ま》ずは何が起きたのか確かめねばと――」

屋外に立つ主人の姿は新鮮だった。

「それはそれは――お心遣い感謝致します。ご覧の通りの有り様で御座《ござ》いますよ」

「撓君は」

「いや、大したことはないのですが、念のために二三日入院させております」

「何があったのです。まあ大方のことは休み処で聞きましたが、伝聞ではどうにも報告が出来ません」

「本を」

盗みに来たので御座いましょうねと主人は言った。

「どうも、此処は夜には無人になると勘違いしていたらしい。だから戸口を破って侵入したのですね。私共は夜は三階で休んでおりますから、打ち破る音で直《す》ぐに気付いたのですが――急いで降りましたところ、暴漢は何と、松明《たいまつ》を持っておりましてね」

「松明ですか」

「ご存じの通り、店内は昼でも暗《くろ》う御座いますから、明かりのつもりだったので御座いましょうが、それにしても夜討ち焼き打ちの如き有り様でしたので、流石《さすが》に動転致しました。しかし何かを問い質しますまでもなく、暴漢は私共の姿を見るなりにその炎を翳し、しかも振り回しまして――」

書物に火気は厳禁で御座いますよと主人は言った。

「火を付けるぞ燃やすぞと威されたのですが――まあそこはそれ」

お強いと聞きましたがというと、仏家《ぶっけ》は荒ごとを好みませんよと言って、主は笑った。

「二人組でしたのでね――何とか外に追い遣ろうとしたので御座いますが、一人は追い出したものの、もう一人が火を付けてしまったのです。此処は能《よ》く燃えますからね。直ぐに消さねばならない。そう思った隙に、賊は撓を殴り倒して逃げてしまったのですよ。幸いにも直ぐに弥蔵《ぞう》様が駆け付けてくださったので、手を貸して戴いて何とか火は消し止めたのですが――ご覧の通りの有り様です」

「裡《なか》は、本は無事ですか」

「正確には判りませんが、入り口付近の二三百冊は焼けるか焦げるかしてしまいました。それから、二十冊程盗まれたようです」

「高価な――本ですか」

私は相場を知りませんと主は言った。

以前もそう言っていた。

「お目当ての本が何処《どこ》にあるのか知っていたということは、まあ一度は来たことのあるお方が犯人ということでしょう」

「あ――では、あの時の」

慥《たし》か、大量に本を買い付けに来ていた業者が居たのだ。

「頬被《ほおかむ》りをしていましたからね。体格は似ていましたが、証拠もなく決め付けるようなことを為《し》てはいけません」

「しかし」

そろそろ考える時期に来ているように思いますと主は言った。

「諸行《しょぎょう》無常《むじょう》は世の習い。現世は移ろい行くものに御座います。この書楼も——形を変えねばならぬ時期に来ているのかもしれないと思い至りました」

「な」

何を仰るんですかと言った。

「いえ、何でも御座いませんよ。それより甲野様、貴方《あなた》様はこのことの次第を弥蔵様からお聞きになられたのですか」

「違います。あの坂の茶店の——鶴田さんと、それから此方《こちら》にお出でになった」

金田《きんだ》一《いち》様ですかと主は問うた。

「名前は聞いていないのですが」

「真面目な方です。きっと大成されるでしょう。でも」

「でも」

でもから先のお話が聞きたいのですと言って、主の前に回り込み、その顔を下から見上げるようにした。

「僕もその金田一さんからお話を伺いました。立派な志だとは思いましたが、その反面、その何か、何か引っ掛かっている」

主は悩ましげに眉間に皺を立て、顎を引いた。

「あの方は実直そうですし、勉強熱心な方のようです。思うに、本心からアイヌ民族に敬愛の念を抱かれている。しかし、一方でアイヌの方方《かたがた》が金田一様に本当の意味で心を開くかといえば――それは難しいのではないでしょうか。私にはそう思えてしまうのですよ」

「何故ですか」

「金田一様は、どうもご自身のお育ちになった土地の言葉を使わないよう努めていらっしゃったように思います。勘案するに、今後きちんと定められるであろう標準語を想定されていらっしゃるのでしょう」

「それが――」

「国語というのはそのまま、国の言葉という意味です。でもこの国には様様な言葉が御座います。言葉というものは、それこそ諸行無常、常に動いているもの。揺れているもの。かっちりと決まった形などありません。しかしあの方は国語というもの、日本語というものがきちんとある、出来上がっていることを前提とされているように拝察致します。その上でアイヌ語を測ろうとされている。それは――」

どうでしょうねえと言い、弔堂は珍しく悩ましげな表情を見せた。

「例えば比較するのであれば、あくまで双方を同等に扱わなければなりません。多い方が正しいだとか、少ないから正しくないなどということは御座いません。そもそも、どちらが正しくてどちらが正しくないなどという偏向した見方をしていたのでは、正しく比較することなどは出来ますまい。その言葉を使う者の多寡《たか》は言語学には関係のないことかと」

「まあ、それはそうなのでしょうが──あの人がそんな風に思っているようには感じられませんでしたが」

そうであったならこんなに気に懸かりはしなかっただろう。

その通りで御座いましょうねと弔堂は答えた。

「金田一様がそうした差別的な眼差しをお持ちでないことは、手に取るように判りました。ただ、人は規準を設けると、その規準から逸脱したものを異端として見てしまう傾向を持っておりましょう。突き抜けたものは削られ、溢《こぼ》れたものは捨てられる」

それは──。

「金田一様は多分、今後制定されるだろう国語──正しい文法や標準語をして規準と為《な》すべしとお考えなのではないかと思うので御座いますよ。それは別に、いけないことでは御座いますまい。規準を設けるのは悪いことでは御座いません。しかし、標準語という確固たるものが出来上がり、それを規準としてしまうならば、そこから零《こぼ》れ落ちた多くの言葉は、無視され黙殺されてしまうことになりはしますまいか」

「矢張り――そうなるのでしょうか。そうなると」

なくなってしまうのだろうか。必ずそうなるとは限りませんと弔堂は言った。

「ただ――範を定めるまでは良いとしても、それを敷衍《ふえん》し、ものごとを画一化するようなことをするならば、それは多くを切り捨てるということと同義にもなりましょうからね。そうなると、その時点でそこから外れた多くの言葉が捨てられてしまうことでしょう」

いいいい。

いかい。

い、い、い、い、い、

こもっつるし。

「消えてしまうということでしょうか」

いずれは、と弔堂は言う。

「それは」

いけないことでしょうかと問うと、判りませんと主は答えた。

「ご主人でも判らないなどということがあるのですか」

弔堂は笑った。

「私は何も判っておりませんよ。判らないことばかりです。だからこそ」

弔堂は背後の建物を示す。

「こんなに墓標を抱え込んでおるので御座います。まあ――実を申しますれば、これだけあっても未《ま》だ、私は」

自分の一冊に巡り合っていませんと、弔堂は言った。

「そうなのですか」

「ええ。ですから、私は墓守に過ぎないのですよ。此処に収められている墓石はどれも、私が参って良い墓ではないので御座います。それぞれ縁のあるお方と出会える日をずっと待っているので御座います。御座いますけれども」

弔堂は天を仰いだ。

「そもそも」

「何ですか」

「このままでは消えてなくなってしまうから、だから書き記しておこう、調べて残しておこうという行いは――大事なこと、立派なことなのかもしれませんし、学問としては正しい態度なのかもしれません。そうは思うのですけれども」

「ああ。僕もその、何か引っ掛かったのですよ」

「ええ。それは、なくなることが前提となっているからでは御座いますまいか。例えば、このままではなくなってしまうから、なくさないように護《まも》ろう――というのとは、少しばかり違いましょう。過去の文化や歴史を後世に残すという行いは貴重なことかと心得ますが、アイヌの方方にとって、それは過去ではなく、今で御座いましょう」

「そう――ですね」

「珍しいものでも変わったものでもない。違ったものでもありません。希少なものでもないでしょう。況《まし》て、滅び行くものなどでは決してない筈です。今を暮らしているその人達にとっては、言葉も習俗も暮らしそのものではありませんでしょうか。珍しいから蒐 集《しゅうしゅう》しよう、変わっているから調査しよう、違っているから研究しよう、希少なものだから保護しよう、滅びるだろうから保存しておこう――それらはいずれも、他者の言い分では御座いませぬか」

珍しくもないし変わってもいない。違ってもいない。普通――なのだろう。

「金田一様はそう思ってはいないのでしょう。あくまで真摯《しんし》に、学究的な立場で臨《のぞ》んでおられるのだと思います。しかし調査される方の身になって考えてみるなら」

果たしてどう受け取ったものか。

「あの方にそんなつもりはないのだとしても、貴方達の言葉は私達と違うから調べたいという物言いは――どこか驕《おご》っているように受け取られはしませぬかな」

見下している――ようにも感じられるだろうか。

「真摯であれば気持ちが通じるというものでは御座いません。アイヌの人達が、自分達の手で自分達の文化や言葉を残そうとしているというのであれば兎《と》も角《かく》、彼等はずっと、ただ暮らしていただけ。そして今も」

「ただ暮らしているだけ、ということですね」

普通に、か。

「彼等が、調査研究という大義名分に対して真の意味で胸襟《きょうきん》を開いてくれるのかどうか、それは判らないことです。ほんの僅かな蟠りでも」

蟠り。

「気付かずに放置するなら、取り返しのつかぬことにもなりましょうし」

「その、蟠りをなくし、通じ合うというか、そうしたことは出来ないものなのでしょうか」

とんでもないと弔堂は言う。

「それが対等な関係であるのなら、対等だと互いに思えるような関係が築けたならば、例えば多少の利害関係があろうとも通じ合えるものかとは思いまするが——」

「対等ですか」

「しかし、それは難儀なことなのかもしれません。人の歴史を顧みるに、異なった文化を持つ民族が異なった文化を温存したまま共存して行くという在り方は、殊《こと》の外《ほか》難しいことのようで御座います。隔離したり、同化させたり、時に殲滅したり——共存が叶ったとしても、それは融合するという形で変質して行くことの方が多いのでしょう。いずれ、多様な在り方を多様なまま温存するということは、簡単なことではないのかもしれません。ただ」

弔堂はこちらに顔を向けた。

「これは——あくまで私見なので御座いますが、アイヌと日本人は過去、それなりに共存出来ていたのではありますまいか」

「はあ。昔は本州でも暮らしていたようだ——と聞きましたが」

「そのようですね。いつの時代、どの地域で、どういう形で暮らしていたのかは存じ上げません。しかし日本語は、アイヌ語の影響を多分に受けているのではないかと考えます。勿論、私は言語学者では御座いませんので、これもまた私見でしかないので御座いますが——ただ、地名などを見る限り、それは色濃く残っている気がしております。ならばアイヌ語の方も然《しか》りなのではないかと。そうであったならば、言葉も文化も交じり合いましょうから——」

「交じり合うというのは、差異がなくなり均一になるということでしょうか。その場合も、食《は》み出した言葉は消えてなくなってしまうのではないのですか」

「少しばかり違うように思います。言葉にしても文化にしても、その場合はなくなるのではなく変化するのだ——と考えた方が良いように思いまするが」

「変化ですか」

「そうしたものは何もせず放っておいても変わって行くもので御座いましょう。伝統は日日更新されて行くもので御座いますよ。変えることなく、変わることなき伝統をこそ、因習と呼ぶのでは御座いますまいか。ですから、国語を体系化し、整理して、標準語のような規準を設けるまでは良いとして、それを固定化しようとするのは如何《いかが》なものでしょう。多くを切り捨てるのみならず、変化を止《と》めようとまですることは、あまり感心致しませんが」

「しかし、そうすると」

「でも、そこに関しては心配はないかと存じまするが。止《と》めようとして止まるものでは御座いませんよ。為政者が強制しようと学識者が啓蒙しようと、そうしたものは縷縷《るる》変化し、様変わりして行くものなので御座います。だからこそ調査し、研究し、保存しようということになるのでしょうけれどもね」

でも。

「調査対象との間には必ず軋轢は生まれましょうね。ですから、それを見越した慎重さと大いなる覚悟が——必要なのかもしれません」

「あの人は」

「ええ。金田一様に一切の悪意はない。偏見もないのだと思います。だからこそ、その本意が通じない——或いは通じなくなる時が来るようなことがあるのだとしたら、少少心が痛むので御座いますよ。余計なお世話ではあるのでしょうけれど、あの方は」

真面目そうですからと弔堂は言った。

「言葉はもっと——自由でいい」

「自由ですか」

「ええ。杓子定規《しゃくしじょうぎ》になり過ぎますと思考が硬直してものが見えなくなりましょう。あの方は真面目過ぎるのかもしれません。それは甲野様——あなたもです」

「僕もですか」

弔堂は、笑った。

自由で良いのか。

何故か少し——先が見えたような気がした。

弔堂を訪れた金田一という青年は、後にアイヌ語研究の嚆矢《こうし》となった言語学者、金田一京助《きょうすけ》である。

金田一は生涯をアイヌ語の研究に捧げ、また国語審議会標準語部会の部会長として標準語の策定にも熱心に取り組んだ。そしてまた、数多くの辞書を編んだのだった。ただ、金田一のアイヌに対する姿勢は真摯であると同時に苛烈《かれつ》でもあり、そうした姿勢は、その成果とはまた別に、後世に於《お》いては強い批判の対象ともなったようなのであるが——。

それもまた、本の中に記されていることでしょう。

探書廿肆

誕生《たんじょう》

窓から凧《たこ》が見えた。

松が取れて半月から経つというのに、この辺《あた》りの童《わらべ》は未《ま》だ正月気分が抜けないのかと思う。

だがそういう自分も大差はないのだ。暮らし振りこそ平素に戻っているのだが、心持ちの方はどうにも地に足が着いていないように思うのである。

浮かれている訳《わけ》ではない。

何と言ったものか、何かから目を逸《そ》らすためにわざと正月気分を引き摺《ず》っているだけのような気がする。

気がするというよりも、そうなのだ。

結局——。

帰省はしていないのだった。のみならず帰省しない旨を連絡することさえもしなかった。葉書も出さなかった。何度も書きかけたのだけれども、必ず手が止まるのである。

書く内容に迷いがあった訳ではない。帰らぬことは決めていたのだ。

書き出しで行き詰まるのだ。

父亡き後、実家には義母しか居ない。

義母は父の妻ではあるが、母ではない。母ではないが、実母でないというだけで、戸籍の上で母ではあるのだ。

何と呼びかければ良いのか判らない。だから一度も呼んだことがない。それは葉書の上でも同じことである。

ただ一言、帰らないとだけ記せばいいのだが。

だからそう書いてみたのだが、流石《さすが》にこれではいけないと思ったのだった。如何《いか》にも礼を欠く。まるで莫迦《ばか》にしているかのようだ。喧嘩《けんか》を売っているようなものである。そんな気はないのである。機嫌を取るつもりは毛頭ないが、厭《いや》な思いをさせるつもりもないのだった。

だからといって時候の挨拶のような常套句《じょうとうく》を並べたり、無意味な麗句《れいく》で誤魔化《ごまか》すのも見え透いていると思った。

機《おり》ある毎《ごと》に書いては止《や》め書いては止めを繰り返し、結局投函《とうかん》する前に年は明けてしまったのだった。

下宿で年を越した。

何とも後味の悪い年越しだった。

何も為《す》ることはないので大晦日も部屋で平素と変わらず字を描いていた。

向かいの部屋の尾形《おがた》も帰省はしていない。帰省しようにも汽車賃がないとぼやいていたのだ。年の瀬に翻訳仕事の依頼があったとも思えないのだが、尾形もまた机に向かったまま除夜の鐘を聞いたようだった。

いずれにしても、もう取り返しはつかないのだった。

時は巻き戻せない。後悔先に立たずと謂《い》うが、そもそも後悔している訳ではなかったのだ。所詮《しょせん》、呆《あき》れられただけだと思う。

連絡をしたところで、それが帰らぬという報《しら》せであったなら、同じように呆れられていたことだろう。

そうしてみると、自分は単に呆れられたくなくて、そのためだけの釈明《いいわけ》を彼《あ》れ此《こ》れ考えていて、その所為《せい》で葉書が書けなかったのか。

そうなら、実にくだらないことである。

呆れられても知る術《すべ》はない。遠く離れているのだし、会うこともない。縦《よし》んば知れたところでどうということもない。呆れられて当然だと自分でも考えているのである。ならば何を迷っていたのかと思う。己《おのれ》の愚かしさが可笑《おか》しくなる。半《なか》ば本当に笑いかけたところへ、実に唐突に鐘声が届いた。何処《どこ》に寺があるのかすら知らないのだけれど、除夜の鐘ではあるだろう。

あの人にも除夜の鐘は聞こえているのだろう。勿論《もちろん》、同じ鐘の音ではないのだろうが。

鐘の音を聞いているうちに、諦めが付いた。

だから正月は極めて明るく過ごした。

大家夫婦と下宿人二人が、まるで家族のように卓を囲んで雑煮を喰った。卓上には親爺《おやじ》の手になる煮染《にし》めだの黒豆だのが並び、屠蘇《とそ》も振る舞われた。

尾形の田舎では黒豆は雑煮に入れるのだという。信州《しんしゅう》は味噌仕立てではないのかと尋《き》かれたので、少なくとも自分の在《ざい》は違うと言った。

鰤《ぶり》が入るのだと言うと大家夫婦には奇異な目で見られた。まあ何故《なにゆえ》に海もないのに鰤が入るのかは識《し》らなかったのだが、尾形の話だと越中《えっちゅう》から運ぶのだろうということだった。

どうでも良いことではある。

三箇日はそうして過ごした。

年始廻りをするでもなく、村の行事もない。せめて高遠《たかとお》の処くらいには年始の挨拶に行くべきかとも思ったのだけれども、彼《か》の家は年末から御母堂の危篤状態が続いているようなので止《よ》した。そんなところに押し掛けても迷惑だろう。

何も為《し》なかった。

東京の正月は静かだと思った。

それはでも、思い込みなのだ。

ただ色色なものに耳を閉ざしていただけだろうと思う。耳を閉ざしたまままいつもの日常に傾《なだ》れ込めればそれで良いだろうと、そんな風に考えていたに違いない。

——いや。

今もそうなのだ。

窓から凧を眺《なが》めている自分は、まさに何かから逃避しているように思えなくもない。そんなことはないのだが。

己の意思で、好きにしただけだ。

別に悔いてはいない。ただ呆れられたのだろうと思うだけだし、それは仕方がないことである。呆れられるようなことをしたのだ。

目を凝《こ》らす。

凧の絵柄は金太郎だった。

遠くて小さいから違うかもしれないが字凧ではない。

何だか懐かしく思う。

父の背中を思い出す。いや、父の居る風景か。

そういえば似たような絵柄を彫った覚えがあるのだ。

そこからの連想で父のことを思い出したのかもしれない。

いや、父のことというよりも——。

突然、襖《ふすま》が開いた。

無理に頸《くび》を曲げて見ると尾形が立っていた。

「甲野君《こうの》」

「何です」

起き上がって座り直した。

尾形は後ろ手で襖を閉め、君は何を為《し》ているかねと言い乍《なが》ら座った。

「見れば判るでしょう。何も為ていませんよ。寝転がって窓の外を眺めていたんですよ」

「文字の工夫を為ていた訳ではないな」

「いや、僕だって年がら年中仕事のことを考えている訳ではない。いつも仕事を為ているように見えたなら、それは他に為《す》ることがないからですよ」

その辺は吾輩《わがはい》も一緒だがな、と尾形は言った。

「遊び方を知らん。怠け方も判らん。仕事の他は、本を読むか飯を喰うくらいしかやることがないからな。だから、したくもないのに仕事をしてしまう。貴君も同じようなものだと勝手に思っていたが」

同じだよと答えた。

「此処《ここ》の親爺さんのように浪花節《なにわぶし》が好きだとかいうこともないからね。どんな芸でも面白いとは思うし、寄席《よせ》に行けば十分《じゅうぶん》に楽しめるのだけれども、また行きたいと切に思うかと問われれば、答えは否《いな》だ。誘われれば喜んで行くけれど、自分から行くことはないだろうなあ」

「吾輩もそうだよ」

「そうだろう。だからこう、時に忘我になるのですよ。無為というのかな。何も為ないでいるのです。特にね、今はまあ、正月気分が抜けていないものだから」

それは嘘だなと尾形は言った。

「嘘とは」

「貴君はな、正月気分に浸《ひた》ってなどいなかったじゃないか。吾輩は、三箇日の間ずっと貴君のことを観察しておったのだ」

尾形はそう言って足を崩し、胡坐《あぐら》をかいて尊大に構えた。

「尾形さん。君は――何を言っているのかな」

「何をって――まあ、貴君と知り合ったのは去年の春だ。未《ま》だ一年も経たん。だから余り立ち入ったことを問い質《ただ》すのはいかんだろうと思って遠慮をしていたのだが」

「いや、何だか随分と大袈裟《おおげさ》な感じのもの言いだけれど、何ごとですか」

大袈裟なものかと尾形は言う。

「あのな、君。甲野君。慥《たし》か君のお父上が亡くなられたのは、一昨年のことだったと記憶しているが」

「そうだが」

「更《さら》に吾輩の記憶が確かなら、君が一周忌の心配をしていたのは秋口だったと思うがね」

「心配などしたかな」

「何かの機《おり》に、太った紙問屋だかの話を君がして、その時に何だか気にしていたのだ。能《よ》く覚えている」

まるで覚えていない。

太った紙問屋といえば大木《おおき》のことなのだろうが——そういえば大木から親の法要の話を聞いたようにも思う。

気にしていたのだろうか。

気にしていたようにも思う。

「つまり、君の父上は一昨年の秋以降で年明け前、つまり年の暮辺りに亡くなった、ということになるだろう」

父が死んだのは、旧暦の十一月十四日——新暦の十二月二十九日の未明のことである。

そう言うと尾形は梅干しでも喰ったように口を窄《すぼ》めた。

「矢張《やは》りそうか」

「何だね」

「つまり、だ。君の場合、年末に帰省するか否かというのは、ただ正月に里帰りするかどうかということではなくお父上の一周忌に出るか出ないかということと同義だったのではないか」

「まあ——」

そうだと言った。

「そうか。それなら向かいの爺様《じさま》が様子を伺いに来るのも宜《むべ》なるかなではないか。まあ別に盆暮れ正月に必ず親元に帰らねばならんなどという決まりはない。現にこの吾輩も帰れなかったのだからな。しかし、帰らなかったのは懐具合の問題だけではないぞ。慥《たし》かに財布の底は見えておったのだが、帰るだけの理由があれば借財をしてでも帰っていただろう」

尾形は何故か胸を張った。

「それは何ですか、一周忌というのは無理をして帰るだけの理由になる——ということですかね。まあ、月命日だの新盆《にいぼん》だのではなく一周忌ですからね。これは、まあ親不孝と誹《そし》られても仕方がないけれど」

親不孝なあと歯切れの悪い言い方をして、尾形は張った胸を萎ませ、今度は前傾して腕を組んだ。

「親不孝かどうかは、君と、亡くなったお父上との間で折り合いが付いていればそれでいいことだろう。他人に兎《と》や角《かく》謂われる筋合いはないぞ」

「そういうものですか」

「亡くなった人の気持ちは、墓前に行こうが寺に参ろうが判るものではない。だからまあ、そりゃ、君の気持ちの問題なんだよ。君に悔いがないならそれでいいだろう」

「まあ」

親孝行だと思うことはないのだが、悔いるような関係ではなかった、と思う。

「貴君にお父上に対する疚《やま》しさのようなものがないのであれば、誰がどう思おうと知ったことではなかろう。とはいうものの——概《おおむ》ね親不孝の烙印《らくいん》を押すのは第三者なのだがな。吾輩も親との確執は全くない。吾輩のことはもう諦めておるものか、叱られたこともない。こっちも納得はいかぬまでも取り立てて忤《さから》うことはしないからな。喧嘩どころか啀《いが》み合ったことすらないのだが——親類共は一様に、口を揃えて親不孝と言うからな」

そう言った後、尾形はこちらに訝《いぶか》しそうな眼差しを向けた。

「貴君の場合はどうなんだ」

「どうって——そうだなあ。親不孝だと思われてはいるだろうね」

「誰に」

「郷里の人達にですよ。此処に来た北村《きたむら》さんなんかは怒っているかもしれないな。わざわざ伝言に寄ってくれたのに無視したんですからね。連絡もしなかった。伝言を頼んだ人も」

呆れているのではなく怒っているのか。

「まあ、君自身もそう思っている訳だろ」

「何をだ」

「だから」

君も僕が親不孝だと思っているのかと問うと、まるで思わんと尾形は答えた。

「ただ不審には思うな」

「不審というのは解らないですね」

「まあね、この明治の御世《みよ》はどういう訳か侍染みておってな、情よりも孝よりも忠だの義だのが勝つ。であるからな、男は何ごとよりも仕事を優先せよという風潮なのだな。忙しくて親の死に目に会えないなんてこともざらにある。そんなことは一つも褒《ほ》められたことではないと吾輩は思うがな、それでも私事《しじ》を犠牲にした勤勉多忙は誉《ほま》れとされがちだな」

而《しこう》して尾形は大仰《おおぎょう》に言う。

「誉れも蜂《はち》の頭もない、兎《と》に角《かく》働かねば立ち行かぬ者も居《お》る」

吾輩だと尾形は胸を張る。

「働きたくとも仕事がない。赤貧《せきひん》だ。しかし、貴君は吾輩程貧窮《ひんきゅう》している様子はないな」

「君の懐具合は知らんが、まあ僕も凡《およ》そ裕福とは言い難《がた》いけども――」

「でも帰省する蓄《たくわ》えくらいはあるのだろうに。しかも、帰省出来ぬ程に急務激務があった訳でもないな」

それはまるでない。

「それなのに貴君は呆《ほう》けておったのだ。貴君はね、甲野君。自分じゃあ判っていないかもしれないが、年が明けてからずっと心此処に在《あ》らずといった様子だったのだ」

「そうかな」

そうかもしれない。

貴君はお父上が好きだったろうと尾形は言う。

「隠すことはない。そんなことは言葉の端端《はしばし》から容易に知れることだ」

「隠してはいないよ。母が死んで以降は男手一つで育てられたのだし、職人としては師匠でもあった訳だし。僕は」

父が好きだった。

尾形は身を低くして上目遣いで此方《こちら》を見据えた。

「その、ただ一人の肉親であり、推し量るにかなり貴君の人生にとって大切な人であったのだろうお父上の一周忌をすっぽかして、だな、それで齷齪《あくせく》働くでもなく、ただ呆けて黒豆を喰うておったのだぞ貴君は。これを不審と思わずして何を不審と思うか」

「そう——言われてもな」

理由は何だと尾形は問うた。

「別にない」

「それは何とも諒《りょう》解《かい》し難《がた》いな」

尾形は妙に喰い下がる。何が言いたいのか量り兼ねた。

「本当のところは——どうしても法要に出たくないなんてことはなかったんですよ。ちゃんとした理由もない。どちらでも良かったんですがね。強《し》いて言うなら、面倒だったというのが正直なところかな。出席しないという大義名分がないから、返事がし難《にく》かった訳でね」

「しかし、無視はなかろう」

「適当な理由が思い付かなかったんですよ。父は怒るかもしれないが、死んでいるんですからね。死人に嘘は吐《つ》けません。まあ、死んだ人が怒ったところで――」

何を誤魔化しているのだと尾形は言った。

それは――。

「法要というのはな、残された者が執《と》り行うものなのだ。法要などせんでも死人は怒りやしないよ。だがな、法要を執り行っている者の方は別だぞ甲野君。勿論だな、参加せずとも礼を尽くせば問題はないさ。しかし、貴君は連絡すらしていないじゃないか。先方はわざわざ使者まで立てて貴君に連絡を乞《こ》うて来ているというのに、だ」

「まあ非常識というか、礼を欠く振る舞いだとは思いますよ。すると君は、そんな僕を説教しに来た訳ですか」

人様に説教垂れる程に零落《おちぶ》れてはおらんよと尾形は言った。

「では何なのだね」

「尋き難《にく》い」

「それは困ったなあ」

「まあ、吾輩は吾輩なりに察して、何も言わずにいたのだが、こう後を引くのではなあ。余計なお世話ということは百も承知だが、まあその」

どんな事情があるのだねと尾形は問うた。

「別に――何の事情もないけれど」

「実家と――と、いうよりも、その、貴君の言うところの義母という人との関係がどうにもぎくしゃくしておるように――いやあ、これは何もかも臆測なのだけれどもな。吾輩のような他人が立ち入って良い話でもないとは思うが」

別に何もないと答えた。

実際、何かあった訳ではないのだ。

「義母、ということは後添《のちぞえ》ということなのだろうな」

「そうですよ。僕の実母は、二十年も前に亡くなっていますからね」

「なる程。要は継母《ままはは》、ということだな」

それは――どうなのだろう。

「継子虐《いじ》めにでも遇《あ》った――とかいうことなのかな」

笑ってしまった。

尾形は鼻から息を噴き出し、憤然とした。

「何を笑うかな。笑いごとではないよ甲野君。その手の深刻な話なら、吾輩は幾つも識っている。虐め殺してしまうような話だって少なくはないのだぞ。仏蘭西《フランス》の寓話などにもあるくらいだ。継子虐めというのは、洋の東西を問わずにあるのだ」

「いや、それくらいは僕も識っていますよ。しかしねえ」

しかし何だと尾形は言う。

「貴君は兄弟姉妹は居らぬのだな」

「ああ。弟か妹が居たかもしれなかったのだがね。まあ、母はその子を産む時に逝《い》ってしまった。僕が五つか六つか、そのくらいの時ですよ」

だから母の想い出は、かなり遠いものである。

「で、その、後妻には」

「後妻――か」

そうなのだろうけれど。

「父が義母と添ったのは、一昨昨年《さきおととし》のことなんですよ」

しかも。

「義母は――父より二回り以上も年下なんですよ。父は数え歳五十九で逝きましたがね、その時義母は、慥《たし》か未《ま》だ二十八くらいだった」

「はあ」

尾形は眼を円《まる》くした。

「僕とは三つくらいしか違わないのですね。と、いうよりも、その人は近所に住んでいた幼馴染みなのですよ」

それが母ですよと言った。

「僕を虐めるのは難しいでしょう」

尾形の口が半開きになる。

「そうなのか」

友人は眉尻を下げ、毟《むし》り頭のような髪の毛を掻き回した。

「それは——想像だにしておらなんだ。そうか。いやあ、そりゃ何とも吾輩の想像力の及ばぬところであった。恐れ入った」

尾形は胡坐の両膝に手を掛けて頭を下げた。

「何を恐れ入るかなあ。慥《たし》かに感想の持ち難《にく》い話だとは思うけれども、恐れ入るようなことはまるでないですよ」

「そうだがなあ。まあ幼馴染みじゃあ、その、何と言うかなあ」

「ええ。まさに何と言うかなあ、ですよ。ずっと菊坊とか菊ちゃんとか——菊江《きくえ》というのだけれどもね。そう呼んでいたのですよ。実母が亡くなるまでは、毎日一緒に遊んでいたものですよ。まあ、十歳《とお》を過ぎてからは、流石《さすが》にね、遊びはしなくなったけれどもね」

男と女だからなあと尾形は言う。

「儒者は男女七歳にして席同じゅうせずとか謂うのだろ。何だ、その——礼記《らいき》か。覚えておらんが、吾輩の親が宣《のたも》うておったわ」

「いや、我が家は代代の山暮らし、士分じゃないし、そんな厳格な家柄でもない。山の村じゃあそういう立派な教えは耳にしないですよ。まあ男の子供は六歳くらいになると小若連《こわかれん》という組に入るんですよ。それで祭やら行事に参加したり、村仕事なんかもするようになる。女にはそういう組はなかったですから。別に遊ぶなとは言われないが、組も年長になると忙しくなるし、自然に男女は別れるんですよ」

「なる程なあ。石見《いわみ》にはそういう童《こども》の組はなかったな。十五になると若連中《わかれんちゅう》というのに入れられてな、ねじけ者としては大いに不満だったが。その手のものだな」

「うちの方も十五になると若者組に移るんですがね。娘の組なんかはない。いや、でも、それだけではないんですよ。菊江――さんのご両親も、早くに亡くなっていましてね。齢《とし》の離れたお兄さんが居たのだが、この人が日清《にっしん》戦争に行って戦死されたんですよ」

「それは」

お気の毒だと尾形は言った。

「吾輩はな、凡百《あらゆる》死に様の中で戦死が一番嫌いだ。関係ないがな」

「僕だって嫌いですよ。出征して戻って来ないで、名誉の戦死だとか謂われてもねえ。残された遺族はどうなるんだという話ですから。菊江さんは親類も居《お》らず、それ以降天涯孤独で、未《ま》だ十五かそこらだったと思いますが――日清戦争って、あれは――」

「十三、いや十四年前かな」

「そんなになるんですね。それからあの人は、嫁にも行かずに村の彼方此方《あちこち》で手伝いなんかをして――」

貧しい村である。小娘が独りで生きて行くのは大変だっただろうと思う。

「あれは五年前だったと思いますが、世話焼きの伯父の周旋で、あの人はうちの住み込みの女中になったんですよ。うちは男手しかなくて、丁度《ちょうど》それまで雇っていた婆さんが腰を痛めてしまってね。その時は真逆《まさか》、こんなことになるとは――」

本当に思ってもみなかった。

だから父が菊江を嫁に娶《と》ると言い出した時は心底驚いたのだった。

否、信じられなかった。

村内での風当たりも強かったと思う。伯父などは猛反対した。

正《まさ》に親子程齢が離れている訳だから、その反応も当然ではあっただろう。隠妻《めかけ》にして囲うとでも言った方が通りは良かったのではないだろうか。

そういう気風の村なのである。

今にして思えば別にいけないことは何もないように思うのだけれど、何故か、一時的ではあるけれど、後ろ指を差されるような、背徳《うしろめた》い想いをしたものである。

しかし父には、どういう訳かそうした陰口や中傷を退《しりぞ》けるだけの徳があったようである。伯父も納得し、祝言もきちんと挙げた。

何ごとも堂堂としていれば平気なものなのだろうと、そう思ったものである。

それ以降は、何も言われなくなったのだから。

そうして幼馴染みの菊江は義理の母になった。

「そうはいうものの、どう接して良いのか、まるで判らなくてね。母さんだのお袋だのとは呼べないでしょう」

判らんと尾形は言った。

「その境遇が想像出来ん。自分の体験に寄せるだけの想像力が吾輩にはない」

「僕にだってない。まあ──でも、父が生きているうちは、未《ま》だ良かったんですよ。そりゃ多少はぎくしゃくしていましたけどね。別に嫌ってる訳じゃないですし、嫌われてる訳でもないですから。呼び方だけは決められなかったですが、それなりに馴れては来ていたのですけどもね。でも、一昨年の暮れに、父は急逝した」

卒中だった。

「亡くなる直前まで普通にしていたんですよ、父は。具合が悪そうな様子は全くなかった。正に青天の霹靂《へきれき》という奴ですよ。珍しく引き札の注文があって、一緒に夜業《よなべ》した。徹夜仕事を終えて、僕はそのまま寝てしまったんですが、父は朝風呂に入って──そのまま湯槽《ゆぶね》で亡くなっていましてね」

「そりゃ驚くなあ」

「驚くというより、もう何が何だか判らなくて。何しろ寝入り端《ばな》に悲鳴が聞こえて、起きてみればついさっきまで一緒に彫ったり摺ったりしていた父が死んでいたんですからね。義母は腰が抜けて自失しているし、先《ま》ず風呂から引き上げて寝かせるべきなのかこのままにしておくがいいのか、医者を喚《よ》ぶべきなのか、駐在でも喚んだものか、何一つ判らなくて、てんやわんやでした」

父が死んでいるということが先ず、認識出来なかったのだと思う。

医者が来て、間違いなく死んでいるということが判って、顔に白い布を掛けても未《ま》だ、どうして良いか判らなかった。隣近所や若者組や、仕事関係の人達の手を借りて、それでも何とか葬式だけは出した。

「弔いごとの間は呆けていたようなもので、能《よ》く覚えていないんですよ。喪主は義母で、後の家族は僕しか居ない訳ですから、まあ二人で色色としたのだとは思うんですがね、初七日まではそんな具合に遣《や》り過ごしたのですけどね。その後は」

居《い》た堪《たま》れなくなった。

「二人きりなんですよ。義母と。二三日過ごして——迚《とて》も暮らせないと思ったんですね。それに——狭い村ですから人目もある」

村は狭い。

情も厚い。

だからこそ勘繰るし、邪推もする。信じ込む。火などなくとも煙は立つし、根も葉もない噂も直《す》ぐに広がって、それは根深く残る。鬱陶《うっとう》しい。

案《あん》の定《じょう》、不愉快な声が聞こえて来た。

「不愉快というのは、それは、君と、その菊江さん――か。その人との、その、何だ。仲を疑う声が聞こえて来た、ということかな」

尾形は眉を歪《ゆが》め、悲しいというか虚しいというか、何とも表現し難《にく》い顔をして見せた。

「疑うのではなく、事実として語られるようなものですよ。当人に瞭然《はっきり》言わぬだけですね」

「そんなものは君――」

「勿論、何の根拠もない、出鱈目《でたらめ》ですよ。僕は父親が死んだのを良いことに若い嫁を寝取った恥知らず、あの人は親爺が死んだ途端《とたん》に息子に乗り換えた尻軽の奸婦《かんぷ》――そう囁《ささや》かれていたらしいです。酷《ひど》いのになると、老いた亭主に飽きた若い嫁と、その色香に惑った息子が共謀して殺したのじゃないかと言う者まで居たようです」

「そりゃあ君、あんまりじゃないか」

「あんまりなんですが、僕は父程人徳がなかったので悪口を抑《おさ》えることは出来ませんでしたから。伯父は憤慨していましたが、周旋した手前あってこそでしょう。内心はどうだったのか」

「そんなものは胸を張って違うと――いや、異を唱えても無駄だな」

尾形は肩を落とした。

「そういう、まあ地方独特の鄙《いやら》しさというか腥《なまぐさ》さというか、そうした陰湿な特性は吾輩も身に沁みておる。他人の心中にずかずかと入り込み、解ってもおらんくせに己の偏狭な裁量で決め付ける。その決め付けが村という小さな社会の価値規準に添えば持ち上げ、添わねば排除するのだ。徹底的にな。そこには個人の意志などないのだ。村という得体の知れぬものの意思に集団が従っておるだけで、事実も、当人の真情も関係ない。吾輩には耐えられん。都会は不人情と謂われるが、その辺は未《ま》だましだ」

吾輩にはそういう風土は合わんと尾形は言った。

「それをして不人情というなら吾輩に人情はない」

尾形はまた胸を張った。

「いや、僕は他の土地のことは識りませんけどもね。白眼視はされましたよ。事情を知っている筈《はず》の人達まで、何となく余所余所《よそよそ》しいというか、距離を置き始めて」

そういうものだと尾形は断言した。

「真実より村の判断が重視されるものなのだな。真実を知る者も口を拭《ぬぐ》うのだ。拭うだけでなく口裏を合わせ始める。知っているのに知らぬ振りをする。だから余所余所しくなる」

そういうものだと尾形はもう一度言った。

「それでなくとも、家に居づらいんですよ。互いに何かを斟酌《しんしゃく》してしまって、言葉も交わさなくなってしまった。どうにも遣り切れない。寝ても起きても尻の据わりが悪くて。それで」

家を出ることにした。

「なる程な。その気持ちは解るがね。しかしだな甲野君。家を出るという選択は兎《と》も角《かく》も、郷里を捨てるまでのことはなかったのではないかね。住まいを分けてしまえば、妙な噂も多少は収まらんか。仕事もあったのだろう」

「そうは行きませんよ。その時点で村の中に僕の居場所はなかった。それに僕一人で父の仕事を引き継ぐのは無理です。それでなくとも仕事は減っていましたしね。僕の腕じゃ無理と思ったか、噂を受けてのことなのか、注文が来ないんですよ。だから廃業するしかないとは思っていたんです。でも廃業してしまったとすると——それはそれで益々《ますます》居づらくなる訳ですよ。だからといってあの人を追い出す訳にはいかないでしょうに」

「いかんか」

「それはそれで何を謂われるか判らないですよ。若い娘を誑《たぶら》かして、弄《もてあそ》んだ揚げ句、用済みとばかりに追い出したとか謂われるでしょう。そうでなきゃ、あの人が甲斐性《かいしょ》なしの僕を見限って次の男を探しに行ったんだろうとか謂われる。それに、あの人こそ村に居場所はない。あの人はもう帰る家がないんですからね」

「しかし、家だけあったとしても仕様《しよう》があるまい。食の方便《たずき》は如何《いかが》する」

「家には幸い、父が稼ぎ貯《た》めた多少の蓄えがあったんです。あの人一人なら当面の暮らしには困らない。だから僕が家を出るのが一番良いと思ったんですよ」

「そう——かなあ」

「父は僕が二十歳を過ぎてから給金をくれるようになってね。実家暮らしで使い道もないものだから、僕は僕で貯金をしていた。僕はそれだけ持って家を出たんです。父の財産には鐚《びた》一文も手を付けていない」

「しかしな、どれだけ蓄えがあったのか知らぬがな、分限者《ぶげんしゃ》でもあるまいに、そんなものはいつまでも保《も》つ訳じゃなかろうよ。稼ぎがなければ——」

再婚すればいいんですよと言った。

「父の存命中から、あの人に言い寄って来る男は沢山《たくさん》居たんですよ。いや、父と一緒になる前から——かな。どうも、そういう女だと思われていた節がある。まあ、あんな田舎で若い娘の一人暮らしなんか然《そ》う然《そ》う出来る訳もないんですよ。だからみんなそう思ったんだろうけれども、あの人は」

——菊江は。

「妙に身持ちが固くて、男どもが寄って来るのを随分と嫌がってたようです。それで伯父も見兼ねて住み込みの仕事を世話したんでしょうし——それでも収まらなかった訳で。父と一緒になったのも、単に虫除けのような意味合いがあったんじゃないかと思いますけどもね」

「なら」

「背に腹は替えられないでしょうに」

——そう。

「未《ま》だ若いんですからね。身の振り方はどうとでもなるでしょう。だから家を出る時に、伯父にも相談して、再婚するよう進言したんですけどね。一周忌が済むまでは」

先のことは何も考えられないと言ったのだったか。それはつまり、一年経てば別の男に嫁ぐことも考えるということだろう。

「だからね、尾形君。あの人のためにも、僕は親不孝の礼儀知らずであるべきなんだ。そうすればあの人は、若くて哀れな寡婦《かふ》ということになるでしょう。その方があの人にとっては有利ですよ。村の中の立ち位置も多少は良くなる。僕は」

邪魔なのですねと言った。

「だから随分と迷ったんですが、年末に帰省するのは止《よ》したんですよ。君の言うように、僕の中で父との間の折り合いは付いていますからね。要は、一周忌にも帰らぬ親不孝者、大莫迦者なのだと村の人達に知らしめられれば良い訳です。まあ、あの人は」

呆れただろうが。怒ったのだろうか。

尾形は懐から紙巻きを出して咥《くわ》えた。

「そうか。まあ吾輩の予想を遥かに上回る真相ではあったが、反面そこまで深刻な様相は呈していないということが判って、やや安心した。だがな、甲野君」

「未《ま》だ何かありますか」

「いや、貴君はな、簡単に言えば自分の評判を下げることでその御婦人の立場を護《まも》ろうとした訳だな。それが貴君の目論見《もくろみ》通りになるのかどうかは判らんが、しかし自分を下げて他者を上げるというのは、まあ——何と言うかなあ」

無理してはおらんかと尾形は問うた。

「痩《や》せ我慢というかな」

「そんなことはないよ。十分に思案したのだ。我慢などしていない」

もっと。

もっと自由で良い、と言われて決心したことだ。柵《しがらみ》だの軛《くびき》だの足枷《あしかせ》だの、そうした諸々《もろもろ》を勘案することなく、世間体《せけんてい》なども気にすることなく、為《し》たいように為ただけである。

そう言うと、その割には後を引いておるじゃないか、と言われた。

「好きにした者というのはもっと晴れやかな顔をしておるものだぞ」

「元来、それ程明朗な質《たち》ではないのだから仕方があるまいよ」

「そうかな」

尾形は立ち上がり、煙草盆《たばこぼん》を手にして窓を開け、燐寸《マッチ》を擦《す》った。

「まあ貴君は、貴君の意思で、貴君の好きにしたのかもしらんがな。ただ甲野君。貴君はもう一つ、大事なことを忘れちゃあおらんかな」

「忘れるとは」

「こうしてみると貴君も吾輩に負けず劣らずねじけ者のようだがな」

「変わり者だというのならそうなのかもしれないが。忘れているというのは判らない」

「ま、ねじけ者はこう、捩《ねじ》れておるからな、人とは違うところを見ておる。それはそれで良いのだが、一方で普通なら見えておるものが見えなくなることがある。吾輩がそうだから能《よ》く解る。甲野君。君ね、貴君は実際、好きにしたのだろうがね」

彼女の気持ちは汲んだのかなと尾形は言った。

「彼女って――義母かい」

「菊江さんだ」

「そんなものは」

「その人がどう思っているかは聞いてないのだろ。尋ねてもいなかろう。それどころか、考えてもおらんだろうに。彼女がどうしたいのか、どう考えておるのか、その辺、貴君は全く眼中にないな」

それは――慥《たし》かにそうかもしれない。

「自分も好きにしたのだから相手も好きにすれば良いだろうと、まあそういうことを言うのだろうがな。まあ自由にするのは構わんが、貴君が自分の行いを彼女のためにしたことだと思っているのであれば、それは好き勝手というより身勝手な言い分だぞ」

「そう――かな」

「貴君がすっきりしておらぬのも、いつまでも呆けているのも、原因はその辺にあるのではないのか――と、吾輩は睨《にら》んだのだがな。好きにしたと言ってもだな、それは彼女のためにそうしたのだ、と貴君は言っておるのではないかね」

「そうだが」

「でも、彼女がそれを望んでいなかったとしたなら――だ。そりゃあ大いなる押し付けなのだし、貴君の思い上がり、傲慢ということになるじゃないか」

それは――。

「知ったことではないとは言わせないぞ甲野君。思うに、彼女のためというのは自分への弁明《いいわけ》でしかなくて、実のところは違うのではないか」

そこまで言って、尾形は煙草を揉み消して煙を外に吹き出し、窓を閉めた。

「まあ、これから先は本当のお節介だなあ。まあいい。言わぬが吉だろう。吾輩が口にすべきことではない。しかしだな――いいや、実はな、ここの親爺の猫殿が、貴君のことをやけに案じていてね」

「ご亭主がですか」

「あの親爺は浪花節語りだけあって、人の心情を汲むのに長《た》けておる。ただ機智《エスプリ》に欠けるところがあるからな、男女の繊細な機微などは――まあ吾輩の方が得手《えて》なのだなあ。だから相談されたのさ。様子が変だが甲野さんは平気だろうかとね」

「あの、ご亭主が君に、僕のことを」

「そう。吾輩に貴君のことを、だ。吾輩もそこは察しておったからね。余計なことと知りつつも尋いてみたという訳だ。いや、細かい事情は話さない。ま、大方のところは心配要《い》るまいとだけ伝えておこう」

そう言って尾形は煙草盆を置き、少しはしゃんとした方が良いなと言った。

「貴君が思っているよりも、貴君のことを気にしている者は多いのだ。それは心得ておいた方がいいと思うぞ。では――大いに邪魔をした。失敬」

そう言って尾形は自室に戻った。

その夜は余り能《よ》く眠れなかった。

一所懸命に金太郎を彫って、彫り上げて摺ると何故か何も絵が出ない。何度試しても何も摺れない。それを父が見ているのだが、怒るでもなく何故か笑っている。そんな夢を見て明け方早くに目が覚めた。

大変に寒かった。

廁《かわや》に行くべく下りて行くと、縕袍《どてら》を羽織った親爺が大根を持って突っ立っていた。相変わらず熊のような親爺は愛想良く笑って、お早いですなあと言った。

尾形から余計なことを聞かされていた所為か、まともに顔を見るのが憚《はばか》られてしまい、ハァとかへェとかいう適当な返事をし、半端《はんぱ》な愛想笑いで誤魔化してしまった。

部屋に居ても寒いだけだし、早いと言われてしまった以上は早く下宿を出ねばなるまいという妙な義務感に突き動かされて、平素よりずっと早くに出社した。

一番かと思ったが、違った。

応接に羽織袴姿の客が座っていた。

細面《ほそおもて》で、上品な髭を蓄えた、身形《みなり》の良い紳士である。代表の高遠がその相手をしている。何やら深刻そうな面持ちだった。

給仕役の貞六《さだろく》も未《ま》だ来ていないらしく茶も出ていない。挨拶も早早《そうそう》にお茶をお持ちしましょうなどと言うと、いや茶はいいよと言われた。

「甲野君。此方《こちら》は、巖谷《いわや》小波《さざなみ》先生だ。博文館《はくぶんかん》の『少年世界《しょうねんせかい》』の主筆で、『少女世界《しょうじょせかい》』の方も後見として監督していらっしゃる。これは、うちの甲野です」

名前だけは聞いていた。

急だったので緊張する間もなく、矢張り間抜けな挨拶をした。高遠は何故か少し困ったように笑って、まあ座りなさいと言った。

「今、弔堂《とむらいどう》の話をしていたのだ」

「はあ——」

「僕が今こんな仕事を為《し》ているのは、何もかもこの巖谷先生のお蔭だし、巖谷先生と知遇を得られたのは弔堂のお蔭なんだ。この会も、だから弔堂なくしてはなかったことになる」

もう随分昔のことのように思えますねと巖谷は言う。

「十五年から経つのでしょうか」

「そうですねえ」

「あの」

弔堂がどうかしたのでしょうかと問うた。

始業時間前に待ち合わせて単なる昔語りをし合っているとも思えない。

「それですよ」

巖谷はその聡明そうな額を人差指で掻いた。

「どうも様子がねえ」

「様子って――真逆《まさか》、また、襲われたとか」

昨年、弔堂は押し込みに入られて、火まで付けられている。

「いや、暴漢どもはあの一度で懲《こ》りたらしいね。あの舗《みせ》を狙うような酔狂な賊が他にいるとも思えないから、押し込みはあれきりらしいが」

「そうですか。考えてみれば、僕はあれ以来弔堂には行っていないので――で、何かあったのでしょうか」

それが能《よ》く判らないのですよと巖谷は言った。

「何でも、閉まっていることがあるそうでね」

「はあ。それはお休み、ということなんでしょうか」

しかしそれなら別段怪訝《おか》しなことではないように思う。どんな店にも休みの日というのはあるだろう。そう言うと高遠はいやいやと首を振った。

「彼処《あそこ》は定休日なんかなかったのじゃないですか、先生」

「いや、判らない。少なくとも私は行って休みだったことは一度もないですが、毎日毎日足繁く通っていた訳ではないですからね。それを言うなら、高遠さんの方が通い詰めていたのではないですか」

「まあほんの一時《いっとき》でしたがね。近かったですから。しかし——そうですねえ。まあ、あの頃はまだ曜日というのが浸透していなかった時分ですし、僕は無職でしたからね。何も考えずに行きたい時に行っていた。閉まっていた覚えは一度もないですねえ」

「でも高遠さん、年中無休というのは考え難《にく》いのじゃないですか」

「どうかなあ。仕入れか何かで遠出することはあるかもしれないし——僕もその昔、一度だけ買い取りに付き合わされたことがあるのだけれど、あの時は鋪は閉めていた筈だな」

そう言った後、違うかなと高遠は呟《つぶや》いた。

「違うとは」

「戻ってから開けたのかもしれない。そうなら半休だね。いずれにしても定休はないと思うんだよなあ」

「つまり、臨時休業というか――ご主人が留守にする時は閉まっている訳ですよね。偶々《たまたま》そこに行き当たれば、まあ、お休みだ、ということになるのじゃないですか」

「それは勿論そうなんですけどもね」

巖谷は穏やかな口調で言った。

「留守の時は、あの簾《すだれ》が出ていないようです」

戸口に提げられた、弔の一字を記した半紙が貼ってある簾である。

「いつだったか、押川春 浪《おしかわしゅんろう》君から聞いたんだけれど――」

「ああ、『寫眞畫報《しゃしんがほう》』の」

「そうそう。彼に依《よ》ると、三四年前のことだったと思うが、彼が行った時は簾がなくて戸締まりもしてあったようでね」

戸締まりが出来るのですかと問うた。

「判らないけれど、内側から心張り棒をかませて、裏口から出たのではないだろうか」

そうか。裏があるのか。

「で、彼は折角《せっかく》来たんだからと、坂下の鰻屋で白焼きを抓《つま》みに一杯引っ掛けて、飲んでいるうちに矢張りもう一度行ってみようという気になったんだそうでね。酔い醒ましに坂を上がって行ってみると、今度は簾が掛かっていた」

「開いていたのですか」

「そのようですね。何でも、ご主人はあの先の寺の和尚に喚ばれてほんの四半刻《しはんとき》出掛けていたらしい。撓《しほる》君も遣いに出ていて、誰も居なくなっていたということで――」

「すると先生、無人になる時は、四半刻であっても簾は仕舞う、ということですな」

そうなるねえと巖谷は腕を組んだ。

弔堂のご主人はあの建物に住んでらっしゃるのですよねと問うた。

「どうやら三階に住居部分があるようなのだけれど、上ったことはないな。撓君も一緒なのだろうね」

慥《たし》かそう言っていた。

「そもそもあの弔堂というのは、いつからあるのですか」

巖谷と高遠は顔を見合わせた。

「甲野君、君は――どうにも、根本的なことを尋くなあ。それはまあ、僕等《ら》も知りたいところだなあ」

「お二人とも、御存じないのですか」

何も知らないのですよ、と巖谷は言った。

「ご主人の名前さえずっと知りませんでしたからね。まあ、行き付けの店であっても店主の名前を必ず識っているかといえばそれはない訳だから、当然のことでもあるのでしょうが。素性となるともっと判りませんね。元は禅僧だということくらいしか――」

「勝海舟《かつかいしゅう》先生の同門だとか、乃木《のぎ》将軍家の菩提寺《ぼだいじ》の住職だったとか、嘘か真実《ほんとう》か判らないような噂は幾つか耳にしましたけれどもね。実際、福澤諭吉《ふくざわゆきち》先生なんかとも親交があったようですから、強《あなが》ち出鱈目でもないのでしょうが」

勝先生が通われていたのは本当のようですよと言った。

鶴田《つるた》も勝海舟が通っていたと言っていたのだ。同門というのが何の同門なのかは判らないけれど、何だか識らないが強いとも聞いた。

「まあ良い意味で得体の知れない人ではありますなあ」

「齢《とし》も全く判らないですからねえ。若く見える時もありますが、そうでない時もある。勝先生というのは、ご存命ならお幾歳《いくつ》なのでしょうね」

八十五六ではないでしょうかと高遠が答えた。

「ご主人もそのくらい――ということはないですね、流石《さすが》に」

それはないなあと高遠は言う。

「乃木将軍は、慥《たし》か未《ま》だ還暦前だったのじゃないのでしょうか。ならば、そのくらいではないんですかねえ」

「ああ」

そういえば。

「あの、昨年、弔堂で帝國圖書館の館長さんと一緒になったのですが」

田中稲城《たなかいなぎ》先生ですかと巖谷が問う。

「そうです、そうです。その田中先生がですね、此処は御一新《ごいっしん》前からあるのだというようなことを仰《おつしや》ってました」

「御一新前って――いやいや、それが本当だとするなら、最短でも四十年は経っているということですか」

それはどうだろうなあと高遠は言う。

「初見《しょけん》の時、僕はあの人を――そうだなあ、三十路《みそじ》か、四十路《よそじ》か、そのくらいだと思ったんだけどなあ」

「勘定が合いませんね」

「合いませんな。あれは慥《たし》か明治二十五年くらいだから、当時四十歳とすると――十五歳より前から営《や》っていることになりますな。そんな訳はないだろうしなあ」

「それに、あの舗《みせ》はご主人が還俗《げんぞく》してから始めたのでしょう。それだと十五より前に僧を辞めたことになりますよ。それだと僧侶というより小僧さんではないですか」

「少なくとも住職になるのは無理でしょうね。小坊主ですよ。まあ、住職だったという話も噂に過ぎないんですけどね。しかし、田中先生がいい加減なことを言うとも思えないですからねえ。それは、例えばあの建物のことじゃないのかな甲野君。あの大廈《たいか》だけが御一新前からあった、という話ではないのかな」

それはないでしょう高遠さんと巖谷が言った。

「何のためにあんな建物を建てますか。他の用途は思い付きませんよ。あれは書物のための建物ではないですか」

慥《たし》かに、他の用途が考えられない造作《ぞうさく》のように思う。

何かを改築したのだとしても、改築前が想像出来ない。

「そうですねえ。それじゃあ舗は以前からあったけれども、あのご主人は二代目だとか――いや、それもないですね」

「考え難《にく》いでしょうね」

巖谷はそう言った。

「あの書舗はあの人でないと維持していけないと思いますけれどもね。そもそもあの人は、あの霊廟《れいびょう》で書物を弔っていると言っているのです。他の人にそんな真似《まね》は出来ないのではないですか。先代が居たとは考えづらいですよね」

「考えづらいというよりも考えられませんな。しかしですね、考えてみれば、そもそも瓦解《がかい》前に個人があんなに大量の書物を集めるのは無理じゃないですかね。御一新前だと、洋装本も少ない――というか、手に入れられないでしょう。和書漢籍だけ収蔵するならあんな造りにはしないでしょうし――当時はなかった雑誌だの洋書だのをいずれ買い集めることを前提として建てた、ということですか。どうだろうなあ」

それはそうなのだ。

瓦解前には雑誌などない。異国の本も殆《ほとん》どなかろう。

「すると、書物に対する姿勢は兎《と》も角《かく》として、蔵書だけは誰かから引き継いだ、ということでしょうか。かなり風変わりではあるけれど、彼処《あそこ》は寺院の経蔵のようなもので、蔵書ごと引き継いで、後にそれを改築した——ということなのかもしれませんね。まあ洋書の格納に合わせて棚の造作に手を入れることならば出来るでしょうしね」

「しかし先生。そうだとしても、少なくともあの建物は彼処の先の寺の経蔵なんかじゃないですよ。経蔵なら境内に建てるでしょう。半端に離れてますよ。それにあの寺のものなら何故引き継がなければならないのか判りませんでしょう。廃寺になったとかいうのなら別ですが、寺は今もあるんだし。しかして他の寺のものというのはもっと考え難《にく》いですが」

謎ですねえと言い、巖谷は小振りな口髭を撫《な》でた。

「ただ、あれだけの量があるのですからね。その基礎となる文庫のようなものはあったようにも思うけれどもなあ」

いや。

「ああ。でも——そういえば、弔堂にある本は凡《すべ》て自分が買ったものなのだというようなことも仰っていましたが」

無頼《ぶらい》のせどり屋に向けてそんなことを言っていたと思う。

何者なのかねえと高遠は言う。

「まあ——冊数の問題ではないのだろうし、書物を銭金《ぜにかね》に換算するなど以《もっ》ての外《ほか》だと言われてしまうのだろうけれど——あれだけの数の書物を買い集めるのにどれだけの財力が要るものですかねえ」

「お金もそうですが」

手間も掛かりますよと巖谷は言う。

「私は世界中のお伽噺《とぎばなし》をこつこつ集めているのだけれど、文献整理というのはそれは面倒なものなのですよ。量が増えて来ると殊更《ことさら》難しい。弔堂は分類も整頓も行き届いている。弔堂のご主人は、実にきっちりしています、お人柄なんでしょうが」

こうなると益々人とは思えないですねえと言って高遠は笑った。

「ご主人の正体はさて置いて、そうしてみると弔堂に関しては舗を休むなんてことはないように思えて来ますね。元日だって営っていそうだ。あの主人にお休みは似つかわしくないですからな。でも、泉《いずみ》さん——泉先生も田山《たやま》先生も入れなかった訳ですよね」

巖谷は首肯《うなず》いた。

「入り口に簾は下がっていたようなんですけれどもねえ」

「するとあの、弔の一文字はちゃんとあったと」

それがねえ、と巖谷は悩ましげに眉を顰《ひそ》めた。

「泉君はあの、簾にいつも貼ってある半紙にね、閉という字が書かれていたと言う」

「へい、とは、閉じるの閉の字ですか」

そう問うと巖谷は首肯《うなず》いた。

「それはねえ。どうなんでしょうな。私は弔以外の文字を一度として見たことがない。高遠さんはどうです」

覚えはないですなと高遠は答えた。

「まあ、あの看板というか表札というか、あの字は毎朝ご主人が書いたものを貼っているんだと撓君に聞いたことがありますから、どんな字も書けるんでしょうけども」

毎日書き直しているのですかと問うと、そうらしいなあと高遠は答えた。

「しかし他の文字は見たことがない。見間違いということはないのですか」

巖谷は首を横に振った。

「それはねえ、ないのじゃないかなあ。あの気立ての細かい泉君のことだから、見間違うことはないと思いますよ。まあ——田山君は気が付かなかったようですが」

高遠はこちらに顔を向けると、少し小声で言った。

「泉というのは『婦系圖《おんなけいず》』の泉鏡花《きょうか》先生、田山というのは、博文館の『文章世界《ぶんしょうせかい》』の主任編集をされている——というより、昨年『蒲團《ふとん》』で話題になった、田山花袋《かたい》先生のことだよ」

いずれも読んだことはないが、著者名の方は聞いたことがあった。

「泉さんは仰る通り細かいところに気付く人ではありますがねえ。しかし、田山先生は気付かなかった訳ですか、何も。簾はあったのでしょうかね」

「それはあったんだろうと思いますよ。簾がなければかなり景色が違うから、流石《さすが》に気付くのじゃないかなあ。まあ、田山君には」

見えなかったんでしょうね、と巖谷は言った。

貼ってなかったんじゃないですか、と言った。

「大雨の日などは貼ってないこともありますよね。僕は一度何も貼っていない時に行ったことがあります。野分《のわき》の時などは、雨は横殴りになる。濡れると破けてしまうし、風で飛んでしまうからだと仰ってましたけども」

「いや、貼ってあったんだと思いますけどね」

「そうですか。まあこの時期野分もないでしょうが、簾を上げて入ろうとするなら、丁度あの紙は目の前になる訳ですから、見えないなんてことはないような気がしますが――」

巖谷は上品に笑った。

「見えなかったというより見なかったんですよ。何も貼っていなければそれこそ気付くでしょう。でも紙は貼ってあって、字も書いてあったんですよ。だから田山君はいつもの貼り紙だと思い込んでいきなり簾を捲《めく》り上げて戸を開けようとしたんだろうと」

「すると田山先生は――文字を確かめずに猪突猛進《ちょとつもうしん》された訳ですね」

「そうだと思いますよ。何でも友人の官吏《かんり》に依る『蒲團』の書評に関して、主《あるじ》の意見が聞きたかったんだそうですが」

「友人の官吏というのは、法制局参事官で宮内書記官の柳田《やなぎた》さんですかな」

「そうです、そうです。柳田さんも弔堂の常連だったそうですからね。官吏になられてからは多忙で通えなくなったらしいが」

「それでその、田山先生はどうなさったんですか。戸は――」

「戸は開かなかったんだと言っていましたね。それで何度か戸を叩いたらしいですがね。応答はなかったと言うんだな」

「戸が開かないということは心張り棒が咬《か》まされていたということになるんでしょうか。彼処《あそこ》は錠前が付いている訳じゃないですよね。あ、それとも不用心だから新調したのでしょうか」

戸口の周りは暴漢に燃やされてしまったので修繕している筈である。

「いや、錠前は付けないと思いますけどねえ。押川君の話だと外出の際は戸締まりをするようだが、夜間はそのまま――まあこれは私の想像というか、希望のようなものなんですけどね」

そう言うと、巖谷は何故か楽しそうに笑った。

「そういう用心の仕方はされないと思うのですよ。あの人は、書物は大層《たいそう》大切にするんだけれど、ものとしての書物に対する執着はないでしょう。この間の泥棒も、聞けば松明《たいまつ》を翳《かざ》していたとか」

「そうみたいですが」

「ご主人は、もし火の気がなければ放っておいたような気がするんですよ」

それじゃあ盗み放題ではありませんかと言うと、そうですねえと巖谷は暢気《のんき》に答えた。

「そんな気がするんですよ。そもそも防犯という見地から見るなら、心張り棒などあまり意味がないでしょう。裡《なか》に人が居る時は、夜でも心張り棒など咬ませないのではないかなあ」

「でも、そうすると、戸が開かないのなら留守だった、ということですよね」

「いや、しかし簾はちゃんと下がっていて、紙も貼ってあった――らしい訳ですからね。押川君の話なんかを勘案するに、簾が下がっている以上は、留守ではなかった、ということになると思うのだけれどねえ」

「裡には誰か居た、ということですか。心張り棒を支《か》って籠っていたと」

「そう。いずれにしても留守ではなかったんだと思うんです。ただ、戸を叩いても出て来ないというのが気になるんですよ。田山君は馬力がありますからね。戸を打ち破る程の勢いで叩いたのではないかと、ね。泉君などは貼り紙を見て、そのまま貼り紙に一礼して静静《しずしず》と引き返し

「――たようだけれども――」

好対照というか両極端というかと言って高遠は笑う。

「ところでそのお二人が行かれたのは、同じ日なんですか」

「それが違うんですよ。泉君は年始がてらに年明け直《す》ぐ、田山君は先週」

「そうですか。実は先週、博文館の人からも聞いているんですよ。噺家の三遊亭何某《さんゆうていなにがし》、名前は忘れてしまったが、その人が弔堂に行ったらば、開いていなかった——と」

「噺家さんが行かれたのですか」

「実は先日亡くなったあのステテコの圓遊《えんゆう》が能《よ》く通ってたらしいね。圓遊さん、生前に何か注文していたようで、弟子が取りに行ったんです。でもねえ、弔堂が閉まってるなんて、そんなことがあるかと思いましてね。その時丁度遊説《ゆうぜい》から戻られていた哲學館《てつがくかん》の井上《いのうえ》先生にお会いする機会があったので——ほら、一昨年に東洋大學《とうようだいがく》設立が認可されたでしょう、文部省に。だから忙しいお体なんですが、その話をしたらば、それは考え難《にく》いと仰る。偶々留守だったか、そうでないなら何かあったのじゃないかというんですよ。火事の話は耳にしてらしたようで」

そうなると益々気になってしまってと言って、高遠は口角を下げた。

「そこで、朝日新聞《あさひしんぶん》を通じて夏目《なつめ》先生にお伺いしてみたのですよ。夏目先生も彼処とは長いでしょう。何かご存じじゃないかと」

「何と仰ってましたか」

「何も聞いていないと」

「そうですか」

「ただ、真実《ほんとう》なら休みがあるということかと驚かれていたようです」

「どなたでもそう思われるのですねえ。すると、矢張り妙なのかな」

「妙――ですな。しかも、少なくとも年が明けてから三日は休んでいるということになる。これは妙ですよ先生。しかし夏目先生もご存じないとなると、もう柳田さんくらいしか伝手《つて》はないですね。伝手といっても直接面識はないからなあ。後は森《もり》先生か。でも日露《にちろ》戦争からこっちお忙しそうですしねえ。陸軍軍医総監に着任されたようですし」

「そうですねえ。尾崎《おざき》先生もお亡くなりになってしまったし、博文館の大橋《おおはし》さんも亡くなられた。昔を識る人がどんどん居なくなります。世の無常を感じないでもないですねえ」

巖谷も高遠も、揃って寂しそうな顔になった。

「今や、ご主人の昔を知る方も多くない訳でしょう。と、いうか、それに就《つ》いては」

誰も知らない――と、高遠は言った。

「まあ、あのご主人に関しては素性も年齢も、判らないままにしておいた方が良いような気がしますよ高遠さん。弔堂はそういう処だし、ご主人はそういう人でしょう。ただ彼処が開いていないというのは――どうにもねえ。少しばかり気になるんですよね」

気になりますよねえと高遠も繰り返した。

慥《たし》かに気にはなる。気になるといえば。

「そう、火事の様子伺いに行った時のことですが、ご主人が少少気になることを呟かれていたんですよねえ」

二人は揃って此方《こちら》に顔を向けた。

「何と言っていたね」

「それが、正確に記憶してはいないのですが、慥《たし》か、諸行無常《しょぎょうむじょう》は世の習い、そろそろ考える時期に来ている——とか、そんなような」

「考える時期とは」

「いや、僕には判りませんよ。そうですね、形を変えねばならぬ云云《うんぬん》ということも仰っていたでしょうかね。まあ僕に向けて言ったのではなくて、独り言のようなものでしたが」

益々気になるなあと高遠は言った。

「何であれ本人に尋くのが一番早い。これから素っ飛んで行きたいところだが」

駄目ですよと巖谷が言う。

「私達はこれから博文館に行かなくてはいけないでしょう。この印刷造本改良會《いんさつぞうほんかいりょうかい》の存続に関わる大事な会合ですよ」

「そうなんですがね」

「待ってください高遠さん。そ、そんなことになっているんですか。解散しちゃうとか」

違う違うと高遠は手を振った。

「発足一年を超しての成果報告をしなくちゃならないんだ。営利団体ではないものの、運営にはお金が掛かるからね。出資者は多い方が良い。様様な業種の協力も必要になるし、出版会社やら印刷会社からは要望も出ているしね。まあそうした会合があるんだ」

それは大事な会合である。

「まる一日掛かるだろうなあ」

「そうですねえ。しかし高遠さん。弔堂に関して言うなら、一刻を争うようなことではないでしょう。日を改めて行ってみれば済むことですよ。此処で彼《あ》れ此《こ》れ臆測を巡らせていても始まらない。何であれ本人に尋くしかないことですからね」

取《と》り敢《あ》えず今から僕が行ってみましょうかと言った。

「お二人の代わりに」

そうじゃない。

自分が行きたいのだ。

そう言えばいいのに。

ちっとも――好きにしていない。何かしら理由を付けてしまっている。誰かのために、というのは、要するに誰かに責任を押し付けているだけなのか。そんなのは――自由じゃない。

「行きたいんです。僕も――気になってしまって」

「行ってくれ」

高遠はそう言った。

「今、直《す》ぐ行ってくれないか。巖谷先生と話をしていたら余計に心配になって来た。慥《たし》かに先生の仰る通り、一刻を争うような話ではないが、僕の中では」

一刻を争うんだよと高遠は言った。

「間もなく貞六が来るだろうから、そうしたら僕と巖谷先生は博文館に向かうことにする。君は——行けるのならもう行ってくれないか」

承知しましたと言って席を立った。

気が付けば外套《がいとう》も脱いでいない。それどころか襟巻《えりま》きも巻いたままだった。

外は寒かった。

移動中は何も考えなかった。

考えられなかったというべきだろうか。

坂下に到り、見上げると大きく重そうな荷を付けた馬車が坂を下りて来るところだった。

もう何箇月も通っているが、初めて見る光景である。

馬の鼻先には真っ白な靄《もや》がかかっている。

いいや、あれは靄ではなく鼻息なのだ。

その鼻息に威圧されて足を止める。

馬の体温は人よりも高いのか。

馬は、豪《えら》く大きいのだ。

路肩に避《よ》けて遣り過ごした。

大きな獣と大きな荷物がのろのろと目の前を過《よぎ》って行った。

坂を上って、鶴田の休み処に到った。

考えてみれば顔を洗って口を漱《すす》いだだけで何も口に入れていないのだった。茶くらい飲んで行こうかと思ったのだが、時間が早いから未《ま》だ開いていないかもしれぬ。休み処の幟旗《のぼりばた》も立っていないのだ。流石に開店前なのだろうと思いふと見ると縁台に人が腰掛けている。

鶴田かと思って能《よ》く見れば、座っているのは平素と違い女房のお芳《よし》なのであった。

「お芳さん。もう店は開けているんですか」

「ああ」

お芳は顔を上げた。何だか様子が変である。

「甲野さんかね。今日はやけに早いですねえ」

「まあそうなんですが、何かあったんですか」

「いや、実はうちの年寄り——弥蔵《やぞう》さんがね」

「どうかしたんですか」

倒れてしまってとお芳は言った。

「た、倒れたって」

「それがねえ。昨日の朝ですよ。来てみたら便所の前で倒れてましてね。もう、吃驚《びっくり》しちまってね。妾《あたし》ア慌《あわ》てちまってさ」

「そ、それで真逆《まさか》」

「いや、死んじゃいなかったですわ。息はあったんですよ。だからうちのが担《かつ》いで、大慌てで病院に連れてったんですけどもね。もう少し遅けりゃ西向いてただろうってことでねえ」

お芳は泣きそうな顔をした。

「何とか一命取り留めて、今は落ち着いてますわ。お医者の話だと養生すりゃ本復するし、今日の明日のってことはないようなんだけれど——それだってねえ。暫《しばら》くは入院だってことでしてねえ。だから、ああ」

お芳は立ち上がった。

視軸《しじく》の先に目を遣ると、鶴田が息急《いきせ》き切って坂を駆け上がって来るところだった。

馬のように白い息を吐《は》き散らしている。

「ああ、こりゃ甲野さん。いやあ、まあその、何だ」

店の前で止《と》まると鶴田は両手を両膝に突いて大きく息を吐《つ》いた。

まるで腹の中の蟠《わだかま》りが噴き出したようだ。

肩で息をしている。

「どうしたんだねお前さん」

「どうもない。ちゃんと出来たから心配ない。いやあ、電信というのかね、電報ですか。あれをばね、初めて頼んで来たんですよあたしは」

「電報ですか」

「爺様《じさま》の郷里にです。あの人は会津《あいづ》だかに娘さんとお孫さんが居るんですよ」

「ああ。聞きました」

「いやまあ、持ち直したんで直《す》ぐに死んじまうようなこたァない。でも万が一てえことはありますしね。あの口の悪い爺様が、悪態も吐《つ》かずに温順《おとな》しく寝てるもんでねえ。あたしゃ却って心配になっちまってねえ」

鶴田も泣きそうな顔になった。

「何しろ、あの偏屈者は四十年だか郷里と音信不通にしてたんですから。去年帰省してなきゃあ生涯会えなかったんですよ。だから報せておこうと思ってね」

「電報というのはそんなに即座に届くものですか」

届きましょうよと鶴田は言った。

「何しろ電気ですから。そりゃもう速いでしょうや。まあ、最後は配達の人が手で持ってくんでしょうがね。福島《ふくしま》までは電気でしょうからな」

大《たい》して解ってないねあんた、とお芳が言った。

「送り元は此処の所番地にしたかい」

したしたと鶴田は言う。

「まあ会津ってのは遠いからねえ。汽車賃も莫迦にならないし、見舞いに出て来るかどうかは判らないけどもなあ」

来るだろさとお芳は言う。

「聞くところ、妙な蟠りはもうないようじゃないか。なら、ただの親娘《おやこ》だものさ。それに孫の顔見りゃ、爺ちゃんも元気になるだろ」

偏屈だからねえと鶴田は言った。

「それより甲野さん、あんた」

「ああ。お茶を一杯ください」

あたしにもお呉《く》れと鶴田は言って、先に縁台に座った。

心配ですねと言うと心配ですよと鶴田は答えた。

「別に血が繋がってる訳でもないんですけどもね。爺様の方はどんな風に思ってるか判りませんし、こんなこと言うと迷惑がるでしょうがね、あの爺さんは、あたしにとっちゃ家族みたいなもんですからねえ。赤の他人だったんだけども」

家族――なのだろう。

「それより、弔堂ですか甲野さん」

「ああ。そうなんですが――そうだ。こんな時に何なんですが、最近、弔堂に変わったことはありませんかね。何でもいいんですが」

ありますねと鶴田は言った。

「ある――んですか」

「ええ。そのね、年が明けて直《す》ぐですかねえ――」

あ、明けましてお目出度《めでと》う御座《ござ》いますと今更乍《なが》らに鶴田は言った。まあ、今年初めてではあるのだが。

「でもって、年明け早早に、何だか偉そうなお坊さんが来ましてね」

「お坊さんですか」

「ええ。それが、徳富蘇峰《とくとみそほう》先生がご一緒でしてね。徳富先生は、どういう訳だかうちの爺様と面識があるんですな。そこで、まあ畏れ多くもこの休み処にですよ、挨拶に立ち寄られたんですなあ」

あの坊さんはなんという人だったかねえお芳と、鶴田は大きな声で言った。

「何でも、洋行帰りの偉い坊さんらしいですよ。それが何だか目付きの鋭い人でねえ。笑っても眼が怖いてえ人、居ましょうよ。坊さんというより剣豪、てえ風格で。眼光鋭い。ありゃうちの爺様と好《い》い勝負ですよ」

「釋《しゃく》宗演《そうえん》さんとか聞いたけどねえ」

そう言ってお芳は茶を呉れた。

熱くて真《まこと》に旨《うま》かった。

「そうそう。有名な坊さんらしいですけどね、あたしは識らない。尤《もっと》もあたしは殆どの坊さんを知りませんが。ただ間違いなく大物なので、迚《とて》もこんな廉《やす》い茶は出せなかったですなあ」

「何言ってんだい。専《もっぱ》ら弥蔵さんが相手してて、あんたは其処《そこ》の隅で尿《いばり》我慢してる童《こども》みたいに突っ立ってただけじゃないかね。茶も出したよ」

「出したかねえ。この茶だよ。いや、女房の言う通り、あたしは話に咬めないでいたもんだから、坊様達と爺様が何を話してたのかァまるで判らない。うちの爺様ァ、口の重い偏屈者ですからね、尋いたところで何も教えちゃあくれませんでしたしね。でも、弔堂の話してたんだとは思いますよ」

「そうですか」

「そうだと思いますね。徳富先生とうちの爺様には何の共通点もない。月と泥亀《すっぽん》どころか、お天道様《てんと》と銭亀くらいの擦れ違いっぷりですわ。共通の話題は弔堂だけでしょうからな。でもって、まあ、それから後のことですよ。馬車が来る」

「あ」

さっきの馬車か。

「今、其処で大きな荷馬車と擦れ違いましたが――」

「また来ましたかね。ま、これまでにも馬車だの人力《じんりき》だのが来るこたァありましたがね。その坊さんと徳富先生も人力でお出《い》でになったんですし。でも、そりゃまあ年に何回かですよ。こう頻繁《ひんぱん》に通って来るこたァなかったね」

「来るって、弔堂に、ですか」

「寺ァ行くんならば、向こうのね、裏っ側《かわ》からでしょうよ。その方が近いんだから。幾《いく》ら正門に続く参道だからって、お寺参りに行く訳じゃない、荷運びでしょ。ならあんな細っこい路《みち》ィ辿《たど》って行くこたぁないでしょうに」

「そうかもしれませんが」

「もう、一日置きくらいに通りますからねえ。何かあったのか、何をしてるのか――いや、あたしゃ、あの馬車に就いてもうちの爺様に尋ねてみたんですけどね。もしや何か知っちゃないかと思いましてね。坊様から某《なにがし》か聞いてるかもしらんでしょう。でも、いつもの調子で素《す》っ恍惚《とぼ》けられましたよ。そんなことは――知ったことではない、と」

「秘密なんですかね」

違う違うと鶴田は手を振った。

「お前にゃ関係ねえだろと。俺にだって関係ねえや――ってな具合でね。関係なくとも気にはなりやしょうよ。ま、執拗《しつこ》く問い質しゃ何か教えてくれたのかもしれませんがね。でも倒れちまったからねえ。今はふがふがしてますしね。元気であっても重い口が、もうすっかり閉じちまってね。聞いたところで」

詮ないでしょうなと鶴田は言った。

鶴田は天を見上げた。

「もう――明治の世も四十一年ですよ甲野さん」

「そうですが」

「これから先、どうなるんでしょうなこの世の中は」

「さあ」

何を——言い出すのだろう。

「あたしゃね、瓦解前のこたァ識りませんけどもね、生まれてからこっちは、もう毎日改良改良でしょ。良くなるのが当たり前だと思ってましたしね、現に良くなった。能《よ》かァ識りませんが、今頃は会津に電気で報せが届いてますよ。うちの爺様だって、二昔前ならおッ死《ち》んでたでしょうしねえ。いや、こんな世の中になろうたあ、子供《がき》の頃は思ってなかったけどもね。一方で、ふと立ち止まってみますてェとね」

あたしゃ些細《ちっ》とも改良されてないと鶴田は言った。

「まあ、不便よりゃ便利の方がいいんでしょうけどもねえ。うちの爺様は能《よ》く時流にゃ乗れない乗りたくない乗り遅れたと言ってましたがね。今はその気持ちが解りますよ。進歩しないあたしは、世の中の流れにまるで追い付いてないんだね。乗っかってるつもりが、気が付きゃ追い掛けてばかりいるような気がするんですな」

時流をですかと問うと、鶴田はそうですなあと曖昧《あいまい》な返事をする。

「便利なのは良いけど、そのうち便利が人を追い越しちまうような気がしてね」

「それは、少し解り難《にく》いですが」

あたしも解らないと鶴田は言う。

「ただね、例えば露西亜《ロシア》人と闘えと謂われたって、あたしにゃこの拳骨《げんこ》くらいしか武器はないでしょ」

鶴田は拳を見せる。

「会ったこたないですが、露西亜の人ってのは大きいんでしょうし、あたしゃこんなだし、弱い。瞬《またた》く間に負けましょ。でも、まあ相手が腹でも毀《こわ》してりゃ何かの拍子に勝つかもしれないですけどね。それでもね、勝ったって負けたって互いに死にゃしませんよ。たん瘤《こぶ》だの青痣《あおあざ》は出来ましょうけどもね。痛いだけ。でも、鉄砲持ってりゃ話は別だ。死にましょう」

「そうだろうね」

「鉄砲ってのも、ありゃ」

便利のうちでしょと鶴田は言う。

「病院の寝台で引っ繰り返ってる枯れた爺様に付き添ってて、そう思ったんですな。うちの爺様もね、まあ、刀なんてものがなけりゃもっと楽な人生送ってただろうな――とね、そう思っちまった。刀だって、ありゃ便利のうちでしょうに。刃物に違いはないですわ。包丁がなきゃ魚《うお》は捌《さば》けませんからな。ですからね、便利ってなあ」

時に危ないと鶴田は言う。

「異国と戦争するような便利は――人を追い越しちゃいませんかねえ」

「そうですねえ」

「そのね、だから人より便利が勝っちまっちゃあ、いかんのじゃないかとね。人も一緒に改良されりゃ、まあ悪いことも起きんのじゃないかと思いますけどね。でもあたしゃ、僅《わず》かばかりも進歩してませんな」

爺様は良くなるかなあと鶴田は言う。

「あの人はね、ずっと下向いて歯嚙《はが》みして生きて来た人でね。あの人が悪いんじゃないんだけどね。世の中の変わり目に行き当たって、乗り遅れたんだねえ。乗りゃいいってもんじゃないんだろうけどもね、乗らないで、追い掛けもしないでいるてえと、どんどん離れて行くんですわ、世間がね」

潮目ってのはあるでしょうねと鶴田は言う。

「まあ残りは少ないンだろうけど、少しでもあの爺様に便利の恩恵を受けさせてやりたいと思いましてね。電報なんぞを打って見た訳ですけどね」

来るかなあ孫と言って鶴田は坂上に視軸を移した。

「何だか、漫《そぞ》ろな気になりますなあ。世の中ってのはこんなに忙《せわ》しないものでしたかねえ。あたしも、爺様と同じく」

乗り遅れそうですわと言い、鶴田は茶を飲み干した。

鶴田の店を後にして、弔堂へと向かう径《こみち》に入った。

右手の木立は葉が落ちていて空《す》いている。隙間から枯れた畑が覗《のぞ》いている。

左手の森だか山だかもすっかり色が抜けている。雪こそないが、草木が芽吹くのは未《ま》だ先なのだろう。

これまでに一体何人の人がこの径を歩いたのだろうなどと思う。そう思って地べたを見る。

馬の蹄《ひづめ》の跡らしい窪《くぼ》みと、轍《わだち》が残っている。車輪の幅は路幅と殆ど変わらない。

能《よ》く通れるものだと思う。

ずっと下を見乍《なが》ら歩いた。

蹄の跡が乱れ、轍が曲がり途絶えた処で、顔を上げた。左手を見る。

大きな、陸燈台《おかとうだい》のような建物が聳《そび》えていた。

なる程、轍の導きがあれば行き過ぎることなどないのだ。

平素より早く着いた気がする。

見失うこともない。彷徨《ほうこう》することもない。当惑することもない。その分、酩酊《めいてい》感も陶酔感もない。

効率やら利便やらが切り捨ててしまうものというのは、意外に大きいものなのだ。

簾は下がっていたけれど、半紙は貼られていなかった。綺麗《きれい》に晴れ上がっているし、天候の所為ではない。巖谷小波の考えが正しければ、簾が出ているなら人は居るのだ。

簾の前に立ち、見上げる。

文字通り、頸《くび》が痛くなる。

恐る恐る簾を捲《めく》ると、普段は閉まっている戸が開いていた。

首だけ差し入れて覗き込む。

刹那《せつな》、舗を間違えたのかと思った。絶対に間違っている筈はないのだが。

明るい。

壁面は黒い。

どうなっているのか解らない。

一歩踏み入れてもう一度見回す。

並んでいた平台がない。その代わり床に洋燈《ランプ》が幾つも置かれていた。明るい筈である。

壁面の書架には——。

「本が」

「あら」

帳場から撓が顔を覗かせた。

「甲野さん。あ——」

お客様ですかという——。

女声《にょせい》が聞こえた。

「え——その」

「撓さん、貼り紙を忘れたのでしょう」

「あ、はい。そのようです。しかも戸も閉めていませんでした」

いけませんねえと言い乍《なが》ら階段を下りて来たのは――。

ご婦人だった。

洋装である。年齢は判らない。多分。

菊江と同じくらいだろうか。

その人は階段の下に姿勢良く凜《りん》と立って、申し訳御座いませんと頭を下げた。

「本日は舗を閉めておりまして」

「あ、あの」

鼻筋の通った切り髪の、ハイカラな女性だった。尤《もっと》もハイカラという新語が何に由来し、どんなものを指すのか、実のところは能《よ》く識らないのだが。

「この人は印刷造本改良會の甲野さんです。あの、高遠さんからまた何か」

「何かというか」

どうなっているんですかと問うた。

「ええ。その」

「こ、こちらは」

「こちらはその」

天馬《てんま》と申しますと言って女性は再度礼をした。

「天馬さん——ですか。一体、何がどうなっているのですか。撓君、高遠も、それから巖谷小波先生も、それから——泉鏡花先生か。それと、ええと、まあ、大勢の方方《かたがた》が、皆さん大いに心配してるんですよ。弔堂の様子が変だ、と」

「はあ、大勢の方方、といいますと」

「ええと、そう。夏目漱石先生やら、大学の、ええと」

「もしかしたら井上圓了《えんりょう》様ですか」

そういうお歴歴ですよと答えた。

「ですから」

予《あらかじ》め皆さんにお知らせしておいた方が良いと申し上げたんですと天馬は言った。

「わたくしがこちらの方《かた》でも不審に思います。もう半月も開けたり閉めたりを繰り返しているのですから」

「はあ。それは主人もそう言っていたのですが、果たして何方《どなた》様にお伝えしたものか、決め兼ねているうちに年が明けてしまったので御座いまして」

「ああ——」

身につまされる話ではある。

「幸い、お客様もいらっしゃらなかったので」

「いや。そんなことはないよ撓君。知れている限りでも三人は来ているようですけども。泉先生と、それから——ええと、『蒲團』の」

「田山さんがいらしたのですか」

天馬は眼を円《まる》くした。

「そうそう。田山さんです。他にも何人か訪れていらっしゃるようでしたが」

「撓さん」

天馬は困ったような目付きになって撓を見た。

「お報せしないのなら、お出《い》でになったお客様一人一人に丁寧にご説明するように、とご主人が——」

「そうなのですが、入り口の外でお帰りになられてしまったのでは、いらっしゃったかどうかも判らないではないですか。ですから紙を貼るなら、その」

「泉先生は貼り紙を見てそのままお帰りになったそうですが、田山さんは何でも戸が開かないのでどんどん叩いたんだと聞きましたけれど」

先週のことだそうですというと、あらまあどうしましょうと天馬は言った。

「撓さん。あの田山さんが戸を叩いても判らないというのは、もしかして居眠りでもしていたのではなくって」

多分、三階に居たのですと撓は横を向いて言う。

「三階の分は他よりも分量が少ないから、最初に整理したのではなかったかしら。つまりお部屋で寝ていらしたのではなくて。田山さんでしたら、きっと声もお上げになっていらっしゃると思いますけれどもね」

撓は下を向いて、ご免なさいと言った。

「以降は改めますので、出来れば主人には内証にして戴きたいですよ」

「気が抜けているのねえ撓さん。ご主人が居ないとなると直《す》ぐにそうなるのですから、困った人ですわ。でも、それでは皆さんにご心配されても仕方がないですわねえ」

「あのう」

あなたはどういう——と歯切れの良くない聞き方をした。

「ご主人の縁者の方か何かなのでしょうか」

「わたくしは——」

天馬は小首を傾《かし》げた。

「そう、この舗の客です。十年前からの」

「十年前ですか」

「ええ。此処は迚《とて》も懐かしい場所なのです。男の方にはお解りにならないことかもしれませんが。ほんの十年前であっても、婦女子が自由に本を読むというのは簡単なことではなかったのです。わたくしはこの弔堂で——」

もうひとつの生を見付けました。

天馬はそう言った。

「もう一つの生――ですか。それは、つまりは書物の中にある生、ということでしょうか」

思うに一冊一冊の中に、それぞれ多くの生が封じ込められている――のだ。それはそうなのだろうと思う。

しかし天馬は首を振った。

「仰る通り、読書は自分とは異なった生を垣間見《かいまみ》せてくれますけれども、それをしてもうひとつの生と申し上げている訳ではないのです。それではまるで――物語の中に逃避しているようではないですか。現実が上手《うま》く行かないからといって、書物の中に逃げ込むようなことは、あまり褒められたことではありませんわ」

「はあ」

偶《たま》には宜《よろ》しいのでしょうけれどと言って、天馬は帳場に座った。

撓は慌てていつもの椅子を持って来ると、何故か恭《うやうや》しく差し出した。遠慮なく座った。

「書物の中には、世界の半分が入っています。でもその半分の世界は」

逃避のためにある世界ではないのですと天馬は言う。

「虚と実は等価ですけれど、決して交換出来るものではないのです。それは、謂わば此岸《しがん》と彼《ひ》岸《がん》のようなもの――なのだとか」

「それはこの世とあの世、ということですかね」

天馬はまた楽しそうに笑った。

「ご主人はあの世などないと仰いますけどもね。その通りです。この世とあの世は、あ、あ、あるものとないもの。あるものとないものの間には、千曳《ちびき》の岩が置かれているのだそうで、その一線は決して越えてはならぬものなのだそうです。でも、極《ご》く稀に、その一線を越えてしまう方がいらっしゃるようですけれども――」

「虚実の境《さかい》がなくなってしまう人、ということですか」

「そうですわね。でも、そういう方は」

本など読む必要がないのかもしれませんわねと天馬は言う。

「現実を忘れて書を読み耽《ふけ》るのは無上の悦《よろこ》びですが、それは現実の代替えになるものではないのですわ。遁《に》げ込んでも閉じ籠もってしまってはいけないのだ、と教わりました」

「現実から目を背《そむ》けてはいけない――ということでしょうかね」

それは良いのじゃないですかと天馬は言う。

「い、いいんですか」

「いいと思います。遁げることは別に悪いことではないと思いますわ。遁げられるなら、どんどん遁げればいいんじゃないでしょうか。でも、永遠に遁げ続けることは――出来ないんですわ。遁げ込んだって、必ず帰って来ることになるんですから」

この世に。

「ああ」

「目を背けることならどれだけあってもいいのかもしれませんけれど、一生目を瞑《つむ》ったまま生き続けることは出来ません。わたくしたちは、あるものの方に居るのですから」

そう——か。

「書物の中は逃避の場所にはなりますが、其処は永住出来る処ではないのですわ。ないものはないんだと心得なければいけないんだという気がします。どれだけ美味《おい》しそうでも」

絵に描いたお餅ではお腹は膨れませんものと言って天馬は微笑《ほほえ》んだ。

「いずれにしましても、わたくしの申しましたもうひとつの生というのは、そういう意味ではないのですわ」

「では——」

そうねえ、と何処か楽しそうに言って天馬は弔堂の裡《なか》を見回した。

同じように見回す。

きっちり満杯だった棚が空《あ》いている。空《から》の棚さえある。初めて見る光景である。

「何度来ても懐かしい。この十年の間にも、何度も来ているというのに、それでも初めて来た時のことを思い出します」

天馬は眼を細める。

表情次第では幼子のようにも見える。

「十年前のわたくしは——そうですわねえ、あの頃のわたくしは、何かになりたかったんですわね」

「何かに——なるとは」

「こんなですけれど、わたくし、女学校にも行きましたし、それなりに学びもしたのです。けれども、それが何の役に立つのか、何のために学んでいるのかは判らなかったのです。家族は嫁に行くか、婿を娶《と》ることを望んでいましたし、友人の中には社会参加することを積極的に志したり、殿方に負けじと奮闘している人も居ましたわ。でもわたくしは」

何も出来ませんでしたのね、と天馬は言った。

「それが、もしかして、この弔堂に来たことで——その」

言いかけたところで天馬は一層楽しそうに、笑った。

「変わった——と仰りたいのですか」

「そう——でもなく」

「そう、それはまあ、お話としては面白いですし、そうなら良かったのですけれど」

「違うのですか」

「ええ。わたくし自身は何も変わりませんでした。大体、わたくしの人生は世間の目から見れば——駄目なもの、失敗のようですから」

「駄目――なんですか」

「そう思います。わたくし、職業婦人にもなれませんでしたし、何か社会に貢献出来た訳でもありません。結婚もしていません。当然子供も産んでいません。口祥《くちさが》ない方達からは行かず後家だとか行き遅れだとか謂われます。中には何か結婚出来ない理由があるのだろうと勘繰ったりする方もいらっしゃるし、陰口めいたことも彼《あ》れ此《こ》れ謂われているようですけど」

「そんな」

何だか掛ける言葉がない。

未《ま》だお若いのにとか、結婚するかどうかなどその人の自由でしょうとか――そうした物言いはどれも歯の浮くような虚言《そらごと》に過ぎない気がした。そんな言葉を掛けたところで何の意味もないだろう。そんなことは最初から解っていることなのだ。誰よりも本人が、厭という程に解っていることだろう。逆に、お前に何が解るということになるのではないか。

東京の方ですよね、と問うた。

「ええ。この坂の下の町に実家が――ありました」

そうか。

田舎も都会も関係ないのか。

そうした理不尽は何処にでもあるらしい。

でも、それも仕方がないと思いますと天馬は言う。

「わたくし、祖父や両親の期待には全く応えられなくって。戴いた縁談はみんな断ってしまいましたの。だから良妻でも賢母でもないですし、今後のことは判りませんけれど――天馬の家もわたくしで絶えることになるかもしれません。いいえ、多分、そうなるでしょう。それ程までに結婚を拒《こば》む強い理由なんかなかったんですけどね――」

足踏みしていたんですと天馬は言う。

「では、我《が》を通して何かを成し遂げたのかと問われれば、それもないのですわ。わたくしは結局、何者でもないのです。いまだに――」

駄目なんですと言って天馬は笑う。

笑顔の綺麗な人である。

「大体、本なんか読んだくらいで、人は変わりませんわ、甲野さん。人というのは然《そ》う簡単に変われるものではないのだと思います。例えば一冊のご本が人生の転機になるなどということは――まあ、全くないとは申しませんけれども、殆どないでしょう。況《ま》して、魔法のように現実ががらりと変わるようなことなんか、絶対にありません」

「ない――ですよね」

「ないです。尤《もっと》も、そんな気がすることならあるのかもしれませんけれど。此方《こちら》のご主人のお話ですと、禅ではそんな気がすることを、魔境と呼ぶようです」

「まきょう、ですか」

「はい。悪魔の魔に、境《さかい》。お坊様は修行の途中で時にそうした境涯に到ることがあるのだそうです。それをして悟りとするのは大いなる勘違い。それは、ただの気分、気持ちの問題として受け流すのが正しいんだそうです」

「まあ――そうでしょうね」

気分次第で同じ空も明るく見えたり煤《すす》けて見えたりするものである。

「だから読書は、人や、世の中を変えるものではないし、書物も人や世の中を変えるためにあるものではないんだ――と言われました。わたくしもそうだと思います。まあ、変えられるということを学ぶことなら出来るのかもしれませんけれど。何にせよ、そうした変化は凡てこちら側で起きること。それはまた」

別のお話なので御座います――と天馬は言った。

「此方のご主人は能《よ》く、この世に無駄な本はない、本を無駄にする者が居るだけだ――と仰います。そうでしたわね、撓さん」

撓はその通りですよと答えた。

「それは、上辺《うわべ》だけ聞くと何だか正反対のことを言っているように思えるのですけれど、そうではないんです。無駄ではないとか申しますと、効率的だとか、功利的だとか思ってしまいますでしょう。そこが違うのですね」

「まあ、そう思いがちですけれど」

「時間が掛かるから無駄だ、お金が掛かるから無駄だ——そういうものの捉え方は、読書という行為から一番離れたものなのですわ。本の中には時間なんてないんです。一時間で読める本の方が、読むのに一箇月かかる本より良い本だなんて、甚《はなは》だしく莫迦莫迦しい考え方だとは思いませんか」

それはそうだと思う。

「好きに読めばいいんです。十日掛かろうが一年掛かろうが——」

読み終えることが出来なくても読書は読書ですと天馬は言う。

「読み切れなくたって、読めなくなったって、手にしただけでそれは読書の形です。同じように百円の本の方が一円の本より良い本だというのも、変な話です。それは単に高価な本だというだけです」

そう。

書物を骨董《こっとう》扱いしたり、美術品扱いしたりすることを弔堂の主は好まないようだった。そういう価値は慥《たし》かにあるのだけれど、それは書物というものに付帯してある価値であって、本そのものの価値ではないということだろう。

つまり。

「それは、本の価値は中身次第、という意味なのでしょうか」

そうではないでしょうねと天馬は答えた。

「何が書かれているかではなくて、読み方次第、ということだと思いますわ。そこから何を汲み上げるかは読む人次第ですから。だからこちらのご主人は、一冊一冊、その本の最良の読者を探していらっしゃるんだ――と思います」

「それ、ちゃんと読み込むとか、真意を汲み取るとか、そういうことでもないのですよね」

どんな読み方でも構わないのだと思いますと天馬は言う。

「いいえ、仮令《たとえ》読めなかったとしても、いつかは読みたいと思っているだけでいいんです。それも読書のうちなんですわ。背表紙を眺めるだけでも題簽《だいせん》を読むだけでも、挿《さ》し絵《え》を見るだけでも――いいえ、棚に差しておくだけでもそれは読書です。それに依ってその人が何かを感じられるなら、それでいいんです。読書は」

何ものからも自由です。

「ご主人からお聞きした話ですけど、以前、もう視力が殆どなくなってしまった方に、しかも異国の言葉で紡がれたノオトをお売りしたことがあったそうです」

「それは――どうなのですか」

読むのは不可能だろう。

「わたくしも初めに聞いた時はそう思ったのですが、見えないからといって適当に売り付けた訳ではないのです。ご主人は吟味に吟味を重ねて、その人の一冊をお売りしたのです」

「しかし読めないのでしょう。もし見えていても、外国語では――」

「ええ。もし目が明いていらしたなら、お売りしなかったかもしれませんね。その方もお買いにならなかったかもしれません。ご主人は読めないことをご承知の上で、そこに書かれている内容をお伝えしたのだそうです。ご本人も読めないことを承知でお買い上げになった。そうなら、何語で書かれていても同じことで御座いましょう」

「そうですが」

それで。

「文字が追えずとも、その方はそのノオトを読んだ。そしてご自分だけの何かを立ち上げることが出来たのでしょう。その方はそのノオトを掻き抱き、至極満足された様子で――お亡くなりになったのだそうです。これは自分の本だ――と」

「自分の一冊、ですか」

弔堂は、自分は未《ま》だ巡り合っていないのだと言っていたけれど。

正《まさ》に自分の一冊ですわと天馬は言った。

「ですからね、お金を出して買ったのだから読まなければ損だとか、短い時間で読めたから得だとか、そんな料簡《りょうけん》では良い読書は出来ませんのよ」

そうね撓さんと天馬が言うと、塔子《とうこ》さん、まるで主が乗り移ったようですと撓は答えた。

「だってもう十年も経つのですもの。撓さん、あなただってもう立派な大人じゃないの。あの頃は子供でしたわ」

「塔子さんだって小娘でしたよ」

「小娘という程に若くもありませんでしたわ」

天馬はまた笑った。

能《よ》く笑う人だ。

「そうしたことを、わたくしはこの弔堂で学んだのです。それが、わたくしのもうひとつの生なのです」

「どういうことですか」

「ええ。あの日この弔堂に来ていなければ、わたくしは多分、読書の悦びを知らなかったと思います。でも――結婚しなかったのも就労出来なかったのも、別に此処に通って本を読むようになったからではありませんわ。読書の習慣を持たなかったとしても、わたくしは同じような生を送っていたのだろうと思います。でも、その場合――」

天馬は己の顔を指差した。

「今、わたくしは笑えていなかったと思う」

「それは」

「申し上げました通り、わたくしは他人から見れば親不孝者で、常識に欠ける、駄目な女なんです」

「親不孝――ですか」

「仲が悪かった訳ではないのですけれど、期待には応えられませんでしたから」

「期待――ですか」

父は、自分に何を期待していたのか。

或《ある》いは何も期待していなかったのか。

「わたくしの人生は、世間的には失敗なのかもしれません。いいえ、失敗です。褒めてくれる人は居りませんし、感謝もされていない。でも、どなたかに迷惑をお掛けした訳では御座いません。まあ、父や母、祖父なんかは、泉下で臍《ほぞ》を噛んでいるかもしれませんし、それに関しては申し訳ない気も致しますけれど。申し訳ないと想いこそすれ、後悔はありません」

「後悔は――ありませんか」

「ええ。皆さん駄目だ駄目だと仰いますし、実際にそうなんだろうとは思いますけれど。でも一方で――全然駄目だとは思えないんです。何と言っても好きにした結果ですしね。このままで良いとも思いませんけど、これからもそうして行くつもりです」

「好きに――」

好きにした者はもっと晴れやかな顔をしているものだと、尾形が言っていた。

目の前に居る女性は、迚《とて》も晴れやかだ。

自由――なのだろうか。

世間が何と言おうと関係ありませんわと天馬は言った。

「駄目なら遣り直せばいいのですし。何であれ、それがわたくしの生です。そして、その生を笑えるのが、もうひとつの生」

「笑える――ですか」

「ええ。此処に通って、本を読むようになっていなければ、わたくしはこんなに笑って暮らすことが出来ていなかったように思いますの」

「そう――ですか」

「だって読書って」

面白いでしょうと天馬は言った。

「わたくし達は、読書することでこちら側からあちら側を覗く訳でしょう。同じようにあちら側からこちら側を覗いたなら、わたくし達の人生も、また一冊の本のようなものでは御座いませんこと。尤も、未《ま》だ書きかけなんですけれど」

天馬は愉《たの》しそうに笑う。

「それは、面倒だったり、厭だったり、辛《つら》かったり悲しかったりもしますけれど、それでも明日は」

一体どんな頁《ページ》が読めるのかと思うと楽しみでならないのです――と、天馬塔子は言った。

「今年から新しい章が始まりましたし」

「新しい章とは」

天馬は悪戯《いたずら》をする童のような顔で一度撓を見た。

「一昨年母が亡くなって、去年の初めに父が亡くなりました。それで、わたくしは天涯孤独になってしまったんです。実家はそれ程の大邸宅ではありませんが、女一人が暮らすには大き過ぎます。それに、使用人も雇い続けることは出来ませんの。わたくしにはそんな財力はないのです」

「それは――」

「そもそもこの明治の世は、女が独りで生きて行けるようには設計されていないのですね。でも、独りになってしまったのですから、これは仕方がありません。手続きですとか根回しですとか、色色と面倒ではあったのですが、知人の官吏にご協力を仰いで財産を相続し、家屋敷も全部売却して、神田《かんだ》の水道橋《すいどうばし》駅の裏手に狭い土地を買いましたの」

「と――土地を買われたのですか」

「ええ。暮らして行くためにはお金が必要ですけど、お金だけあったって暮らしてはいけませんもの。お金は使うためにあるんです。だから使いました」

「しかし、生活は」

それは何とでもなりますと天馬は言う。

「そういうものでしょうか」

「判りませんけど。その気になれば」

「いや、その」

「それこそ女一人の喰い扶持《ぶち》くらいなら何とかなるのではないかと思っています。そんなのは甘い考えだ、女一人で生きて行けるかと言う方もいらっしゃいますが、そもそも女性が一人で生きて行けないのなら、それは世の中の方が間違っているのではないですか」

「そうかもしれませんけれど――」

「どんなに間違った世の中でも然《そ》う簡単に変わることなんかないのでしょうから、苦労はするかもしれないですけど。でも一矢報いるくらいのことは出来るかもしれません。出来たところで誰にも判らないでしょうけど。失敗したら考え直します。遣り直しますわ」

独りですからそこは自由ですと天馬は軽やかに言った。

「いや、何ともその――」

「家を建てました。それで蓄えはほぼ使い切ったようなものです。多分、終《つい》の住み処《か》になるでしょうね」

其処に運んでいますと天馬は言った。

「は――何をですか」

「実は昨年の秋頃、ご主人に相談されたのです。この弔堂にある書物のうち、雑誌や新聞、古記録、錦絵や瓦 版《かわらばん》などを預かってくれないかと。二つ返事でお引き受けしました。ですから造作もそれに併《あわ》せて変更しました。何とか間に合いました」

「な、何ですって」

「そうねえ。凡《およ》そ全体の――三分の一程度になりますかしら」

「それ、どうするんです」

「取り敢えず保管します。閲覧も出来るようにします。お望みとあれば、お売りします。先《ま》ずは分類と整理ですわね」

遣り甲斐がありますわ、と天馬は言った。

「いや、それで、君――どうするんだ撓君」

「どうするって――私は塔子さん――天馬さんのお手伝いをするように主から言い付かっただけです。なので、多分其処に通うことになるでしょう」

「――って、此処は」

「扨《さて》。主の考えは量り兼ねますが」

「漢籍や古典籍の一部は徳富先生がお引き取りになるそうです。仏典は何処かのお寺に一旦預け、相応《ふさわ》しい場所に寄贈すると仰っていました。慥《たし》か」

「釋宗演とかいう――」

「ええ。宗演師にご相談したのだと聞いております。それで半分以上は落ち着き先が決まるので、残った分は常連のお客様にそれぞれ托せるものは托したいと」

「待ってください天馬さん。すると、此処は閉める――ということなんでしょうか」

「閉めるとは聞いておりません。でも別の、新しい処で新しいことをされる、というようなことは仰っていましたけれど」

「どうなんだ撓君」

「私は主の――師がどのようにされるのかは判りませんが、いずれ仰せのままにするつもりです。独り立ちせよ、当面は塔子様のお手伝いをせよと言い付かっているだけですから」

「そんな――」

弔堂が――。

「いずれは高遠様や巖谷先生にもお話は届くと思われます。それこそ柳田國男《くにお》様や井上圓了先生、夏目金之助《きんのすけ》先生などにもご相談されるのかと思いますが」

「それは本を引き取ってくれという相談なんでしょう。違うのですか。そうではなくて――此処をなくすか否かという相談――なのですか」

「扠《さて》。そういうことはご相談されないと思いますよ」

「いや、それってつまり」

「それは」

師が決めることで御座います故《ゆえ》と撓は言った。

「そうですけど――」

何だか水臭いじゃないですかと、凡そ似つかわしくないことを言った。

「天馬さんはそれで納得されているのですか」

　天馬は少し寂しそうな顔をした。

「此処は想い出深い場所ではありますけれど――いつまでも変わらずあり続けるものなどありませんわ甲野さん。同じように見えて、この弔堂の書架は日日入れ替わっていたのですよ。お気付きでしたか」

「そう――なのですか」

　売りますからと撓は言った。

「仕入れも致しますし。一冊増えるだけで数十冊、数百冊入れ替えることも御座いました。分類はきちんとしなければなりませんし、書物の顔触れで分類も変わるのです」

「ね」

　天馬は笑う。

「同じ状態を維持するためには、常に変わっていなければいけないのです。世間は、世界は常に流動し変化しているのですもの」

　そして天馬は手を広げる。

「ですからいつまでも変わらないものというのは、常に変わり続けているもののことなの。そうでないのに不変を標榜《ひょうぼう》するものはまやかしです。そういう意味で、真の不変というのはもう一つの世界、書物の中にしかないのです。書物の外ではそれは通用しないのですわ」

変わり続けるしかないのです。

「でも、変わり続けるのにも限界があるのです。時代が大きく変わる時――それに合わせて大きく変わらなければならないこともありますでしょう」

「時流に乗る、ということですか」

「いいえ。乗るのではなくて、次を見据える、ということです。百年先、千年先までを見据えなければ、続けて行くこと、嗣《つ》いで行くことは出来ません」

そのために大きく変わるのですと天馬は言った。

「それが出来ないのなら、何かに固執してずっと同じことを続けて行こうとするなら、それは必ず滅びます。過去の栄華を取り戻すべく同じことを繰り返したりすることは、もう愚の骨頂です。後戻りも足踏みも以ての外。わたくしなんかにご主人の胸の内までは読み切れませんけれど、この弔堂は――終わるのではなくて、始まるんです」

「始まる――ですか」

「ええ。ですから、どうぞわたくしの処にもお出でください。此処に倣《なら》って看板は出しませんけれど、皆様にはいずれお報せします。ご主人の代わりは務まりませんが、何かの一助にはなるかと」

天馬塔子はそう言って、もう一度嬉しそうに笑った。

何も言えず、弔堂を辞した。

弔堂に通うようになって未《ま》だ一年も経たない。

高高《たかだか》十数回、社用で行っただけである。だからそれ程深い繋がりがある訳ではないし、深い執着のようなものもない——筈だった。

それなのに何だか御《ぎょ》しきれない程の喪失感と寂寥《せきりょう》感が湧いた。

弔堂がなくなってしまったら、もうこの径を歩くこともないのだ。

中が空になってしまったら、あの大厦は一体どうなってしまうのだろう。

鶴田の店に寄って、握り飯を喰った。腹は膨れたが、欠けたものはそのままだった。

鶴田には何も告げなかった。

鶴田よりも弔堂と深い縁がありそうな弥蔵老人は、今病床にある。しかし、報せたところでだからどうしたと言うだけだろう。一度言葉を交わしただけだが、あの老人はきっとそう言うに違いない。

そんな気がした。

翌日高遠に報告した。

驚くかと思いきや、高遠は何かを呑み込んで、一言そうですかとだけ言った。

その後——。

高遠や巖谷には主人から連絡があったのかもしれない。

高遠は何も教えてくれなかったから、敢《あ》えて聞かずにいた。

所詮、ただのお遣い役だったのだし。

ただ注文したり受け取ったりしていただけで、個人では一冊も本を買っていないのだから客ではない。客は、あくまで印刷造本改良會なのだ。

最初に訪れた時に『印刷雑誌《いんさつざっし》』を一揃い、譲って貰っただけである。あれとて高遠が代金を支払っているのかもしれない。

雑誌は下宿の部屋の一画にきちんと積んである。

全部読み切れてはいないが、気になるところは何度も読んだ。何度も何度も読んだ。まるで現実逃避するかのように、読んだ。いや、今も読んでいる。慥《たし》かに積んであるだけで安心だ。

読んで、描いて、読んで、描いて。そして考えて。

ただ字を描いているうちに、一月《ひとつき》が過ぎた。

その日は休みだった。

掃除をし乍《なが》ら浪花節を唸《うな》っている親爺の名調子を聞きつつ庭を眺め、ふと気が付いた。

どうやら庭木は梅なのだ。そして、その梅の蕾《つぼみ》は綻《ほころ》びていた。ああ、これが梅なんだなあと思い、何故だか少し嬉しくなったのだった。だから目を凝らした。

そこに――。

白い人影が差した。

影なのに白いというのはどうにも戴けないのだが、そう見えたのだった。

生け垣の向こうに。

弔堂の主人が立っていた。

「あ、あなた」

主人は深深と礼をした。

「あ、あの」

「甲野様。いつぞやは留守をしておりまして、大層失礼致しました」

「いや、その、どうぞ上がって、その、玄関は」

直《す》ぐにお暇《いとま》致しますのでこちらで結構で御座いますと主は言った。

「いや、そうは言っても」

「探書のために少少遠出をしていたものですから、甲野様にはご挨拶が遅くなってしまいました。まあ、塔子様が私の代わりに演説をしてくださったようですから、もうお話しすることも少ないかと思うので御座いますが」

「いや、僕は」

直接聞きたい。

この人の口から直接聞きたい。

「誰からも瞭然《はっきり》と聞いてはいないんですよ。僕なんかが知っても仕様がないことなんでしょうが、それでも——多少のご縁はありますから」

知りたいですと言った。

「ええ」

弔堂は居住まいを正した。

「既に明治の世も四十一年。私が弔堂を開いた頃と現在では、書物の在り方も大きく変わっております。出版社、取次《とりつぎ》会社、印刷所、製本所、そして小売りの本屋という形で版元の分業はほぼ形を整え、流通も大きく変わりました。印刷や製本の技術も改良され、部数も格段に増えた。少なくとも新刊本に関しましては、望みさえすれば何方《どなた》様でもお求め戴けるようになったので御座います。旧幕時代のことを想うに、隔世の感が御座います」

主人は一度目を伏せ、それから此方《こちら》を見据えた。

「甲野様を含む印刷造本改良會の皆様の日日の努力もあり、品質も格段に向上しています。これからもどんどん改良されて行くことで御座いましょう。往時を知る者としては、驚くべき進歩で御座います」

「そう――なのでしょうか」

「ここまで辿り着くには、実に多くの方方《かたがた》のご尽力があったので御座います。志半ばでお亡くなりになった方も多い。今も、各方面、それぞれが、それぞれのお立場で懸命に活動されていらっしゃいます。頼れる、頼もしい後続もいらっしゃるようです」

心強いことですと弔堂は言った。

「一方で古書販売の業態もほぼ完成致しました。未《ま》だ店舗数こそ少ないですが、組合も出来ましたし、業界内に頼れる人も多くいらっしゃいます。市場も出来上がりつつある。現状は未《ま》だ希少な古典籍が高額で取引されているだけで御座いますが、今後、出版点数出版部数が増えて行くなら、事情は変わる」

「変わりますか」

「ええ。書物が沢山刷られるようになれば、目にする者も増えるし買う者も増えまする。そうでなくては出版業界は成り立たない。当然、本は大勢に行き渡ることとなりましょう。しかし手にした者の凡てがその本と強い縁を持てる訳では御座いません。手放そうとする場合、これまでは譲渡するか、廃棄するかの二択。いいえ。多くは――捨てられてしまっていたものと存じます」

「ああ」

「売る、という選択肢が増えたので御座います。要らぬから売るのでは御座いません。紙屑《かみくず》として売るのではなく、書物として売ることが出来るようになった。これは、欲しい人に手渡すために売るということに御座います。一度市場に出回った本の一部が回収され、別の市場で再度売られる――そういう仕組みが出来た、ということで御座いましょう。これまで買うことが出来なかった本も買えるようになったのです。いいえ、買えなかったとしても」

出逢うことが出来るようになったと弔堂は言った。

「これまでは無理でした。しかし、今後もう刷られることのないだろう本も、機を逃して手に入れることが出来なかった本も、百年前二百年前の本であっても――どんな本にでも、出逢う機会が出来た、ということで御座いますよ」

「出逢う機会ですか」

「ええ。買えずとも持てずとも、存在を識ることが叶う。そうすれば、いつかは読むことが出来ましょう。それに」

弔堂は横を向いた。

「難航されてはいるようですが、田中先生のご尽力もあり、帝國圖書館も必要とされる方方に活用され始めているようです」

なる程、上野《うえの》の方に顔を向けたのだ。

「田中先生の理想とはいまだ掛け離れた在り方かとは存じまするが、それでも確実に一歩は踏み出しております。今後は、各所に図書館が建てられることになるでしょう。勿論」

かなり先のことになるとは思いますけれど――と言って、弔堂は少し笑った。

「そうすれば、買えずとも、持てずとも、どなたでも本を読むことが出来るようになりましょうね。まあ――為政者が国策を間違えなければ、で御座いますけれど」

蔵書家の一番の敵は戦争だ、と田中は言っていたか。

「どんな形でも」

手の届くところに本が在ることが大事なのですと弔堂は言った。

「新刊書店でも古書店でも図書館でもいい。私達は本と出逢うことが出来るようになった。これまでと違い、確実に出逢い易《やす》くなったのです。出逢える本の数も格段に増えた。そうした仕組みが出来上がりつつある、ということに御座います。それに加えて、これまで打ち捨てられていた、浮世絵のような大衆の文化も、きちんと扱われるようになって参りました」

「それは――いつぞやの岡倉《おかくら》さんのような研究者が現れたから、ということですか」

「勿論それはその通りなので御座いますけれど――」

弔堂はそこで苦笑いをした。

「いえ、これはあまり褒められたことではないように思いまするが、この国では海外での評価が高くなると国内での評価も上がるという、奇妙な傾向があるようなので御座います。他国に熱心な蒐集《しゅうしゅうか》家が生まれ、海外の美術館にまで収蔵されるようになっているという現状を鑑《かんが》みるに、本邦での扱いも変わるのではないかと」

襖の下張りから美術館の収蔵品へ、ということか。

「一概に美術品扱いされることが好ましいことだとも思いませんし、高額で取引されることが良いことだとも思いませんが、捨てられてしまうよりはずっと良いかと。それで残るのであれば、一つの道ではありましょう。幸い、大学などの研究機関も古文書や古記録を保管し研究する方針を採るようになって参りました。残すこと、次代に繋ぐことの意味は大きいかと」

「残すことは大事――なのでしょうか」

「過去を、記憶を、この世ならぬものを形に出来るのは人の特権に御座います。諸行は無常であるからこそ、記す。描く。残す。それをして無駄と切り捨てるは愚行と心得ます。書物に限らず、世に無駄なものなどない。それを無駄にする愚者が居るだけのことに御座いますよ」

弔堂は笑った。

「いずれにしても」

人は、本と出逢えるようになったのです。

本は選べるようになったのですと主人は言った。

「誰もが買えるようになったというだけではなく、買う人が選べるようになったので御座いますよ。漸《ようや》く――」

漸くですと主は言う。

「ですから、夏目先生は私を本のそむりえだというようなことを仰いましたけれど、もう、そんなものは必要なくなったので御座います」

「そう――ですか」

自分の一冊は、もう自分で捜せるのですからと主人は言った。

「私の出番はない」

「そんなことは――ないのでは」

「いいえ。寧《むし》ろ邪魔なのです。これからはそれぞれの分野で、それぞれに携わる人達が、それぞれに矜持《きょうじ》を持って推し進めるべきなのですよ。それが正しい在り方で御座いましょう。私のような古い者の立ち入る隙間は御座いません」

「しかしご主人。その仕組みは、今後も――」

きちんと運びましょうかと問うた。

「功利に走れば頓挫致しましょう。書物は商材となりましたが、それはあくまで、本と人とを繋ぐための仕組みに御座います。需要あっての供給。利を欲するがあまり過剰に供給したりすると、縁は断たれましょう。権力の庇護下に入ることも得策では御座いますまい。為政者は時に文化を切り分け、無駄と断ずるような愚かしいことを致します。国策に左右されるようなことがあっては」

書物に申し訳が立たないと言い、主は頭を低くした。

「言葉と同じく、書物は何ものからも自由であるべきものと考えます。悪書良書と選別することも名作駄作と格付けすることも無意味。押し付けるかのように売ることも、悪手。内容を規制し統制するなど以ての外に御座います。選ぶのは、あくまで手にした者、読んだ者でなくてはなりません。だからこそ、書物を送り出し世に問う者の資質は、大きく問われることとなるのでしょうが――」

「志が大事ということでしょうか」

「勿論、志を持つことは何よりも大事なことかと存じまするが――今後も時代と共に技術は進歩して行くのです。世の中は益々改良され便利になるでしょう。仕組みも」

変わる。

「甲野様が今なさっている改良は必ず次代に引き継がれましょう。高高数十年で書物を巡る環境はこれだけ大きく変わったのです。これからも変わり続けて行くに違いありません。造り方も流通の仕組みも変わる。ならばそれを見越して」

「変わって行くべき、なんですね」

仰せの通りですと主人は言った。

「変わらぬのなら残す意味もないことになる。ならば、同じことを繰り返していたのではいけないということになる。留《とど》まって足踏みをしていると直ぐに技術に追い越される。追い越されたからと言って技術を追い掛けるような真似をするのは本末転倒です。技術は必要だからこそ改良されるもの。必要は改良に先んじてあるべきものと心得ます。そこを履き違えるなら、その文化は滅びるでしょう。行く末を見据えることは、来し方を残すことと同じく人の特権に御座います。仰せの通り、常に――」

変わって行くべきでしょうと主は言った。

「しかしご主人、あなたはどうなされるのですか。これはまた聞きですが、あなたも出版業界や古書業界の形を整えるのにかなり骨を折られたのではないのですか。ならば」

「私はただ、本を弔っていただけのこと。書物を生み出し、活かすことをされている皆様とは路が違います。そうしたお仕事をされている方方《かたがた》には、尊敬の念しか御座いませんよ。ですから敬意を以て接していただけのこと。それが、仮令幾許《いくばく》かでも彼《か》の方方のご助力となったのであれば、本望で御座いますが。凡《すべ》ては」

本を弔うためで御座いますよと主人は言う。

「もう私の出番などはありません。私がこれまで為《し》て来たことは、私などが居なくてもこの国中で行えるようになったので御座いますから。仕組みは、整ったのです」

「それは、あなたが弔い終えた——ということなのですか」

「とんでもない。弔いごとと申しますのは、永世終わるものではないのです。時に応じて遣り方や作法が変わるだけのこと。私は、この命のある限り、書物を弔い続けて行くつもりでおります」

「では、これからどうなさるのですか。あなたは」

未《ま》だ必要な人なのではないのか。

「私は、選《え》りすぐりの本を持って」

北の方に参りますと主人は言った。

「北——ですか」

果たしてどちらが北なのか判らなかったから、ただ、遠くを見た。

「そこで甲野様。実を申しますと、本日は甲野様にお譲りしたいものが御座いまして、罷《まか》り越したので御座いまするが」

「僕に――ですか」

「はい」

「私がここ一月《ひとつき》ばかり捜しておりましたものです」

弔堂は右手を挙げた。生け垣に隠れて見えなかったが、以前尾形が浮世絵を挟んでいた画板のようなものを持っていた。

「失礼致します」

そう言って弔堂は裏木戸を通り、庭に入って来た。それを迎えるべく、縁側まで出た。

主人は画板のようなものを差し出した。

「扠《さて》、本日はこちらをご進呈させて戴きます」

と、弔堂主人は言った。

受け取って、開いた。

「これは」

錦絵――いや、この絵柄は。

「貴方《あなた》のお父君、甲野賢三《けんぞう》様作になるところの刷り物、長野《ながの》版画で御座います。若い頃から晩年まで——揃えられる限り、出来る限りの美品を集めました。甲野様がお手伝いされたものもあるかもしれません」

「いや、こんなもの——能《よ》く残っていましたね」

普通は捨てる。

実家にも殆ど残っていない。

宿替えの時に荷物に紛れていた一枚が最後の一枚だと思っていた。

捜せばあるものなのですよと主人は言った。

「これもまた、残すべき昔かと。塔子様も仰ったのではないですか。こちらの世界は——不変が通る。残しておきさえすれば変わらないものです。でも、それはただの懐かしい想い出、記念品では御座いません。それ自体は変わらずとも、現実の世界は日日変化するもの。それを観るあなたは、確実に——変わっています。ですから、観る度《たび》に得られるものは違うかと」

「ええ」

子供の頃見たのと同じ絵である。

でも、違う。

牛若丸《うしわかまる》。鍾馗《しょうき》。七福神。天神《てんじん》様。

ああ。金太郎だ。

怪童丸
一勇斎国芳画
怪童丸ハ父なく足柄山の
老婆夢中に赤龍と通ずると
見て孕める子なりとぞ猛勇無双
頼光に随ひ坂田公時と名のり
四天王のその一人雷名四方に
震ひ武功数度におよび後よ
りしがら山に退悪を

「長野って――」

「私はこれを捜すのに長野まで行っていたので御座います」

「家家を廻りましてね。少しばかり手間を掛けて、集めました」

「いやしかし、こんなもの」

価値はないでしょうというと、価値は十分御座いますと主は答えた。

「美術館に収まらずとも、高価な値が付かずとも、掛け替えのない価値があるかと」

「いや、そうですが、価値を見出《みいだ》すとしても僕だけではないですか」

「それの何処がいけないのでしょう。その絵をお持ちになっていた皆様は何方《どなた》様も、綺麗だから取っておいたのだそうですよ。中には手放したくないという方もいらっしゃいました。そういう方から無理に買い上げるようなことは致しておりません。私が覧ても美しい版画だと思います。残す価値は有り余る程あるでしょう。しかし、誰よりも一番価値を見出せるのは」

甲野様ではと弔堂は言った。

「いや、しかし僕のために、そんな、手間暇掛けて――しかも、そのお代は」

「押し付けておいて代金を取るような真似は致しませんよ。これが私の宿痾《しゅくあ》で御座います。それからもう一つ」

弔堂は指を一本立てた。

「その絵を捜している折に、私はある人に出会ったので御座いますが」

「ある人――とは」

「その人は迷っていらっしゃいました」

「何のことです。ある人とは誰のことです」

「ええ。其処にお父様の絵が残っているかと期待してお訪ねしたので御座いますが、残念乍《なが》ら一枚もありませんでした。ただお伺いした際、その方は旅支度をされていた。丁度、長野を出るところだったようです。聞けば東京は不案内だと仰るので、ご一緒させて戴きました。玄関に――来ていらっしゃいますよ」

「だ、誰がです」

そう問うた時、甲野さん甲野さんお客様ですよという下宿の女主人の声が聞こえた。

主は深深と礼をした。

「これが今生《こんじょう》のお別れに御座います。大変、お世話になりました」

「いや、その」

「貴方の工夫された活字で書物が読める日を愉しみにしております。それでは」

「ま、待ってください」

「お客様ですってば甲野さん」

再度言われて振り向いて、それからもう一度庭を見たのだが、弔堂の姿は消えていた。

暫《しば》し茫然とした。

已《や》むなく玄関に向かうと、上がり框《かまち》に人が座っている。

赤児を背負った女の後ろ姿のようだった。

いや、あれは——。

「あ——」

「昇《のぼる》さん」

振り向いたその顔は。

「き、菊江——さんか」

「ご無沙汰しています」

菊江は立ち上がり、静かに会釈《えしゃく》をした。

「どうして此処に」

「ご免なさい。突然に。私、家を出て来ました」

「出たって」

「もう彼処では暮らせません。この子を抱えて、私一人ではどうにも出来なかったものですから、あの人の一周忌だけは何とか済ませたものの——それで、結局そのまま」

「いや、どうして。というか——その子は」

あなたの弟ですと菊江は言った。

「何だって」

「疑いますよね。仕方がありません。昇さんが家を出た後に、身籠もっていることが判ったのです。夏の終りに産みました」

「そ、それ――それは」

怪しいですよねと言って菊江は淋しそうに笑った。

「村の人も誰も信じてくれないのです。みんな不義の子、密通の子だと思っています。でもこの子はあの人――あなたのお父さん、賢三さんの子に間違いありません。誰が何と言おうとも産んだ私が知っている。この子は、私が産んだのですから」

菊江は肩越しに赤ん坊を見た。

能《よ》く寝ているようだった。

「あなたの弟です。名前は卓《すぐる》といいます。祝言を挙げた時、賢三さんが言ったんです。もし子が出来たなら、男ならすぐる、女ならさくらにしようと」

「さくら」

この世に生を享けることが出来なかった妹も桜と名付けたかったのだと父は言っていた。

菊江は下を向いている。

何かを堪えているのか。

「な、何故報せてくれなかったんだ」

「あなたの子だと疑う人が多かったので、お報せすることに逡巡してしまいました」

「そんな莫迦な。何て邪推だ。だって僕と――あなたは何も」

いや。

そうした邪推はずっと後を絶たなかったのだ。

「君は――あなたは、じゃあずっと独りで」

耐えていたのか。

「相談したかった。弟の顔を一目みて欲しかった。でも、出来なかったんです。お向かいの北村さんだけは判っていてくれたし、庇《かば》ってもくれたので、一度使い立てをしてしまったのですが――」

「いや、弁造《べんぞう》さんには会えなかったんだ。でも、それに就《つ》いては何も言っていなかったようだけれど」

子供のことは言わないでくれとお願いしたのです。

「言えばあなたは帰って来ないだろうと思ったのです。それにあなたも――信じてはくれないだろうと思ったものですから。誰か――他の男の子だろうと、きっとそう思うのだろうと。あなたは早く再婚しろと仰っていましたし」

「それは」

「でも、あんなに仲が良かったお父様の一周忌に、私なんかの所為で出られなくなってしまうのも、それはそれで申し訳なくて」

尾形の言う通りだった。

この人の気持ちなんか、まるで考えていなかったのだ。自分は。

「でも、法要の時も周囲の目が――辛《つら》くて。みんな私が悪いんです。そういう女に見えていたのでしょう。でも、この子は何も悪くないんです。それを、不義の子だというようなことまで謂う。それが可哀想で。不憫で。だから」

「それは――菊江さん、いや」

母さん。ご免なさい。

口には出せなかった。

「迷ったのですが、あなただけには信じて欲しいと思って、それで来たんです。この子は、卓はあなたの、昇さんの弟なんです。私は本当に、賢三さんが好きだったんです。信じては貰えないかもしれないけれど、他の男となど」

「いや、判った。僕が――悪かったんだ。悪いのは僕だ。ちゃんと見ていなかったんだ。何も見えていなかった。僕は父を、あなたを信じるべきだった」

信じて戴けますかと菊江は言った。

「――勿論だ」

「良かった。昇さんに信じて貰えたならば、もうそれだけでいい。此処に来たのも、この子を一目見せたかったからです。それだけなんです。卓は――賢三さんの子ですから」

菊江はもう一度礼をした。

「それでは。お会い出来て良かったです」

「待って」

引き止める。引き止めねばならない。

「あなたは家を出て、東京で暮らすつもりなんですか」

戸に手を掛けていた菊江は振り向いた。

「どうなんです」

「――行く処もないので、そうするつもりです。仕事を探して、この子と二人で」

「何か当てでもあるのですか。あるとは思えないけれど」

「ええ。この子以外、縁者は一人も居りませんから――」

「僕もあなたの息子ですよ」

そう言った。

「血の繋がりなんかどうでもいい。あなたは甲野賢三の妻で、僕はその息子です。僕もあなたも、甲野賢三の家族だったんですよ。それは、何ともぎこちない他人行儀な間柄ではあったけれども、縁はあるんだ。菊江さん。あなたは僕の、母なんですよ。僕は立派な縁者です。これを、この絵を見てください」

手に持っていた――。

弔堂のくれた絵を見せた。

菊江はぽろぽろと泣いた。

この刷り物に価値を見出せる人は。

一人じゃなかったのか。そして、お前は。

生まれて来たのだなあ。能《よ》く、生まれて来てくれたなあ。


菊江と卓は、結局この下宿で暮らすことになった。

浪花節語りの大家夫婦は、矢張り浪花節なのだった。

一階――自分達の居住場所を削って、改装してまで無理矢理に一部屋空けてくれたのだ。

菊江の働き口もおかみさん――島田《しまだ》時枝《ときえ》という――が捜してくれた。下宿の近くの総菜屋である。菊江は殊《こと》の外《ほか》料理が好きだったらしく、接客も苦にならない質《たち》であるらしい。同じ家で暮らしていたというのに全く気付いていなかった。

何も見ていなかったのだ。

毎日余り物の総菜を持って来てくれるので、下宿の食卓は少しだけ豪華になった。

菊江が留守の間の卓の面倒は熊の親爺が見てくれている。猫さん――島田晋松《しんまつ》は、実は子供が欲しくて欲しくて仕方がなかったのだそうである。子もいないのに孫が出来たと、大喜びで世話をしているようである。子守歌代わりに浪花節というところだけは戴けないのだが。

しかし一日中部屋に籠り切りで働いている友人——尾形建文《たてふみ》に依れば、一日を通して量った場合、浪花節を唸る時間は減っているらしい。

浪花節が苦手な友人は喜んでいるのだった。

代わりに赤児の泣き声がする訳だから煩瑣《うるさ》いことに変わりはないと思うのだが、どうも、赤児の声は浪花節よりは翻訳の邪魔にならないというのが友人の談である。浪花節は仏蘭西にないけれど、赤児はどの国でも泣いているだろうというのが尾形の言い分なのだが、その辺りの小理屈は流石《さすが》にねじけ者だと感心したものである。

長野の実家は処分する方向で手続きをしている。

事情を知った高遠が間に入って何《なん》や彼《か》やとしてくれているので、大変に助かっている。

生家がなくなってしまえばあの村との縁も切れてしまうことになる。それに関しては多少寂しくもあるのだけれど、その気になればいつでも行ける訳だし、実家のあるなしはあまり関係ないようにも思うのだ。

寧ろ、家があった方が帰りづらいのではないかと思うくらいである。

高遠の母は逝き、娘の婚礼は一年先延ばしになったらしい。

鶴田の店には、続けて二度ばかり行った。行く用事がなくなってしまったのだからもう立ち寄ることもあるまいと思っていたが、何故か足が向いてしまったのだった。

鶴田夫婦は相変わらずだった。

一命を取り留めた弥蔵は、退院はしたものの歩くことが難しくなってしまったそうである。寝た切りという訳ではないものの、生活にはかなり支障があるようだ。店を切り盛りし乍《なが》ら甲斐甲斐しく面倒をみているらしいが、鶴田も女房もそれを苦にしている様子はなかった。見舞いに来た娘と孫が引き取りたいと申し出たようだが、弥蔵は丁寧に断ったという。鶴田言うところの偏屈者らしい。ただ面倒を掛けない代わり偶《たま》に孫の顔を見せに来てくれと頼んだらしいから、幾分《いくぶん》偏屈も和らいだのかもしれない。

思うに弥蔵は鶴田に見取って欲しいのではないだろうか。

鶴田の店まで行ったにも拘わらず弔堂には行かなかった。あの建物があったとしても、なくなっていたとしても、どちらであっても気持ちの整理がつかなくなりそうだったからだ。

その代わり――。

事務所に報せが届いたので、天馬塔子の処には行ってみた。

外観はただの民家なのだが、裡《なか》に入ってみると小振りな弔堂のような造りだったので、少しだけ笑ってしまった。どれだけやっても全然整理が追い付かないと天馬は愉しそうに言った。

撓は居なかった。あの青年は神保町《じんぼうちょう》辺りに下宿して通っているのだそうである。

姿がないのをいいことに撓や弔堂のことを尋ねてみたのだが、天馬も弔堂の素性は全く知らないようだった。のみならず、撓に就いても年齢は疎《おろ》か、姓すら知らないのだという。

それでも何とかなるものなのだと思った。

僕——甲野昇は、相変わらず字を描いている。

この頃は、種字職人の小畠《こはた》に教えを乞うている。下書きではなく種字が描けるようになりたいと思ったからだ。文字を造るという仕事は、一切表に出ることのないものである。名前が出ることもまずない。けれども遣り甲斐のある仕事だと思えるようにはなっている。僕の作った字が、組まれて活きて、読んだ人の中に何かを立ち上げることが出来たなら、それで満足だ。

弔堂主人もいつか読んでくれるのだろうか。

僕の字と気付くとしたらあの人だけだろう。

桜が咲く頃。

思い立って一度弔堂に行ってみた。

でも、どうしても行き着けなかった。

初めから何もなかった——ようだった。

だから、僕も、そして書楼弔堂も、本の中に記されることは——ない。

書楼弔堂　霜夜・了

本書はフィクションであり、
実在の個人・団体等とは
無関係であることを
お断りいたします。

初出　小説すばる
探書拾玖　活字　二〇二四年〇三月号
探書廿　複製　二〇二四年〇四月号
探書廿壱　蒐集　二〇二四年〇五月号
探書廿弐　永世　二〇二四年〇六月号
探書廿参　黎明　二〇二四年〇七月号
探書廿肆　誕生　二〇二四年〇八月号

掲載図版

〇六五頁　オリジナル

一〇一頁　鳥居清長「美南見十二候　九月」　画像提供：福間秀典／アフロ

二三一頁　帝国図書館（一九一〇年）　画像提供：毎日新聞社／アフロ

三〇七頁　牧野富太郎「夾竹桃」　高知県立牧野植物園所蔵　画像提供：高知県立牧野植物園

三八三頁　川上澄生「偽版古地図」（木版・手彩色）　鹿沼市立川上澄生美術館所蔵　画像提供：鹿沼市立川上澄生美術館

五〇一頁　歌川国芳「坂田怪童丸」　画像提供：Bridgeman Images／アフロ

※牧野富太郎「夾竹桃」以外の使用させていただいた図版には処理が加えてあり、本来の色とは異なっております。

京極夏彦（きょうごく・なつひこ）

日本推理作家協会 第一五代代表理事。

世界妖怪協会・お化け友の会 代表代行。

一九六三年　北海道小樽市生まれ。

一九九四年『姑獲鳥の夏』刊行。

一九九六年『魍魎の匣』第四九回日本推理作家協会賞長編部門受賞。

一九九七年『嗤う伊右衛門』第二五回泉鏡花文学賞受賞。

二〇〇〇年　第八回桑沢賞受賞。

二〇〇三年『覘き小平次』第一六回山本周五郎賞受賞。

二〇〇四年『後巷説百物語』第一三〇回直木三十五賞受賞。

二〇一一年『西巷説百物語』第二四回柴田錬三郎賞受賞。

二〇一六年　遠野文化賞受賞。

二〇一九年　埼玉文化賞受賞。

二〇二二年『遠巷説百物語』第五六回吉川英治文学賞受賞。

書《しょ》楼《ろう》弔《とむらい》堂《どう》　霜《そう》夜《や》

二〇二四年一一月三〇日　第一刷発行

著者／京極《きょうごく》夏彦《なつひこ》

発行者／樋口尚也

発行所／株式会社集英社

東京都千代田区一ツ橋二丁目五番一〇号

〒一〇一－八〇五〇

電話　〇三－三二三〇－六一〇〇（編集部）

〇三－三二三〇－六〇八〇（読者係）

〇三－三二三〇－六三九三（販売部）書店専用

印刷所　ＴＯＰＰＡＮ株式会社
製本所　加藤製本株式会社

定価はカバーに表示してあります。
©2024 Natsuhiko Kyogoku, Printed in Japan
ISBN978-4-08-771876-8 C0093

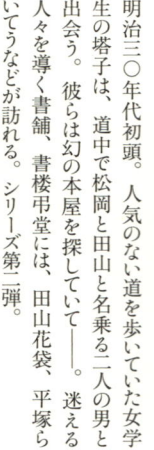

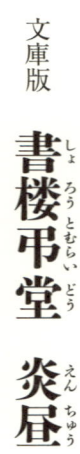

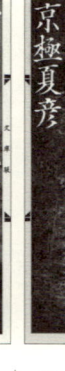

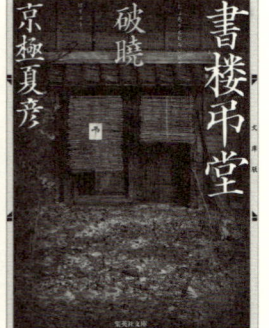